岩　波　現　代　文　庫

名誉と恍惚

(上)

松浦寿輝

Hisaki Matsuura

文芸 357

岩波書店

名誉とは貧者に残された最後の富である。

«L'honneur est la dernière richesse du pauvre.»

—— Albert Camus

至高の恍惚は注意力の充溢だ。

«La plus haute extase est la plénitude de l'attention.»

—— Simone Weil

名誉と恍惚　上巻◉目　次

第Ⅰ部

下巻目次

本書の主要登場人物はすべて架空の存在であり、故人あるいは存命のいかなる人物とも無関係である。また、物語の背景をなす一九三〇年代後半の史実には忠実を期し、地理・風俗・制度・組織・施設等は当時の上海市の現実におおむね依拠しているものの、ささやかな改変が施された箇所や、想像によって創り出された細部が少なからず紛れこんでいる。

第Ⅰ部

一、橋のうえで――一九三七年九月十日

そぼ降る小雨の中、黒い傘をさした芹沢は足音を立てないように気をつけながら、ひと気が絶え黄包車《ワンポーツウ》の往来もない暗い街路を静かに歩き、外白渡橋《ガーデン・ブリッジ》のたもとへ近づいていった。安っぽいベニヤを張り合わせて急ごしらえで設営された詰所の庇の陰に雨を避け、独りぽつねんと歩哨に立っている英国人巡査が、自分と同じ工部局警察の制服姿で暗がりの中からぬっと現われ、そのまま真っ直ぐ近寄ってくる芹沢を訝《いぶか》しそうに見つめている。

先月の戦闘勃発の当初はこの橋の守備にもっと力を入れていた工部局警察だが、市中の揉め事の処理に忙殺されて人員配備の手が回らなくなり、また橋のこちら側の警備に実質上の必要性はさしてないことが日を追うごとに明らかになってきてもいて、ここ数日来、形式的な意味しかない歩哨をたった一人立たせておくだけになっている。ただしその歩哨の任に警察内の日本隊をあえて当てようとは決してしないところに、工部局上

層部の思惑が現われているのは明らかだった。それは現実的な判断というより、恐らくは政治的な意思表示といったものだろうという観測が、芹沢をはじめとする日本人職員たちの間で囁かれていた。

面と向かって話したことはないが、その若い英国人巡査の顔には見覚えがあった。相手の方でも芹沢の顔を認めて表情が少し弛んだ気配があった。

いいや、交替に来たんじゃない、橋を渡って向こう側に行きたいんだ。巡査の前で立ち止まった芹沢はそう英語で言い、公務で〈百老匯大廈《ブロードウェイ・マンション》〉に行くんだ、と付け加えた。巡査は、通れ、という身振りで顎を振ってみせた後、芹沢がやって来た黄浦《こうほ》公園と外灘《バンド》の方角に漠然と視線を投げながら、

何か、嫌なにおいがするな、と顔を歪めてぽつりと呟いた。芹沢は何も答えずただ軽く頷いて彼の前を通り過ぎ、外白渡橋《ガーデン・ブリッジ》に足を踏み入れた。

英国人巡査のしかめっ面《つら》に他意はないようで、芹沢の僻《ひが》みにすぎないのだろうが、おまえらのせいで――という語られない言葉がその背後に押し隠されているように感じずにはいられなかった。ひと月ほど前に国民党の軍隊と日本の海軍陸戦隊との戦闘が始まって以来、たしかに上海の街のにおいが変わった。銃の硝煙、空爆や黄浦江に浮かぶ軍艦からの砲撃で倒壊した建物から飛び散る粉塵(ただし空爆は国民党軍の軍用機によるもので、故意なのか誤爆なのか今のところ誰にもわからない)、あちこちで起き

た火災でものが焼けるにおい、人間が焼けるにおい、片づけるのが追いつかず放置された死体が腐ってゆくにおい、蘇州河の向こう岸からまさにこの外白渡橋《ガーデン・ブリッジ》を渡って共同租界《インターナショナル・セツルメント》にどっと流入してきた中国人難民の群れから立ちのぼる、饐《す》えた汗と垢のにおい、飢えと渇きの、貧窮のにおい、絶望感のにおい。

芹沢はゆっくりと歩いていった。検問が日々厳しくなってきているので、橋を渡る通行人の姿はほとんどない。日が落ちてずいぶん経つのに気温はいっこうに下がらず、降りやまない小雨のせいで湿気もひどく、長袖のシャツのボタンを襟元までぴっちりと留めていなければならないのが鬱陶しい。芹沢は橋を渡っていきながら、傘をさしていない方の手をズボンのポケットに入れて、折り畳みナイフの腹を指先で撫で、黒檀で出来たそのハンドルの滑らかな感触にわずかな慰藉《いしゃ》を感じた。それを握ってその手をポケットから出し、臍《へそ》の前あたりでそっとてのひらを開いてみる。

この暗がりだし、刃は畳んであるのだし、たとえ誰かに見られたところでそれがナイフやら何やらわかるはずはあるまいが、武器を手にしているところを目撃されないに越したことはない。灯火の消えた橋はほぼ真っ暗で、足元がおぼつかないが、左右の蘇州河に照り映えた明るみがほんのり届いてくるのを頼りに、何とか真っ直ぐに歩きつづけるほかはない。その微光がてのひらのうえのナイフにまで流れてきて、黒檀の美しい艶をかすかに浮かび上がらせている。芹沢はそれをまたポケットに戻した。

公安課所属の芹沢が当たっていたのは主に翻訳や検閲や情報収集といった机仕事だったから、彼には銃も銃剣も貸与されてはいなかった。街路を巡邏《じゅんら》してちんぴらや小悪党と渡り合う機会もない以上、それを不服に思う理由もなかったが、ただしその代わりにという意識も多少はあって、公務であれ私用であれ外出時にはいつもこの私物のナイフを持ち歩くのを習慣にしていた。四年前、東京警視庁から派遣されて上海市の工部局警察部に赴任することになったとき、彼に残されたたった一人の身寄りと言ってもよい叔父が餞別《せんべつ》にくれたものだった。外資の貿易会社に勤めていた叔父はもう十数年も前、欧州への出張の際、それをみやげに買って持ち帰ったのだという。

上海ってのは、やくざだのごろつきだのがうようよしている町だというじゃないか。これを護身用に持って行け、と保《たもつ》叔父は言ったものだ。いざというとき心強いぞ。だって、叔父さん、おれ、警察官だよ。

警察官だからこそ、いつなんどき悪党と立ち回りをすることになるかもしれんじゃないか。警察学校では、ナイフ同士で斬り合いをする格闘術を教えてもらったか？

まさか、と芹沢は破顔した。逮捕術の講義は聞いたけどな。えーと、相手が武器を持っていた場合の第一原則は、不用意に近づいて下手に刺激せず、応援を呼ぶこと、と……。

へん、情けないなあ。警察官がそんな弱気でどうする。よし、じゃあ、おれが教えてやる。ちょっと庭に出よう……。

保叔父は、根は真面目で謹直な人柄なのに、不良を演じて粋がりたがる子どもっぽいところがあった。いいかい、こういうふうに構えてだな……と言いながら、足の踏み締めよう、目の配りよう、相手がこう突いてきたらこうよける、などとひとくさりもっともらしい講釈を垂れ、芹沢は半信半疑で、にやにやしながらそれを聞いていた。おい、真面目に聞けよ、いいか、斬ろうとしちゃあいかんぞ、腕を振り回すと構えに隙が出来ちまうんだ、などと叔父は真顔で言ったものだ。切り傷では大した痛手は与えられない。ナイフという武器はな、斬るものじゃない、突くんだ、突くものなんだ。相手の軀《からだ》に突き入れ、ぐいとえぐって、致命傷を与える……。

おいおい、叔父さんよ、何なんだ。どうも、実際にそういうことをやったことがあるような口振りじゃないか。

まあ、それに近いことは……。おれも昔はやんちゃだったからなあ……。うん、ずいぶん若い頃の話だが……と口を濁しながら、叔父の唇の端もかすかな笑みに綻《ほころ》んだ。芹沢はぷっと吹き出した。嘘の皮に決まっている。探偵小説か何かで読みかじってきた、胡乱《うろん》な知識をひけらかしているだけに違いない。そんなふうに、「ナイフで闘う術」なるものをひとしきりもったいぶって説明し、突いたりよけたりの真似事を演じてみせた挙げ句、叔父は、しかしまあ、そういう修羅場には最初から関わり合いにならないのがいちばんだ、とあっさりと締め括った。さっき、おまえ、何と言ったっけ？　下手に近づかずに応援を呼ぶ、か。まあ、それがいちばんだろう。そうするんだな。君子危うきに近寄らず……。しかし、ともかくこのナイフは持ってろよ。役に立つぞ。果物を喰いたくなったとき、すぐ皮を剝ける……。

高円寺の家の狭い庭で、声を合わせて二人で笑った。夕闇が迫りはじめていて、笑いながら天を仰ぐとすでにぽつんぽつんと薄い星影が見えていた。どこか遠くで犬が吠える声がした。夕方に二人とも家にいたのだから、あれはきっと日曜だったのだろう。豆腐売りの声が聞こえてきたような気がする。冗談好《ず》きだが沈着で思慮深い、頼りになる叔父だった。その叔父が死んで二年になる。

それは、ドイツのゾーリンゲンにあるボーカーという老舗の工房製の折り畳みナイフだった。カチリという小気味のよい音を立てて開くと、引き出した刃のうえには、どういう分子結合の作用なのか鍛造の過程で必ず入るという、ダマスカス・ブレード特有の複雑な紋様が妖しく浮かび上がる。大昔にシリアで行なわれていた本来のダマスカス鋼の精錬技術自体はもはや失われてしまったというが、現代の製鋼法はそれに近いものを作り出せるようになっている。

深夜、芹沢は机に向かって、引き出したナイフの刃を卓上灯の光に翳《かざ》し角度を少しずつ変えていきながら、刃に浮いたその紋様の曲線の絡み合いに飽きずにうっとりと見入って時間を過ごすことがあった。外出するとき芹沢はそのナイフを必ず持ち歩いた。もっとも、共同租界の街路を往来するに当たって護身用の武器を携行する必要を切実に感じたことなど、少なくともこの夏の初めまではまったくなかった。そもそも刃を出した状態で全長二〇五ミリ、刃自体もほんの九五ミリといった程度のその小振りのナイフを、武器として本当に実効性のあるような代物とも思ってはいなかった。

実際にそれが物の用をなしたことが、しかしたった一度だけある。四、五か月ほど前のことになるのか、今夜と同じような小ぬか雨の降る春先の休日の夕暮れどき、芹沢が南京路の人ごみの隙間をすり抜けながら早足で歩いていると、十メートルほど前方に、身なりのよい英国人の中年男にぴたりと張りつき、哀れっぽく金をねだっている、支那人ともベトナム人ともつかぬ年寄りの乞食が目についた。憐れみを誘うためだろう、背中に斜めに三筋入った、鞭で打たれた傷痕らしい太い瘢痕《はんこん》を見せびらかすように、上半身は裸のままだ。

それにしても少々しつこすぎるなと芹沢が眉を顰《ひそ》めかけた、そのとたん、たぶん英国人の軀に手をかけるか服を引っ張るかしたのだろう、乞食はいきなり突き転ばされた。英国人の顔も怒りと嫌悪で歪んでいたが、跳ね起きた乞食はそれに輪をかけて激昂しており、奇声を発して英国人にむしゃぶりついてゆく。英国人の黒い傘が地面に転がった。

芹沢は非番中の私服姿だったし、その場に居合わせた通行人たちと同様、無関心を装ったまままさっと通り過ぎてしまうこともできないではなかったが、一拍置いてから結局駆け寄って仲裁に入ることにした。その一拍の間にとっさに頭をよぎった思念のうちには、もし深刻な流血沙汰が起きてなおかつ自分がその場に居合わせたことが万が一後で明らかになるようなことにでもなれば、工部局の上層部から何らかの譴責《けんせき》を受ける羽目に陥りかねないという顧慮もあった。

駆けつけた芹沢は、コラッと日本語で叫んで乞食を突き飛ばし、乞食は地面に手をついたが、当初そう見えたほどの年寄りでもなかったのかまたもや身軽に跳ね起き、同時にどこからかその仲間か身内か、二十代とおぼしい卑しい顔つきの痩せた男がすうっと現われて、二人は英国人よりもむしろ芹沢の方に敵意に満ちた形相を向け、左右からじりじりと間合いを詰めてきた。二人とも傘をさしてはおらず、顔の上を雨の雫が筋を引いて顎の先から滴り落ちている。尻の陰に隠すようにしているが、若い方の男の右手が短い棒杭のようなものを握り締めているのが視界の隅に映った。芹沢は右手の親指で自分の胸を指しながら、警察《ジンツァ》！とはっきりした声で言った。ただし彼は私服であり、案の定、虚を衝かれたような驚きの表情が二人の顔に一瞬浮かんだものの、その奥から半信半疑のせせら笑いが即座にじわりと滲み出し、驚きも怯えもそれでたちまち薄まってしまった。若い男が棒杭を尻の陰から出し、むしろ見せびらかすようにしてそれで自分の腿の横をびたん、びたんとはたいてみせる。

芹沢が自分の傘を投げ捨て、ズボンのポケットから手に馴染んだ折り畳みナイフを取り出したのは、後先見ずの反射的な行為だった。躯中がかっと熱くなっていたが、手が震えないように注意しながらそれを慎重に、わざとゆっくりとした仕草で開いてゆくというだけの理性は残っていた。そのゆるゆるとした動きが相手の目にむしろ気味悪く映ったかもしれない。流血沙汰を食い止めようとして介入したはずなのに、これではまるでちぐはぐだ、と熱した頭の片隅で醒めた思考が心細そうに呟いていた。叔父に教えられた通り、肩幅より少し広めに足を開き、膝を曲げて躯の重心をいくぶん落とし、柄をしっかり握り締め、刃先を相手の方へ向け、相手の目を無表情に凝視したままそれを左右に、やはりゆるゆると振ってみる。刃物を人に向けたのは生まれて初めてのことだった。

おれも怪我をするかもしれない、ひょっとしたら死ぬかもしれないな、しかし少なくとも一人は確実に殺《や》れる、という唐突な思念が芹沢の頭に閃いた、まさにその瞬間、二人の男の唇の端からせせら笑いが消え、ちらりと目を見交わすや、くるりと背を向け、通行人を突き飛ばしながら走り去って横丁に消えた。芹沢が振り返ると、英国人もいつの間にか姿を消していた。自分の傘が開いたまま転がっているところまで歩いていってそれを手に取ったが、さほど躯を使ったわけでもないのに呼吸がひどく荒くなっていて、こめかみが速い脈動でぴくぴくと痙攣しつづけ、その場にしゃがみこんでしまいたいほど困憊しきっているのに、そのとき初めて気づいた。

後から考えたことが三つほどあった。一つは、もし工部局警察の制服を着ていればむろんそれなりの威圧感はあり事態を一挙に収拾できたかもしれないが、目立たないグレーの背広姿の日本人がいきなりナイフを出したという唐突さにも、たぶんそれはそれで、突発的な恐怖をかき立てるものがあったのだろうということだ。警察《ジンツァ》！という言葉を向こうが本当に信じたかどうかは怪しい。しかし、この町には事実上、警察よりも怖いものがいろいろ横行している。警官は少なくとも法を守るが、地下で活動している諸外国の特務機関、国民党と共産党のそれぞれが持つ諜報機関などは、法とは無縁の世界に軸足を置き、またそこで起こる悶着のあれこれに無造作に手を突っこんできて、ちょっと口にはしがたいようなおぞましいあれこれを平然とやらかしている。青幇《チンパン》や紅幇《オンパン》といった犯罪組織の組員については言うまでもない。芹沢の特徴のない顔立ち、目立つところのいっさいない服装、無言のうちに開かれた折り畳みナイフの刃が放つ白い輝き、切った張ったが日常茶飯事とでもいったふうに軽く膝を曲げ軀の重心を落とした構え……そういったもろもろには、たぶん関わりにならない方が無難だと思わせるような薄気味の悪さが、そしてある種の恫喝《どうかつ》が、漲《みなぎ》っていたに違いない。

もう一つ考えたのは、あの二人はただの乞食ではなく実は職業的な掏摸《スリ》か追い剝ぎだったのではないかということだ。被害者に話を聞く機会は逸したが、最初に年寄りの方があの英国人に突き転ばされたのも、実はさりげなくポケットに手を入れようとでもしたのではないか。そして、そんなふうにいったん突き放されるのも計算済みで、その後むしゃぶりついていったのは、それで気を逸らせておいてその隙に若い方が何かするといった段取りになっていたのではないか。うずうずしながら待ち構えていたとでもいったふうな若い方のすばやい出現ぶりを思い返しているうちに、芹沢はどうもそんな事情だったとしか考えられなくなってしまった。

しかしそれで言えば、と芹沢はさらに考えを進めた。焦げ茶色の千鳥格子柄の、高価そうなツイードの上着を着込んでいたあの中年の英国人の方だって、はたして本当に見かけ通りの、フランス租界の豪邸にでも住んでいる裕福な紳士だったのかどうか。あの男がさっと逐電《ちくでん》してしまったのは、おれが警察《ジンツァ》！　と怒鳴ったのを聞いたからではないか。いや、さらに言えば、その英国人も実は二人とぐるで、要するに三人組で猿芝居をうって派手な悶着を演じ、頓馬《とんま》な正義感を発揮して仲裁に入ってこようとする軽率な第三者——つまりおれだ——をカモにしようという筋書きだったのではないか。うわべだけで人を信じるととんでもないことになるのがこの上海という都市である。

さらにもう一つ、芹沢がつくづく思い知ったことがある。それは、自分の中に蠢《うごめ》いているある名状しがたい凶暴な衝動の存在だった。以前から薄々気づいていなくもなかったが、どうやらおれの中には抑えの利かない怪物が棲んでいるらしいなと芹沢は思い、かすかな戦慄が背筋に走るのを感じた。その戦慄はしかし恐怖の酸っぱいにおいを放っているわけではなく、むしろ射精がもたらす眩暈《めまい》の快に似て、それが走り抜けた後には四肢のはしばしに甘美な自己放棄のけだるさが残った。その快美感がひたすら爽快でそこに後ろめたさがいっさいまとわりついていないことがむしろ、芹沢の心にかすかな怯えを惹起した。

それにしてもあの春の日の南京路は、そんな小事件があってもそれをたちまち呑みこみ無化してしまうような平穏に包まれ、屈託のない雑踏で賑わっていたものだ、と夜更けの外白渡橋《ガーデン・ブリッジ》を北に向かって渡りながら、芹沢の心に郷愁に似たものが改めて湧いた。あのうららかな春風駘蕩《しゅんぷうたいとう》の午後、金のある者はある者で、ない者はない者で、とりあえず弛みきった表情で現在を愉しんでいたものだ。あれからまだほんの四、五か月しか経っていない。あの頃、この街の人々はまだ、昨日と同じような今日が来た、それと同様に、夜になって今日が終ってもそれが明ければまた、今日と同じような明日が来るだろうと考えていたのだった。ところが、七月七日の夜、北京の南西郊、盧溝橋近くの荒れ地に響いたという一発の銃声が、その平穏にいきなり断裂を入れてしまった。そこで始まった日本の支那駐屯軍と中華民国の国民革命軍との衝突は以後、質量ともに激化し地理的にも拡大しつづけ、戦闘はどんどん南下し、八月十三日に至ってとうとうこの上海が血腥《ちなまぐさ》い戦場と化してしまった。

それ以降、ここひと月ほどのめまぐるしい日々を思い返し、芹沢は改めて深い溜め息をついた。空気のにおいまで変わるには、やはりそれだけのことがあったのだ。戦闘が続く宝山、楊樹浦、虹口《ホンコウ》、閘北のあたりから中国人たちが蘇州河の南側へ怒濤のように押し寄せ、住まいにあぶれた連中は外灘《バンド》の路上にそのまま寝起きするようになった。租界を管理する工部局としてはある程度までは彼らを施設に保護したものの、そう時間も経たないうちに収容能力の限度を超え、街路で難民化している連中に対しては手をつかねているほかないような状況になった。借り手の足元を見た大家の強欲に由来する家賃の急激な高騰が、浮浪者の増加に拍車をかけた。置き引き、かっぱらい、詐欺、強盗、傷害、殺人等、犯罪が頻発した。増えつづける負傷者と病人が病院には収容しきれず、溢れ出した患者たちは空き地に急遽仮設したテントの中に並べた簡易ベッドに寝かせておくほかなかった。いや、今やそれさえ間に合わなくなり、野外の地べたに敷いた防水シートの上に放置されたままになっている患者もかなりの数にのぼっている。医者も薬も決定的に不足していた。芹沢は市中のいたるところで持ち上がっているそんな大小様々の問題に振り回されつつ、休日返上で租界内を駆けめぐりつづけ、目の回るようなひと月を過ごしたのだ。

しかも、工部局に勤務する日本人警察官という芹沢の立場は微妙だった。この四年間で芹沢は北京官話に加えて上海語もかなり達者に操るようになっていたが、それでも芹沢が日本人であることは支那人にはほとんど顔つきだけから一目瞭然であるようで、裏道を歩いているときなど制服姿の芹沢に物陰から罵声が飛んでくることもあった。この緊張した状況下では、ちっぽけなナイフの刃など、役に立たないどころかむしろ百害あって一利なしの代物であることはあまりにも明らかだった。いま現在のこの国では、嵩《かさ》にかかって力を示威しようとする日本人ほど敵意を煽る存在もない。このひと月というもの、芹沢は私服で街へ出たことは一度もない。

さらにまた、芹沢は工部局警察部の職員として、共同租界の安寧秩序に奉仕する義務を負っていたが、他方で上海の日本人社会の一員でもあり、この二つの所属の間で引き裂かれる場面に遭遇することも多くなった。工部局は上海共同租界を管理する自治行政機関で、英国人、米国人、日本人、支那人など多国籍の職員を擁している。当初は土木工事を主任務としていたためにこの名が残ったと言われているが、やがて財政、衛生、教育、警察など行政全般を取り仕切るようになって現在に至っており、中でも警察部の存在感は強い。七月の盧溝橋事件以来、工部局に勤める日本人職員だけが集まる会合が頻繁に開かれており、戦火の脅威にさらされたこの都市の官吏としてどう振る舞うべきか、とくに日本人居留民をどう守るべきかといった問題をめぐって話し合いが持たれたが、確信をもって何かを主張できる者はほとんどおらず、そもそも戦局についても中国の政情についても日本の陸海軍の意図についても信憑性のある情報が決定的に不足しており、皆の心に徒労感ばかりが重く沈澱した。ともあれ、身の危険を感じてこちらでの生活を畳み、内地に引き揚げようとする日本人が日を追って増えつつあるのは事実で、彼らの帰国のためにどのような便宜を図るべきかという当面喫緊の課題があった。芹沢としては、この間《かん》積もりに積もった疲労と苛立ちが、そろそろ自分の耐えうる限界を超えつつあるように感じていた。

外白渡橋《ガーデン・ブリッジ》をほぼ渡りきって、対岸のたもとに設営された検問所の小舎が近づいてきた。先ほど通り過ぎてきた南側のたもとの急造りのベニヤ張りの詰所に比べると、こちら側の検問所はずっと立派で、その中に二人が詰め、外には四人立って、つごう六人の歩哨が警備に当たっている。むろん皆日本人で、上海海軍特別陸戦隊の制服を着ており、外に立つ四人は二人ずつの二組に分かれ、背中合わせに南北それぞれの側を監視している。各組のうちのそれぞれ一人はベルグマン機関短銃を肩に掛けている。嫌なにおいがするな、といったぼんやりした感想を漫然と反芻しつつ勤務時間明けをあくび混じりに待っているといった風情だったあの英国人警察官と比べると、緊張感の度合いがまったく違う。

蘇州河に架かる橋は、他はすべて頑丈な鉄条網が張られて完全封鎖されており、九月十日現在通行可能なのはこの外白渡橋《ガーデン・ブリッジ》ただ一つになっていた。そしてこの橋も今やこうした厳戒状態に置かれていて、戦端が切られた当初はここに殺到した支那人たちも今となってはもう渡河の試みをすっかり諦めたようだ。無理やり押し通ろうとした連中と監視兵との間に小競り合いが起こり、殺傷沙汰が何件か生じたという噂も芹沢の耳に届いていた。

検問所の前は強力な野外灯の光で煌々《こうこう》と照明されている。その光の輪の中に足を踏み入れた芹沢は、機関短銃を持つ二等兵の前で立ち止まった。傘を畳んで自分の顔がはっきりと見えるようにしたうえで、気をつけの姿勢をとり挙手注目の敬礼をして、

上海市工部局、警察部の芹沢一郎であります、と日本語で言った。敬礼を返した歩哨が指示を仰ぐように小舎の方へ視線を向けると、中に座っている上官らしい一人が、

何だ、共同租界のおまわりか、何の用だ、という声を投げてきた。芹沢は顔だけ横に向けその上官の目を注視しつつ、

海軍陸戦隊の戸川中尉殿に呼び出されております、〈百老匯大廈《ブロードウェイ・マンション》〉一階まで出頭するようにと申しつかりました、と言った。

用務は何だ？

存じません。ただ午後八時に来るようにとだけ、申しつかりました。

聞いとらんな……と上官は呟き、身分証を確認しろ、と衛兵に命じた。芹沢が手渡した身分証を歩哨は検分し、貼ってある写真と芹沢の顔をじっくりと見比べたうえで、確

認いたしました、と報告した。上官は一瞬迷うようだったが、制帽まで被って工部局警察の制服に身を固めた芹沢を、頭のてっぺんから足の爪先まで、視線を返してまた頭のてっぺんまで、じっくり吟味するように見つめたうえで、

よし、通れ、と言った。芹沢の前の二等兵も、よし通れ、と鸚鵡《おうむ》返しに声を張り、一歩脇に寄って道を空けた。芹沢は歩哨たちの間を抜け、外白渡橋《ガーデン・ブリッジ》の北側の闇の中に身を溶けこませていった。

そこから先は、日本人町とも呼ばれる虹口《ホンコオウ》地区である。正確に言えばこの虹口《ホンコオウ》、それからその東側の楊樹浦も、その南側部分は、今でも形式上は共同租界の一部をなしている。イギリス租界が発展し日本人町をも包摂するようになり、International Settlementを名乗るようになっていったというのが共同租界の成立の沿革であり、だからこそやがて工部局の参事――参事会は工部局の最高意思決定機関である――に日本人も加わり、職員の中にも芹沢をはじめかなりの数の日本人が含まれるようになっていったのだ。ところが、ここひと月来、共同租界は蘇州河でかっきりと分断され、それより以北は日本軍占領地の様相を呈することになってしまった。工部局警察は虹口《ホンコオウ》地区を日本軍の管轄に委ね、蘇州河以南に撤退することになった。工部局としてそう決定したというより、この非常事態下で日本軍支配の現状を否応なしに追認せざるをえなくなり、ずるずるとなし崩しに撤収せざるをえなくなったと言った方が実態に近い。結局、共同租

界は実質上、往時の旧英国租界の部分まで後退し縮小してしまったことになる。とはいえ、では日本軍に、この虹口《ホンコオウ》で、治安なり住民の生命と財産の保護なりといった警察機能をきっちりと果たそうとする意志があるのかどうか。それは疑問と言うほかない。

要するに、今芹沢が立っている蘇州河北岸の北蘇州路は、工部局警察の職員としての彼の権限が及ぶ地域ではもはやなくなっている。つまるところ、ここで芹沢は余所者《よそもの》であった。むろんその一方で彼は日本人であり、その限りにおいては対国民党軍との戦いで日本軍の勝利を祈念すべき立場にあり、現在このあたり一帯を戒厳状態に置いている上海海軍特別陸戦隊の兵士たちは、彼の同胞にほかならない。ただしそれは、芹沢に向かって、何だ、共同租界のおまわりか、と馬鹿にしたように公然と言い放つ同胞でもあった。橋の一方の側では、嫌なにおいがするなと嫌味を言われ、もう一方の側では、おまわりかと吐き棄てられる。ならば、ひょっとしたらおれの居場所はその中間にしか、つまり二つの地域の間の境界を流れる川に架かる、橋それ自体のうえにしかないのかもしれない。そんな思いがふと芹沢の心をよぎった。

しかし、今はそんなあれこれに頭を悩ます余裕はなかった。北蘇州路の筋向かいに建つ、鉄筋赤煉瓦作りの高層ビルディングがもういきなり目の前に聳えていて、それこそ芹沢の目的地の〈百老匯大廈《ブロードウェイ・マンション》〉にほかならなかったからだ。

三年ほど前に竣工した十九階建ての〈百老匯大廈《ブロードウェイ・マンション》〉は、外灘《バンド》に建ち並ぶ錚々《そうそう》たるビル群よりもさらにひときわ大きく高く聳え、その威容は南京路からも黄浦江を隔てた浦《プー》東《トン》地区からも人目を惹かずにはいない。人の話では、何しろ東洋一高いビルディングなのだという。芹沢はこの新しい上海名所の前を、ほう、これかと見上げながら通り過ぎたことはあったが、その内部に入ったことはまだ一度もなかった。夜になると部屋々々の明かりが煌々と灯り、東洋のパリなどと呼ばれるこの都市の不夜城のような賑わいを象徴しているようだったが、今芹沢が見上げている〈百老匯大廈《ブロードウェイ・マンション》〉は暗く静まり返っていて、明かりの灯っている窓はほとんどない。先月半ば、この建物全体を日本軍が徴用し、日本人以外の居住者はすべて銃剣で追い立てられ退去させられたという話は芹沢も聞いていた。日本海軍特別陸戦隊本部の建物自体は虹口《ホンコオウ》の別の場所にあったが、今や最新設備を備えたこの宏壮なビルの全体が、内地や台湾から陸海軍の応援部隊が続々と駆けつけつつある日本軍の、上海戦における総司令部のような役割を果たしつつあるという。

正面玄関の前でまた歩哨の誰何《すいか》を受け、それに答えている途中で、建物の中から小柄な中年男が現われて小走りに駆け寄ってきた。芹沢の敬礼にいい加減な答礼で応じるのもそこそこに、

芹沢一郎だな、おれが戸川だ、ついて来い、と言い、歩哨に手を振って、先に立ってそそくさと建物の中へ戻ってゆく。軍隊の総司令部にしてはその一階の玄関広間は薄暗

く閑散としていて、いたるところに紙屑が散らばり、斜めにずれた絨毯の上には大小の泥汚れが醜く染みついている。毛布を積み上げた台車を押して通路の奥へ消えてゆく兵士の後ろ姿を、芹沢は視界の隅でちらりと捉えた。戸川中尉は、こっちへ来い、と指で合図しながら芹沢を昇降機の方へ導いた。

芹沢が戸川中尉の後について昇降機に乗ると、戸川が蛇腹仕掛けの折り畳みの鉄扉を閉めた。そして、縦二列にならぶボタンのいちばんうえの、19と表示されたものを戸川が押すのを、いきなりてっぺんまで行くのかといささか虚を衝かれつつ、芹沢は好奇の目で見守った。軽くひと揺れしてから昇降機は動き出し、静かに震動しつつ昇りはじめた。上海にも南京路の幾つかの百貨店や外灘《バンド》の銀行など昇降機の設備のある高層ビルはあったが、十九階まで機械で一気に押し上げられるのはこれが初めての体験で、芹沢はかすかな興奮を覚えた。芹沢が物ごころのついたときには東京にも日本橋の白木屋や三越など、エレベーターのある建物は増えはじめていて、もはやそう珍しいものではなくなっていた。それでも昭和四年、芹沢が東京外国語学校を卒業しようとしていた頃、上野に松坂屋が開業したときには「昇降機ガール」の出現が話題になったものだ。小洒落た制服制帽を身につけた見るからに様子の良い娘が、ハンドルを操作しながら甲高い鼻声で売り場案内の口上を唄うように喋り立てるのが評判を呼んで、多くの人々と同様に芹沢も、買い物のあてもないのに何度かこの百貨店に足を運んだことがある。「昇降機ガール」の一人に岡惚れし、機械の中に居座って一階から最上階まで何時間も往復しつづけ、無理やり恋文を渡そうとして警備員につまみ出された若い男の話を面白おかしく書き立てた新聞記事を読んだことを、何となく思い出した。四十を出たか出ないかというところだろうか、戸川中尉というこのもっさりした小男の風采は「昇降機ガール」とはあまりに懸け離れているなとふと思い、口元に笑みが浮かびそうになるのを押し殺す。

壁の一つに大きな姿見が取り付けられている。大柄な芹沢は隣りの小男よりほとんど頭一つぶん背が高かった。左の腋の下に制帽を挟んだ芹沢は、戸川の頭越しに横目を走らせ、その鏡に映った、目の下に隈ができてげっそりした憔悴の色が露わになっている自分の顔をちらりと見て、すぐ目を逸らした。片手で髪を撫でつけながら、来年は数えでいよいよ三十だが、もうすでに中年男の面《つら》つきだなと改めて思う。今日は午後いっぱい警察車の助手席に乗って市中を走り回り、行き倒れを拾って病院に収容し調書を作る仕事に忙殺されていた。彼はもう困憊しきっていた。定刻より大幅に遅れて勤務が明けるや安飯屋に飛びこみ、どんぶり飯をかっ込み、その後いったんアパートへ帰ったが、風呂に入る余裕もなく汗まみれの制服を着替える時間もないまま、朝剃っても夕方になると伸びてきてむさくるしい顔になる無精髭だけ剃って、すぐにまた飛び出してこなければならなかった。

今日の昼前、この戸川という男が警察部の公安課に電話をかけてきて、芹沢を直接指名して電話口に呼び出し、午後八時に〈百老匯大廈《ブロードウェイ・マンション》〉に出頭せよと一方的に命じてきたのだった。どういうご用件でありましょうか、と訊いてみたが、相手は、とにかく来い、とだけ繰り返し、それから……と少し声をひそめて、この件は他言には及ばんぞ、いいな、と付け加えた。芹沢が少しためらってから、はい、と答え、しかし――と言い出そうとしたときには、電話はもう切れていた。本来、彼は日本軍から命令を受けるような立場ではなく、見も知らぬ中尉とやらがなぜおれに、と訝しむ気持ちよりもむしろ、頭ごなしに命令されたことへのやり場のない腹立ちとむかつきが先に立った。どんな用件か知らないが、目の回るように忙しいこの時期に――その忙しさの主要因はこの戸川中尉とやらを含む日本軍の行動にある――、しかも勤務時間外の夜更けに、なぜおれがわざわざ外白渡橋《ガーデン・ブリッジ》の向こう側まで行かなければならないのか。明日はまた早朝から仕事が山積している。そもそも公務ならば、まず警察の上層部に話を通し、そこから自分に命が下るというのが話の本来の順序ではないのか。しばらく考えたうえで、電話ではあんなことを言われたものの、直属の上司である公安課の石田課長にだけは、陸戦隊から呼び出しがあったので今夜〈百老匯大廈《ブロードウェイ・マンション》〉まで出向くつもりだとの旨、一応ひとこと断っておくことにした。それを言わずに出かけていって、後で何かややこしい面倒事に巻きこまれるのを恐れたのだ。石田もどういう用件なんだと不審そうに訊いてきたが、芹沢はわかりませんと答えるほかなかった。

昇降機の狭い空間に二人で閉じこめられ、十九階までのろのろと上昇してゆく間に、芹沢は戸川の吐く息が酒臭いのに気づいた。さりげなく横目で見てみると、顔が赤く目もかすかに血走って何やらとろんとしている。ネクタイの結び目が弛み襟元の第一ボタンが外れているし、軍人にしては姿勢が悪いなと最初から思っていたが、そうか、酒が入っているのか。芹沢は苛立ちを抑えるために目を瞑った。戸川に気づかれないようにさりげなくズボンのポケットに手を入れて、またナイフの柄を指先でそっと撫でた。

昇降機がひと揺れして停止し、扉を開けた戸川の後に続いて芹沢も外に出た。振り返った戸川が芹沢に向かって顎でぐいと、昇降機の方を示した。扉を閉めろという意味と解して、それに素直に従う。足元が辛うじて見えるという程度の間遠な照明の灯った広い廊下を少し歩くと、レストランが——かつてはレストランとして営業していたとおぼしいものがあって、扉が開けっ放しになっている。そのままずかずかとその店の中に入ってゆく戸川の後に芹沢も続く。中は広いが、右手の奥についたてが立ち、その向こう側から、十数人かそこら集っていそうな賑やかな談笑が聞こえてくるのを除けば、がらんとしてひと気がない。天井灯はその談笑の席のあたりにしか灯っておらず、室内の大部分は暗がりの中に沈みこんでいる。あたりがよく見えないが、恐ろしく金のかかった贅沢な内装と調度であることだけはひと目でわかる。こういう機会でもなければ芹沢など一生足を踏み入れることなく終るような場所であることは明らかだった。レストランのエントランスを入ってすぐ立ち止まった戸川が、ついたてがあるのとは逆の、左手の暗がりの奥の方を、また顎でぐいと指し示した。そちらを見遣《みや》ると、黒っぽい上着に開襟シャツという平服姿の男がちょうど椅子から立ち上がったところだった。

　戸川が芹沢に向かってもう一度、行け、というふうに顎をしゃくった。そのまま芹沢の反応を待たず後ろを振り返りもせず、ついたての方に歩いていってしまう。どうやらその向こう側では酒盛りになっているようで、ついたてを回って戸川が座に加わったとたんに誰かが何かを言って、大きな笑い声がどっと弾けた。芹沢は仕方なく、平服の男が椅子の背に片手を置きもう一方の手を芹沢に向かって上げている、その奥の席へ向かって歩いていった。

　男の前まで行ったが、敬礼したものかどうかよくわからず、とりあえず直立したまま、芹沢であります、とだけ言った。男は軽くお辞儀をして、自分の正面の席を指し示した。芹沢もお辞儀を返し、制帽をテーブルの端に置いて、示された椅子に座った。

　いや、申し訳ない、わざわざ来てもらって、と男は言った。陸軍参謀本部、第二部第十一班の嘉山《かやま》と言います。ヨミするの嘉《か》に、ヤマカワの山。嘉山少佐です。第十一班の班長補佐をしています。芹沢の内に緊張が走ったが、とっさに抑制してそれを表に出さないように努めた。第十一班は参謀本部第二部長の直轄で、通称「謀略課」である。嘉山は三十代の半ばに近づいているといった年恰好だろうか。どこもかしこも細長い感じのする男だった。背は芹沢と同じくらいありそうだが、ひょろりと痩せて、髪を短く切った細長い顔に、神経質そうな細長い鼻。その鼻の下に薄い髭をたくわえ、口元には笑みを絶やさないが眼光は鋭い。芹沢は何と応じたらいいのかわからず、芹沢です、と阿呆のようにまた繰り返した。

いや、本当に申し訳ない、このところお忙しいでしょうなあ、と嘉山はいたわるように言い、芹沢はそういう手管なのだろうと心の片隅で警戒しながらも、そのしみじみと同情するような口調に、自分の内で強張っていたものが柔らかくほぐれてゆくのを感じずにはいられなかった。犬でも連れ歩いて、来い、行け、と顎で命じるような戸川中尉の無愛想な応対の後だけに、嘉山の穏やかな物言いはひときわ身に沁みた。はあ、このひと月来、租界内も大変なことになっておりまして、ととりあえず当たり障りのない答えを返してみる。

そうでしょうなあ。いや、わたしは昨夜遅くこちらへ着いたばかりでね。まだ何にも見ていない。何にもわからない。支那語なんか、まったく出来ないしね。戦地視察の任を拝命して、取る物も取り敢えずいきなりやって来てしまったんだが、視察なんて言っても、何をどう視察したらいいやら、途方に暮れているような次第です。任が重すぎる。で、ともかく芹沢さんにいろいろお話を伺ってみようかと……。そこでこっちの海軍さんにちょこっと仲介を頼みましてね、何とか面談の機会を……。

はあ、しかし、どうして、わたしに……？

うん、お噂を、以前からあっちこっちで聞いていましたのでね。芹沢一郎というとびきり優秀な若い人が、今はこっちの工部局にいるという……。警視庁としてはまあ、武者修行に出したというのか、見聞を広めて来いという親心なんでしょうなあ。本庁に戻って栄転されたあかつきには、きっととんとん拍子に出世なさることでしょう。

芹沢は黙っていた。見聞を広めさせるためにいったん外に出すのはよくあることだが、しかし四年は長すぎる。芹沢の後に上海に赴任してきてすでにもう呼び戻されている警視庁の後輩が二人もいる。そして、そんなことはこの嘉山という男もとっくに承知しているに違いない。お世辞の背後にはふつう、何らかの魂胆が潜んでいるものだ。それより、嘉山の口から出た「お噂」という言葉が引き金になって芹沢の記憶の底から甦ってくるものがあった。参謀本部の第二部所属の若手将校の中に一人、とんでもない切れ者がいて、欧州への長期赴任の経験もあり、対英米もそうだがとくに対支那関係の諜報や防諜の作戦の大部分はその男の頭脳から出ているらしい、といった話をどこかで聞いたような気がする。

在留邦人の保護とか、帰国の便宜を図るとか、何かお手伝いできることでもあれば、何でも言ってくだされば……といったことを嘉山がつるつると喋っている間、芹沢はその剃刀のように頭が切れるという情報将校云々をめぐって何か具体的な話を聞いたかどうか、記憶の中をまさぐりつづけていた。しかし、何も思い出せない。嘉山の背後の壁際に、脚が人の高さほどある床置きのライトが立っていてシェード越しに薄暗い光をぽっと投げかけているほかは、明かりと言えばテーブルのきわの大きな窓の外から入ってくる微光だけだ。しかし月も星も出ていない晩なので、それも無きに等しい。

ついひと月前までなら、この場所から眺める上海の夜景は壮麗のひとことだったに違いない。立ち並ぶ外灘《バンド》のビルには数多《あまた》の窓が明るく輝き、南京路を中心とする繁華街のナイトクラブやキャバレーのネオンサインの煌《きら》めきが、さぞかし目に華やかに映じたことだろう。このレストランには多種多様な国籍の着飾った男女が集まってきて、その夜景を楽しみながら凝った料理に舌鼓を打っていたことだろう。今、芹沢が窓から見下ろす夜の上海の街は暗かった。多くの通りは街灯が消えたままになっている。停電が頻繁に起きているから、今も地区の一つか二つはまるまる全体が闇に鎖されているのかもしれない。ひと月前までの上海なら、こんな雨降りの夜でも街の照明が雲に照り映え、それが微光となって大気中に揺曳《ようえい》し、それが窓から射し入ってこのテーブル席をもっと明るく照らしてくれていたはずだ。

一時代が終ったのですかね、と芹沢の考えを読んだかのように唐突に嘉山が言った。わたしは上海は二年ぶりですが、ここからの眺めは以前はこんなものではなかった。やれ魔都だ、やれ東洋のパリだ、やれ国際的歓楽都市だと持て囃《はや》され、人々の憧れの的になっていた上海が、こんな体たらくになってしまった。はかないものですね。

嘉山の断定的な物言いに軽い反感を覚えた芹沢は、言い返してみたくなり、いや、しばらくすればまた復活するのではないですか、と、大して確信もないままとりあえず言ってみた。支那人の、というよりこの支那という国の、しぶとさ、生命力、底力にはわれわれの想像を超えたものがありますからね。何しろ何度も何度も滅びて、何度も何度も甦ってきた国ですから。それに比べればわが国は、本当に滅びたこともなければ、そこから立ち上がってすべてを一から再建し遂げたこともない。

ビルの真下に目を凝らすと蘇州河の流れは辛うじて判別できた。それを辿ってゆくと、先ほど誰何を受けた外白渡橋《ガーデン・ブリッジ》のたもとの陸戦隊の検問所の照明も、豆粒のような光となって見分けることができる。そこから目を上げて、橋を渡って外灘《バンド》へ、さらに黒々と静まり返った街々へと、芹沢は視線をさまよわせながら、

何しろ底力がありますからね、と繰り返し、それはとうてい侮れませんよ、と独りごとのように呟いた。ふと目を向かいの席に戻すと嘉山はにっこりと微笑んでいた。

そうかな……と、参謀本部の少佐はためらうように言った。そうかもしれないが、底力は底力として、それとは別に、一時代が終るということはやはりあるような気がわたしにはしますがねえ。歴史の切断というのか、何か決定的な裂け目というものがある。われわれはそれに立ち会っているのではないかな。afterward……そういう英語の単語

があるでしょう。「その後」というのか、「それ以後」というのか。今はもう、after-wardなのではないかな。時代がafterwardに入ってしまっているのではないかな。

気障《きざ》に見えることを恐れず何気ないふうで英語を交えてみせたのは、おれが英語学科出身だと知っているということだろうと芹沢は考えた。というより、おまえの身上は何もかも調査済みだぞと仄《ほの》めかすために、わざと英語なんぞ使ってみせたりしているのか。シェードランプの光は嘉山の背後から来るので、逆光になった彼の顔は影の中に入ってしまっていて、その表情の微妙な陰翳を見分けることができない。嘉山の微笑が皮肉なり嘲笑なりの色合いをわずかなりと帯びているのかどうか確かめたいと思い、目を凝らしてみるのだがどうにも判然としない。逆に、おれの顔色はこの男の目にぜんぶ露わになっている、そういう席を選んだのだ、すべてが計算ずくなのだ、と芹沢は考えた。

広間の反対側のついたての後ろでまたどっと笑い崩れる気配があり、少し間があって、軍歌の合唱が始まった。四面海もて囲まれし、我が敷島の秋津洲《あきつしま》、外《ほか》なる敵を防ぐには、陸に砲台海に艦《ふね》……。屍《かばね》を浪《なみ》に沈めても、引かぬ忠義の丈夫《ますらお》が、守る心の甲鉄艦、いかでかたやすく破られん……。軍歌の〈日本海軍〉だった。耳障りにがなり立てるだけのひどい音痴のやつが一人混じっていて、聞き苦しいことこのうえもない。あの連中、さぞかし陶酔しきった表情で、軀の前で腕を振りながら歌っているのだろうな、と芹沢は苦々しく考えていた。しばらく聴き入った後で嘉山は、能天気な連中だ、とぽつりと呟いた。そして、とたんに表情を消し口を噤《つぐ》んでしまった芹沢の無反応にも構わず、泥臭い陸軍とは違って、自分たちは英語が出来てスマートで——なんぞと日頃ジェントルマンシップを鼻にかけているが、なあに、地金が出ればたちまちあれだよ、何しろ目先のことしか考えていないね、と畳み掛けるように言葉を継いだ。ついに始まったこの最終戦争の、世界史的意義というものがまったくわかっていない。困ったもんです。もっとも、われわれ陸軍の前線部隊だってその点、似たり寄ったりでしょうが……。

最終戦争という初めて聞く言葉が不穏だったし、この男はなぜおれにこんなことを言うのだろう、と薄気味が悪くなった。何はともあれ、口を噤んでいたほうが良さそうだった。だが、少し続いた沈黙が重くなった芹沢は、それを撥ねのけようとして、

しかし、戦争、なのですかね、と何となく手探りするように尋ねてみた。何か訊いてきた外国人には、war ではない、incident だと説明するようにと、われわれは命じられていますよ。日本も支那の国民党政府も、まだ相手方に対して宣戦布告をしたわけではない。だからこれは五年前に持ち上がったのと同様の、事変であり、戦争ではないのだ、と。

しかし、それを彼らは信じますか、と嘉山は訊き返してきた。

さあどうでしょう、ほう、そうか、と頷いていますがね。まあ、彼らとしても、そう

信じたいだけなのかもしれないが。

嘉山に向かって口にできるようなことではないけれども、そう信じたいのは実を言えば、芹沢自身も同じだった。たった一人の係累で海を渡る芹沢に餞別のナイフをくれた叔父は、独身のまま子どもも残さず二年前に死んでしまい、もう芹沢を日本に繋ぎ留めるものは何もなくなっていた。上海は彼には居心地の良い場所だった。彼を東京に呼び戻す気が本庁にないのなら、それでもいっこうに構わない。このまま十年、二十年とここに棲みついて、ずっと警官をやっていてもいいし、何か別のことを始めてもいい。何をやっても何とか生きていけるのが、少なくともそういう気持にさせてくれるのが上海だった。この四年の間に帰国したのはたった一度だけで、それはまさにその叔父の葬式に出るためだったが、久しぶりに身を置いてみた東京は、上海に比べると、このうつし世の生の充実を食と性を中心に置いて貪婪《どんらん》に執拗に徹底的に追求し抜こうという気概の薄い、執着の淡い、蒼ざめた影のような都市としか思えなかった。しぶとさ、生命力、底力——さっき口にしてみたそれが、日本には、日本人にはない。いや、なくもないのかもしれないが、少なくともこの大陸の華やかな大都市ではそれが桁違いに大きい。しかし、そういう上海はもう終った——この嘉山という男はそう言おうとしているのか。

事変ではなく戦争が、それも最終戦争とやらがついに勃発してしまったから、と。

戦闘が始まった日の翌日、八月十四日に市中で起きた大惨事が改めて芹沢の心に甦ってきた。国民党軍機が飛来し、黄浦江に停泊する日本艦艇を狙って爆撃を繰り返したが、爆弾は的を外しつづけ、川に落ちたり虹口《ホンコオウ》の桟橋に当たったりするだけだった。高みの見物を決めこんだ大勢の人々が外灘《バンド》に群れをなし、むろんそれは支那人も外国人も混ざった雑多な群衆だが、爆弾投下のたびに無責任に歓声を上げるやらがっかりするやらしていたものだ。だが、まったく成果のない空爆が一区切りついたようで、ショーは幕引きかという気分に観衆がなりかけた頃、軍用機のうちの二機が急旋回して共同租界の中心部に侵入してきたのを見て、人々は仰天し恐慌をきたし、雪崩をうって逃げまどった。その二機が投下した爆弾は、一つは五階から十階までが〈華懋飯店《キャセイ・ホテル》〉になっている〈沙遜大廈《サッスーン・ハウス》〉の玄関先で炸裂し、もう一つは〈匯中飯店大楼《パレス・ホテル・ビル》〉を直撃し、屋根を貫いて地階まで達した。どちらも外灘《バンド》名物の由緒も風格もあるビルディングである。この二つの爆撃で多くの死傷者が出た。

　さらにまた、内陸に侵入した一機の落とした爆弾は愛多亜《エドワード》路と虞洽卿《ぐこうきょう》路の角に建つ〈大世界《ダスカ》遊楽中心〉の真ん前の路上に着弾し、通行人と建物内の人々のうち数百人が爆風と破片とで死傷した。〈大世界《ダスカ》〉はその前日に女子どもを含む難民たちを収容する避難場所になったばかりだった。正確な数字は依然として把握できないままだが、租界内ではつごう三回の爆撃で、合わせて恐らく千七百人を超える死者と千八百人を超える負傷者が出たと言われている。蔣介石率いる国民党政府は、膨大な数にのぼる無辜《むこ》の非戦闘員の殺傷に対して遺憾の意を表明したが、これが誤爆だったのか、日本軍を挑発するための過激な示威行動だったのかは未だに判然としない。翌十五日、日本政府はそれまでの不拡大方針から一気に転換し、支那軍膺懲《ようちょう》、南京政府の反省を促す、という声明を出した。以後、戦闘は激化の一途を辿っている。

一時代が終ったとおっしゃいましたが、と芹沢は言った。もしこれが単なる事変であれば、——事変のまま収拾されるのであれば、この都市の繁栄は復活する、いずれはきっと復活してゆくとわたしは思いますよ、時間はかかるでしょうが。嘉山が笑顔のまま、うん、と深く頷くのを見て、芹沢は、たしかに、今の租界は惨憺たる状況と言うほかありません、と続けた。外灘《バンド》でも南京路でも、先月の爆撃による瓦礫の撤去さえ完全には終っていないのが実情です。北からどっと流入してきた連中がいろいろな厄介事を引き起こしている一方、在留邦人の大量引き揚げが始まっている。しかし、わたしとしてはこうした事態はいずれは正常化すると考えたい。そもそもそれがわたしども警察の仕事ですし……。

しかし、嘉山が、うん、うん、と頷きつづけるのを見ているうちに、芹沢は自分の中でゆるやかに萎えしぼみ、空しく崩れ去ってゆくものがあるのを感じた。にこにこと愛想笑いを続けているこの細長い、捉えどころのない男は、いったいおれの言うことに本当に興味を持っているのだろうか。そんな芹沢の気持を察したように、そうそう、そのあたりのことを伺いたかったのです、そのためにいらしていただいたようなわけで、と嘉山が芹沢の機嫌をとるように言った。共同租界で今、いちばん問題になっていることは何でしょうな。工部局警察のいちばんの関心事というのか。

それはまあ、いろいろありますが、と芹沢は答えた。たとえば、治安の悪化も深刻ですが、衛生状態に関する不安も大きいですね。一挙にずいぶんな数の死人が出て、今なお出つづけている。しかも、ちゃんとした埋葬が間に合わない状態で。ということは、疫病が発生する可能性が高いということです。上水道の設備に不具合が出て、安定供給が難しくなっているからなおさらです。いや、いったん疫病が流行しはじめたら、こちらに駐屯しているわが日本軍の同胞ももちろんその脅威にさらされるのですから。

そこから始めて、芹沢は共同租界における喫緊の問題点の幾つかを手短に語った。嘉山は、なるほど、なるほど、と如才なく頷きながら聞いていたが、芹沢には依然として、そうしたすべてに対して彼が上の空であるように思われてならず、自分の話しぶりからだんだん熱が失われてゆくのを感じた。今日一日の、というよりむしろここひと月来蓄積されてきた疲労が改めてどっと込み上げてくるようで、言葉がしだいに途切れがちになり、やがて完全に途切れて、自分が何の話をしていたのだったかふとわからなくなり、窓の外の暗闇に視線を投げて深い溜め息をついた。大変ですなあ、と嘉山があまりにありきたりなことを言うのが気に障って、テーブルの向かいの相手をやや憤然と睨みつけるようにすると、いつの間にか嘉山の顔からはもう笑みが完全に消えていた。

いいですか、わたしがこんなことを言ったなどということはどうかご内聞にお願いしたいのだが、と嘉山が突然言って芹沢の目を真っ直ぐに見た。先ほどのお尋ねですがね……。はっきり言いますが、もちろんこれは、戦争です。戦争以外の何ものでもない。事変の域はもはやとうに越えている。七月の盧溝橋で最初の支那兵の発砲が偶発的だったか計画的だったかをめぐる侃々諤々《かんかんがくがく》など、もはやどうでもよくなってしまった。われわれ参謀本部としては当初より不拡大方針の堅持を主張していましたが、今やそれも完全に不可能となりました。作戦部長の石原少将閣下がただ一人、最後まで派兵を渋っておられたのだが、事ここに至ってとうとう少将閣下も腹を括られました。

石原莞爾の名前はむろん芹沢もよく知っていた。満州事変の首謀者である。

これはまだ公けになっていないのですが――と言いかけて嘉山はためらった。まあ、早晩、お耳に入るでしょうから言ってしまうかな……。昨日、台湾守備隊、第九師団、第十三師団、第百一師団に動員命令が出ました。海軍からも上海派遣軍の軍司令官からも、陸軍部隊のさらなる増派が要請されている。応じることになるでしょう。応じるほかはない。支那側でも国共合作が進みつつあり、兵の数ではわれわれより圧倒的な優位に立っている。ご存じと思いますが、蔣介石の国民革命軍の後ろ盾になっているのはドイツの軍事顧問団で、だからやつらは訓練も装備も最新のドイツ式でね。これはなかなかどうして、馬鹿にはできないものなんだ。まあ、他方、指揮官が駄目と言うか、作戦行動に思慮を欠くところがあるので、兵士の訓練や装備の優秀性が帳消しになっているのですが……。ともかくわが方も戦力を追加投入しつづけるほかはありません。しかも……しかもですよ、もし仮に、この上海で敵を叩きおおせたとしても、いやどうしても叩きおおせねばならないのだが、戦力を結集して力ずくで、もしこの上海戦に勝利を収めたとしても、その後、この国での戦線がさらに拡大していかないという保証は何もない。拡大とはすなわち、敵軍の本丸まで攻めのぼるということです。

南京……と芹沢は低い声で呟いた。国民党政府の首都。嘉山は表情を動かさず、否定も肯定もしなかった。広間の反対端では、ついたての向こう側の酒宴はまだ続いていて、今や談笑というより大騒ぎと言った方がいいような乱れようになってきた。乱酔状態の大声で交わされる、おれは軍剣で何人斬り殺した、おれは何人だ、といったお決まりの自慢話の応酬がここまで筒抜けになっている。時おり起こる軍歌の合唱も、音程もへったくれもないがなり合いのようなものになっている。

さて、と……と呟いて、嘉山は背筋を真っ直ぐに伸ばし前向き加減になり、開いた両手をテーブルの上にぴたりとつけて、少し改まった声で言った。いろいろお話が出来て楽しかったが、最後に一つ、芹沢さんにお願いがあるのです。蕭炎彬《ショー・イーピン》に会わせてもらえないでしょうか。嘉山によるその人名の発音は四声のアクセントまで含めてきわめて正確な上海方言、すなわち「上海話」で、支那語はまったく出来ませんという先ほどの彼の言葉が嘘だったことをおのずと暴露していた。というよりもむしろ、もう本音しか語らないからそのつもりで、というシグナルを、その人名の発音を通じて芹沢へ送ってよこしたのだろうか。

二、人　形

帰宅した芹沢は、玄関のドアを後ろ手に閉めると、汗の染みこんだ制帽を帽子掛けに掛け、靴をスリッパに履き替えて、暗い廊下を明かりを点けないまま進み、狭い台所兼食堂に入って腰を下ろした。やはり汗まみれになって気のせいか腋の下からかすかに饐えたようなにおいを立ちのぼらせている工部局警察の制服を脱ぎもせず、とりあえず小さな食卓に両肘をつき両のてのひらで顔を覆い、喘《あえ》ぐように息を深く吸い、また吐いて、アパートの前の路上でオートバイの側車《サイドカー》から降り立ったあたりから始まった全身の細かな慄《ふる》えが鎮まるのをじっと待つ。四肢の先までちりちりと広がってゆくこのそこはかとない恐怖はいったい何なのか。

芹沢の住まいは競馬場の西側、市場の裏手の一郭のごちゃごちゃと入り組んだ小路の一つに面した、四階建ての古びた西洋風アパートの二階にある。独身者のための工部局の職員寮の一室にも、高い塀で囲われた日本人居住区に十数軒建つ赤煉瓦作りの家の一つにも住まず、同僚からも日本人社会からも離れて市中のアパートに独り暮らしをする芹沢に、奇異なものでも見るような好奇の目が向けられることもないではなかったが、気楽でいいですからとか、現地の生活に触れたいのでとか、当たり障りのない言葉で受け流していれば誰もそれ以上の穿鑿《せんさく》はしてこない。しかし、集団から距離をとって生きることの無責任な安逸が寒々とした孤立感として体感されることもときにはある。

自分が何に、あるいはどこに所属しているのか不意に確信が持てなくなり、迷子の幼児か何かになって世界にいきなり素裸で放り出されてしまったように感じるのだ。それまで自分を護ってくれていた被覆が剝ぎ取られ、赤剝けになった皮膚がざらざらした現実世界の表面にじかにこすりつけられるような、痛みとも不安ともつかぬそんな「居たたまれなさ」の感覚。それは子どもの頃から芹沢に折りに触れ襲いかかってくる奇妙な発作だった。不安の亢進《こうしん》とともに尾骶骨《びていこつ》のあたりからかすかな慄えが始まり、一方でそれは背筋を這いのぼって手指の先まで達し、他方では腿から脹脛《ふくらはぎ》へ、足の爪先まで這いおりていき、結局全身に広がって、いったんそうなるともうじっと寝そべるなり蹲るなりして発作が鎮まるのをただ待つしかない。この居ても立ってもいられないような不安感には、いっかな慣れるということがない。

子どもの頃はそれが一晩中続くこともあったものだが、さすがに二十歳を過ぎたあたりから、今さら迷子の幼児だの何だのと言っていられる歳でもあるまいしという自覚に居直ったせいか、小半時もじっとしていれば収まるようになり、頻度もだんだん間遠になっていった。とくに上海赴任以来のこの四年間というもの、数えるほどしか体験しなかったように思う。初めて日本の外に出て、外国語の飛び交う最初はまったく知り合いもいなかったこの異国の地で、やるせない寂寥感に打ちひしがれるといった場面はしばしばあったはずなのに、全身がひりひりするようなこの独特なよるべなさの体感に見舞われる機会は、東京で暮らしていたときよりなぜかむしろずっと減った。

その理由はひょっとしたら、この上海共同租界というのは結局、そこで暮らす誰も彼もが、多かれ少なかれ、自分が何に、どこに所属しているとも確信できず不安定に漂流しつづけているといった体感を分かち合いつつ、おのおの孤独な生の痛みを耐えている、そんな特異な場所だからかもしれない。ときどき彼はそんなふうに感じることがあった。赤剝けの素肌を世界にさらされ、ひりつくような痛みを耐えているのは自分だけではないのだ。港湾で荷揚げをしている苦力《クーリィ》も、カフェーで働く女給も、青幇《チンパン》や紅幇《オンパン》にさえ入れてもらえない流氓《リュウマン》と呼ばれる最下等のごろつきも、ねぐら定めぬ渡り鳥という意味で野鶏《ヤーチー》などと蔑まれる立ちんぼの街娼も、朝から晩まで足を棒にして走り回ってもわずかな日銭しか稼げない黄包車夫《ワンポー》も、その黄包車夫から鑑札を召し上げて私腹を肥やしたりするので庶民から嫌われている芹沢の同僚のインド人警官たちも、そんな痛みを生の常態と受け止めて、ことさら不平を鳴らしたりはしないようだった。

そもそもそれは痛みなのだろうか。糸の切れた凧のように浮遊するかと思えば、ざらついた世界の表皮にわが身の素肌をこすりつけその痛みで自分の輪郭を確かめたりする日常を、彼らは苦というよりむしろ生の愉楽そのもののように感受しているのではないか。そして苦であれ愉楽であれいずれにせよくっきりと鮮烈なこういう連中のひりつくような存在感に比べれば、何かに、あるいはどこかに必ず所属して自分を護り、その所属仲間と顔を合わせれば相手の考えを暗黙のうちに推し量り、つねに先回りしてそれに沿うようにものを言い、沿いそうにないことは決して口にしない——そんな息苦しい日本流の心遣いに汲々としている同胞たちは、苦も愉楽もあまりになまぬるく不鮮明にぼやけた貧しい生に、ちんまりと自足しているように芹沢の目に映った。得体の知れない連中ばかりに取り囲まれ、意識を二六時中張り詰めさせていなければならない異邦暮らしの、このすがすがしさはいったい何なのか。ともあれ芹沢はどうやら東京より上海での方が安気に暮らせるようだった。この都市の深みでは生のエネルギーがいつも不安定にうねり渦巻き流動していて、心の中に迷子の幼児を棲みつかせた芹沢の不安や疑懼《ぎく》など、意識の表面に浮上してくる以前にたちまちその大きなうねりの中に呑まれて溶けて散ってゆくようだった。

もっとも、外国人の一警察官が心の底に秘めているそんな屈折した共感のごときものをもし万が一聞き知ったら、この街の底辺にうごめく連中は何を馬鹿なとせせら笑い、決して信じるはずもなく、本気でそう感じているのだと言いつのったりすれば、不信や軽蔑どころか果ては憎悪まで差し向けてくるかもしれなかった。言うまでもなく芹沢は、彼らを管理し弾圧し処罰する側の人間だった。そして、そうした管理、弾圧、処罰の権力を自分が揮えるという優越感自体にそれなりの快がないと言えば、もちろんそれは嘘になる。あの連中に同情などは無用だし、そもそも同情されるような価値のある輩でもないという気持も、芹沢の中には確実にあった。嫌悪され恐怖され憎悪されるのもそれはそれで一種の愉楽にほかならず、けっこう酷薄なところのある自分が「弱者の味方」などという体の良い代物とはほど遠い人間であることを、彼はよく心得ていた。

子どもの頃から馴染んできた不安だのよるべなさだのが芹沢から自然に遠ざかっていったのは、彼が新米の域を脱し仕事に習熟し一人前の警官になってゆくにつれ、正義と権威をひけらかす居丈高な物腰がだんだん板に付いてきたこととも無関係なはずはない。工部局警察の制服がものものしい鎧兜《よろいかぶと》のようなシェルターとなって、芹沢の心の奥処《おくが》に棲む傷つきやすい小児を護ってくれるということだ。そもそも学校を卒業後さして迷うことなく警視庁への就職を選んだのも、半ば無意識だったかもしれないがそのもっとも大きな理由は結局、この職業こそ子どもの頃から彼に取り付いて離れなかった不安とよるべなさから逃れるための、いちばん確実そうな途《みち》だと見当をつけたからではなかったか。

そんなこんなでだんだんと間遠になり、このままで行けばやがてすっかり消え去ってしまうような気がしていた馴染みの発作がしかし、今夜、久しぶりに戻ってきた。警官の制服など結局はかりそめの借り着のようなものでしかなく、それを剝ぎ取られてしまえばそこにはただひりひりするような生身の一個の肉体が出現するだけ。そういうことなのか。芹沢は薄暗い台所の食卓に向かって、指先で目をこすりながら嘉山の顔を思い出そうとし、それがはっきりとした目鼻立ちで甦ってこないことに気づいて愕然とした。次の瞬間、蒸し暑い空気の籠もった室内なのに、慄えに加えて厭《いや》な寒気がぞわりと背筋を這い上がってくるのを感じた。

〈百老匯大廈《ブロードウェイ・マンション》〉の最上階のレストランの薄暗い片隅で面談を終え、玄関までお送りしましょうと嘉山が言い張るのを固辞しきれず、二人は一緒に昇降機に乗りこんだ。十九階から一階まで一気に降りる途中、横目でちらりと見遣ると、陸軍参謀本部付少佐は凝然と自分の前を見つめたまま身動きもせず、しかし真横に並ぶ工部局警官が一瞬こっそりと走らせた窺うような視線に気づいているに違いないとなぜか芹沢は確信した。その視線が捉えた嘉山の横顔を今自分のアパートで甦らせようとしても、記憶の像がどうにも明確な焦点を結ばない。人相風体を一瞬で観察し記憶に刻みこむのは新米警官の受ける基礎訓練の重要項目の一つで、芹沢はそれにもかなり優秀な成績を残したものだ。おれはよほど動転していたのだろうかと芹沢は訝り、いやもともとあの少佐が、諜報活動の指揮官にいかにもふさわしい、人の記憶がその映像を把持《はじ》しようとしてもぬるりぬるりと鰻のようにすり抜けてしまう、よほど特徴を欠いた顔立ちの男なのだろうかと思い直しもした。

嘉山の後に続いて〈百老匯大廈《ブロードウェイ・マンション》〉の正面玄関を出ると、目と鼻の先の暗がりに側車《サイドカー》付きのハーレー・ダヴィッドソンが停まっていた。運転座席に腰を預けていたセーラー服姿の一等兵が、二人の姿を視認するや即座に立って直立不動の姿勢をとり、嘉山に向かって挙手敬礼した。

帰りはこれでお送りします、と嘉山が言った。いや、こんなものしか調達できず、申し訳ない。わたしの視察用に、軍のしるしの付いていないビュイックかシヴォレーか、何か地味な車を一台用意しておいてほしいと、出発前にあらかじめ頼んでおいたんだが、海軍さんたち、どうやら今は頭の中はごちゃごちゃになっているようでね。すっかり忘れられてしまったらしい。どうしても明朝にならないと自動車の手配がつかないと言い張るのです。で、今夜、芹沢さんの帰宅の足が必要だからと捩じこんだところ、側車隊のハーレーのオートバイなら一台都合をつけてもよいとようやく向こうも折れて——。

いえ、自分は歩いて帰れますから、と芹沢は嘉山の滑らかな饒舌をぶっきらぼうに遮って言った。

いやいや、それは大変すぎる。それに、租界は中立地帯とはいえ、何しろ戦時だし、こんな夜更けに日本人が独りで歩いていると、何が起こるかわからない。路地の暗がりに引きずりこまれて、とか……。

芹沢は思わず苦笑して、

大丈夫です、自分はこの街には慣れておりますから、と強い口調で言い返したが、嘉山は真面目くさった表情を崩さず、

しかし連中、警官だからって遠慮会釈なんかないでしょう、と言いつのる。流氓《リュウマン》の中には、警官の制服を剝ぎ取って売り飛ばそうとする手合いだっていると聞いてますよ。第一、これに乗っていけば外白渡橋《ガーデン・ブリッジ》の検問所もすんなり通れる。それ以上言い返す気力が不意に萎えた芹沢は結局、

はあ、では、お言葉に甘えて……と、頭を下げるほかはなかった。

いや、今日はどうも、お茶一つ出さず、本当にわざわざ……と、嘉山は最後まで薄気味が悪いほど丁重だった。芹沢は目を合わせないまま嘉山にお辞儀を一つして、

失礼します、と呟き、一等兵の差し出す防塵メガネを受け取り、長身を折り畳むようにして、海軍旗が横腹に描かれた窮屈な側車《サイドカー》の座席に乗りこんだ。前かがみになった嘉山が最後に、またご連絡しますので、とかすかな威圧感を滲ませた声音で念を押すように言ったが、防塵メガネを掛けるのに手間取って耳に入らなかったふりをしていると、嘉山はそれ以上は何も言葉を継がなかった。

帰路の途中、曲がり角で速度が落ちたとき、ハーレーを運転する一等兵に向かって、エンジン音に負けないように声を張り上げて道順を説明しようとすると、一等兵は、承知しております、大丈夫です、とぴしゃりと言って芹沢の口を封じた。嘉山はおれの自宅の場所まで正確に把握しているのだ、把握しているのだぞということを、こうして無理やり家まで送り届けるというやりかたで、おれに思い知らせようとしているのだ。そう思い当たって軀が竦《すく》んだが、そのときも含めてこの帰路の走行中には不安の発作は起きなかったものだ。アパートの前に停まったハーレーの側車《サイドカー》から降り、同時に運転席から降り立って気をつけの姿勢になって堅苦しい敬礼をする一等兵に、ゆるゆるとした覚束ない手つきで答礼した瞬間になって、ようやく慄えが始まったのだった。明かりの絶えた夜の街路を走り抜けるオートバイの側車《サイドカー》の座席で揺さぶられつづけていた間中、ずっと緊張が解けず、自分の軀の内側に注意を集中する余裕がなかったからだろうか。芹沢から手渡された防塵メガネを小さな肩掛け鞄に仕舞い几帳面に留め金を掛けると、一等兵はもうそれきり芹沢には一顧だにせず、無言のままハーレーに跨《また》がってエンジンを掛け、夜の街を遠ざかっていった。

真っ暗な台所兼食堂で、食卓に向かって十五分ほどもじっと座っていただろうか。立ち上がって電灯を点ける気力をやっと奮い起こした芹沢は、廊下を戻り、仕事机を置いて書斎を兼ねている寝室に入った。服も下着も脱ぎそれをベッドのうえに放り投げると、裸になって浴室に入る。首筋から背中にかけて熱いシャワーを浴びつづけているうちに慄えは少しずつ収まってくるようだった。目を瞑って嘉山との会話を思い返す。

あのとき嘉山は、蕭炎彬《ショー・イーピン》に会わせてもらえないでしょうか、と唐突に言い、虚を衝かれた芹沢は一瞬、言葉を失った。その名前を聞いてとっさに甦ってきた一つの映像があった。凍えるような夜気の中で、しなやかな女の腕が荒々しく揺れている、ただそれだけの映像……。自動車の後部座席の窓から外に突き出された一本のかぼそい腕の、夜の闇にくっきりと浮かび上がる輝くような白さ……。それを車内に引き戻そうとする力と外に引きずり出そうとする力とが拮抗し、腕は、ほんの数秒、激しく上下に振れていた……。その映像が引き金となって、あるささやかな出来事の全体が、ゆるゆるとほどけながら繰り延べられてゆくように、記憶の中からまざまざと甦ってきた。

静安区《ジンエン》の愚《ぐ》園《えん》路とジェスフィールド路の交叉点にある〈百楽門舞庁《パラマウント・ボールルーム》〉は、市内でもっとも豪奢と言われるダンスホールの一つで、カジノも併設されており、上流階級の社交場になっている。開店は芹沢の上海赴任の前年、昭和七年だからまだ歴史は浅いが、すでにこの都市の名所の一つとなり、去年チャーリー・チャップリンが上海を訪れたときも三人目の妻のポーレット・ゴダードと一緒にこの店に立ち寄り、店側は商魂たくましくそれをちゃっかりと宣伝に利用したものだ。

一昨年の冬のことだったか、ある厳寒の夜ふけ、何の用事があったのか芹沢はたまたまこの店の前を通りかかったことがある。ホールの中では、あれは〈夜も昼も〉だったか〈エニシング・ゴーズ〉だったか〈ビギン・ザ・ビギン〉だったか、ともかく当時流行りのコール・ポーターの陽気な曲が賑やかに演奏されていて、それがくぐもった響きとなって街路まで洩れ聞こえていた。交叉点の角に面したこの店のエントランスを二十メートルほど通り過ぎ、愚園路を東へ向かってさらに歩みつづけようとしていた彼の背後で、自動車がブレーキを軋ませて停まる音、ドアが開く音に続いて、いちどきに何人もの革靴の足音が歩道に騒がしく響いた。ふと好奇心をそそられ、足を止めて振り返ると、エントランスの前に停車した白いフォードから、正業に就いているようには見えない風体のいかつい支那人の男たちが数人降り立ち、そのさらに後ろに停車している黒塗りのキャデラックに向かって小走りに近寄ってゆくところだった。男の一人がキャデラックの後部座席のドアを開け、そこから誰かが降り立ったようだが、男たちが警護するように周りを囲んでいるので、降りてきた者の姿はその陰になってよく見えない。

そのまま一団となってダンスホールにさっと入ってゆくのだろうと思いきや、男たちはなお立ち尽くしたままで、その後ろ姿に小さな動揺のさざ波が走ったように芹沢は感じた。何やら面倒事が持ち上がったのか。それがどんな些事でも揉めごとのようなものが路上で起きていればそれに目を留め、じっと観察するのは芹沢の職業上の習い性になっていた。やがて背中に困惑の表情を浮かべた男たちの間隔がやや開き、その隙間から、路上に立つタキシード姿の初老の支那人の男が、自分が今降りてきたばかりのキャデラックの方へ向き直り、車内から力ずくで誰かを引きずり出そうとしているところがちらりと見えた。男はその誰かの手をぎゅっと摑んで強引に引き、手首の持ち主はそれに力いっぱい抗《あらが》っている。白い手首にくっきり浮かんだ腱の筋に、力の籠めようの必死なさまが明らかに見てとれた。しかし男の力には抗いきれず、手首に続いてほっそりした腕の全体が現われた。力が拮抗して激しく上下に振られる腕。肩まで剝き出しになったそのかぼそい片腕の目の覚めるような白さが、ダンスホールのエントランスの強烈な照明を受けてまばゆく浮かび上がった。

ほどなく、キャデラックの後部座席から転げ出るようにして、シンプルな黒の、しかし見るからに高価そうな西洋ふうのイブニングドレスを着た濃い化粧の若い女が引きずり出されてきて歩道に立った。黒髪をボブの断髪にしたこれも恐らくは支那人で、まだ二十歳になるやならずやと見えた。男が手を放す。女は男に背を向けてしばらく肩で息をしていたが、やがてくるりと振り返って男に面と向かい合い、手にしていた小さなハンドバッグをいきなり男に投げつけた。バッグは男の胸に当たって地面に落ち、取り巻きの一人がそれをすぐに拾い上げた。初老の男はただ笑っているばかりだ。りゅうとした剣襟のタキシードで身を固め白いスカーフを首から垂らし、薄くなりはじめた胡麻塩の髪をポマードでぴっちりと撫でつけたその痩せた小柄な男を、大きな耳が変なふうに突き出したやつだなと思いながら眺めていた芹沢の頭に、あれは蕭炎彬《ショー・イーピン》ではないのかという思念が閃いたのは、ようやくその頃になってからだったかもしれない。理由のない先入見で堂々とした巨漢を想像していたので、あんな貧相な小男と蕭《ショー》の名前とが最初のうちは結びつかなかったのだ。しかし、気づいてみればあれは写真（ほんの数枚しか存在しないのだが）で知っている蕭《ショー》の顔に違いないと思われた。

蕭炎彬《ショー・イーピン》は青幇《チンパン》の頭目の一人で、名目上の格から言えば彼のうえにさらに二人のボスがいるものの、今や実力はその二人を凌ぐと言われている。十三歳のとき無一物で上海に流れ着き、果物屋で丁稚《でっち》奉公をするところから始めた孤児の蕭《ショー》がこの犯罪組織に入り、その頂点に昇りつめるまでの半生は謎に包まれている部分が大きいが、ともかく今や彼は「一声十万」と言われるほどの子分を擁し、この都市の三悪――阿片と賭博と売春というわゆる「三宝」の元締めとなっている。しかし、それだけなら裏社会の顔役というだけのことにすぎない。

蕭《ショー》を青幇《チンパン》の他の二人のボスから大きく隔てる彼の才覚の異常な凄みは、彼が昼の世界の要所にも抜け目なく喰いこみ、権勢を拡大していったところにある。阿片や賭場で稼いだ金を政・財・軍に跨る人脈形成のために惜しみなく注ぎこみ、ここ十年ほどの間に銀行、企業、交易所、新聞、出版社、また各種の協会や商会や同郷会の、頭取、常務理事、理事長、代表取締役、会長などの座を次々に手に入れてきた。名刺に印刷された十幾つもの肩書は、彼がこの都市の紛れもない「名士」であることを証拠立てている。共同租界工部局もフランス租界公董局《こうとう》も彼にはまったく手出しができない。とりわけ後者はそうだ、というのも公董局の首席華《か》董《とう》とは誰あろう、蕭炎彬《ショー・イーピン》その人なのだから。

若い女は蕭炎彬《ショー・イーピン》と思われるその男に何やら激しい語気で食ってかかったが、男の方はそっぽを向いてにやにやしているだけだ。やがて取り巻きの一人が女の顔を覗きこみながら宥《なだ》めるように何か言い聞かせた気配があり、次いで店のエントランスへ向かって女の背中をそっと押した。とたんに女は振り向いて自分の背中を押した男の顔をぴしゃりと平手打ちした。頬を張られた男はきまり悪そうに下を向いたが、どうやらその顔にもにやにや笑いが浮かんでいるようだ。女は取り巻きの別の一人が胸の前に捧げ持っている自分のハンドバッグを引ったくり、つんと頭をそらせ、先に立ってダンスホールの中へ入ってゆく。先ほどの緊張感はもはやなく、弛緩しきった男たちの一団はいやはやと苦笑を交わしている風情で、互いの顔をちらりちらりと見遣りながらぞろぞろと女の後を追って店の中へ吸いこまれてゆく。

言葉の内容が聞き取れる距離ではなかったが、一部始終を眺めていた芹沢にはどういう感情の衝突か何となく見当がつくような気がした。タキシードの男はどう見てもイブニングドレスの女の二倍以上、ひょっとしたら二倍半にもなろうという歳である。蕭炎彬《ショー・イーピン》はたしか七、八年前に名女優と謳われる姚儷杏《ヨー・リーアン》を第四夫人として娶《めと》っており、そのときは馳せ参じてきた市の政界・財界の要人たちが一堂に会し、盛大な婚姻の儀が開かれたと聞いているが、さっき蕭《ショー》にハンドバッグを投げつけた女は明らかに姚儷杏《ヨー・リーアン》ではない。姚《ヨー》の顔なら芹沢もよく知っている。そもそもさっきの女は姚《ヨー》より歳がずっと若い。

お盛んなことだ、あの歳で、と芹沢は苦笑した。どうでもいいことだ、おれとは無縁の世界の話だと思いつつ、しかしそれでも、同じ都市に暮らしていながら空想小説の主人公のような神話的存在としか思っていなかった人物の、血肉を備えた生身の軀を眼前にし、かつまたその私生活の内奥に潜む性愛のドラマらしきものの片鱗をちらりと目撃できたことの興奮がないわけではなかった。

ただし、記憶の皮膚に突き刺さって抜けないほんの小さな棘のように、今なお芹沢の心の底でかすかに疼《うず》きつづけていることが一つある。ダンスホールの中に歩み入っていこうとする蕭炎彬《ショー・イーピン》が、姿を消す直前に芹沢の方をちらりと見て、一瞬、二人の目がたしかに合ったのだ。街路樹の陰に入っていたおれの顔がはっきり見えたはずはない、とその後芹沢は何度も考えたが、確信はなかった。確信が持てないので、その瞬間を芹沢は何度も何度も甦らせ、きっと警官の制服は見分けられたに違いない、しかし顔はどうか、街路樹の枝葉の影が落ちていたはずだし、制帽の庇の陰になっていたはずだし、目鼻立ちまでは見分けられなかったのではないか、たとえ顔立ちが見えたとしても、ほんの一瞬のことだったのだから記憶にとどめる余裕などはなかったはずだ、等々と、疑心暗鬼になって様々な思いをめぐらさざるをえなかった。制服に身を固めた人物は抽象概念のように一般化して認識されがちで、一人一人の顔立ちの個性的な特徴は把握されにくいものだ、などという言葉を思い出し(人物観察の教練を受けたとき教官からそう教えられたのだった)、強いてそれを安心のための材料にしようとしてもみた。

おれも何と小心なやつなのだと自嘲しつつ、それでもやはり芹沢は、正直に言えば少々怖かった。ほんの二十秒か三十秒ほどのあさましい諍《いさか》い。男女の間に生じるありふれた、凡庸な、しかし性欲やら金銭欲やら自尊心やらが絡んで妙にこじれることもないではない、感情の小突き合い。それはどんな大物にも名士にも当然あるいじましい私生活の断片にすぎないが、蕭《ショー》からすればあれは市井の第三者の目にはできればさらしたくない一情景だったに違いない。蕭《ショー》の立場に身を置いてみるとどうだろう。諍いがとりあえず収拾して少し安堵し、わがままな愛人だか妾だかの後を追って店へ入っていこうとしていた矢先、自分に向けられた視線をふと感じた、あるいは、向こうの方の街路樹の脇にじっと動かずこちらを注視しているらしい人影が視界の隅に映った。そちらを見遣ると、工部局警察部の制服制帽に身を固めた若い大柄な男がそこに立ち尽くしている。日本人であることも見てとれたかもしれない。あいつは、いつから立っていたのだろうか、何を見たのだろうか、おれがおれだとわかっただろうか、等々、とっさにいろいろな疑問が浮かんだかもしれない。目が合った瞬間、蕭《ショー》は一瞬足を止めたようにも見えたが、しかしそのままさっと店の中へ消えた。足を止めたかどうかは確言できないが、それよりもっと確実と思われたのは、芹沢と目が合った瞬間、蕭《ショー》の瞳にいきなり強い憎悪の光がよぎったことだった。

その蕭《ショー》の名前を、思いがけない瞬間に思いがけない人物が話題にのぼせた——芹沢さんにお願いがあるのです、蕭炎彬《ショー・イーピン》に会わせてもらえないでしょうか、と。

蕭炎彬《ショー・イーピン》というのは、例の、青幇《チンパン》の……と、芹沢は口籠もりながら一応確かめてみた。そう、と嘉山はぽそりと言い、言葉を継がずにそのまま芹沢の顔色を窺っているようだった。

しかし、なぜ……と芹沢が呟いたのは、なぜ蕭炎彬《ショー・イーピン》にというのが一つ、なぜ自分にというのがもう一つだったが、どちらから先に尋ねたらよいのかわからなかった。

蕭炎彬《ショー・イーピン》とはお知り合いでしょう、と嘉山が言った。

お知り合いって、まさか……。だって、蕭炎彬《ショー・イーピン》ですよ。あれがどういう存在か、わかっておいでなのですか。

わかっていますとも。

わたしなどにとっては雲のうえの存在ですよ。以前、一度だけ、ちらりと見かけたことがあるだけで……。

ほう、と言って嘉山は身を乗り出した。それはまた、どういう機会に？

いや、いつだったかな……。ほんの偶然に、街中で、蕭《ショー》が車を降りてきましてね……。

いやそれより、少佐殿は、いったいなぜあの男にお会いになりたいのですか。

「嘉山さん」で結構です。そう、その理由をお話ししなければ……。芹沢さんはこういう会社はご存じですかな。そう言って嘉山は立て続けに七つか八つの名前を挙げた。その大部分を芹沢は知っていた。上海市の閘北区や上海近郊の無錫《むしゃく》・常州・杭州などに存在する綿紡績工場の名前である。

これらはみな支那民族資本の工場、すなわち「支那紡」というやつで、今回のわが陸海軍の進出に伴って、つい最近われわれの接収するところとなったものです、と嘉山は言った。当然、今のところ操業停止の状態です。他方、まるまる十割、日本資本で、従来ずっと日本人の経営してきた紡績会社――「支那紡」に対して「在華紡」と呼ばれますが――の場合は、こんな戦火の中でも、わが軍が勝利しつづけているかぎりさしたる影響は受けません。日本と支那の合弁会社についても、まあおおむね大丈夫でしょう。もちろん労働力の確保に多少の支障が生じるとしても、それほど深刻なことではない。問題は、上海戦での勝利に伴い今回わが軍が接収して経営陣が一新されることになった、純粋な「支那紡」の工場の場合なのです。

そういうのは、日本軍の直接管理下に置かれることになるのですか、と芹沢は訊いてみた。

そういうものもあります。が、わが軍にはわが軍の、軍隊として喫緊の使命がある。すでに戦闘の片のついた場所に部隊を駐屯させつづけ、工場経営などにかまけている余裕はない。それにまあ、有り体に言って……その能力もない、と言って嘉山はにやりとした。まあだんだんと、当地の被占領民の了解の下に、わが邦の民間企業に委任経営されるというかたちをとることとなりましょう。

はあ、「委任」……ねえ。我知らず鸚鵡返しに自分の口から洩れたその呟きに、皮肉めかした響きが滲んでしまったのを聞きつけられたのではないかと、芹沢の心にかすかな怯えが走った。

兵力で制圧し占拠した他国の工場を自国の企業の経営に強引に切り替える、「支那紡」だったものをことごとく「在華紡」にする——嘉山が言っているのは、要するにそういうことだ。力任せに分捕ってきた物的・人的資本の運営を、支那人が日本人に「委任」する。そんなことが実質上ありうるはずはない。お為ごかしの空疎な美辞麗句、図々しい言葉の詐術、つまりは、まやかしではないか。しかし、むろん表立ってそう言うわけにはいかない。芹沢にはただ、我知らずかすかな皮肉が滲んでしまった語調で、「委任」……ねえ、と呟くのが精いっぱいだったのだが、その語調のニュアンスに気づいたのか気づかなかったのか、嘉山は恬然《てんぜん》として、あるいはそのふりをして、そう、と深く頷いてみせた。打ちのめされ、今は意欲も気概も失い途方に暮れている被占領民からの委任を受け、わが邦の優秀な国策会社が最善の経営努力をする。それが何よりも肝要です。目先の利益はひとまず措き、支那人民の福利厚生、新生支那の建設、そして大東亜全体の共栄のために、わが日本の有志の国策会社に、粉骨砕身の労力を傾けてもらわねばなりません。こうしたお為ごかしのタテマエを並べている間、嘉山の顔からは先ほどの笑みなどはむろんかき消え、口調には静かな熱が籠もり、瞳に漲る強い光からはどこか崇高の気さえ帯びた情熱が伝わってきた。大したタヌキだと芹沢は感嘆した。が、小さな吐息を一つついた後、

とはいえこれは、言うは易しでね、と嘉山の口調が弛んだ。当地の反日感情にはむろん根強いものがある。現地採用の工員たちが、新たな経営陣の熱意にそうそう素直に応えてくれるとは期待できません。

そりゃあそうだろう、と芹沢は思った。そもそも「支那紡」と「在華紡」とを問わず紡績業全般、さらには製粉工場なども含め、ここ数年来、上海一帯では労使関係の紛争がこじれ、操業停止、あるいはそれに近い状態にある会社が多い。あまりの低賃金と長時間労働に音を上げた労働者がストライキを打ち、それが解決しないまま閉鎖に追いこまれかけているところもある。芹沢の記憶では、嘉山が名前を挙げた工場のうちたしか二つは、この事変だか戦争だかが勃発する数か月前からすでにそうした状態に陥ってい

たはずだった。

そう言えばこの春先、日支合弁の織布会社の一つで、工場長だったか営業部長だったかともかく日本人の管理者の一人が、女工として働いていた十五かそこらの支那人の少女を強姦し、妊娠した少女が首を吊ったとか川に身を投げたとかいう、真偽のほどが今もって定かではない風聞があった。警察に届けがあったわけではなく、ことを起こした日本人はとっくに逃げ帰るように内地へ引き揚げてしまっており、真相はうやむやのままだが、そんな風評も尾を引いて労使間の対立がこじれにこじれる原因の一つとなっている。上海市工部局も知らん顔を決めこんでいられる問題ではなかった。工場自体は上海市外の江蘇省や浙江省に位置していても、会社の本社は共同租界にあることが多く、その場合は会社の役員たちもたいていは共同租界なりフランス租界なりに私邸を構えているから、芹沢たち工部局警察の管轄とまったく無関係というわけではない。

内地で募集をかけて、日本人の工員を集めてくればいいのではないですか、と芹沢は言った。

そう、長期的にはそうなってゆくでしょうな。そうなっていってほしい。内地では農家の二男、三男など、職にあぶれている者も少なくないのだから。実際、六年前の満州事変以降本格化した満蒙開拓団の入植は、成功裡に着々と進展しています。われわれの占領したこの長江の一帯にも早晩、国策として内地からの集団移民が始まるでしょう。

しかし、この土地は当面はまだ、血腥い硝煙のにおいがあたりいちめん立ち込めているといった惨状で、治安も決して良くはない。便衣隊も掃討しきれていませんし。

芹沢は頷いた。便衣隊と呼ばれる抗日ゲリラが日本軍占領地に出没し、夜討ち朝駆けの攻撃をかけてきて、土地鑑のない日本軍が手を焼いていることは彼も知っていた。こんな状況下の支那の田舎に家族を挙げて移住してきて、仕事のきつい紡績工場に就職し安月給で働いてみようという物好きな内地人が、はたしてどれほどいることか。

満蒙への入植は基本的には農業です、と嘉山は言った。荒蕪《こうぶ》の地を開拓して作物を収穫できるようにする。それに必要なのは百姓です。だが、上海を中心として、揚州、南京も含めこのあたり一帯は、まだまだ未発達とはいえれっきとした工業地帯です。熟練した工場労働者が必要なのですよ。当面は現地の支那人をそのまま使いつづけるほかはありません。正確な数は機密事項に属するので言えませんが、戦闘が始まってひと月、われわれがすでに徴用した工場はさっき名前を挙げたものばかりではない。しかもその数はこれからさらにますます増えてゆく。最終的には、そう……三桁の数にものぼることになるでしょうな。それが次から次へと廃業し、機械が錆びついて、建物が廃屋になってゆくというのでは、いったい何のための大陸進出なのかさっぱりわからないということになる。経営管理体制を刷新し、接収した工場を一つずつ、段取り良く、どんどん稼働させていかなければなりません。早め早めに手を打って、軍の管理下に置いたものは片っ端からその正常の操業を再開させてゆく必要がある。石原少将閣下よりじきじきに命を受け、参謀本部のわが班は、その問題に関して様々な角度からかなり精密な検討を加えました。とりあえずさっき名前を挙げた幾つかを手始めに、まああれら全部が無理ならせめてそのうちの半分ほどでも、早期に、良いかたちで再稼働に成功すれば、それが模範的な実例となって、残りのケースの解決に道を開くことになるだろう、と。これが、まあ希望的観測も混じっていないわけではないにせよ、われわれの研究の暫定的結論です。

いったいどこへ向かうのかと訝りながら聞いていた嘉山の話の道筋が、芹沢の目にようやくはっきりと見えてきた。

おわかりでしょう、と芹沢の顔に理解の色が浮かんだのを見てとったらしい嘉山が言った。組合を動かして、あるいは新たに第二組合を組織して、工場の操業は当の支那人のためでもあるのだと、いやむしろ支那人自身に恩沢を施すことこそを目的とした操業なのであり、最終的には内地と外地が一体となった大東亜の新建設へと向けて、それがどうしても必要なのだと――そういう気風、理解を創り出していかなければなりません。つまり、情宣活動ですね。それによって正論を普及させる。そのために何らかの実力行使が要請されることもありうるでしょうが。

どういう種類の実力行使なのかは芹沢は尋ねなかった。尋ねても嘉山は答えまい。

労使の争議の鎮静化のために蕭炎彬《ショー・イーピン》の力を借りたいのですよ。あなたもよくご存じと思うが、その手の活動で、あの男はこれまですでに相当インプレッシヴな実績を挙げていますね。そして嘉山は、蕭炎彬《ショー・イーピン》がこじれにこじれた労使紛争の収拾に成功し、妨害者を排除してストを解決してみせた会社の名前を幾つか列挙してみせたうえで、いやはや、なかなかどうして、巧みなものです、と呟いた。アメとムチを緩急自在に使い分けて組合を切り崩す一方、会社の執行部にも脅しをかけ、ここぞという潮時に耳に心地良く響く妥協案を示し一挙に両者に呑ませる。まあ、あやつがたいへんな腹芸の持ち主であることは事実です。どうも、そういう第三者の徹底した介入でもないかぎり、われわれの徴用した工場群の早期の再生は難しいと思うのですよ。

芹沢はしかし、今やもう事情がすっかり違うだろうと思った。蕭炎彬《ショー・イーピン》が日本軍のためにひと肌脱ぐ。そんなことはとうていありえまい。その思いを見透かしたように、嘉山は、

ただし――とすぐに言葉を継いで、一瞬黙った。ただし……そう、彼は若い頃から蔣介石と強い絆で結ばれており、今だってむろん国民党政府を陰に陽に支える要人の一人です。アンダーグラウンド・マネーによる経済援助を含めてね。十年前の四・一二事件、つまり蔣介石の上海クーデターによる共産党弾圧も、それに続く蔣の南京国民政府樹立も、もし盟友の蕭《ショー》が手下を使って実行したあの容赦のない大量の虐殺テロがなかったら、

すべては烏有《うゆう》に帰していたはず。その彼を、この戦時に、今やわが邦の、そう、有り体に言ってしまうなら今やわが日本の所有するところとなった工場の経営を軌道に乗せ直すという事業に担ぎ出すのは、まあ、至難の業ではありましょうな。しかし、わたしには成算がないではない。彼を何とか説得できるのではないかと考えている。

できますかね、と芹沢は疑わしげに呟いた。

可能性はあります、と嘉山は言い、背広の裾ポケットからダンヒルのガスライターを、胸の内ポケットから銀色に輝く煙草ケースを取り出した。煙草ケースをぱかっと開き、焦げ茶色の細身のミニシガーを一本抜いて芹沢に差し出した。芹沢が首を振ると、それをそのまま自分の口にくわえてライターで火を点け、ひと息大きく吸い、濃い紫煙をすぐにぽかりと吐き出すと、その煙の流れを追うように視線を泳がせた。ハバナ産の高級品らしいシガーの甘ったるいにおいが一挙に立ち込め、芹沢の鼻腔をくすぐった。喫煙の習慣のない芹沢にとっては胸が悪くなるような強烈な香り。しかし、それは甘い。とても甘い。

蕭炎彬《ショー・イーピン》は先月の開戦後ただちに、「蘇浙皖《そせっかん》行動委員会」を組織していますよ、と芹沢は言った。抗日レジスタンスの組織です。蔣介石の指示によるとも噂されていて……。

すると嘉山は、わかりきったことを言うなというようにシガーを持った手をゆらゆらと振り、むろん、蔣介石の肝煎りですとも。いいですか、そりゃあ蕭《ショー》だって、掲げている表看板はむろん抗日救国です。そうでなければ人心を掌握できませんからね。抗日ゲリラの編制やら何やら、蔣介石と組んであの男が早くもそうした活動に挺身していることは、少なくともそういうポーズをとっていることは、われわれも熟知しています。しかし、どうですか、あの男の本性《ほんしょう》は愛国者という柄ではないでしょう。どう気取ろうと所詮、ギャングの親分です。金と権力のためには何でもやる男だ。つまるところ、見返り次第ということではないのかな。見返りと言ってもむろんそれが金とはかぎらない。優先権益の保証、お目こぼし……いろんな種類の見返りがある。それより、彼がいちばん恐れているのは、日本贔屓《びいき》の売国奴——漢奸《ハウーケェ》という評判が立つことでしょう。だったら、そうした風評を抑えこむ方策をわれわれの方で考えてやればよい。愛国者蕭《ショー》の顔が立つようにしてやればよい。その用意も実はすでにないでもない。要するに、彼のために何か口当たりの好い口実を作ってやる……。いやいや、どうも今夜のわたしはついうっかり喋りすぎているようで、まずいなあ。そう言って嘉山は、笑みを含んだ口元をわざとらしく片手で押さえてみせた。

芹沢は目を落とし、半信半疑のまま髪を手櫛で搔き上げていた。一人の支那人が、抗日の戦闘を組織しつつ、しかも同時に、日本の支那占領を利する活動に暗躍する。いくら表と裏を平然と使い分ける異能の怪物であれ、そんなとんでもない曲芸がはたして可能なのか。可能なのかもしれない、と思わないでもない。表の顔、裏の顔、いやそればかりか、前の顔、後ろの顔、縦の顔、横の顔、その他いくつもの顔があり、表と見えていたものが実は裏で、裏だったはずのものがいつの間にか表で、前が後ろで後ろが前で、縦が横で横が縦で、しまいには自分でも何が何やらわからなくなる。自分の想像を超えているが、青幇《チンパン》の頭目にして同時にフランス租界公董局の首席華董でもあるといった男の人生など、そんなふうな奇怪なものなのかもしれない。

それでね、と嘉山が喋っていた。で、どういう結果になるか、さっきは成算があるとつい言ってしまったが、実のところはまあそう自信があるわけでもない。ないけれども、しかしともかくそういったことを彼と会って直談判してみたいと、まあそんな話でね。そこで、芹沢さんに――。

なぜ、わたしなんです、という声が少々上ずったが、そんなことには構っていられなかった。さっきも言いましたが、わたしと彼とは何の接点もない。わたしは単なる、ヒラの工部局警官ですよ。向こうは、ひょっとしたら上海市長や工部局参事会の議長以上の権力を持つ大物だ。上海の「地下の市長」と呼ばれるほどの……。

接点ね、と呟いて嘉山はまたひと息シガーを吸い、ゆっくり吐いて、シガーの先の灰を床にじかに落とし、それから、横を向いていた顔をゆっくりと正面に戻すと芹沢の目を真っ直ぐに覗きこんだ。蕭炎彬《ショー・イーピン》と個人的な面識はない、と先ほどおっしゃった。では、馮篤生《フォン・ドスアン》はどうでしょう。お知り合いでしょう。違いますか。

持ち出された名前は、先ほどの蕭炎彬《ショー・イーピン》のそれ以上に芹沢を当惑させた。しかし、芹沢が何と答えたらいいのかわからず黙っているうちに、嘉山が口にした次のひとことに芹沢は椅子から飛び上がらんばかりに驚愕した。その衝撃を押し殺して顔に出ないように抑制するといった余裕などはとうていなかった。

馮篤生《フォン・ドスアン》、あの時計屋の爺さんは、蕭炎彬《ショー・イーピン》の伯父なんですよ、それはご存じなかったのかな、と嘉山は言ったのである。

熱いシャワーを指先の皮膚がふやけるほどにまで浴びつづけているうちに、ようやく軀の慄えが収まってきた。芹沢は軀を拭いてあり合わせの室内着に着替えると、廊下を戻って玄関脇の小部屋へ行った。ドアを開けるやいなや様々な薬剤の刺激臭がつんと鼻の粘膜を刺す。写真の現像用の暗室に使っている部屋だった。

明かりを点けると、目の高さに掛け渡した洗濯ひもに洗濯バサミで留めておいた四切判の印画紙が十二枚、並んでかすかに揺れている。芹沢はそのすべてを手早く回収した。昨日の真夜中、眠い目をこすりながら現像と焼付けを行なったもので、むろんもう完全に乾いている。さらに作業台の隅に置いたキャビネットの抽斗《ひきだし》を開錠し、その中に七つか八つ入っている大判の茶封筒のうち、中身が詰まって膨らんだ一つを取り出した。抽斗のいちばん奥には封筒の陰に隠すようにして、芹沢の宝物である革ケース入りのライカII型が仕舞いこんである。

　重ねて揃えた印画紙の束と茶封筒を持って台所へ戻り、まず窓のカーテンをぴったり閉ざしたうえで、また食卓へ向かって座った。窓の向こうは裏手の建物が取り壊された跡がそのままになっている小さな空き地で、そもそも芹沢のアパートは二階だし、窓自体も磨りガラスだし、誰に覗きこまれるというわけでもなかったが、カーテンを開けっぱなしにしておくのはやはり落ち着かなかった。昨夜現像した十二枚に茶封筒から取り出した三十数枚を加え、合わせて五十枚弱ほどの写真に映っているのは、ほんの二枚を例外としてあとはことごとく人形である。ただし、ありきたりの人形の概念に収まるような代物ではない。

　たとえばそれは、こんなふうなものだ。羽目板張りの床のうえに、全裸の少女が顔だけ横に向けて仰向けに寝転んでいる。長い黒髪が床に無造作に広がっている。両腕を胸の前で組んでいるのでよく見えないが、乳房はまだほとんど脹《ふく》らんでいないようだ。腰のくびれもわずかしかない。十歳を少々越えた程度の年恰好だろうか。石塑《せきそ》粘土製で、着色されていないままなので顔も軀も真っ白だが、目鼻立ちは巧緻に作りこまれ、尖った鼻の下にやや肉厚の唇が官能的な曲線を描いている。異常なのは下半身だった。右脚はすんなりと普通に伸びて軽く膝を曲げ、足指の一本一本まで緻密に造形されている。ところが左脚は、義肢と言うのか何と言うのか、脚の代わりに三本ひと組になった鉄のシャフトが取り付けられている。腿の部分をなすシャフトが軀から九十度に近い角度で横に突き出し、膝のところでそれがまた直角に折れ曲がり、その全体は床面にぴたりと付いている。足首から先もシャフト製で、足指のあるべき場所には繊細に彎曲した五枚の小さな金属パネルが装着されている。眼窩《がんか》に嵌め込まれた精巧なガラスの義眼が無表情に虚空を見つめている。片方の瞳の虹彩の色は黒、もう片方は緑。

またたとえば、こんなふうなものだ。背を反らして四つん這いになった少女がこれもやはり顔を横に捩じ曲げ、こちらを見つめている。そのガラスの眼球の片方は普通の黒い瞳だが、もう一方は白内障紛いに白濁し、目尻が少し裂けている。この子は髪を一本も植えられていない坊主頭で、目鼻立ちはしかし、非常に美しい。腰のくびれがほとんどないのは前の子と同じだが、この少女の胸は豊満だ。ただし乳房が二対、縦に並んでつごう四個ある。四つん這いの片脚は膝から下を床にぺたりとつけているが、横に突き出した他方の脚は膝を浮かせ、床には足指だけが触れていて、それで床を蹴って今にも立ち上がるか、四足獣と化して走り出すかしそうな気配を漂わせている。実際、四肢のはしばしから何やら獣染みた獰猛な精気がむうっとにおい立つようでもある。

さらにまた、こんなふうなものもある。軀をぴたりと寄せ合った二人の少女が、尻を床にじかにつけ横に並んで座り、軽く膝を曲げた脚を前方にだらしなく投げ出している。仲良し同士が親密なお喋りのひとときをのんびり過ごしているようでもある。一方は三つ編みにした髪を両側におさげに垂らし、他方はおかっぱ頭で、互いの肩にそれぞれの片腕を回し、他方の手は二人とも横にだらりと垂らしている。だから腕はたしかに四本あるのだが、視線を下ろしてゆくと、見る者は何か奇妙なちぐはぐを感知してかすかに途惑わざるをえない。その理由が、この二つの身体に脚が三本しかないことから来ていることを認知するのにほんの一拍ばかりの時間が必要だ。二人の軀は乳房の下あたりでシャム双生児さながら合体しており、臍は一つ、脚は三本、臀部《でんぶ》の盛り上がりも三つしかないのだった。

人形の数はぜんぶで八体で、そのそれぞれにつき数枚ずつの写真があるのだが、今挙げた三例以外の五体もその怪異のさまは似たり寄ったりだった。すべてに共通しているのは、どの子も高雅と官能を併せ持つ美しい顔立ちをしていること、東洋人とも西洋人ともつかないながら髪のある場合は黒髪であること、どの子も素裸であること、剝き出しにされたその身体に何かしら倒錯的なおぞましい歪曲が施されていること、そしてどの子も脚を大きく広げ、無毛の股間にちんまりと位置する未成熟な性器がきわめて精密に再現されていることだった。まだほとんど発達していない陰唇がわずかに開き、あるかなきかのそのうっすらした裂け目から小さな小さな尿道口と膣口が覗いている。その描写の異常な巧緻と細密のさまからは、何かそら恐ろしいような偏執が伝わってくる。その写真の映像からではわからないが、人形たちの身長はどれもだいたい九十センチから一メートルほどだろうか。

人形たちはその軀のあらゆる関節に球体の樹脂が嵌めこまれ、前後上下左右、三百六十度の方向に自在に動かせるようになっている。だから、人体の本来の解剖学的構造では不可能な向きに手足や指を捩じ曲げることができた。実際、そんなふうに四肢を奇怪な形に捩じくれさせた姿勢で放置されている少女も何人かいる。

芹沢は自分が撮ったその五十枚にも及ぶ写真を一枚一枚ざっと見直しながら、次々に食卓のうえに無造作に落としていった。あまり大きくない卓の表面が、あっちこっちを向いたグロテスクな人形たちの画像で埋め尽くされてゆく。やがて、彼の手の中には写真の束のいちばん下にあった二枚だけが残った。そのうちの一枚には、豊かな白髪を後頭部で無造作に束ねた総髪頭の痩せた支那人の老人が映っていた。立て襟の白っぽいシャツを着たその老人は、内側が中空になった人形の頭部を、頭部だけを、上下逆さまにして右手で支え持っている。直径十五センチほどのその頭部の顔面の真っ白な地肌はすでに紙やすりで滑らかに仕上げられ、鼻も耳も唇も完成された精妙な輪郭を帯びている。ただし、両目のあるべき部分だけはまだぽっかりとうつろな穴が開いたままだ。老人は左手に握った細身の平丸刀で、片方の眼窩の縁の部分を、慎重な手つきで削っているところだった。左利きのその老人は、一見したところ七十になったかならないかといった年恰好だが、引き締まった顔もがっしりした手も肌に艶と張りがあることは白黒の画像からもはっきりと見てとれて、彫刻刀が石膏に触れる一点を凝視している瞳には力と意志が漲っており、あるいは本当はもっとずっと若いのかもしれない。それが馮篤生《フォン・ドスアン》だった。これらの人形すべてを作った男。

芹沢の手に残った最後の一枚がやや遠いところから捉えているのは、その馮《フォン》と芹沢自身が木立ちを背景に寄り添って立ち、打ち解けた会話を交わしている情景だった。芹沢とほぼ同じ背丈であることから馮《フォン》の方もかなり大柄であることがわかる。前の写真で着ていたのと同じものらしいシャツの両袖をたくし上げている老人の方はほぼ無表情だが、何か話しかけている半袖のポロシャツ姿の芹沢の口元は無防備な笑みにほころび、少々ピンぼけ加減の画像ながらも、彼がすっかり気を許して弛緩し、だらしない充足の表情さえ浮かべているさまだけはまざまざと伝わってくる。二人の視線はカメラのレンズの方に向いていていない。場所はフランス租界にある馮《フォン》の屋敷の庭だ。つい一か月ほど前のことだった。アナトリーが芹沢の気づかぬうちにシャッターを切ったのだ。

あいつにうかうかとカメラを貸すのではなかった、と芹沢はまたしても舌打ちした。つい昨夜、現像液に漬けた印画紙にこの情景が徐々に浮かび上がってきたときには困惑し、苛立ちを抑えることができなかった。その瞬間以降、今日いちにち折りに触れ反芻してきた悔いに今また改めて襲われ、その悔いにはあの白系ロシア人の青年へのかすかな憎しみがひとすじ織りこまれていた。青年というよりむしろ少年と言うべきかもしれないアナトリーは無思慮な幼児気質をまだ残していて、他愛のないいたずらを大人に仕掛けては、くっくっと独り笑いをしている。馮《フォン》にもおれにも気づかれぬ瞬間に盗み撮りをするのが面白かったのだ。そのくせライカのⅡ型になって初めて組み込まれたあの画期的な連動距離計をうまく使いこなせず、こんなピントの甘い写真を撮っている。愚かなやつ。

おれは馮《フォン》老人との付き合いを、べつだん必死に、あらゆる手立てを尽くしてでも秘匿しようとしてきたわけではない、と芹沢は過去を思い起こしながら自分に言い聞かせるように考えた。が、ともかくそれは他人が容喙《ようかい》してくる筋合いではない、おれの私生活上の事柄だ。事柄よりももっと強い言葉を使いたければ、それを秘密と呼んでもよい。おれはそれを誰にも明かした覚えはない。ところがその秘密が東京の陸軍参謀本部の少佐の耳に、なぜか筒抜けになっていた。それだけではない。馮《フォン》について、嘉山はおれの知らなかったことまで知っていた。青幇《チンパン》のボスとの縁戚関係……。馮《フォン》には馮《フォン》で自分自身の秘密を持つ権利があり、それはもちろん当然のことだ。ただ、あの爺いがおれに完全には気を許しているわけではなく、おれには決して立ち入らせようとしない私生活の一領域が彼にはあって、それを堅固な壁で囲って護り通そうとしているという事実が、これで明らかになったということはある。

いや、待て待て、と芹沢はつい暴走しそうになる自分の思考の手綱を引き締めた。嘉山の言ったことを無条件で鵜呑みにするのも愚かなことではないか。早とちりをしてはならない。蕭炎彬《ショー・イーピン》の伯父だと……？　ことの真偽をまず確かめねばなるまい。陸軍参謀本部少佐の話には腑に落ちない点が幾つかあったが、そもそも芹沢が引っかかったのはあの饒舌ぶりだった。優秀な情報将校があんなにお喋りでいいのだろうか。あれは、口から発するひとことひとことに意味があり、無造作と見える一挙手一投足の背後に計算がある、そういう細心鋭利な男に違いないと芹沢は直感していた。おれのようにいつ暴発するかわからない危うい何かを始終内側に抱えこみ、しかも場合によってはその暴発の快感に一挙に身を委ねることをためらわない、そんな直情径行型の男では絶対にない。なのに、話題が蕭炎彬《ショー・イーピン》に移るや、あいつは喋りに喋ったものだ。おれごときにそこまで明かす必要があるのかとおれ自身が呆気にとられるほどの思惑やら魂胆やらまで、つるつると開陳してみせた。あのミニシガー……。どこがどうと即座には言えないが、何か、おかしい。どこか、ちぐはぐだ。あいつの言葉のはしばしまで逐一思い起こし、すべてをもう一度考え直してみなければなるまい。

最後の一枚もぽとりと食卓に落とした芹沢は、食卓のうえいっぱいに、グロテスクな人形たちがあっちを向いたりこっちを向いたりして科《しな》を作り媚《こび》を売っている五十枚ほどの写真の雑然とした重なり合いに目を落としながら、これはともかくぜんぶ焼却しよう、フィルムも含めて、と考えた。できるだけ早くそうした方がよい。とくに、芹沢と馮篤生《フォン・ドスアン》との親密ぶりをはっきりと記録している最後の一枚……。アナトリーのやつ、こんないたずらを他に何か仕出かしていないといいのだが。誰からも後ろ指をさされないように、自分の身辺をさっぱりさせ、そのうえで、嘉山の要求にどう対応するかを考えよう。よほど慎重に策を練らねばなるまい。しかし、今晩はもう何もできない、何をする気力もない。すべては明日のことだ。軀の慄えはもう完全に収まっていた。食卓のうえにわさわさと散らばった写真をかき集め、大雑把に揃え、それを全部まとめた束を、暗室の錠付きのキャビネットに戻すべく片手に摑んで立ち上がると、芹沢は台所の電灯を消した。

三、ユキヤナギ

　夜半に雨は上がったが、一夜明けてすっきりした晴天になるというわけにはいかず、芹沢が起床して窓を開けると、今にもぽつりぽつりと雨粒が落ちてきそうなどんよりした曇り空が広がっていた。この日の芹沢は本来まる一日非番のはずだったが、人手が足りないというい つもの理由で、早朝から臨時の厄介な任務に召集されていた。ずっと以前に倒産し無人のまま放っておかれていた小さな製函会社の古倉庫の錠をこじ開け、勝手に入りこんで生活している浮浪者の一団がいるという。彼らが裏庭に垂れ流す屎尿《しにょう》の臭気に辟易《へきえき》し、また物盗《ものと》りに入られるのではないかと怯える近隣の住民たちから苦情が絶えず、しかし対処の余裕もないまままもう二週間も放っておかれていた案件だった。

　血の気の多そうな若衆が何人も出入りしているという情報があったので、警察側も慎重になり、日本人巡査と中国人巡査を取り混ぜて十人を超える部隊を編成して出かけていったが、そんな大袈裟な覚悟で当たる必要はなかったことは、しかしすぐにわかった。

いざ中に踏み込んでみれば、そう広くもない倉庫の中に、合わせて何家族になるのか、二十人を超える支那人難民たちがひしめき合うように暮らしていて、そのうち半数近くの者が衰弱して脱水症状を起こしかけており、警官と肉弾戦を演じようなどという余力のある者など誰一人いはしなかったからである。隊長の命令で誰かがすぐに外に飛び出し、車に備え付けの無線で病院に連絡するために走っていった。

案の定、戦地を逃れ、北から流れてきた人々だった。数えてみると子どもや赤ん坊もいれて二十四人が、陽の射さない倉庫に身を寄せ合って、暑熱の籠もる汚れた空気の中でひっそり生きていた。それでも雨風をしのげるだけ、露天に寝起きするよりはましだったろう。後で事情を聞くと、故郷を捨てて出発したときはどの家族も家財を積んだ荷車を引いていたが、何度も夜盗に襲われ、結局その乏しい家財も奪われ尽くして裸に剝かれ、租界に流れ着いたときにはほぼ無一物の状態になっていたという。見るからに栄養の足りていない赤ん坊や幼児が汚れた筵《むしろ》のうえに何人も、泣き声もあげず、ただ弱々しく呼吸しながら、目を閉じてぐったりと横たわっているさまが哀れで、芹沢は暗澹とした気分にならざるをえなかった。

警察署へ戻って食堂で昼食をそそくさと食べ終え、執務室へ戻る途中、休憩室の前を通りかかると、中から珍しく卓球の音が聞こえてくる。ここひと月来、署員の誰もが昼休みも終業時間もなく市中を走り回っていて、卓球に興じる余裕のある者など絶えていなかったものだ。中を覗いてみると、丸首シャツ一枚になった乾《いぬい》が、耳のうえでカールした茶髪に同じ茶色の口髭を生やした、がっしりした体格の若い英国人巡査相手にボールを打ち合っていた。ちょうど良い、と芹沢は思った。この男にちょっと訊いてみたいことがある。

芹沢が入ってきたのにちらりと目を留めた乾が、コーナーを狙って派手な身振りで物凄いスマッシュを打ちこんだが、ボールは台にかすりもせずに大きく逸れて明後日の方向へ飛んでいった。乾が、サンキュー、ナイスゲーム、と言って相手の英国人に手を差し出すと、英国人はラケットを台のうえに置き、乾と握手して、手を振りながら出ていった。新聞を読んでいる日本人巡査が二人ほど、さらに隅のテーブルで将棋を指しているひと組もいる。そろそろ「非常時」が収束し、人々の心にもようやく平時の静穏が戻りかけているのかという思いが頭を掠め、芹沢は自分の軀が少しばかり温まるのを感じた。

入り口にそうした張り紙が出たりしているわけではないが、これは実質上、日本人巡査のための休憩室で、ただし英語の新聞や雑誌も備えつけて、卓球台も置いてあるから、気が向けば英国人がふらりと入ってこないわけではない。他方、支那人とインド人の巡査はここは使わないことになっている。支那人の出入りする休憩室はもっと古くて汚い別棟にあり、行ってみたことがないのでよく知らないが、インド人巡査はそこにも恐らく立ち入れないはずだ。インド人のための休憩室というものは、たぶん存在しないのではないか。では、英国人用の休憩室はどうかと言えば、それはこの棟の上階にあり、ここよりずっと上等な絨毯が敷かれ調度も立派で、撞球台などもあるらしい。らしいというのは芹沢はそれを噂に聞いただけで、中に入って自分の目で見たことがないからで、支那人、インド人はもとより日本人もそこには立ち入れない、あるいは立ち入らない。不文律で固定されたそうした慣習のうちに、この租界内の人種間の地位の差があからさまに表現されている。

暇みたいだな、良いのか、そんなふうに遊んでいて、と芹沢がからかうように声をかけると、

いや、おれは午後はもう休みだ、休みにした、と乾は答え、首に巻いていた手拭いでぐりぐりっと顔の汗を拭うと、窓際に寄って行って煙草を取り出した。上からごちゃごちゃ言われたが、午後の非常勤務とやらは強引に取り消させたよ。そうでないと、もう軀が持たん。

まあな、と芹沢は半信半疑で答えた。上司に向かって「強引」な物言いができるような男では乾はない。こわもてを演じてみせるのが大好きだが、実は小心で権威に弱く、目上の人間の前に出ると揉み手せんばかりの露骨なへつらいと阿《おもね》りの口調になる。それでかえって相手から疎《うと》んじられたりしているが、当人はそれに気づいていないようだ。

開いた窓から外へ向かって煙を吐き出しながら、

腹が減ったな、と乾は小声で呟いた。

食堂は今、空《す》いてるぞ。

うん……。今日は何だ、定食の献立は。

韮菜《レバニラ》炒牛肝と卵スープ。

旨かったか。

いや、不味い、と芹沢は断定してにやりとした。前から不味かったが、近頃とくにひどいな。牛レバは固くて臭いし、卵スープにはほとんど味がない。卵スープと言うが、そもそも卵がほとんど入っていない。

うん、それなんだがな……と言って乾は振り返り、顔中くしゃくしゃになるようないたずらっぽい笑みを浮かべて芹沢と目を合わせた。歯並びの悪い男で、とくに上の前歯の真ん中に隙間が開いているのが目につく。しかし、にいっと口を横に引いてそのみっともない隙間を剝き出しにしてみせるこの笑顔には、妙な愛嬌があって憎めない。口の周りから顎にかけて疎《まば》らな髭を蓄え、それで何とか多少の貫禄をつけているものの、もし髭をぜんぶ剃り落とし、人並みより小ぶりの顎がつるっとして剝き出しになったら、まだ三十代の初めなのにすでに髪の生え際がかなり後退しはじめていることもあり、貧相を絵に描いたような面つきになってしまうのは間違いないと芹沢は以前から考えていた。

あのな……コックの一人に張《ズアン》っていう禿の年寄りがいるだろう。あいつの親戚が閘北に住んでいて、先月の戦闘に巻き込まれて一族の何人かが死んだそうだ。支那軍のトーチカを攻略しようとしていた上陸《シャンリク》の迫撃砲の砲弾が逸れて、民家の屋根を直撃したんだと。家は半壊、家族がその下敷きになって……。

へえ、と芹沢は言った。「上陸《シャンリク》」は日本の上海海軍特別陸戦隊の略語である。

それが張《ズアン》の伯母の家だったんだと。あいつ、ここをクビになりたくないから黙っておとなしく働いているけれど、実は日本人憎しではらわたが煮えくり返ってるらしい。それで、日本人に出す料理には厨房の隅で唾を吐いたり、何か怪しげな細工を……。

おいおい、まさか。

いや、本当だって。目撃者がいるのよ。だからおれは、張《ズアン》の当番の日はあの食堂には行かないことにした。

今日はどうだったかな。厨房はちょっと覗いたが、誰がいたかな……。張《ズアン》ね、張《ズアン》……。

おい、あんた、今日、腹を下したら教えてくれ。それであの爺いの嫌疑が確定する。

そう言って乾はひゃっ、ひゃっ、ひゃっとしゃがれ声で笑った。芹沢が上海に赴任してきて最初に親しくなったのがこの男だった。初めて出仕した日の昼休み、今話題になっている署の食堂へ芹沢が行き、その入り口でまごまごしていると、ぽんと肩を叩いて、窓口で食券を買い配膳口でそれを渡して代わりに盆を受け取る仕組みを教えてくれたのが、彼より四歳年上のこのお喋りで世話好きな猫背の小男だった。

女、女、男、女、女、と来て、最後がおれだよ、とそのとき向かい合ってテーブルに座った乾は、鶏の唐揚げをぽいっと口の中に放りこみながら言ったものだ。六人きょうだいの末っ子。三番目に男が生まれて、まあ良かったと親はひと安心したが、しかし息子がもう一人欲しいという欲が出て、頑張ったんだと。ところが、四人目も五人目も女でな。それでさすがに諦めようという心境になったところへ、四十代も半ば近くになっていたおふくろがまた孕《はら》んじまった。それでめでたくおれが生まれて、一応は嬉しかったらしいが、子作りも子育てももううんざりだ、もう打ち留めだっていうんで、おれは留吉なんて情けない名前を付けられちまった。兄貴は勝英だぞお、何だい、偉そうに。勝英と留吉の兄弟だ。なあ、ちょっとひどくないか。学校でも家でも、おれはトメ公、トメ公と呼ばれてなあ。兄貴は勝っちゃんなのによ。

そうか、おれは一人っ子だ、と芹沢は乾の話しぶりのリズムに乗せられてついぽろりと洩らし、しかしその後をどう続けたらよいものかとためらった。相手の話を受けて今度は自分の家族の話をしなければならないかと考え、その鬱陶しさをあらかじめ思いやって気が重くなったが、幸い乾は自分のことを一方的に喋りまくるたちで、他人の話にじっくりと耳を傾けるような忍耐は持ち合わせていない男だった。

乾は子どもの頃、上海にいたのだという。もう二十年以上も前、大正時代に遡る話だが、上州の高崎の紡績工場で働いていた乾の父親は、会社の大陸進出に伴って、上海郊外に完成した新工場へ技術指導のために赴任することになった。当時、長女と次女はもう結婚して家を出ていた。そこで乾の父親は、自分と同じ高崎の会社に入社して働きはじめていた長男の勝英に妹二人の世話を委ね、妻と末っ子の留吉だけを連れて大陸に渡った。虹口《ホンコォウ》の日本人街に五年ほど住んだ後、一家は内地に引き揚げたが、九歳から十四歳までのその五年間は、乾留吉の心にきわめて幸福な思い出を残したらしい。

何しろ、あの頃の上海は良かったなあ、と乾はことあるごとに繰り返し言う。嫌われていたのはまず英国人で、日本人に対してはこっちの連中は今よりずっと親切だったもんだ。高崎の家よりずっと広い一戸建てに親子三人で暮らして、料理洗濯子守りをやってくれる住み込みの阿媽《アーマー》がいて、掃除や力仕事のための通いのボーイまでいてなあ。おふくろも本当に幸せそうだった。びっくりするほど物価が安くて、しかしそれでいて上海はもうすでに、高崎みたいな田舎町とは比べものにならない「都会」だった。週末には映画館や遊園地に連れていってもらい、帰りにレストランで豪勢な食事をする。日本ではほとんど食べたことがなかったアイスクリームが食べほうだいだ。その行き帰りだって、いつも黄包車《ワンポーツゥ》、そうでなければタクシーだ。おれを先頭に、一家三人がそれぞれ乗った黄包車《ワンポーツゥ》が三台、縦に並んで、ちりんちりんとベルを鳴らしながら、風を切って走ってゆく。快点《クアディ》(速く)！　快点《クアディ》(もっと速く)！と面白がっておれが叫ぶと、黄包車夫《ワンポー》が頑張って速度を上げる。おい、馬鹿、そんなに急がせると事故が起きるぞ、もっとゆっくり、ゆっくり、と最後尾のおやじが笑いながら叫んでいるが、こっちの車が速くなってゆくにつれてその声もどんどん後ろへ遠ざかってゆく。その間もずっとユキヤナギの細かい真っ白な花びらが、ほんものの雪みたいに、顔や肩や座席のうえにはらはらと降りしきっていてなあ……。

一時代が終ったのですかね、と昨夜嘉山が言ったとき、芹沢がとっさに思い浮かべたのは、今回の上海戦が始まった先月の十三日以前の上海、芹沢が赴任以来の四年間を過ごし自分自身で様々なものを見聞きしてきた上海というよりはむしろ、酒の席で何度も何度も聞かされた、乾が夢見るように物語る、桃源郷の絵にも似た一九一〇年代の上海だった。それは乾の記憶の中でずいぶん美化されているに違いないお伽噺めいた上海だったが、当人が味わった幸福感自体は紛れもなく真正のものなので、そこにいかに偽の記憶や空想や勘違いが混入しているにせよ、その「古き良き時代」の上海像は大きな説得力をもって芹沢に迫ってこざるをえなかった。

子どもの暮らす狭い生活圏の見聞だけで、都市の繁栄の実相が摑みきれるはずもあるまい。しかし、ともかく誰しも子どもの頃の思い出は特別な輝きを放っているものである。それに加えて乾の場合、北関東の田舎町で、大家族の中でおまけのように、みそっかすのように暮らしていた末っ子が、こちらに来て生まれて初めて両親を独占し、思うさま甘えることができるようになったということも大きかったろう。両親の方も日本では考えられないような贅沢を安上がりに満喫できるここでの暮らしに心の余裕が生まれ、子どもを甘やかし、また異国での学校生活に馴染めるようにと一生懸命気を配ってやったのだろう。

そもそも芹沢が赴任してきたのは昭和八年の九月で、彼が初めて見た上海は、前年の一月から三月にかけての事変で戦場となり、すでに大きな被害を蒙った後の上海だった。当初、かつての上海はこんなものじゃなかった、上海はもう終ったなどという、昨夜嘉山が洩らしたのに似た言葉をかなりの数の人々の口から聞いたものだ。ところが、この四年間で上海はまたしぶとく甦った。消えていたネオンサインがまた次々に明るく灯りはじめ、避難していた人々が陸続と帰還し、物流が復活して食料や燃料に不自由しなくなり、通行人の服装がみるみる良くなり、乞食や浮浪者の姿が減り、キャバレーやダンスホールやカフェでふたたび陽気な音楽が鳴りはじめ、それが街路にまで溢れ出すようになっていった。その一方で、かつての上海はこんなものじゃなかったと言いつづける人たちもいないではなかったが——乾留吉もその一人である——、それでも芹沢にしてみれば、月ごと、年ごとに街の賑わいがぐんぐん増してゆくさまを自分の目で、耳で、肌で実感することができ、それが何がしか彼の生活の張りとなり生きがいともなっていたことは事実である。ところが、この都市のそうした上向きの気運は、つい先月勃発した二度目の事変、ないし戦争によってまたしても一挙に断ち切られてしまったかに見える。

afterward——と嘉山は言ったのだった。「その後」の生、「それ以後」の世界。それで言えばおれの人生はいつもいつもafterwardでしかなかったのかもしれない、と芹沢は考えないでもなかった。本当に大事なことのすべては過去に起こってしまい、いちばん美味しい部分はもうぜんぶ喰い散らかされて、後はただ、誰も手をつけようとしなかった残りかす、残骸、なれの果てばかり。かつての栄華の余韻、余香がそこはかとなく漂っているばかり。おれの生まれ合わせとは、せいぜいそんなところではないのか。また復活するのではとか支那という国の底力がとか、昨夜はつい意地を張って、嘉山に向かって反射的に言い返してみたものの、嘉山の口にした最終戦争などという禍々《まがまが》しい呪文のような言葉——その一語を発したときの陸軍参謀本部付少佐の何か妙に謹厳な、かすかな畏怖の籠もったような口調は、芹沢の心に強い印象を残さずにはいなかった——が、ひと晩経ってじわじわと芹沢の心を腐食しはじめているのか、前方の視界がどんどん狭まり、暗く鎖されつつあるような気分がつのってきていた。今朝がた埃っぽい倉庫の中で見た、目を瞑って筵に横たわっている不健康に痩せこけた赤ん坊や幼児の姿が、また目の前に浮かんできた。

まあ、不味くても何でも……こういうご時世になって、それでも食うものがまだあるだけ、有難い話だと思わなくっちゃなあ、と芹沢は言った。今朝、おれは、静安寺《ジンエンズー》警察署の応援に駆り出されてたんだ。製函倉庫を占拠している浮浪者を排除するという任務で……。

ああ、聞いた、聞いた。何だか、相当悲惨なことになってたんだってな。

もう何日も、碌なものを喰っていなかったんだろう。骨と皮だけみたいになってなあ。まだ生きてたのが不思議なくらいだ。

すると乾は一瞬黙りこみ、それから、

生きてなかったやつもいたらしいよ、とぽそっと言った。

えっ、何……？

聞いてないのかい？　おれもさっき小耳に挟んだばかりだが、倉庫に籠もっていた連中を積みこんで、あんたたちのトラックが引き揚げた後、静安寺《ジンエンズー》警察署から何人か、後片付けに行ったんだって。そしたら、裏庭の隅に六つか七つ、土饅頭《どまんじゅう》が見つかったんだって。

墓か……？

だろうねえ。それぞれ一本ずつ棒杭が立っていたっていうからな。で……ここから先はもっと嫌な話になる。穴を掘ってまた埋め戻して出来たその土饅頭だけど、そのうち半分ほどは、人間の大人の寸法だが、残りはもっとずっと小さなものだったそうな。

芹沢は窓の外に視線を投げ、今しがた胃に入れたばかりの油臭い昼飯を戻しそうになり、息を詰めてこらえた。人間は生命力が弱い者から先に死んでゆく。年寄り、赤ん坊……。ごくっと咽喉を鳴らして空気のかたまりを呑みこんでから、で、その、埋まってたものを掘り出したのか、という小声を辛うじて絞り出した。

知らないけど、まだだろ。検屍も必要だろうし、どういう処分をするか、どこに埋め直すか、まず決定したうえでってことだろ。火葬場の焼却炉だって、今は昼夜フル回転で、それでも追いつかないっていう状況だから。いずれにせよ、そんなとこに埋まったまんま放っておくわけにはいかんだろうな。しかし、いつから埋まってるんだか知らないが、それを掘り出すのは何とも厭な仕事だねえ。あんた、今回、すでに関わりを持っているから、ついでにその任務も命じられることになるかもしれんよ。

やめてくれえ、とかすかな笑いに紛らせながら芹沢は弱々しい悲鳴をあげてみせたが、意図したようなおどけた調子などまったく帯びずに終ったその吐息混じりの嘆声は、単なる悲鳴でしかなかった。乾からの返答はなく、いっとき沈黙が下りた。乾がべつに悪趣味な冗談を言っているわけではないことはもちろん芹沢にもわかっていたし、芹沢がそれをわかっていることを乾の方でもわかっていた。その胸糞の悪い任務に駆り出されるのは芹沢かもしれないし、案外今度は乾かもしれないし(芹沢は公安課、乾は交通課の課員だが、この「非常時」ではもう所属を問わず、誰も彼もが様々な臨時の任務に駆り出されていた)、あるいは他の誰かかもしれないが、どれほど気が重かろうと、いずれ遠からず誰かが引き受けなければならない仕事だった。

民間の隠亡《おんぼう》か何かを雇うってわけにはいかないのかねえ、と乾は言った。ともかく、インド人隊はこういうことにまったく役に立たねえからなあ、と乾が腹立たしそうに言った。不浄なものに自分は手を触れられないからとか何とか吐《ぬ》かして、逃げ回りやがって。

何か、ヒンズー教の問題か。それともカースト制の……。

知らねえ。ともかく、ここんとこ、おれはもう、つくづく……。

ああ、うん、と芹沢は漠然と呟いた。つくづく……という気持は彼もまったく同じだった。やはり「非常時」は収束からまだまだほど遠いのだ、という重苦しい気分が改めてどっと肩にのしかかり、胸から腹まで沁み透ってくるのを感じた。餓死した幼児や赤ん坊の腐りかけた死体を、傷つけないように気をつけながら土饅頭から掘り出し、ビニールシートにくるむ。そんな仕事をおれはいったいやれるだろうか。だが、やれるのやれないのと、四の五の言っている余裕はない。もしそれを命じられたら何が何でもやらなければならない。問題は、それをした後でおれは飯を喰えるのか、悪夢にうなされず安らかに眠れるのかということだ。

いやはや、参ったな。馬鹿馬鹿しいことが始まったもんだ、と次の煙草に火を点けながら乾が呟いた。

始まったんじゃないだろう、始めたんだろう、とともすれば激しかねない口調をことさらに抑えながら芹沢は反射的に言葉を返した。おれたちが、おれたちの国が始めたんだろう。

おいおい、と乾は目顔で制しながらわざと声をひそめ、少々芝居がかった身振りで、顔を振ってあたりを窺うように視線を左右に走らせてみせた。しかし芹沢はそれには構わず、

自然災害じゃないぞ、人間が始めたことだ、と言った。

そりゃあそうだが、しかし、先に挑発してきたのは敵方だ、と乾は言った。おれは新聞で読んだから、詳しい経緯を知っている。支那の国民革命軍は対日抗戦の準備をずっと前から、もう完全に整えていた。戦争を始めたくってうずうずしていたんだ。わが軍の第三大隊は盧溝橋で、空砲による夜間演習を行なっていただけで、それを実施することはあらかじめ支那軍側にも通告済みだった。ところが卑怯にも支那軍は、第八中隊の背後から実弾を発射して……。

いや、それはもういいよ。先に手を出して小競り合いを始めたのがどっちかとか、そういう細かいことはどうでもいいんだ。それより、そもそもだな、日本軍がいったい何

でまたこの外地まで遠征し、北支くんだりに駐屯して、演習なんかやっていたんだっていう話だよ。ここは他人《ひと》の国の領土だぞ。そこにわざわざ旭日旗を掲げた軍隊がやって来なければいけない理由が、何かあるのか。

むろん、あるだろうさ。在支の同胞の安全を確保し、権益を護るために……。

そうかねえ。戦争を始めたくってうずうずしていたのは、そもそもいったいどっちなんだ。あのな、そもそもの話……と言いかけた芹沢の言葉を乾は無遠慮に遮って、火の点いた煙草を指の間に挟んだ手を胴の横にだらりと垂らし、少し顔を近づけ、

あんたなあ、そもそも、そもそもって、そういうことをあんまり口にしない方がいいよ、と奇妙に抑揚のない口調で囁いた。表情も固くなっている。芹沢が顔を動かさないままちらりと横目で見やると、新聞を読んでいた若い巡査の一人が顔を上げてこちらを注視しているのが視界の隅に映った。この距離では乾との会話の内容を聞き取れたはずはない。が、しかし、土饅頭の話をいきなり聞いた衝撃で、つい箍《たが》が外れたようになって口が滑り、こんな場所で言うべきではないことを言ってしまったのは事実で、乾が正しい。芹沢は唇を噛んで俯いたが、乾はさりげなく言葉を継いで、

新聞を読めばそういうことはぜんぶわかるんだよ、おれたち下っ端ふぜいがいくら頭を使っても、碌なことにはならないから、と宥めるように言った。おれたちはただ、命じられた任務を粛々とこなしていればそれでいい。な、そうだろ？　違うか？

そりゃあそうだ、と芹沢はおとなしく答え、それでほっとしたように表情の弛んだ乾は、

じゃ、おれは非番だからもう帰るわ、頑張れよ、グーッド、ラーック、とおどけたように言いながら、煙草を灰皿で揉み消し、椅子の背に掛けていた制服の上着を手に取った。入り口の脇の帽子掛けから制帽も取って腋の下に挟むと、後ろ姿のまま芹沢に手を振りながら廊下へ出ていった。

あんまり頭が良いとは思えないが、おれより四つ歳を喰っているぶん、やっぱりあいつは大人だよ、と芹沢は軽い屈辱感を反芻しながら心の中で呟いた。おれはまだまだ青二才だ……。そして、あ、そうだ、あいつに訊きたいことがあったと思い当たったが、もう後の祭りだった。追いかけていって問い質してみようかという気持も一瞬動いたが、何だかさっきのように、そういうことをあんまり口にしない方がいいよ、と窘《たしな》められそうな気がする。

公安課の執務室へ戻った芹沢は、午後いっぱい、通常の業務に没頭した。戸口調査の結果やら事件日誌やら、各署から上がってきた情報を取りまとめ、反日プロパガンダを謳うチラシやポスターを分析し、抗日組織の動向に目を光らせる。しばらく読む暇がなくてバックナンバーが溜まっていた英国やアメリカやフランスの新聞をまとめてじっくりと読み、注目に値する報道や社説を切り抜いてスクラップ帖に貼り付ける。日本語で

その梗概を作る仕事も始めてみたが、これはどうやら二、三日では終りそうもない。新着の日本の新聞や雑誌にもひと渡り目を通した。上海関係の記事で事実誤認や不穏当な表現があれば、もし当地に支局があるならそこの職員を、特派員がいるならそれを呼びつけて注意なり勧告なりを与えなければならないし、東京の本庁にも報告しなければならない。

新聞を読めばそういうことはぜんぶわかる、とあいつは言ったな、と思い返して芹沢は思わず笑い出したくなった。新聞なんてものがどういう代物か、おれはあんたよりずっと良く知っているんだぜ、それがおれの仕事だからな。乾にそう言ってやりたかった。新聞を読めば本当のことがぜんぶわかると思いこんでいるのが庶民だとすれば、乾はその典型的な一人だった。そして、世の中というものがおおよそのところそういう連中で成り立っているからこそ、おれの仕事に意義があるのだ、と折りに触れ芹沢の頭をよぎる思念がまた心中に揺らめいたが、そう自分に言い聞かせてみても何の昂揚も訪れず、むしろ徒労感の鈍い手応えが心の奥底に滓《おり》のように淀んだ。

乾は虹口《ホンコウ》の日本人小学校の尋常科を終え、高等科をちょうど出たところで内地へ帰ることになり、高崎の実業学校に入ったのだという。その後のことはあまり言いたがらないので、よくわからないが、何かの仕事に就いたり辞めてぶらぶらしたりして、関東大震災には東京で遭ったという。結局、二十二、三のときに単身こっちに渡ってきて、そのまま住み着いてしまった。何かの求人に応じたらしいが、子ども時代の甘美な思い出が忘れられず、蛾が誘蛾灯に引き寄せられるように後先見ずについふらふらと上海に戻ってきてしまった、というのがたぶん正直なところだろう。その職場も長くは続かず、半端仕事を転々とした挙げ句、工部局警察部の日本人隊の徴募に応じ、運良く現地採用してもらったのが八年前だという。がたいが大きいわけでも法規の知識があるわけでもないのに、よく採ってもらえたなと芹沢などは密かに思わなくもなかったが、まあ支那語がそこそこ喋れることと、人柄の温良さ従順さが買われたのだろう。実際、蓋を開けてみると警官の仕事は案外、乾の性に合っていたようで、以来、交通課の所属となってそこそこ真面目に勤めている。

　かつての至福をもう一度——という夢を追って上海に戻ってきた乾だが、その虫の好すぎる夢はどうやら裏切られっぱなしだったらしい。昭和三年の張作霖爆殺事件、六年の満州事変、その翌年の上海事変、十年から今年にかけての日本軍による華北分離工作、そして今回の第二次上海事変と、大人になった乾が上海に戻ってきてここで過ごした十年少々は、日支関係がどんどん険悪化し、かつまた国際都市上海の栄光が凋落の一途を辿りつづけた年月にほかならなかった。日本人の居心地が悪くなり、顰《しか》めっ面を向けられたり罵声を浴びたりする機会が多くなる一方で、巨万の富をうちに蔵した「魔都」の蠱惑《こわく》もみるみる色褪せていった。そこで、あの頃は良かったなあという美化された懐旧談の中に逃げこんで憂さを晴らすという嗜癖が、乾の身についてしまった。実際、乾こそは芹沢にもまして切実に、残りかす、残骸、なれの果てという感慨を嚙み締めているに違いなかった。

もっとも、それで腐っていじけてしまうわけでもなかった。さっき暢気《のんき》に卓球に興じていた図からも明らかなように、安気な生活を愉しむのが何より好きで、何事に関してであれ深く悩むという行為とは無縁なのが乾という男で、工部局の音楽隊にも所属し、パレードのたぐいでは行進曲を奏する楽隊の一員となって、どこで覚えたのか、あまり上手くはないもののチューバをぶかぶか吹き鳴らしたりもしている。

芹沢は課内では未だにヒラで役付きではないものの、二年前に試験を受け、階級としては巡査部長に昇進した。今では警部補昇進の試験を受ける資格も持っており、それを受ければほぼ確実に合格するだろうと言ってくれる人もいる。他方、乾は昇進などにはとんと興味を示さず、階級章の色や星の数なんかには興味ねえや、責任も仕事も増えるのは真っ平だと公言している。年下の芹沢が自分を追い越して巡査部長になって以降も、私的場面では敬語も何もなく芹沢のことを気安くあんた呼ばわりするのは変わらないが、ただし芹沢は、乾の態度がほんの少しよそよそしくなったように感じてはいた。しかし、先ほど気が昂ぶったあまり失言しそうになったのを目顔でやんわり制してくれた親切を見るかぎり、よそよそしさと感じていたのはこっちの気のせいだったかもしれない。

芹沢が乾をつかまえて質してみようと思っていたのは、馮篤生《フォン・ドスアン》の身上について昨夜嘉山が言ったことの真偽だった。馮《フォン》と蕭炎彬《ショー・イーピン》は本当に伯父と甥の関係にあるのかどうか。乾がそれについて何かたしかなことを知っていると確信していたわけではないが、ちょっとした噂程度のものは耳に入っているのではないかという気がしていた。というのも、芹沢が馮篤生《フォン・ドスアン》と初めて会った場にたまたま乾は居合わせていて、乾にしても馮《フォン》と初対面であるのは同じらしかったが、しかし馮《フォン》について彼が何やら思わせぶりなことを口にしていたような漠とした記憶があるからだ。

たしか一昨年の二月中旬のことだったと思う。旧暦の正月、つまり春節の休みがそろそろ終りかけようとするある日の午後、芹沢と乾は連れ立って「城内」と呼ばれる支那人地区を見物に出かけた。地元の人々が春節をどんなふうに祝っているのか知りたい好奇心が湧き、独身男《ひとりもの》同士の気安さで乾を誘ってみると、いいよ、行くか、と応じて気軽に出てきたのだ。

地元の人が城隍廟《スンワンミョウ》と呼ぶ豫園《ユウユウ》の商場のあたりにまず行った。案の定、押し合いへし合いの雑踏で、その人々の顔が上気しほころんでいるさまに芹沢は正月の浅草寺と仲見世の光景を懐かしく思い出した。しかし、芹沢の浮き立った気分は長くは続かず、かき入れ時とばかりに売り子の呼び込みがかしましい店から店へひやかしながら歩いてゆくうちに、日本人《ザベンニン》、日本人《ザベンニン》……という囁きが耳に入り、それが聞こえた方角をすばやく振り返ってても空っとぼけた無表情の顔、顔、顔に出会うばかりで、声を発したのが誰なのかわからない。その無表情が内心の何かを隠すための仮面であることはあまりに明らかで、その何かというのが芹沢たちにとって気持の良いものだとはとうてい思えなかった。何やら芹沢たちの周りだけ空気がささくれ立ち、棘々しく震えているような気がする。

二人はむろん警官の制服は着ておらず、地味な色の西洋外套を着込んで頭には中折れ帽という平服姿だったが、結局はそれだけでもう、日本人という看板を掲げて歩いているのと同じことらしい。出かける前に乾が冗談めかして言った通り、古着の長袍《サンボー》に支那帽でもどこかから調達してきてそれを身に着けてきた方が良かったかもしれない。が、たとえうわべの身なりだけ支那人を装っても、足の運び、目の走らせ具合、顔の表情の緊張と弛緩の交替の加減など、ちょっとした身体挙措の何かがやはり決定的に違ってい て、そんな変装はただちに見破られてしまうような気がしてならなかった。その点では、子どもの頃の上海体験を軀の奥底に沁みこませた乾の方が、芹沢よりもずっと容易に自分をこの地の風景に溶けこませることができるのかもしれない。二年半ほど前のこの冬の時点ではまだ支那語も乾の方が明らかに達者だった。

外套の後ろ側の、腿の裏あたりがつんつんと引っ張られるのに気づいて振り向くと、どこからともなく現われた五歳くらいの女の子がにこにこしながら芹沢を見上げていて、自分のしゃぶっていた棒付きの飴玉を口から出して芹沢に差し出してくる。いや、それをくれると言われてもな……。困惑しながらしゃがみこみ、少女と同じ目の高さになって、とりあえずヒョットコの口元をして目をぱちぱちさせてみせると、少女は大喜びで、身をくねらせてわっと笑い出した。が、次の瞬間、その笑いは火のついたような泣き声に変わった。芹沢がはっとして立ち上がったときにはもう、少女は母親とおぼしい女に手を乱暴に引っつかまれ、引きずられんばかりの勢いで遠ざかってゆく後ろ姿になっていた。父親だろうか、二人の横を同じ歩調で遠ざかってゆく男が肩越しに振り返り、一瞬、憎悪と呼ぶしかない物凄い形相で芹沢を睨みつけ、すぐにまた前を向いた。日本人《ザペンニン》、という声がまた聞こえたように思う。親子三人はたちまち人ごみに紛れて見えなくなった。女の子のしゃぶっていた飴玉が芹沢の足元に落ちていた。

それでもうすっかり意気阻喪した芹沢は、乾を促して繁華街から早々に退散し、人の往来の少ない路地へ入りこんでいった。が、そこでも気の滅入ることが起きたのだ。七、八歳の子どもたちが何人か集まり、立ったりしゃがんだりして遊んでいるところへ行き合わせた。さりげなく通り過ぎたが、何か自分たちに向けられたとおぼしい声が聞こえたような気がして、芹沢が足を止め、半身《はんみ》になって顔を後ろに向けてみると、子どもたちが皆立ち上がって、じっとしたまま無表情にこちらを眺めている。一人一人の顔に視線を投げ目を合わせようとしても、どの一人もそのつど、ついと目を逸らしてしまう。芹沢たちは向き直ってまた歩き出した。しばらく行くとまた声が追いかけてきた。

今度ははっきりと聞き取れた。

打倒日本《ダントーザベン》！

振り向くと、彼らがまた黙って立っている。声を発したのが誰かはわからない。歩き出す。声が聞こえる。また振り向く。その繰り返しだった。子どもたちは十メートルほどの距離を保ちながら、後を付けてくる。芹沢たちが立ち止まると彼らも立ち止まり、無表情と沈黙の中に引き籠もる。それ以上に距離を詰めるわけでもなく、しかし執拗に付いてくる。そのうちに、一人だけの声ではなくなった。二人、三人と唱和し、五人、六人の声になった。振り返ると、どこから湧いてきたのか、子どもの数が増えている。

参ったな、と乾が囁いてきた。大人は出てこない。狡猾なもんだ。揉めごとは避けたいから自分たちは出てこないが、かと言って、子どもたちを止めようとはしない。いったいどこまで付いてくる気なんだ。

さあな。自分が言ってることの意味なんか、どうせわかっちゃあいねえんだろ。大人が言ってるのを聞きかじって、面白がって怒鳴ってるんだろうが……。

芹沢たちは角を曲がった。振り返る。まだ付いてくる。子どもたちの数は十人ほどにまでなっていた。その十人が声を揃えて、打倒日本《ダントーザベン》！　打倒日本《ダントーザベン》！　と叫ぶ。芹沢は自分の背中が緊張でこわばるのを感じた。この調子だと、数を頼んでもっと激しいことを何かやらかしてくるのではないか。二人の背中めがけて今にも石が飛んできたりしないだろうか。

　これ以上騒ぎが大きくなると、大人が出てくるかもしれん、と、歩きながら乾が芹沢に囁く。大人たちが集まってきて、子どもに何をした、なんて言いがかりをつけられて……。

　弱ったな……と囁き返すことしか芹沢には出来なかった。逃げる、という考えが浮かばないではないが、子どもに怯えて走って逃げるのもあまりにぶざまで情けない。それにあいつらの方も走って追いかけてきたらどうする。何ごとが起きたかと、それこそ大人が集まってくるかもしれない。

　乾がいきなりくるっと振り返り、片足を前にどんと踏み出して、オオオーッと吼えた。二、三人はひるんで逃げかけたが、残りは動じたふうもなく黙って立ち尽くし、無表情にこちらを見つめている。乾はいやはやと苦笑しながら首を振って、芹沢に向かって、行こう、というふうに顎をしゃくった。芹沢たちが歩き出すとすぐ、打倒日本《ダントーザベン》！と今までにない大声で唱和する叫びが上がり、たじろぎながら振り向くと、子どもたちがいっせいに走り去ってゆく後ろ姿が見えた。

　参ったな、とまた乾が呟いた。春節の祭りの見物という観光気分は、もう二人の心からすっかり吹き飛んでいた。小路から小路へと辿って西へ西へと進むうちに、ようやく風景に見覚えのある大通りに出て、それはフランス租界との境界をなす民国路だった。

それを渡って華界から出ると明らかに街並みが変わり、芹沢の緊張もようやく少し弛んだ。麋鹿《ミヨ》路に沿って歩き、敏体尼蔭《モンティニー》路に突き当たる。ここを右へ曲がって北上すると〈大世界《ダスカ》遊楽中心〉がある。

どうする？〈大世界《ダスカ》〉へでも行ってみるか。今日あたり、あそこもごった返しているだろうが、と、プラタナスの並木が等間隔に植わった敏体尼蔭《モンティニー》路の歩道に立った乾が、片手を目のうえに庇のように翳し、よく晴れた空を見上げながら言った。

芹沢も釣られて天を仰いだ。空気は冷えこんで、気温は零度を少々超える程度だろう、息が白いが、真冬の陽射しは澄明で目にまぶしいほどに強い。このところ何日か小雨が降ったり止んだりのぐずついた天気が続いていたが、今日は久々に雲一つない快晴になった。空が広い。日本も支那もない場所というのは、この世にいったい存在しないものか、と芹沢は吐息をついた。〈大世界《ダスカ》〉か……。あまり気が乗らなかった芹沢は、そうだな、どうしたもんか……と迷うように言った。

まあしかし、あんなもんだよ。やっぱり「城内」のあの辺は、おれらはあんまり足を踏み入れるもんじゃあねえな、と、芹沢の屈託を見透かした乾が空を見上げたまま、慰めるように言った。

昔はこんなことはなかったのに——かい？

そうそう。あの頃は日本の資本がこっちにどんどん流れこみはじめた初期の頃で、それでこっちの連中の暮らし向きも目に見えて良くなってきていたしなあ。家に帰ってきた親父が開口一番、嬉しくてたまらないように言ってたのをよく覚えてるよ。日清戦争に負けて自分は本当に良かったと思うって、親父に真顔で言って、握手を求めてきた支那人がいたんだって。

ふーん、そうかい。

ま、お世辞か、何か下心があってのことだろう。陰に回ればぺろりと舌を出していたんだろうが。何しろ支那人はしたたかだからな。……じゃあ、〈大世界《ダスカ》〉で、雑伎《ざつぎ》か京劇でも見物してくってのは……。

うーん……。

それなら、骨董でもひやかしてゆくか。

骨董……？

東台路の古董市場だ。お、あんた、まだ行ったことがない？　それなら、ちょっと寄ってみようじゃないか。ここを渡るともう、すぐだよ。

たしかにそれは、敏体尼蔭路《モンティニー》のすぐ向かいから始まっている一郭だった。かなり値の張る骨董品や古道具を売る露店が軒を連ねており、さすがにフランス租界の内側らしく、身なりの良い西洋人の姿もちらほらしているのが芹沢の気持を鎮めてくれた。露店は通りに沿ってきりもなく続いていて、陶磁器、印章、家具など、多種多様なものがごたまぜに溢れ出しているのが面白い。

とある店で、乾が真鍮《しんちゅう》製の小さな昇り龍の置き物に興味を惹かれ、本気で買う気があるのか面白半分なのか、店の者と値段の交渉を始めてしまい、両者の言い値の懸隔があまりに大きいのに芹沢は呆れた。売り手と買い手が大きな身振り手振りで交互に長々と喋る。それにつれて、その懸隔はじりじりと狭まってゆくようだが、この調子では二つの金額が合致するのはいつのことになるのか見当もつかない。痺れを切らした芹沢は、おれはちょっとその先を見ているから、と乾に声をかけ、独りぶらぶらと歩き出した。小路を一つ二つ過ぎ、さらに行くと時計ばかり並べてある店があった。時計やカメラやラジオや蓄音機のような精密な器械が好きな芹沢は、しゃがみ込んでじっくりと眺めはじめた。置き時計、掛け時計、懐中時計、腕時計と、あらゆる種類の時計が無秩序に展示されている。傷だらけの懐中時計と腕時計が無造作に放りこまれて山をなしている木箱もあり、「故障品・作動不可」という注釈付きで一個三十元という只のような値段が書かれている。

とりわけ高価な品だけ並べてあるらしい錠付きのガラスケースの中をしげしげと覗きこみ、とくにそのうちの懐中時計の一つをじっと見つめていると、店主らしい老人が黙って錠を外し、それを取り出して芹沢に向かって差し出した。芹沢はそれを表裏引っくり返しながら検分し、そうしながら横目を走らせて、傍らに立つ大柄な老人のこともそれとなく観察した。濃紺色の長袍《サンボー》を着こんだ立派な顔立ちのその白髪の老人は、芹沢の手に渡った品にはもう注意を失ったとばかりに、さっきの乾と同じ姿勢で手を翳しながら茫然と空を見上げている。これはかなりの高級品のはずだが、おれがするりとポケットに滑りこませるとか、すり替えるとか、そんな心配はしないのだろうか。そんなことを漠然と考えていると、老人は相変わらず天を仰いだまま、支那語で、

それはとても良いものです、お目が高い、とよく響くバリトンの声で言った。

グリュエン、と芹沢は呟いた。聞いたことのないメーカーだった。

アメリカの会社です。ムーブメントはスイスからの輸入ですが、何しろ意匠とデザインが美しい。

ほう。

とくにそれは稀少品で、一九一九年のパリ講和会議を記念して作られたが、三十個の試作品だけで製造中止になってしまったと言われている。

何でまた、製造中止に？

さあ、何ででしょうな……。老人はようやく視線を地上へ戻し、そこで初めて芹沢と目を合わせて、あの講和会議は、ウィルソン大統領が頑張って実現したわりには、アメリカ国内では評判が悪かったからねえ、と言った。国際連盟には結局、アメリカは何だかんだ言って入らなかったわけだしねえ。

ほう……。いくらですか、これは、と、きっと目の玉が飛び出るほどの価格だろうとは思いながらも一応訊いてみた。案の定の答えが返ってきた。とうてい手が出ない。芹沢は首を振りながら時計を老人に返し、立ち去りかけたが、老人が存外親切そうなのでふと気が変わり、気になっていた品をもう一つ、ガラスケースから出してもらった。それは芹沢も知っているメーカーの懐中時計だった。

ウォルサムですね。傷がほとんどない、と、矯《た》めつ眇《すが》めつしながら芹沢は言った。ウォルサム・ウォッチ・カンパニーは米国最古の時計製造会社で、リンカーン大統領もウォルサムの懐中時計を愛用していたという。

金無垢の特注品で、とても綺麗な状態です。美品です。ただ、かなり古いものではある。

十九世紀の製造かな。そう芹沢が呟くと、空を仰ぐ姿勢に返っていた老人は目をまた芹沢の顔に戻し、

そう、と頷くや、ちょっと貸してごらん、と言って芹沢の手から時計を取り上げた。少しばかりネジを巻いて器械を作動させたうえで、台のうえで小さなツールを使って手早く裏蓋を開け、それをルーペと一緒に芹沢に渡してよこした。

そのムーブメントの部分に番号が刻まれているでしょう。製造番号《シリアルナンバー》というやつです。このルーペで確かめてみてください。

6770382……かな。

ウォルサム社の製造番号《シリアルナンバー》6700000台というのは一八九四年の製造です。ちょうど日清戦争の年ですな。

ほう、そうですか、と芹沢は呟き、何か含むところがあるのかと老人の顔をちらりと見たが、また上の空のようになって通りの往来を眺めているその顔には何の表情も浮かんでいない。さっき乾が口にした思い出話が甦ってくる。この老人は日清戦争についてどういう感想を持っているのだろうか。一八九四年ね、ともう一度感心したように口に出してみたが、実のところ彼は年代云々よりも、その懐中時計の内部構造の、回転する大小多数の歯車が噛み合わさり、正確に秒を刻んでゆくそのメカニズムの整然とした作動ぶりの光景に魅せられ、しばらくの間その精密無比な美しい小宇宙をじっと見つめていた。おれはやはり技師か職人になるべきだったかな、とふと思う。

少なくともこの歯車とビスとぜんまいの世界には日本も支那もない、国家の威信も国境の侵犯もない、殺戮も強姦もない。ただ正確に分秒が刻まれてゆくという、それだけのことで、そこでは何も起こらない。生命の誕生も成長もないし老いも死もない。ものが時計なのに、妙な言いかたになるが、そこにはむしろ、時間がない。あれやこれやひっきりなしに厄介事が持ち上がって人々を右往左往させるこのうつし世の歴史の時間がない。それは時間の外の世界なのだ。

時計がお好きのようだね、と老人が言った。

そう……好きですね。時計は正確に動く。それは美しいと思う。しかし……と言いかけて芹沢は言い淀んだ。彼の支那語はまだ語彙が乏しく、どうしても単純で稚拙な言い回しになってしまう。

しかし？

しかし、ある意味では、好きではない。時計は正確に時を刻むが、その正確さのせいで人は忙しくなるでしょう。忙しくなると、心が時間に縛られる。自由が失われる。

自由が何より大事だというなら、犬猫のように生きるのがいちばんということになりますよ、と老人がつまらなそうに言った。

犬猫のように生きるのがいちばんなのではないですか。それができないから、われわれは不幸になる。ぼくはあいつらが羨ましい。

ほう、そう？

ぼくも時計を持ち歩いていますが、と言って芹沢は自分の身につけている日本製の安物の腕時計を老人に示した。必要だから仕方がない。けれど、嫌々ながらそうしているだけです。時計という器械は、一種の拷問道具なのではないですか。芹沢は「拷問」に当たる支那語を知らなかったので、やむを得ず、instrument of torture などと言ってみた。

トーチャー？　拷問《カオマアン》？　と訊き返して老人は首をかしげた。

そう。それは、人間を苦しめる。冷酷に。分、秒、分、秒……と。正確さとは、冷酷なものでしょう。非人間的なものでしょう。そうか……非人間的だからこそ美しいのだと、そうも言えるのか。つまり、ですね……。自分が何を言っているのかわからなくなってきたので、芹沢は曖昧に口を噤んだ。話が尻切れとんぼになって、美しいという言葉だけが宙に浮いた。老人は首をかしげたままだ。そこへ息を切らせながら早足で歩いてきたらしい乾が不意に現われ、芹沢のたどたどしい支那語に代わって乾の騒々しい日本語がその場を占拠し、空間に溢れ返った。

いやあ、面白い、あっちの小路の奥の方では金魚やコオロギまで売ってるぞ。

コオロギって、食用か。

それもあったが、主に、コオロギ相撲に使うやつみたいだな。ほら、知ってるだろ、闘蟋蟀《ドウゼエジエ》っていう、コオロギ同士を戦わせて……。大金を賭けて、支那人は大騒ぎするんだよ。ああいう馬鹿馬鹿しいことになあ、よくもまあ、目の色を変えて熱中できるもんだ。コオロギ賭博で身代を築くやつもいれば、破産するやつもいるって言うじゃないか。しかし、コオロギ売りの口上は面白かった。そう言って乾は、あのくしゃくしゃっとした笑顔になり、前歯の隙間をにいっと剝き出しにした。強いコオロギの育てかたを得々として説明するんで、ついつい聞き入っていたら、そいつの講釈がいつまで経っても終らなくってなあ。

で、コオロギを買ったのか。

買うもんか。

じゃあ、さっきの店の、龍の置き物は。

買わん、買わん。買う気なんか、はなからあるものか。あんなものがうちにあっても邪魔になるだけだ。ただ暇つぶしに、いくらまで値を下げる気か、ちょっと試してやっただけさ。

芹沢は店の中にたたずむ店主の老人の方へ向き直り、謝々《シェシェ》と言って、てのひらにのせたままでいた裏蓋の開いた懐中時計とルーペを返した。それを受け取りながら老人は、時計が好きで嫌いな日本人、とにこりともせずに支那語で言った。わたしの店の本店はここからそう遠くないところにある。いつかそのうち来てみてください。そう言って芹沢に名刺を渡し、あんたの好きで嫌いな時計が、いっぱいあるから、と付け加えた。

すると乾がずいと前にしゃしゃり出てきて、
おお、この店は時計ばかりか、面白いな、と小さな歓声を上げた。そして支那語に切り替えて、おい、爺さん、そこにある、昇り龍の絵の付いた置き時計、あれはいくらだね、と尋ねた。老人は唇の端を歪めて苦笑とも冷笑ともつかないものを浮かべ、ふんと鼻を鳴らすや何も言わずに店の奥へ行き、小さな床几《しょうぎ》にどっかと腰を下ろしてしまった。

乾には目もくれず、傍らの新聞を手に取って読みはじめる。相手が年寄りだから耳が遠いのかと思ったのだろう、乾は声を高めてもう一度、

おい、爺さん、そこの龍の時計だがな……と言いかけたが、その言葉は、目を上げた老人の、

わたしは値引き交渉には応じないから、無駄だよ、とぴしゃりと吐き棄てた刃物のような一喝によって断ち切られた。

えっ……。

あんたの暇つぶしに付き合う気はない。こっちは、あんたほど暇じゃないのでね。それからな、と老人はさらに言葉を継いで、コオロギを喧嘩させて大騒ぎするのが馬鹿馬鹿しいというのは同感だ、と今度は穏やかに言った。だがな、遊びってものはどれもこれも結局、馬鹿馬鹿しいもんじゃないのか。ともかく闘蟋蟀《ドウゼエジエ》はわが国に脈々と受け継がれてきた古い文化だ。唐代からのものだよ。学問と文化を学びに支那へ渡ってきたあんたの国の遣唐使《ケントウシ》(老人はもちろん支那語で喋っていたが、この言葉だけは日本語で、ケントウシと正確に発音した)たちも、千二百年前の長安で、闘蟋蟀《ドウゼエジエ》に興じたかもしれないよ。なあ、龍の置き物や龍の時計の好きな日本人、一度、コオロギが戦うところをじっくりと見物してみたらどうかね。けっこう奥の深い遊びだよ。

そうひと息に言い、言い終えると老人は新聞を広げてくるりと後ろを向いてしまい、

壁を立てたようにこちらに向けたその背中には、取り付く島もなく、もうどんな言葉も受け付けないといった頑なな拒絶の意志だけが漲っている。絶句して立ち尽くす乾の腕を摑んで、もう行こうと芹沢は無言で促した。

へへっ、何だ、あの爺さん、日本語がわかるのか、と十数メートル離れたところまで来てから乾は照れ臭そうに言って頭を搔いた。しくじったな……そうならそうと、あんた、ちょっと耳打ちでもしてくれればよかったのに。そうすれば、あんなことをぺらぺら喋らずに済んだんだ。

いや、おれも知らなかったんだ、おれとは支那語で話していたから、と芹沢は弁解した。

コオロギ賭博を馬鹿にしたのと、買う気がないのに値引きを掛け合った話と、ちょんぼが二つ重なった。まずい、まずい。ケントウシなんて、しれっとした顔で言いやがって……。おれは、教養のある支那人ってものがどうも苦手だよ。

古董市場の出口へ向かって歩きながら、芹沢は先ほど貰った名刺をポケットから取り出してみた。店の屋号はなく、ただ人名と住所と電話番号が素っ気なく並んでいるだけだ。それを横から覗きこんだ乾が、なになに、馮篤生《フォン・ドスアン》……。しかしなあ、何とも厭味な爺いだったなあ、日本語がわかるくせに、澄ました顔で、内心ではせせら笑っていやがったんだろう……。知らん顔でそっぽを向いて、おれに馬鹿なことをぺらぺら喋らせておいて……。ぼやきつづける乾を尻目に、芹沢は名刺をじっと見つめ、あの馮《フォン》という老人の「本店」とやらにそのうちぜひ行ってみようと心を決めた。芹沢はこうして馮篤生《フォン・ドスアン》と知り合ったのである。……

その日のことを回想する芹沢の心に、しかしあの頃は、それでもまだのんびりしていたなという痛切な思いが、やるせない懐かしさとともに込み上げてきた。上海での日本軍の行動を批判している英字新聞の社説(そこにははっきりとwarという言葉が使われている)の要旨をかいつまんで日本語に訳すという作業を続けながら、ともすると注意が散漫になり、意識の一部は一昨年のあの春節休みの一日の、晴れた空の広さと明るさへぼんやりと向かい、そこにせつなく滞留した。乾と並んで敏体尼蔭路《モンティニー》の歩道にいっとき立ち尽くし、天を仰いで大陸の冬の強い陽射しに目を細めていた自分が甦ってくる。日本人《ザベンニン》、日本人《ザベンニン》と後ろ指をさされて、あまり愉快ではなかったけれど、しかし賑やかな商場の通りを押し合いへし合いしていた人々は誰も彼も、新年の訪れを喜ぶ明るい表情を浮かべていたものだ。彼らは今、どんな気持でいるのだろう。あの日にすれ違った支那人のうち、何人かは、ひょっとしたら何十人かは、先月の十四日の爆撃で死んだり怪我をしたりしたのではないだろうか。おれに飴玉をくれようとしたあの女の子の一家は元気にしているだろうか。大勢の人々が死んだ〈大世界遊楽中心《ダスカ》〉には、ああいう家族が沢山集まっていたはずだ。そしてまた、骨董の露店街をひやかしながらのんびり歩き回っていたあの人たちはどうなのか。

英語の字引きの記述を機械的に目で追いながら、その内容がまったく頭に入ってきていないことに気づき、芹沢は目を上げて窓の外の曇り空に視線を投げた。あのとき、乾は何と言ったのだったか。路面電車の吊り革にすがって立ち、並んで揺られながら、乾が洩らしたひとこと。それがどうにもはっきりとは思い出せない。

あの日、東台路の古董市場を出て、その後しばらくフランス租界の街並みをうろついたものの、芹沢も乾も何となく気が滅入って、ほどなくどちらからともなくもう帰るかという話になった。新年の休日を楽しむ家族が通りを行き交っていて、手をつないで嬉しそうに歩いている親子連れの幸福そうなさまを目にすると、独身男《ひとりもの》の境遇の侘しさを改めて思い知らされるようでもあった。恐らく乾も同じような心持ちになったに違いない。

帰りは南京路で無軌道電車に乗ったが、その中で、乾は「厭味な時計屋の爺い」の話をまたしても蒸し返した。そして、なあ、あの爺さん、何ていう名前だったたっけ、とふと言った。芹沢は貰った名刺を取り出して乾に見せた。馮篤生《フォン・ドスアン》……。ううむ、骨董品の時計商の、馮篤生《フォン・ドスアン》ね……。もしかしたら、あれはちょっとした有名人なんじゃないかな。乾はたしか、そんなことを呟いたのではなかったか。ちょうどそのとき電車ががたんと揺れて、乾の言葉がはっきりとは聞こえなかったような気がする。その言葉自体、記憶の中をまさぐりながらの、迷うような、自信なさげな独りごとといった体のもので、口の中でもごもごと呟いただけのものだったように思う。その一方、芹沢は芹沢で、そのとき何か別の考えを追っていて、僻みっぽい乾の繰りごとにほとんど注意を払っていなかった。「有名人」とはどういう意味か、問い質してみようという気にはなれなかった。

そもそも乾は「有名人」などという言葉を口にしたのだったかどうか。そういう言葉に翻訳して芹沢が記憶しているだけのことで、彼の言いかたはもう少し違っていたかもしれない。まさかあれが、あの馮篤生《フォン・ドスアン》なんじゃなかろうな、いや、まさかねえ……とか何とか、そんなことだったかもしれない。ともかく、また明日にでも乾をつかまえて確かめてみよう、何か知っていることがあれば教えてもらおう、と芹沢は自分に言い聞かせた。

気がつくと芹沢の周りで課員たちが机のうえを片づけはじめる気配がしている。時計を見るともう退庁時刻が迫っていた。

四、巨象

退庁時刻を過ぎ署内が閑散としてきた頃合いを見計らって、芹沢は棟の一階のいちばん奥にある記録課の資料室へ行った。「目的」の欄に「資料調査」とだけ記入した閲覧願を夜間当直の巡査に提出し、書庫の鍵を借り受ける。書庫内にも日中は係官が一人詰めているがこの時刻になるともう退庁しており、その場合、閲覧希望者は鍵を借りて自分で中へ入り、勝手に電灯を点けて調べ物をしてよいことになっている。芹沢は当面、自分が蕭炎彬《ショー・イーピン》に興味を持っていることを署内で知られたくなかった。この件はどうかご内聞に、とやんわり釘をさしてきた嘉山の言葉に唯々諾々《いいだくだく》と従う必要などはむろんさらさらないはずで、ある程度事態の見通しがついて心が決まれば嘉山の話を上司や同僚にそのまま伝え、助言を仰ぐのにもやぶさかではなかったが、しかしまだそれは早い。

さして広くもないが天井がかなり高く、その天井まで届くほどの高さの書架がぎっしりと立ち並ぶ埃臭い書庫には、芹沢のほかに誰もいなかった。狭い通路を行きつ戻りつして書架に架ける梯子を移動させ、それを上ったり下りたりするうちに、蕭炎彬《ショー・イーピン》の記録はさしたる困難もなく見つかったが、彼本人に関する公的文書のファイルはごく薄い。明治十六年つまり一八八三年、浦東《プートン》の高橋鎮《ゴージョ》生まれで現在五十四歳、前科二犯はいずれもごく若いときのものだ。十九歳のときに一度、二十三歳のときに一度、つごう二度の逮捕歴があり、一度目はカフェーの女給にしつこく付きまとって暴力の行使をちらつかせつつ情交を迫り、脅迫罪で懲役八か月、執行猶予二年の判決を受けている。二度目は借金の取り立てに行った先で相手から殴りかかられ、刃物で反撃して相手の腕に軽傷を負わせ、正当防衛を主張したが過剰防衛と判断された。そのときは傷害罪で懲役一年の判決を受けて服役し、しかし改悛《かいしゅん》の情と改善更生の意欲を認められて九か月で仮釈放になっている。手擦《ず》れでよれよれになっているこの二件の調書と判決文にざっと目を通してみたが、親族の名前のようなものはとりあえず目につかない。

十九歳と二十三歳の蕭《ショー》の黄ばんだ不鮮明な顔写真を芹沢はじっくりと眺め、それをあの厳冬の晩に〈百楽門舞庁《パラマウント・ボールルーム》〉の前の歩道で目撃した初老の小男の風体の残像に重ね合わせてみようとしたが、釈然としない思いしか残らなかった。そもそも後先見ずにこんな愚行を演じていたちんぴらと巨魁《きょかい》に成り上がった現在の蕭炎彬《ショー・イーピン》との間には、ほとんど別人と言ってよいほどのはるかな距離があるに違いない。恐らく現在の蕭《ショー》自身、三十余年という距離を隔てて二十代前半の頃の青二才の自分を記憶の中に透視しようとしても、見も知らぬ他人の相貌が浮かび上がってきて当惑するばかりなのではないのか。

二度目の逮捕とそれに続く初めての刑務所収監を体験した彼は、きっと出所後さほど時日を経ない時点で、こんな無思慮な振る舞いで人生の時間を浪費しているわけにはいかないと思い定めたはずだ。安女給に入れ揚げたりいきなりナイフを振り回したりするような愚かな若造とはまったく違う自分を作り上げようと彼は心に決め、そして以後、その決心を強い意志で貫徹し通した。自身の手が後ろに回るようなヘマはその後いっさい仕出かさず、しかしちんぴら時代のこんなけちな犯罪とは質も規模も比べものにならないような悪業を、立案し組織し実行しつづけた。青幇《チンパン》内部の派閥抗争を制してのし上がってゆく一方、好機と見るやすかさず攻勢に打って出て青幇《チンパン》に敵対する組や結社を次々に潰していった。

彼の子分の起こした無数の事件についてはむろんおびただしい資料が残されており、さしあたり「青幇《チンパン》」と題された分厚い紙挟みが「其一」から「其八」まであるのが見つかった。だがこれは、当事者名、犯罪の梗概、判決のみを記載した単なる索引にすぎず、何か自分が知りたい事件があるとして、まずこの索引を繰って当該の事件の日付を確かめたうえで、背景、状況、証言などその詳細が記されている一件一件の記録を、これは別の書架に年月日の順に並ぶ数百冊、ひょっとしたら千冊を超えるファイル群の中からいちいち発見していかなければならない。膨大な資料の蓄積によって織りなされたこの巨大なアーカイブの迷路のあちこちに蕭《ショー》の名前がちらちらと見え隠れしているに違いないが、それを構成する文書の大部分は支那語と英語で書かれたものだし、すべてを読み尽くすには何週間、何か月かかるかわからない。それに、芹沢の当面の関心の対象であるただ一つの案件、すなわち蕭《ショー》の親族関係に関する情報がそれらの文書の中に見出される可能性は低い。

芹沢は部屋の隅に設置された小さならせん階段から地下室に下りた。上の階とはうって変わって天井の低い窖《あなぐら》のような部屋で、当然、窓がないうえに、照明も暗い。ここには公的性格のやや薄い諸資料——新聞や雑誌の記事の切り抜き、守秘期限の切れた報告書や建議書、巡査が各戸を回って集めた戸口調査の記録など、雑多な文書が保管されている。芹沢は、部屋に籠もった黴臭《かびくさ》い空気を息苦しく感じながら棚の間を歩き回り、ぎっしりと詰めこまれた資料の背表紙の列を辿っていった。徹底的な分類整理を施そうという意志は最初から放棄されているようで、配列がごく大雑把なうえに適当な場所にいい加減に突っこんであるとしか思えない資料も多く、結局はこうやって端から端まで表題を目で追ってゆくほかはない。二十分ほども見て回るうちに、新聞雑誌関係の資料を集めた一角に、背表紙に「蕭炎彬」と書かれた一冊の冊子を見つけたのはほとんど僥倖《ぎょうこう》に近いものだったかもしれない。

ぱらぱらとめくってみると、蕭《ショー》に関係する新聞記事を切り抜いて貼り付けていったスクラップ帖であることがわかった。警察の調書や裁判記録などよりむしろこうしたものの方が役に立つかもしれない。持って帰ってうちでじっくり読みたいところながら、室外への資料の帯出は厳禁されている。然るべき理由を付して申請すれば例外的に許可されることもあるが、その採否は所属部課長決裁の案件であり、そんな大袈裟な手続きを踏む気にもなれない。蕭炎彬《ショー・イーピン》と自分との関係を示す痕跡はできるだけ残しておきたくない。それに、この冊子自体、実際のところはわざわざそんな手間をかけて借り出すのに値するような代物でもあるまい。

芹沢はそのスクラップ帖を片隅に備えてある机のところまで持っていき、椅子に座り卓上灯を点けた。最初のページに貼り付けられているのは上海最大の新聞『申報』の一九二七年五月十六日付の記事で、そこには国民革命軍の新人事が報じられ、他の幾人かと並んで軍服制帽姿の蕭《ショー》の上半身の写真が掲げられ、彼が四・一二クーデターの成功への寄与の功によって少将参議に任ぜられたことを簡潔に伝えている。

蕭《ショー》は左腕は真っ直ぐ下に垂らしているが、右腕は肘を突き出し、手首を外側に向けて軽く丸め、その甲を幅広のベルトのすぐ下あたりの腰に押し当てて、いくぶん気取ったポーズをとっている。外に突き出ている大きな両耳が、お伽噺に出てくるこびとめいた雰囲気をまとわせているが、それ以外にはこれといった特徴のない、料簡の狭いこすからい小商人《こあきんど》といった風情の、表情の乏しい顔である。功を認められ栄誉を得たからといってべつだん得意満面の笑みが浮かんでいるわけでもないし、また、これを手掛かりにさらに上の栄誉をめざそうというぎらぎらした野心や欲望の色を目にたたえているわけでもない。その無表情の、奇妙なまでの生気のなさ自体が、しかし何かしら凄味のようなものを伝えてこないでもない。今から十年少々前のことになる。

この時点ではまだ青幇《チンパン》の小ボスの一人にすぎなかった蕭《ショー》の社会的存在感が、これ以降飛躍的に肥大しはじめるようになっていったきっかけが、このクーデターへの積極的な荷担にあったのは、今日から見ればあまりにも明らかだ。蔣介石による共産党の軍事的弾圧と共産党の息のかかった上海総工会の殲滅《せんめつ》に、蕭《ショー》は重大な貢献を行ない、事後、蔣介石からそのご褒美も貰った。裏社会ではすでにそれなりの権勢を広げていたものの、未だ上海社会の暗部に静かに息を潜め、鼻が曲がるような悪臭を放つ汚泥の中を這いずり回っていた蕭《ショー》は、この政変で蔣介石のためにひと肌脱ぎ、汚れ仕事を一手に引き受けてクーデターを成功に導き、その手柄で少将参議に取り立てられるや、それを足掛かりとして昼の世界に、政治と社会の表舞台に一気に躍り出た。以後、政界のみならず財界でも言論界でも次から次へと橋頭堡《きょうとうほ》を築き、枢要な地位を手中にし、昼も夜もひっくるめた上海社会の階梯を駆け上がり、押しも押されもせぬ名士へと自己を成型し遂げていったのだ。

十年前のその時点で、以後の蕭《ショー》のこのめざましい「出世」の射程の全貌を正確に予見しおおせたわけでもなかろうが、ともかくこの「軍服を着たギャングスター」の姿に恐らくはある種の違和感を伴う軽い衝撃を受け、この男の今後の動きに持続的な注意を払っておいた方がよいと考えた目端の利く誰かが、署内に——恐らくは公安課に——いたのである。その誰かは新品のスクラップ帖を取り出してきて、背表紙に「蕭炎彬」と書き、おもて表紙には「蕭炎彬　1927・5〜」と記し、その表紙をめくって最初の本文ページにこの記事を貼り付けた。以後その男は七年ほどにわたって、蕭《ショー》の名前を見出しに含む大小様々の、かなりの数にのぼる新聞記事を熱心に収集しつづけている。芹沢はスクラップ帖のページをゆっくりした速度で繰っていった。内容を一字一句精読する必要はないし今はその余裕もない。見出しと冒頭部分だけに目を走らせ、大雑把なことだけ摑んでおけばよい。

それにしてもこの怪物の成長ぶりの、何という速さ、何という勢いであることか。中《ちゅう》匯《かい》銀行を設立して頭取になる……。中国通商銀行と国信銀行の頭取にも就任……。金業交易所理事長、上海市銀行公会理事に就任……。華豊製粉会社、大達汽船会社を買収……。上海製粉交易所、綿布交易所の理事長に就任……。そして、一九三四年五月の記事で『申報』が報じているのは、まさにその『申報』という新聞自体の社主に蕭《ショー》がなったという内容である。そのすぐ下には、やや時間が空いて同年十一月、蕭《ショー》がさらに『新聞報』『時事新報』『商報』をも手に入れ、四紙を合わせて「申新時商四社聯営処」を設立し、その総支配人の座に収まったことを伝える記事が貼り付けられている。

一九三四年のこれら二つの記事の切り抜きを貼り付けてあるのがこの冊子で使われた最後のページで、スクラップ作業はほぼ三年前のこの時点で途絶している。冊子にはその後さらに十数ページの未使用ページが続くが、それらはすべて空白のまま残されている。七年間にわたってここに切り抜きを集めつづけてきた誰かは、どうやら一九三四年十一月の時点で不意に蕭炎彬《ショー・イーピン》への興味を失ってしまったらしい。

当の新聞自体が蕭《ショー》の私物と化してしまった以上、そこに掲載される記事の内容は彼が自由自在に調整し訂正し検閲しうるものとなってしまったわけで、そんな報道を採集しても空しいという徒労感、ないし無力感のごときものが湧いたのだろうか。というより、実際、この時点以降、これら四紙から蕭《ショー》をめぐる報道自体が、消滅はしないまでも極度に減少してしまったのかもしれない。あるいはもっと単純に、この情報収集をやっていた係官が配置転換になるとか日本へ帰国してしまったとか、そんなことがあったのかもしれない。それとも、蕭炎彬《ショー・イーピン》に関心を持つなという隠微な、あるいはあからさまな圧力が上からかかってきたのか。そんなことがあっても不思議ではなかろう、と芹沢は考えた。途方もなく巨大化したこの獰猛な怪物は、ついに、工部局警察程度の小さな組織がうかつに手を触れられるような代物ではなくなってしまったのだ。

これらあまたの新聞記事を通じて、鮮明に写っている蕭《ショー》の顔写真は皆無に近い。何かの式典で幾人かが並ぶうちの一人として写っている写真は稀にあるものの、彼の顔が大写しになったポートレート写真は一枚も発見できなかった。一九三〇年二月、蕭《ショー》が第四夫人として娶った女優の姚儷杏《ヨー・リーアン》が女児を産み、それを祝うべく上海の名士や有名人を招いて開かれた大宴会の模様を派手派手しく伝える大きな記事においてすら、でかでかと載っているのは美貌の女優のあでやかな姿ばかりで、彼の顔は不鮮明な小さな説明写真として傍らにほんの申し訳程度に添えられているにすぎない。蕭《ショー》はジャーナリズムの表舞台に登場するようになって以降、自分の顔が大衆に広まるのを避けるべく、あれこれ細心な手を打ちつづけてきたのだろう。

芹沢は最初のページに戻り、軍服姿の蕭《ショー》をもう一度とっくりと検分した。このスクラップ帖の中で彼の顔がいちばんはっきり写っているのは、結局、この写真に止《とど》めを刺すことになるようだ。そう……あの晩、取り巻きたちを引き連れて〈百楽門舞庁《パラマウント・ボールルーム》〉のエントランスにさっと入っていった初老の男……。店内に消える直前、芹沢と一瞬目を合わせ、タキシードでめかしこんだ紳士らしからぬ猛々しい憎悪の色で瞳をぎらりと光らせたあの男……。あれはやはり、十中八九、この新任の少将参議の八年後の姿なのに違いないと芹沢は思った。そして、また後の方のページを繰っていき、先ほど全体をざっと眺め渡した中でいちばん興味を惹かれた記事をもう一度見つけ出した。

それは一九三一年六月十一日付、十二日付、十三日付の連続記事で、蕭家祖先廟落成記念の式典とそれに続いて三日間にわたって催された豪勢な宴会の模様を伝えている。蕭《ショー》は自分の生まれ故郷の浦東《プートン》の高橋鎮《ゴージョ》の河畔に、屋根も落ち壁も崩れたみすぼらしい祠《ほこら》を見つけ出してきて、嘘かまことか、それを先祖伝来の蕭家の祠堂《しどう》と称し、周囲五十畝《ムー》にも及ぶ土地を買い占めたうえで、元の祠を取り壊してその代わりに前殿、中殿、奥殿からなる豪壮な家廟を建立した。彼が祖先の威徳を称えるのに熱心であったとは考えにくく、つまるところ昼の世界での権勢を誇示し、自己愛を満足させたかっただけだろう。権勢の誇示は現実の権力の拡大と強固化につながるから、それ自体がある種の政治的策謀の一環をなすものとも言えるが、とにかくそれだけのことのためにどれほど巨額の金が費やされたかを考えると、頭がくらくらする。

開堂式の当日、フランス租界の蕭《ショー》の公館から黄浦江を渡って高橋鎮《ゴージョ》の家廟まで、盛大なパレードが行なわれ、それには共同租界の工部局も全面的に協力している。行列の先頭には、二十四名のインド人警官からなる騎馬隊が体格の良い馬に跨って威風堂々と行進して露払いの役割を演じており、また百名にも及ぶベトナム人警官の自転車隊もフランス租界の公董局から派遣され、国旗と蕭家の家旗の警護の任に当たっている。警察権力さえもが自分の側に就いていることを、蕭《ショー》はこうして全市に向けてあからさまに示してみせたのだ。もはや誰一人彼には逆らえない。三日間にわたる式典と宴会を通じて、祝賀に駆けつけてきた人々の数は八万人にものぼったという。

蕭家祖先廟の落成式典は一私人の私事《わたくしごと》にすぎない。しかし、それを執り行なうにあたって蕭《ショー》は工部局や公董局の職員を自分の手駒のように使い、全面的に協力させている。街中での大掛かりな催しに際し、事故のないようにという保安上の理由で警官を動員したというのが、当局の側のタテマエ上の言いぶんだろうが、単にそれだけのことだとは、この上海に住む者は誰一人として考えてはいまい。汚職という言葉がもちろん浮かぶが、それを禁句として口に出すのを憚る空気の中に芹沢自身も暮らしている。どこまでが法で取り締まれる汚職で、どこからがそうでないのか、その境い目自体が曖昧模糊としているのかもしれない。

この式典の大騒ぎのさまを伝える記事の中で芹沢が注目したのは、落成した新家廟で催された開堂式の列席者を撮った二枚の写真だった。蕭《ショー》とその夫人たちを中心に多くの人々が写っているが、蕭家の祠堂だというのならその開堂式には彼の親族が集合していないはずはない。伯父であるという馮篤生《フォン・ドスアン》の姿を、これらの人々の間に見出すことができるだろうか。目を凝らしてその二枚を矯めつ眇めつ眺めてみたが、新聞の印刷は粒子が粗いし、また写っている人数が多いぶん一人一人の顔が小さくてどうもはっきりとはわからない。ルーペ持参で後日もう一度来てみようと心に決め、芹沢はスクラップ帖を閉じて卓上灯を消した。もう空腹が耐えがたいほどになっていた。

しかし彼は、それでもしばらくの間、そのままテーブルに両肘をついて目をぼんやりと宙に泳がせていた。つまらぬことに巻きこまれかけているな……。泳いでいた視線が斜め正面の壁に向かい、そこに上下並んで貼られた二枚の地図——世界地図とその真下の上海市街図のあたりで焦点が合って、この世は厄介事ばかりだな、と芹沢は嘆息をついた。世界地図の方は画鋲が一つ外れ、片方の上隅がぺらりと剝がれかけている。その中心には大日本帝国があり、真っ赤に塗られたその領土は北海道、本州、四国、九州の四島からなる内地に、台湾、南樺太、朝鮮の外地を加え、全体として日本海をぐるりと取り囲むかたちになっている。赤い帝国が青い内海をゆったりと抱きかかえているかのようだ。このうち朝鮮半島は、おれの生まれた明治四十二年にはまだ赤く塗られていなかったのだ、と芹沢はぼんやりと考えた。その翌年の明治四十三年、日本による韓国併合によって、大陸から太く垂れ下がったこの朝鮮半島の色が赤く塗り替えられることになった。その赤は、つい先々月の事変だか戦争だかの勃発とともに、いよいよ大陸の内奥へ向かって本格的に浸潤を広げはじめたのだろうか。

だが、こうして改めて地図を眺め渡すと支那は広い、あまりにも広いなという畏怖とも恐怖ともつかぬものが、今さらのように芹沢の心に湧いた。日本海のあたりに目を寄せて見ているかぎり、たしかに朝鮮半島だってふてぶてしいような太さとして瞳に映る。しかし、一歩後ろに下がって支那の全土まで視界に収めてみるなら、日本だの朝鮮だのは、まるでこの巨象の尻にちょこんとぶら下がった、けちな尾っぽみたいなものではないか。いずれ遠からず、この巨象の軀の丸々全部が真っ赤に塗りつぶされてしまう日が訪れるのだろうか。もしそうなったとして、ではその後はどうか。憤怒と野望の血潮で全身を真っ赤に染めた巨象は、いきり立って鼻を振り回し、後足二本で立ち前足を振り上げ、恐ろしい雄たけびを、鬨《とき》の声を上げるや、次の瞬間ユーラシア大陸の北へ、あるいは西へ、猛然と突進しはじめるのだろうか。その結果、この赤は巨象の軀のさらに外側へと滲み出し、なおじわじわと拡大を続けてゆくことになるのだろうか。そこに終りというものはないのか。

天壌無窮ノ皇運、と教育勅語にはある。御稜威《みいつ》は、天皇陛下の勢威は、天地とともに果てしなく、窮まりなく続くのだという。そら恐ろしいことではないか。時間にも空間にも窮まりはある、あるはずだ、と芹沢はふと思った。実際、人のいのちは有限ではないか。一国の領土だってどんどん歩いていけばしまいには国境に突き当たり、そこから先は他人の国で、そこで引き返すか、頼みこんで客として入れてもらうか、そのどちらかを選ぶしかない。いのちの果てに老いと死が待ち受け、国土の果てに国境が立ちはだかってここで引き返せと教えてくれるからこそ、人は安心立命《あんしんりゅうめい》の境地に達せられるのではあるまいか。では、その国土から遠く離れ今こんな異郷で暮らしているおれ自身とは、いったい何なのか。

いったん昂ぶったそんな思いが、地図から目が離れて徐々に鎮まっていった後にはまた静寂が広がった。さして広くもないこの地下室に独り籠もっているのは、厄介事に満ちみちている外界の浸透から自分が護られているようで快かった。何か防音設備の整った対空地下壕にでも身を潜めているような、甘美な安心感があった。残業をしている署員はまだかなりの数いても、記録課の資料室は署の建物のいちばん端にあるので、このあたりを通りかかる用事のある者は少ない。それでもときおり階上の足音や人声がくぐもったかすかな響きとして伝わってきて静寂が破られるが、それもしかし、自分と縁のない遠い場所で起きていることのような心地がしてならない。こんなに腹が減っていなければ、あと一、二時間ここで放心状態に浸りこんでいたいくらいのものだが——と芹沢は心の中で独りごちた。しかし、そうも行くまい。

芹沢は立ち上がってスクラップ帖を書棚の元あった場所に戻し、電灯を全部消してらせん階段を数段昇りかけた。が、そこでふと気が変わった。やはりあの二点の写真がどうも気になって落ち着かない。それ以外にもあの冊子の中には、じっくり読んでみたくて気が急いてならない記事もあれこれある。非番が一日繰り下がって明日こそ家にいられるから、丸一日かけてゆっくりとこの問題に没頭する余裕がある。芹沢はまた階段を降りて棚の前に戻り、「蕭炎彬」と題されたスクラップ帖を棚からもう一度取り出し、それを手に書庫の一階へ戻った。入り口の脇の棚に置いておいた鞄の中にそれを入れ、書庫を出て扉を施錠する。まさか受付の当直はこの鞄の中身を改めることまではしまい。

どうせ誰からも忘れられて埃が積もっていたスクラップ帖だ。そのうち折りを見てそっと返しておけばよい。

鍵を返却するとき、当直の日本人巡査は芹沢の方へ目も上げず、机のうえの何かの書類に気をとられて俯いたまま、ご苦労様です、と小声で呟いただけだった。

翌日、芹沢は家に籠もってスクラップ帖を端から端まで精読した。おかげで一九二七年から三四年までの蕭炎彬《ショー・イーピン》の華々しい栄達の過程に通暁することになったが、知りたかった一点は不明のままだった。例の二枚の写真も隅々までルーペで拡大して検討してみて、結局は何の確実な結論も出なかった。馮篤生《フォン・ドスアン》と見えなくもない老人が一人、蕭《ショー》のすぐ後ろの列の端近くにいる。しかしそれは見えなくもないという程度の曖昧な相似にすぎず、馮《フォン》その人だと断定するほどの根拠はない。

あの蕭家祖先廟の落成記念式の際、国学の泰斗《たいと》のお墨付きで「高橋蕭氏祠堂記」なるものが作られ、祠堂に奉納されたという記述に芹沢の目が留まった。どうやら蕭家の家系を美辞麗句で飾り立てて縷々《るる》叙述したものらしく、そうであるならば蕭炎彬《ショー・イーピン》の直近の親族の名前もそこに出てくるのではないか、何とかその「祠堂記」なるものを見られないものか、その写しが図書館にでもないだろうか、といった一連の考えが頭をよぎり芹沢は一瞬奮い立った。しかし、その「祠堂記」の本文が蕭《ショー》の遠祖の出自は帝堯《ていぎょう》であるというところから始まると知ってその熱はすぐに冷めた。帝堯は古代の聖王として尊崇される伝説上の存在だ。要するに阿諛《あゆ》追従によって捏造された嘘八百にすぎず、まともに調査して何か成果があるような代物ではない。

さて、どうしたものか。本当のマル秘資料は署長室のすぐ脇の特別資料室と称する小部屋に集められており、そこに蕭炎彬《ショー・イーピン》に関する極秘の情報が蓄えられている可能性は高い。上海市の保安の観点からは何しろ彼が、その最新の動向を逐一細微にまた徹底的に追尾しておくべき最重要人物の一人であることは間違いないのだから。そこには蕭《ショー》一人のみならず、青幇《チンパン》をはじめとする非合法組織の数々をめぐる取り扱い注意の情報が収められている。この特別資料室を使う権限はむろん公安課所属の芹沢にもある。ただし、そこの書庫に立ち入る口実は「目的　資料調査」程度の大雑把なものではとうてい済まされない。どういう特定の事件の捜査と関連してどういう特定の性格の情報を求めているのか、細かく記入して入室願を出す必要があり、また利用可能な時間帯も書庫内に係官が詰めている通常の執務時間内に限られ、閲覧者が何をどう調べているかにそれとなく監視の眼が注がれる。芹沢はそこに赴くのは何となく億劫でならなかった。

簡単なことではないか、馮《フォン》に尋ねてみればよい、電話するなり会いに行くなりして、彼自身にいきなり質問してみればよいのだ、というそれまでかなり不自然な努力を続けてあえて意識にのぼせないようにしていた——自分が心の識閾《しきいき》下でそうしていたことを不意に芹沢は理解した——もっとも単純な解が、事ここに至ってようやく迫《せ》り上がって、芹沢の頭をじわじわと占めはじめた。あなたが蕭炎彬《ショー・イーピン》の伯父だという話を聞いたけれど、本当なのですか、と。馮《フォン》はどんな反応を示すだろう。肯定するか、否定するか。しかし肯定であれ否定であれ、そもそも彼はおれに本当のことを明かすだろうか。それにしても、よしんば彼が、そう、その通り、自分は暗黒街のボスの血筋に連なる者だ、と認めたとしても、そうですか、それならば一つ、あることをお願いできないでしょうか、といった話をいったいおれは切り出せるだろうか。

話の成り行きをそこまで想像してみたとき芹沢の胸に改めて迫ってきたのは、馮《フォン》との交際は自分にとっては実は非常に大事なもので、それがつい一昨日自分の人生に唐突に割りこんできた得体の知れぬ陸軍将校からの胡乱な頼みごとなどで損なわれるのはあまりにも惜しい、という思いだった。それならば、お願いしたいことがあるのです、とおれは言うのだろうか。ぼくのために、いやぼくの祖国である日本のために、一肌脱いでいただけないでしょうか。ぼくの国の軍隊が武力の行使によって徴用した中国の工場を、ぜひとも再稼動させたいのです、そこから産み出される利益が早く日本を潤すようにする必要がある、それをしないかぎり「いったい何のための大陸進出なのかさっぱりわからないということになる」(と嘉山は言ったのだった)、ついてはその手助けをしていただけないものでしょうか。そんなことをおれはしれっとした顔で、馮《フォン》老人に面と向かって口にできるだろうか。その件であなたの甥である蕭《ショー》氏にぜひ会いたいと言っている日本軍将校がいるのです、間を取りもっていただくわけにはいきませんか、などと。

そうか、そういうことだったかと馮《フォン》は芹沢にとっては不本意な結論に一挙に飛びついて、軽い落胆に唇の端を歪めつつ、彼なりに腑に落ちたつもりになってしまうのではないか。そうだったのか、要するに、コネを作るために、血の繋がりを利用するために、この日本人警察官は自分に近づいてきたのか。時計が好きだの、自分の作る人形に興味があるだの、そんな話の数々も、自分の懐に入って、媚び、心の扉を開かせるための体の好い口実にすぎなかったのか。つまるところは、自分を政治の具として利用しようというのが本当の目的だったのか。芹沢というこの男、裸に剝いてみれば結局は、あの種のどこにでもいる忠実で勤勉な日本人官憲の一人——いや、有り体に言ってしまえば、敵国軍の犬、手先、使いっ走りでしかなかったのか、と。馮《フォン》からそんなふうに思われ、高を括られ、敵意や軽蔑を向けられるのが芹沢は辛かった、というより怖かった。それはとうてい耐えられない。

他方、もし馮《フォン》が、ええっ、蕭炎彬《ショー・イーピン》？　おい、日本人《ザベンニン》、あんた、何をまた、馬鹿馬鹿しいことを言っているのかね、と一笑に付してくれるなら、話は簡単だ。そうですよね、まさかねえ、とこっちも笑って頭を掻き、素直に引き下がればよい。たとえそれが嘘だとしても、それならそれでおれはいっこう構わない。追及し問い詰めてそれが嘘だと認めさせるとか、あれこれ鎌を掛けて本音を引き出すとか、嘉山のためにそんな努力をしてやる義理などおれにはまったくない。馮《フォン》からは何を馬鹿なと一笑に付されました、まったく相手にされませんでした、と嘉山に胸を張って昂然と、ないし申し訳なさそうにうなだれて報告する。この話はそれで終りだ。

ただし、馮《フォン》がそれを肯定するにせよ否定するにせよ、彼が本当に蕭炎彬《ショー・イーピン》の親戚であるのなら、そしておれがこの先なお彼との付き合いを続けるつもりなら、少しばかり考え直さなければならない局面が生じることは避けがたかろう、とも芹沢は考えた。「接点」という言葉が嘉山との会話に出てきたのだった。あの男とは何の接点もありませんとおれが断言したのに対して、接点ね……とその言葉を嘉山は思わせぶりに繰り返し、おれの目を真っ直ぐに見つめてきたものだ。そんな接点がもし本当に実在するというのであれば、たしかに問題は問題だ。上海の黒社会と工部局警察との接点——そこに立っているのは馮篤生《フォン・ドスアン》であるよりはむしろ、このおれ自身ということになってしまうのだから。老人との関係を絶つべきだろうか。では、アナトリーはどうする。アナトリーとももう会わない、いやもう会えないということか。結局、心を決めかねているうちに久しぶりの休日は終った。

翌日は次から次へと雑用が舞いこんで、蕭炎彬《ショー・イーピン》の問題に思いをめぐらす余裕はまったくなかった。そのうちの一つはたとえば、この日の早朝、精巧に偽造された通行許可証で外白渡橋《ガーデン・ブリッジ》を渡ろうとした支那人の一家が上海海軍特別陸戦隊によって摘発され、類似の事件の頻発にすでに業を煮やしていた上陸《シャンリク》が、何とか根本的な対策を立てろと警察に捩じこんできた件である。偽造経路の解明のための会議が召集され、芹沢も関係のありそうな印刷業者や職人に関する情報を大急ぎで掻き集め、その会議に出席しなければならなかった。さらにその翌日も、同僚の課員の一人が過労からだろうか病欠して忙しい日となり、青幇《チンパン》の頭目をめぐる陸軍参謀本部付少佐との会話は芹沢の意識からおのずと遠のいた。このまま嘉山から何も言ってこなければそれっきりではないかという虫の良い考えが、業務をこなす合間にちらちらと点滅しないでもない。芹沢にしてもそれで済むと高を括れるほど甘いものではないと思ってはいたものの、蕭《ショー》と馮篤生《フォン・ドスアン》の問題がふと意識にのぼるたびに無力感に襲われ、迷いにけりをつけて何らかの積極的な行動に出るためにはもう少し時間が必要だと考え、そんなふうに引き延ばしているうちに問題が自然消滅してくれればという期待にすがりつきたくもなる。

その日の勤務が終って夕食を済ませ、午後八時過ぎにアパートの建物まで帰りつき、門を入って階段を昇りはじめた芹沢の耳に、階上の方から、かすかに、しかしはっきりと、軽快な管弦楽を伴奏にフランス語で歌う、いかにも意地っ張りで気の強そうな女の声が届いてきた。よく知っている曲だった。繰り返し繰り返し蓄音機にかけて聴いたので、近頃では音盤の溝が磨り減って雑音が混ざりはじめてしまったフランスの流行り唄。ミスタンゲットの歌う〈サ・セ・パリ〉。芹沢は薄暗い明かりの灯る階段を二段跳びで駆け上がり、二階の自分の部屋の前に立った。音楽はたしかにそのドアの向こう側で鳴っている。ノブを回してぐっと押すと、ドアは苦もなく内側に開いた。歌声が一段と大きくなる。

そそくさと中に入ってドアを内側から施錠する。こういう音楽が自分の住まいから外に洩れるのを他人にはあまり聞かれたくなかった。制帽を帽子掛けに掛けるのもそこそこに廊下を進み、書斎を兼ねた寝室のドアを開けると、部屋中にミスタンゲットの歌声が大音量で溢れ返っており、その中で白い半袖シャツにやはり白い綿のズボンを穿いたアナトリーがベッドからゆっくりと上半身を起こそうとしていた。形ばかりの申し訳なさそうな微笑を浮かべて、ハロー、ジャパニーズ、と小声で歌うように言う。

おまえ、何してる、こんなところで、と芹沢も英語で言った。いったいどうやって入った、鍵が掛かっていただろう、とつい急きこんだ口調で畳みかけてしまう。

鍵、掛かっていた。でも、ぼく、簡単に開けられるから。申し訳なさ、恐縮ぶりの仮面はあっさり剝がれ落ち、少年の顔にふてぶてしさと狡《ずる》さの混在する大きな笑みがにんまりと広がった。

開けられるって、なあ、おまえ……。

ほら、これでね、と言いながらアナトリーはズボンのポケットから長短数本の金属棒をリングに束ねた錠破り《ピッキング》の道具を取り出し、右手の人差し指にそのリングを引っ掛け、指の周りにその金属棒の束をちゃらちゃらと振り回してみせた。ぼく、上手いんだよ、これ。You see, Japanese, I'm so good at this!

アナトリーの英語はたどたどしいが、支那語よりはずっとましで、一方芹沢はアナトリーの母語であるロシア語はまったく話せないから、結局は英語での会話になってしまう。アナトリーはあどけなさを残した顔に似合わない低いしゃがれ声で喋る。隠れて煙草を吸っているのではないかと芹沢は疑っていた。

ミスタンゲットの歌が終りかけていた。サ、セ、パリ！　サ、セ、パリ！　蓮っ葉に声を張り上げるミスタンゲットの歌の最後のルフランに、アナトリーも声を合わせて、サ、セ、パリ！　と小さく叫ぶ。芹沢は曲の終りを待たずに蓄音機の前まで行き、針を上げて音楽を中断した。回っていた音盤を手に取り、アナトリーが乱暴に扱って傷がついたりしていないかどうか調べた。どうやら大丈夫ととりあえず安堵した瞬間、机の上に何枚もの音盤が無造作に放り出され、カバーもかけず袋にも入れずに剝き出しのまま乱雑に重なり合っているのが目に入った。

おまえ、何だ、押しこみ強盗みたいに他人《ひと》のうちに押し入って、勝手なことをしやがって。しかし、押しこみ強盗《バーグラー》という言葉はアナトリーには通じないようで、きょとんとしている。芹沢は音盤を一枚一枚丁寧に片づけて棚に戻し、蓄音機の上蓋をそっと閉めた。このビクターのビクトローラ卓上蓄音機はライカⅡ型と並ぶ芹沢の宝物だった。昨今、電動の蓄音機が徐々に普及しはじめ、こうした手回しのぜんまい式は時代遅れになってきている。たしかに音盤を一枚掛けるごとにいちいちハンドルを回すのは面倒と言えば面倒だ。だがそれはこれから音楽を聴くぞという心の準備を整える荘重な儀式のようで、芹沢は決して嫌いではなかった。

　何だい、もう終りか。ねえ、もっと音楽を聴こうよ、ジャパニーズ。そう言いながらアナトリーはまた上体を倒し頭を枕にのせて仰臥状態に戻り、片膝を立てて足を組んだ。馮《フォン》が芹沢をまるで愛称のように日本人《ザベンニン》、日本人《ザベンニン》と呼ぶので、その口真似のようにアナトリーも芹沢にジャパニーズと呼びかける。

　馮《フォン》の「日本人《ザベンニン》」という呼びかけを愛称と言ってよいかどうかはわからない。実際、軽い皮肉と嘲弄の響きがあるのは否定できない。しかし、芹沢はそこにさして深刻な悪意を感じなかった。今日日《きょうび》の支那人が敵意を籠めて「小日本《シアオリーベン》」と決めつけたり「東洋人《ドンヤンニン》」と吐き棄てるとき、それはむろん蔑称にほかならないが(「東洋人《ドンヤンニン》」という言葉がとくに日本人を指す罵言だと芹沢は上海に来て初めて知った)、馮《フォン》の「日本人《ザベンニン》」に滲む皮肉は、そんなふうに支那人が日本人《ザベンニン》を憎み蔑むようになってしまったこの時代の空気それ自体の厭わしさに向けられているように感じられた。そんな空気が充満しているこの疎ましい浮き世からどこかほんの少し超脱した場所に身を置く者が、憎まれる日本人をも憎む支那人をもともども揶揄し、その憎悪の還流の構造の愚かしさそれ自体を皮肉に茶化しつつ、蔑称めいた「日本人《ザベンニン》」を芝居のセリフのように発語しているかのようだ。それはいわばカギ括弧付きで「引用」された蔑称であり、その「引用」の身振り自体に、軽微ないたずらを共にする一種の共犯者同士の狎《な》れ合いの目配せが潜んでいる。芹沢にしてみれば、何かとても大きな獣に容赦なく乱暴に小突き回されながら遊んでもらっている小動物になったような心地とでも言えばよいのか。「日本人《ザベンニン》」全体の代表に擬せられるようでそこはかとない居心地の悪さがかき立てられないでもないが、たぶんそんなふうに相手に軽い負債を負わせること自体を、邪気のないからかいとして馮《フォン》は楽しんでいる。だから、「日本人《ザベンニン》」と決めつけられるたびにかすかな困惑の笑みで応じ、共犯者の目配せを返しておけばよい。

そういうわけでとりあえず芹沢は馮《フォン》の「日本人《ザベンニン》」をあえて愛称と解していたが、ただしそれは単なる独り善がりの思いこみでしかないかもしれず、老人の意識の、それよりさらにもう一段下の層には、やはり何か名状しがたい悪意の滓《おり》が硬く膠着し、重くとどこおっているのかもしれない。何しろ決して尻尾を摑ませない、喰えない老人だった。

では、アナトリーが芹沢を「ジャパニーズ」と馴れ馴れしく呼ぶことの方はどうか。それは愛称なのか蔑称なのか。「ジャパニーズ？」と問いかけるような軽い上がり調子の語尾で終る彼の呼びかけに、侮りと阿《おもね》りの両方が籠もっていることはすぐわかる。しかし、そのさらに奥に何らかの深い屈託が淀んでいるのかいないのか、そのあたりになると馮《フォン》老人の場合と同様、芹沢にとっては計り知れないところがあった。顔立ちにまだあどけなさを残した十七歳のアナトリーに、馮《フォン》のような老獪《ろうかい》な韜晦《とうかい》はないし、二重三重の襞や屈折をうちに畳みこんだ深い精神世界があるともとうてい思えない。しかし、この若さですでに苛酷な運命の有為転変を経てきたせいだろうか、この少年がいつも浮かべている一見無邪気な笑みには、成熟や老いがもたらす賢察や達観とはまた別の種類の狡智がいつでもうっすらと漂っていて、それが芹沢には正直なところ少々薄気味悪かった。

おれをジャパニーズと呼ぶな、と芹沢は突《つ》っ慳貪《けんどん》に言った。

じゃあ、何と呼ぼうかなあ……？

ミスター・セリザワでいいだろう。

ミスター・セリザワ、もっと音楽を聴こうよ。

音楽はもう十分に聴いただろ。それより、おまえ……。芹沢はベッドに近寄って、枕のうえから何か誘うように微笑みかけてくるアナトリーの顔をあえて見ないようにしたまま、先ほど彼が見せびらかした錠破り《ピッキング》の道具をその右手から邪慳《じゃけん》にむしり取った。

あっ、何するの！　返して、ねえ、返してよ！　アナトリーは悲鳴を上げながらベッドから飛び降り、道具を取り返そうとした。芹沢はそれを固く握りこんだ左のこぶしを頭上高く差し上げ、ノー！　と強く言った。これはおれが預かることにする。おまえ、こんなものを使って、これまでどれだけ悪事をはたらいてきた？　今度は感化院じゃあ済まないぞ。刑務所行きだ。今の上海の刑務所はひどいぞ、ひどい扱いを受けることになるぞ。

これからまだ背が伸びるかもしれないが、アナトリーは今のところ小柄な少年で、芹沢が差し上げたこぶしにはとうてい手が届かない。ふてくされた顔になって一歩後ずさり、

悪事って何だよ。そんなの、知らないよ。

ついさっき、おまえのやったことだ。鍵の掛かっていたドアをこれでこじ開けて、他人の住まいに許可も得ないで侵入しただろ。それが悪事だ。犯罪だ。逮捕されても文句は言えないぞ。

へえ、じゃあ、ぼくを逮捕するのかい、ミスター・セリザワ？　あんたはおまわりさんだもんな。逮捕したらいいじゃないか。何だい、「他人の住まい」ってさ……他人じゃないだろ、友だちだろ、てっきり、友だちのはずだと思ってたよ。

友だちだったら余計悪い。友だちの家に押し入るなどというのは、信義にもとる行為だぞ。信義《ロイヤルティ》って言葉の意味を知ってるか。

知らないよ。

いいか、恥を知る男《オノラブル・マン》は、そういうことはやらないんだ。恥を知る《オノラブル》って言葉も、わから

ないか。

わからないよ。うるさいな……。いいよ、もうそれ、あんたにやるから。取っとけよ。せっかく遊びに来てやったのに……。つまらない説教を垂れやがって。そう言い残して、アナトリーは寝室からぷいっと出ていった。

アナトリーが馮《フォン》の正式の養子なのかどうかは正面から尋ねたことがないのでよくわからない。馮《フォン》からはただ、「うちにいる子」だとして紹介されただけだった。単に善意の施しで、孤児を一時的に引き取って居候させているだけなのかもしれない。ともかく仕事場と私邸とを問わず、芹沢がいつ馮《フォン》を訪ねてもおおむね老人の傍らで本を読んでいるか、二人の会話に耳を傾けているかなので、雇われて仕事をしている使用人でないことはたしかだ。そんなふうにそばにいてもほとんど口をきかないが、突然会話に介入して生意気なことをぼそっと言い、馮《フォン》に窘められることもある。芹沢が馮《フォン》を訪ねるのはだいたい週末だから平日のアナトリーが何をしているかはよくわからない。ふだんは学校へ通っているのだろうか。

一度だけ、ある日の午後、芹沢が馮《フォン》の店へ入ってゆくと、アナトリーが仏頂面でガラスケースを雑巾で拭いていて、この少年がそんなふうに働く姿を初めて見たので意外に思ったことがある。ハロー、アナトリーと呼びかけても少年は返事もせず、拭くというよりただ投げやりに、面倒臭そうに雑巾を左右に動かしているだけだ。ちょうどそのとき馮《フォン》が奥から出てきて、雑巾の絞りが足りないぞ、もっと水を切って拭かないとガラスに跡が残る、といったことを注意した。と、アナトリーはいきなり雑巾を床にぴしゃりと投げ捨て、馮《フォン》に向かってロシア語で罵言らしきものを立て続けにわめき立てるや(少年がそんな激しい感情を剝き出しにしたところも今まで見たことがなかったので、芹沢は呆気にとられた)、小走りに店の外へ飛び出していった。馮《フォン》は店の入り口に駆け寄り、遠ざかってゆく少年の後ろ姿に向かって、この馬鹿者、そういう振る舞いを続けていると、感化院に舞い戻りだぞ、とか何とか、いつも物静かな馮《フォン》にしては珍しく激昂の露わな怒鳴り声を浴びせたものだ。その後、芹沢の方へ戻ってきて少し恥ずかしそうな顔になり、いやあ、躾《しつけ》がなってないな、あの子は、とだけ呟いて、それ以上は何の説明もしなかった。手癖が悪いな、だったかもしれない。芹沢が後になって想像したのは、アナトリーが店の時計の一つを——何せ高価な骨董ものが沢山あるから——こっそり持ち出した、あるいは持ち出そうとした、それが老人に見つかり、老人は赦してやったが、罰として拭き掃除を言いつけた……といった筋書きだ。その想像が当たっていたかどうかはわからない。

アナトリーは美しい少年だった。短く刈りこんだ金髪、真っ白な肌、何を考えているのかまったく読めない冷たい碧眼、ふっくらした頰、やや厚めの、形の良い官能的な唇。その唇がしばしばルージュを塗っているのかと思うほど赤く見えるのは、事あるごとに唇をきゅっと嚙み締める癖があるせいらしい。目と目の間がほんのわずか離れすぎているという印象を与えるのが、彼を美少年と呼ぶのをためらわせる唯一の小さな瑕疵《かし》だった。痩せてはいないがいかにも骨の細そうなしなしなした軀つきで、しかしそこには敏捷な活力が漲り、先ほどのベッドからの跳ね起きよう、寝室からの飛び出しように現われている通り、ゆったりした身のこなしをいきなり断ち切って粗暴な動作へ移り、その唐突さが人をぎょっとさせる。

当初、芹沢は、寝室から出ていったアナトリーはてっきりあの勢いのまま玄関から外に飛び出していっただろうと考えた。しかし、それらしいドアの開閉音が聞こえてこないことに気づくのにそう時間はかからなかった。探しにいってみると、アナトリーは明かりを点けた台所兼食堂にいた。流しの前に立って水が半分ほど入ったコップを胸のあたりに支え持ち、コップの中に目を落としている。芹沢が近寄ってゆくと、先ほどの一幕などまるでなかったかのように目を上げてにっこりし、そのコップを差し出した。

飲む……？　水……？

要らないよ。おい、水道水を直接飲むな。

だって、咽喉が渇いたんだもん。

馮《フォン》から言われていないのか。上海の上水道の水質は近頃とくに、まったく信用ならない。まず一度、煮沸してからでないと腹を壊すぞ。そう言って芹沢はアナトリーの手からコップを取り上げようとしたが、アナトリーは先ほどの芹沢の仕草を真似るようにコップをさっと遠ざけ、釣られて芹沢はそちらに右手を伸ばした。その瞬間、少年は芹沢が何となく左手に持ったままでいたあの錠破り《ピッキング》の道具を取り返そうとして飛びついてきた。

揉み合いになった。コップが落ちて床に転がり、割れはしなかったが水が飛び散った。芹沢はアナトリーを撥ねのけようとしたが、少年は芹沢の左手首を摑んで放さず、そのうちに芹沢がしっかり握り締めたままでいるそのこぶしの甲に、凶暴な野良猫か何かのように思いきり深く爪を立て激しく引っ掻いた。芹沢は痛みに呻きながらつい力を弛めてしまう。

アナトリーは取り返した自分の道具をズボンのポケットにすばやく仕舞い、勝ち誇った笑顔で、ヘイ、ジャパニーズ、他人《ひと》のものを奪うのは悪事だよ、犯罪だよ、逮捕されるよ、と歌うように言った。芹沢は憎しみの籠もった目でアナトリーの顔を睨みつけた。左手の甲に残った幾筋もの引っ掻き傷には血が滲み、じんじんと痛む。この野郎……と日本語で呟きながら、流しの蛇口を開けて傷口を水にさらした。この野郎、大人を舐めやがって……。蛇口を閉め布巾で手の水気を拭き取っているうちに、ふと気づくとうなじのあたりが何か風になぶられるような軽い感触があり、気づいてみればアナトリーの指がそこにさやさやと触れているのだった。

すぐ振り返って、怒鳴りつけてやらなければと考えている心の中の一部分があったが、心の残りの部分は鈍く重く痺れ、少年の指先が触れている後ろ髪の生え際のあたりに走るぴりぴりした刺激が周囲に広がり、全身がかすかに感電したようになってゆくのに耐えていることしかできない。ほどなく温かで柔らかなものが芹沢の背中に重みを預けてきた。同時に耳朶《みみたぶ》の後ろに息がかかって、思いがけないほどのつい間近から、ぼくの日本人《ザベンニン》……という支那語の囁きが立ちのぼり、その響きが鼓膜を甘くくすぐる。

芹沢は背中にかかる重みを撥ねのけるようにしてぐいと振り向き、アナトリーの無表情な青い大きな瞳に向かい合ったが、困惑しきった自分の顔がその瞳に映っているのを見つづけていることができずすぐに目線を下げてしまう。少年は芹沢の左手を両のてのひらでそっと包みこむようにして、自分の顔のすぐ前まで持っていった。痛い？ と小声で訊き、芹沢の返事を待たずに自分の付けた引っ掻き傷に唇を寄せ、そっと舐めた。芹沢は手を引っ込めようとしたが、できなかった。ぬめぬめした蛞蝓《なめくじ》のようなものが左手の甲を這いずりつづけるのをただ黙って耐えつづける。ロシア人少年の生温かい唾液が傷に沁みてひりひりする。アナトリーがくすっと笑う気配があり、それは少年の手と舌に委ねているぐんなりと力の抜けた自分の左手が、いつの間にか細かく震えはじめたことに対してだと芹沢は直感し、羞恥心で顔が火照るのを無念に思いつつ、ようやくその手をさっと引っ込めた。

ごめんね、痛くしちゃって、日本人《ザベンニン》、とアナトリーは相変わらず支那語で言う。それから、片手を芹沢の首の後ろに回し、彼のうなじをまたそっと撫で、それが拒まれないのを確かめたアナトリーの顔に、またあのふてぶてしさと狡さの混在する笑みが広がった。もう一方の手を芹沢の腰に回し、あるかなきかの力でそれをそっと自分の腰の方へ引き付け、腿と腿とを密着させた。芹沢は軀を引き離すことができず、しかし辛うじて顔だけはそむけ、近づいてくるアナトリーの唇をよけた。

ホワイ……？　と、アナトリーの言葉がまた英語に戻る。

なぜって、おまえ……。

だって、もう、あのとき一度しただろ、お爺《グランパ》ちゃんの家で。椎の木の陰で。あのときは……。その先はどう続けたらいいやらわからず、それに咽喉に何か乾いた大きなかたまりが詰まったようになって声がうまく出ない。だが、いったい何と言ったらいいのか。あのときは……突然で、突然すぎて、びっくりして、ついおまえの好きにさせてしまっただけだ。電話が鳴って家の中に引っ込んだ馮《フォン》がいつなんどき戻ってくるかわからないし、妙な騒ぎを起こしたくなくて、黙って我慢していただけだ。だが、今日はもう遠慮なしにはっきり言うぞ。こういう遊びだか冗談だかはおれの好みじゃない。いいか、わかったな、おれの好みじゃあ、ないんだ。大人をからかうと、ただじゃあおかないぞ——そんなことを強い調子で言えばよかったのか。もし咽喉にこんなかたまりさえ詰まっていなければ、左手の甲から始まったこんな気味の悪い慄えが、もし肩へ、胸へ、下腹へ広がってゆくことさえなければ、そう言えただろうか。しかし芹沢は結局は口を噤んだまま、ただ顔をそむけてアナトリーの唇をよけただけだった。

ホワイ……？　と、もう一度アナトリーが言った。ホワイ・ノット(ねえ、いいだろ)？　と、言葉を重ねる。芹沢の腰を押さえる彼の手にほんのわずか力が加わった。もう一方の手の指先は依然として芹沢のうなじを這いつづけている。ぼくはあんたのことがこんなに好きなのに、と、聴きとれるかとれないかというほどの小声で呟く。

あのときもおれは何も言えなかったのだ、と芹沢はぼんやりと考えた。あれは先月の初め頃、上海で戦闘が勃発するほんの数日前のことだった。電話を終えて庭に戻ってきた馮《フォン》の顔に何かを訝しむような色がうっすら浮かんだと見えたのは、あれはおれの気のせいだったのだろうか。今きっとそうなっているように、椎の木陰から現われたおれは顔が真っ赤に火照っていたのではないか。咽喉に何かが引っ掛かったように声が掠れていたのではないか。おれに続いて椎の木の後ろから現われたアナトリーの、その後のことさらなはしゃぎぶりがあまりに不自然だったのではないか。あの日、強く突き放すなり、冗談に紛らせてこの厭わしい少年の腕から逃れるなりしていれば、今こんな状況に身を置かなくて済んでいたはずなのに。しかし……「こんな状況」の再現を、実のところあの日以来おれは、このひと月以上の間、焼け付くような思いで待ち受けていたのではなかったか。切れ切れの思考の筋道が立ったのはそこまでで、その後はもう頭の中が真っ白になり無我夢中で自分の方からアナトリーの美しい顔に唇を寄せてゆくほかはなかった。白系ロシア人の少年の柔らかな唇はかすかな血の味、そしてそれとはっきり区別されたやはりかすかな苦艾《にがよもぎ》の味がした。

五、お気楽なやつ

唇を合わせて間近に見下ろすアナトリーの顔の瞑った両目の端からかすかに滲み出ているものがあるのを認めた芹沢は、こいつ健気に、涙なんか流していやがると虚を衝かれ、その軽い狼狽《ろうばい》が彼の軀の奥底に激しい歓びをかき立てた。すれっからしの男娼ふぜいが――と、どこかで高を括っていた自分のこの少年への侮りを彼は改めて自覚し、それを愧《は》じ、いきなり溢れ出すような愛おしさで血がたぎり頭の芯が痺れるのを感じる。しかし、その歓びも愛おしさも、背筋から下半身へと広がってゆく気味の悪い慄えの中にただちに溶けこんで、いったんそうなってしまえば歓びと恐怖は渾然一体となり、その両者を区別するものはもはや何もない。人と人とはいったいなぜこんなふうに唇と唇とで繋がらずにいられないのか、それにしてもこの蕩《とろ》けるような柔らかさはいったい何なのか、人の肉はなぜこれほど柔らかくなりうるのか、と次々に疑問が湧き、アナトリーがいつなんどき目を見開いて自分の瞳を見つめ返してくるかもしれないという恐れに衝き動かされ、少し慌てて芹沢自身も目を瞑る。

この柔らかさ、それがアナトリーの唇のものなのか自分の唇のものなのか、それすらわからない。誰のものでもなくなった肉と肉とがただ触れ合い、その接触面に名状しがたい柔らかさが生じる。ひと月半ほど前のあの椎の木陰のときもおれはこの柔らかさに動揺したのだ、その動揺、その驚きを忘れようとしてどうしても忘れられず、以来、昼も夜も意識の底の暗闇でそれらをずっと反芻し、撫でさすりつづけてきたのだ、と今初めて思い当たった。そう思い当たったことで少年の腰に触れている彼の下半身に走り抜けつづける慄えの振幅が、さらにいっそう大きくなる。柔らかなものは恐ろしい、おれの面子も責任も社会的人格も一挙に壊してしまいかねないこの尋常ならざる柔らかさほど恐ろしいものはない、そう直覚しながら、にもかかわらずおれはこのぬめぬめした蛸の吸盤のようなものから自分の唇を引き離すことができない。最初のうち閉じていたアナトリーの唇がほどなく薄く開き、その隙間に滲んだぬめりが自分の唾液に絡まったことから芹沢は、自分の唇もいつの間にかわずかに開いていることをようやく知った。

二人の唇はいつまで経っても離れなかった。息苦しくなった芹沢が鼻から少しずつ息を吸うと、アナトリーの鼻と口からわずかに洩れる煙草とアブサント酒の微香混じりの癖の強い呼気が芹沢の鼻孔をくすぐり、そのにおいへの愛《ザベンニン》おしさに目を瞑ったまま立《た》ち眩《くら》みしかけて芹沢はかすかによろめいた。ぼくの日本人、とさっきこいつは言ったなとぼんやり思い出し、しかしただちに、はたして本心だろうか、こいつはきっとそのときその場の気紛れで口先ばかりの戯《ざ》れごとを言うやつなのだという思いが浮かんで、少し心が強張った。それでもさらに、言葉なんか本当でも嘘でも構わない、その言葉を押し出してくる口自体を今はこうしておれ自身の口で塞いでしまっているのだから、おれはたしかにこいつのものだし、こいつの方だっておれのものだ、少なくともこうして唇と唇を合わせている間だけは、ともう一度考え直す。こういうそら恐ろしいような肉の柔らかさを共有している間だけは、おれはこいつに所有され、こいつもおれに所有されている、そう言ってよいはずだ。

芹沢のうなじをまさぐっていたアナトリーの片手は、首筋から脊椎の筋を辿りつつ芹沢の着ている警察官の制服の布地のうえをそろそろと下って、背中の真ん中あたりまで来ていた。もう一方の手は芹沢の尾骶骨のあたりを押さえ、心拍と同期するようなリズムで力を籠めては抜き、それに合わせて自分の腰をそっと押しつけてくる。しかし、芹沢自身は自分の手を相手の軀に巻きつける勇気を奮い起こせず軀の両側にだらりと垂らしたままで、結果的には自分よりはるかに年下で軀つきもずっと小柄な少年から一方的に抱きすくめられるかたちになっていた。アナトリーと唇を合わせたまま、やがて芹沢は先ほど引っ掻かれた左手をのろのろと上げて自分のズボンのポケットに入れ、肌身離さず持っているあの折り畳みナイフをいつの間にかぎゅっと握り締めていた。

東京外国語学校の卒業まぎわのこと、ちょっと面白いことがあるからと同級生に誘われて、神保町の小汚い食堂を借り切って開かれた奇妙な上映会に参加したことがある。壁に小さなスクリーンが垂らされ、ほんの二十人ほどの観客を前に超現実主義とか何とかいう触れこみの、わけのわからぬ活動写真の短篇が何本か上映された。超現実とは要するに無意味、滅茶苦茶、非合理、理解不可能ということのようで、突飛な映像が脈絡なく連続して眼前を通過してゆくのにすっかり呆れ、退屈を持て余した芹沢は、隣りの席に座る友だちが止めるのを振り切って途中で出てきてしまったものだ。欧州の超現実主義というのはどうやら左翼の一変種らしく、日本での商業上映は治安維持法に引っ掛かるからとうてい無理、そこでどういうルートでかほんの少数だけ日本に持ち込まれた十六ミリフィルムのプリントによるこうした秘密上映会が、ときどき開かれているという話だった。もっとも、こんな馬鹿馬鹿しいデタラメ映像のお遊びと共産主義の革命思想との間にいかなる接点がありうるのか、どう頭をひねろうと芹沢には想像の外《ほか》だったし、万が一、特高が踏みこんできたらすぐ逃げられるように食堂の前の路上に見張りを立てておくといった主催者側の大袈裟な警戒ぶりも、違法な集会に参加するというので何か妙にそわそわしている観客たちの不安と昂揚がない交ぜになった軽薄な興奮のさまも、芹沢の目には滑稽な自意識過剰としか映らなかった。

だが、そのなかで、題名はもう忘れてしまったが、フランス製の短篇で、芹沢の記憶に強い印象を刻みこんだ一本があった。冒頭、煙草をくわえた男が研ぎ革で剃刀を研いでいる。椅子に座っている女がいる。女の片目の眼球の大写し。と、その眼球そのもののように真ん丸な夜空の月へと画面が切り替わり、その真ん中を細い雲がすうっと横によぎる。次の瞬間、剃刀が女の眼球の真ん中を同じようにすうっと横に切り裂き、その裂け目からどろりとした粘液が溢れ出す。観客の中から複数の悲鳴が上がり、芹沢自身も悲鳴は上げないまでも思わずのけぞって椅子の背がぎしっと軋んだものだ。もっとも、そのほんの十五分かそこらの短篇作品でも面白かったのはその衝撃的な冒頭シーンだけで、あとはグランドピアノのうえにのっかった驢馬《ろば》の死骸やら男のてのひらに開いた穴からぞろぞろ這い出す蟻の群れやら、ただ気持が悪いだけの意味不明な映像が続いて、早く終ってくれないかとじりじりするばかりだった。

この折り畳みナイフの刃を引き出して、あんなふうに真横に、水平に、すうっと……というとりとめのない想念が、沸き立った血で重く痺れたようになった芹沢の頭をふとよぎる。目尻に涙を溜めたこのアナトリーの目をと思い、あるいはこの柔らかな唇をとも思い、たちまち怖くなって、ポケットの中で我知らず固く固く握りこんでしまっているこぶしの力を何とか弛めようとする。が、弛められない。自分自身に抗って、指を一本一本引き剝がすようにしてようやくナイフから手を放す。気づいてみるとアナトリーの唇の感触は芹沢の唇から消え、両手も芹沢の軀から離れているようだった。まさか今しがたおれの心に浮かんだ想念がこいつに伝わったわけではあるまいなと思い、目を開けるのが怖かった。開いた瞳にまず映じるものが、してやったりと嘲るようなアナトリーのにやにや笑いだったら、いったいおれはどう反応したらいいのか。しかし、何秒も経たずに、

ねえ、あれ、ほら……という囁きのような声が芹沢の耳に入り、それでようやく目を開けてみると、そこには虚空に目を泳がせ何かにじっと聴き入っているようなアナトリーの横顔があった。誰か、来てるみたいだよ、とひそめた声で言う。芹沢も耳を澄ましてみた。たしかに、とんとん、とんとん、と遠慮がちにドアをノックする音が玄関の方から聞こえてくる。ブザーもあるのにそれを鳴らさずわざわざ軽いノックを重ねているのが、むしろよりいっそう押しつけがましく脅迫的に、いや恫喝的にさえ響く。あれはいったいいつから聞こえていたのか。はっきりと意識にのぼすということをしなかっただけで、あの単調な響きはずいぶん前から耳に届くだけは届いていたのではなかったか。そんな気がしてくる。

おい、おまえはこの台所にじっとして、静かにしてろ、物音を立てるんじゃないぞ、いいな、と言うと、アナトリーは芹沢とは目を合わせず俯いたまま、黙ってこくりと頷いた。耳に血が昇って紅潮しており、肌が真っ白なだけに両耳のその赤さが際立って見える。その耳に手を伸ばし指先で撫でさすってみたいという気持を、ことさらに自制し

なければならなかった。

玄関へ行きノブを回してドアを慎重に細く開け、隙間からそっと外を覗いてみると、海軍のセーラー服を着た日本人兵が申し訳なさそうな顔つきで立っていた。廊下の天井灯を逆光に背負っているので顔が翳《かげ》ってよく見えず、一瞬、途惑ったが、その海軍兵がただちに気をつけの姿勢になって挙手敬礼したとたんに、記憶が甦った。百老匯大廈《ブロードウェイ・マンション》で嘉山と会った晩、芹沢をオートバイの側車《サイドカー》に乗せて家まで送ってくれたあの一等兵だった。

夜分、お休みのところ、申し訳ございません、と一等兵はほっとしたように言った。

いや、別に、構わないけれど……。いったい何ですか。

はあ。嘉山少佐殿が、ぜひお目にかかってお話ししたいことがあるとかで……。

そうですか。では、明朝でも、署の方へお越しいただければ……。

はあ……と曖昧に受けた一等兵は、それ以上言葉を継ぎもせず、もじもじしながら目を下に落としている。

明朝ではまずいでしょうか。

はあ、できれば……今、お目にかかれれば、と。

え、今、ですか。

ついそこの横丁に公用車を停めておりまして、少佐殿はその中でお待ちになっていらっしゃいます。こんな夜更けに恐縮ながら、お宅にちょっとお邪魔してよろしいかどうか、ご都合を伺ってくるように、と申しつかりまして。

え、嘉山少佐がうちに来る？

はあ。

そこまで靴下を穿いた足のまま玄関ドアの裏側にぴたりと張りつき、ドアの隙間から顔だけ覗かせて言葉を交わしていた芹沢は、さっき脱いだばかりの靴を慌ててつっかけ、たたらを踏むようなぶざまな恰好でそれに踵《かかと》を押しこもうとしながら外廊下に出た。後ろ手にドアをぴったりと閉め、一等兵と向かい合う。

いや、今は困る。ちょっと、困るのです。

そう長くはお邪魔しないとおっしゃっております。ほんの十分ほどでもお時間を割いていただければ、と。

いや、十分だろうが何分だろうが、今はまずい。そう……明朝、わたしの方からまた百老匯大廈《ブロードウェイ・マンション》まで伺ってもよろしいです。どうですか、それで？

いや、それは……。

駄目ですか。

それでは駄目なのです。少佐殿は今夜、午前零時発の軍用機で——と言いかけた一等兵は、しまったという表情になって口を噤んだ。たしかに、軍用機の飛行情報は一般人には洩らせない機密事項だろう。

……内地へお帰りになる？　と、一等兵がうっかり口を滑らせたことに気づかないそぶりで芹沢はさりげなく言葉を補った。一等兵は気まずそうな顔でかすかに頷いた。

そうですか。それは、困ったな。

ですので、今、ほんの少しだけお時間を割いていただいて……。

いや、今はまずい。

そこを何とか……。

本当に、わたしはついさっき帰ってきたばかりで、家の中は散らかりほうだいだし……。

少佐殿はそんなことはお気になさいません。

いや、わたしはするのですよ。

その不毛な押し問答の途中で、玄関のドアの向こう側から、ミスタンゲットの〈サ・セ・パリ〉が聞こえはじめた。先ほどより音量は絞ってあり、そこに多少の遠慮の意思が感知されないでもないが、一度芹沢がカバーをかけ袋に入れて片づけたその同じ音盤をわざわざ引っ張り出してきて、同じ曲をまたかけてみせるという振る舞いは、一種の嫌がらせ以外のものではあるまい。一等兵の顔に不審そうな色が浮かんで、
どなたか、お客様でも……？　と、小声で尋ねてきた。こいつはおれが独り暮らしだ

ということもとっくに承知しているのだと芹沢は思い当たり、どんな客がおれの家に来ようがおまえの知ったことか、と内心いささか憤然として、その質問には返事をせずに、
じゃあ、こうしましょう。嘉山少佐がもうそこまで来て待っていらっしゃるというのなら、わたしが下りていって、その横丁でお目にかかる、と。それでいいでしょう。十分かそこらなら自動車の中でお話しすればいい。

さあ、どうでしょうか。通行人の耳目もありますし、少佐殿はきっとそれは好まれないのではないかと、わたしは……。

この時刻、表はもう真っ暗じゃないですか。横丁って、このアパートの裏手の、生鮮市場の側の細い路地のことですね？　あそこの街灯は先月の爆撃以来、電気が停まって、点かなくなってしまったまんまでね。そのせいで、夜陰に乗じた引ったくり事件なんかが頻々と起きている……。そんなことをぺらぺらと喋りながら、芹沢は強引に先に立って階段の方へ向かった。とにかく〈サ・セ・パリ〉の歌声から一秒でも早く遠ざかりたかった。一等兵は不満そうな顔のまま、しかし不承不承といった足取りで後についてきた。制服の上下を身に着けたままの恰好でいて本当に良かった、という思いが階段を降りながらちらりと閃いた。

日章旗も立っていないし軍の徴《しるし》も付いていない、そしてその無表情がむしろ何かものものしい雰囲気を醸し出している黒塗りのシヴォレーのセダン車が、獲物が近寄ってく

るのを息を殺して待ち伏せしている肉食獣のように、横丁に蹲っていた。その後部座席にいま芹沢は、今夜もまた平服姿の嘉山と隣り合って座っていた。

いきなり押しかけてきて申し訳ありません。わざわざ下りてきてくださって恐縮です。いや、先日お願いした一件ですが、その後どんな進展をしたか、気になりましてね、と嘉山はいきなり話の核心に入った。

えー、実のところ、進展というほどのことはないのです。わたしは馮篤生《フォン・ドスアン》という人物はたしかに知っているのですが、そう懇意というわけでもないし、そのうち何かきっかけを見計らって、と思い……。

見計らったりしている余裕なんかないんですよ、と不興と苛立ちを露わにした声で嘉山は言った。先夜、事情は細かく説明したつもりなんだがな……。即刻、動いていただかないと困るのです。この数日のうちにも状況はどんどん変わっている。戦線は刻々拡大し、移動しつづけている。わが軍の兵站線を確保するためにも、接収した工場群の生産機能を正常化することが一刻も早く必要なんです。そのあたりのことを十分にわかっておられるのか、どうか。相変わらず丁重は丁重な物腰だったが、嘉山の喋りかたは前回よりもいくぶん強引で、強圧的になっていた。

いや、わかっています、わかっていますとも。ともかくわたしにできるかぎりのことは、何とか早急に対処を……と、いかにも無責任な役人ふうの物言いに我ながら鼻白みつつ、芹沢は見せかけだけの誠意と自信を籠めて強く言い、しかし語尾までは言いきらず意図的に中途で言葉を濁した。

わたしは今夜、内地へ帰ります、と嘉山は言った。近く陸軍の制式採用になる九七式輸送機の試験飛行を兼ねて、真夜中に飛んで帰ることにしました。支那軍の対空砲攻撃が激化しているらしいので、昼間は避けた方が良かろうということになりまして。とにかく、わたしはいったんは東京へ戻らなければならないのです。明朝早く、三宅坂でどうしても抜けられない会議があるのでね。

芹沢の脳裡に、三宅坂に建つまるで壮麗な宮殿のように威風堂々とした陸軍参謀本部の建物を、皇居のお濠越しに遠望する光景が甦ってきた。

ただし、と嘉山は言葉を継いだ。今月末あたりにもう一度、上海へ戻ってくるつもりです。芹沢さん、蕭炎彬《ショー・イーピン》との面会の約束を、そのあたりの日取りで取り付けておいてもらえませんか。

今月末……。もう、再来週あたりの話ですか。さあ、どうかな……。いや、努力はしてみるつもりですが……。向かい合っての対座ではなく車の後部のシートに横に並んでいるのを幸い、芹沢は相手と目を合わせずあさっての方向に視線を泳がせて話していたが、そのとき、嘉山が黙ったままこちらに顔を向けてぎろりと強い眼光を放った気配を素肌のうえになまなましく感じた。それが見えたわけではないのに、こちらの心の奥底まで射抜くような眼光が顔の皮膚に突き刺さってくるのを感じ、その圧力が生理的な痛みそのものにも似たひりつくような感触をもたらしたのだ。それで少々慌てて、目を伏せながら、

いや、誠心誠意、努力してみます、ご事情は十分に承知しておりますので、と言い繕った。

それは有難い。どうか、よろしく……。

うん、何とかなるかもしれません、と芹沢は言い、そうですね……。総領事館の特別高等警察課にも連絡を取り、協力しながら交渉に当たってみますかねえ、と呟いて嘉山の顔をちらりと見た。

これは、先夜の面談の後になってから、そう言って嘉山の反応を見てやればよかったと後悔したことの一つだった。上海の共同租界の警察と言えばまず工部局警察だが、それだけではない。日本の上海総領事館にも直轄の部局として特高警察があり、上海で第一次の事変が起きた五年前以降、毎年のようにかなりの増員を重ねている。業務の内容は芹沢たちの公安課と部分的に重なるが、向こうは外務省の管轄で、何を差し置いても日本の国益を優先する立場である点が、あくまで上海市の安寧秩序のために存在する多国籍組織である工部局警察とは異なる。領事館警察には内務省からの派遣組も加わっているはずだし、陸軍から圧力をかけて何かをやらせるのはそう難しいこととも思えない。

芹沢はこの話題を持ち出すことで、どうして領事館警察の方にまず話を持っていかなかったのですか、そちらの方が合理的かつ効率的ではないですか、と暗黙のうちに嘉山に問うているつもりだった。また、その問いかけに批判と不満の気持を強く滲ませているつもりでもあった。いったいなぜ、どういう根拠で、わたしのような者を不可解なルートで一本釣りして、手下のように使おうとしているのですか、と。

いや、あそこは駄目だ、というのがしかし、木で鼻を括ったような嘉山の返答だった。

駄目ですか。

駄目ですね。上海総領事館にこの話が洩れては困るのです。外務省に筒抜けになる。しかし、国益優先の立場から、外務省だって嘉山さんの作戦に協力を惜しまないはず――。

いや、何が国益で何がそうでないのか、あの連中が理解しているとはとうてい思えない、と嘉山は切って捨てるように言った。蕭炎彬《ショー・イーピン》の名前を出しただけで、拒絶反応を起こします。門前払いでしょうな。いや、門前払いで終るだけならまだしも、やつらに妙な思案の種を植え付けることになり、この先われわれがことを進めてゆくうえで様々な障害の原因にもなりかねない。

そうですかねえ……と、芹沢は首をかしげた。

領事館警察を取り仕切っている警視がいるでしょう、ほらあの、何という名前だったか……。

知っています。

あの男には一度、何かの会議で会ったことがあるが、愚物なのに呆れたね、四十過ぎのいい歳をして。まああれが愚物であろうがなかろうが、とにかくあそこにこの話を持ってゆくことはできない。その点、おたくの組織の方がむしろ頭が柔らかいでしょうな。しかし、工部局警察は工部局警察で、多国籍の指揮系統がモザイク状に入り組んでいて、こっちが一つ突いた球が何にぶつかってどこに跳ね返って、どういう別の球を、ないしは連鎖的に複数の球を動かすことになるのか、読みにくいところがある。跳ね返ったはずみに、撞球台の外へすっ飛んでしまう球だって出てくるだろう。以前も言いましたが、どうか工部局警察の内部でもこの件は内密にしておいてください。いわんや、領事館警察の協力を仰ぐなどもってのほかです。

では、あくまでわたし独りで話をつけろ、と……。

そう、芹沢さんの個人的な交際圏のようなところから、人づてに、内々に話を持ちかけてゆく。搦《から》め手からがいちばんです。この国ではそっちの方が上手く、速く、滑らかにことが運ぶ。支那人は人と人の繋がりに重い価値を置きますからね。なにがしという特定の個人を信用するかしないか、その判断が彼らにとってはことの雌雄を決定する。ましてや蕭《ショー》のような稼業の男なら、なおいっそうそうでしょうな。警察であれ領事館であれ、お上の役所の表玄関の門を大きく開いて、さあ入っていらっしゃいとにこにこしながら手招きしても、うかうかと応じるはずはありますまい。

それにも一理はある、と半ば説得されながら芹沢は、

それにしても、わたしの交際圏とおっしゃるが、わたしが馮篤生《フォン・ドスアン》と知り合いであることを、嘉山さんはどういう経路でお知りになったんですかね、と訊いてみた。

それはまあ、蛇《じゃ》の道は蛇——というのもつまらぬ紋切り型ですが、まあいろんな情報が集まってくるのですよ、わたしのところには。

そうですか。

沈黙が下りた。

ともかく努力してみて、その結果をお知らせします。嘉山さんにはどうやって連絡をとったらいいんでしょう。

嘉山は上着のポケットから一枚の小さな紙を出して芹沢に渡した。そこには薄い鉛筆で書かれた幾つかの数字が並んでいた。ただ数字だけで、他に何の説明書きもない。

そこに電話を掛けてくだされればわたしに連絡がつきます。昼夜を問わず、二十四時間、いつでも誰かが出ます。芹沢はその紙を自分のポケットに仕舞い、

努力してみます、ともう一度繰り返した。努力という誰にも文句のつけようのない当たり障りのない言葉は、万能の呪文みたいなもので、こういうときには実に便利だな、

という想念がちらりと浮かんだ。誠心誠意、努力します、努力してみます……その結果がどうだろうと、努力は尊い。従ってそれをした者が、結果の如何《いかん》に責を負ういわれはない。

芹沢はこのぬるりとした感触の男と隣り合わせに座り顔だけ横に捩じ向けて言葉を交わしているのが苦痛になりはじめていた。努力しますと言い張ってともかくこの場は収め、早くこの会話を終らせたい。いずれにせよ、今夜零時にこいつは上海からいなくなる。距離ができる。そうなればもう、こっちのものではないか。努力しましたがやはり……といったようなことを電話で何やかや適当に言い繕っておけばよいだけのことだ。

そう、努力を……お願いしますよ、と鸚鵡返しに応じた嘉山の声に皮肉な調子が混ざっているように聞こえたのは、気のせいだろうか。やや後ろめたくなった芹沢は、その罪悪感を取り繕うように、

ところで、先ほど球撞きの話をなさいましたが、嘉山さんは撞球をなさるんですか、

ととっさに尋ねていた。つまらぬ話題を時間潰しの世間話のように持ち出したことにも、それを口にした自分の声がどこか阿《おもね》るような響きを帯びてしまったことにも、即座に後悔の念が湧いたがもう遅かった。しかし嘉山は、

ビリヤードね。多少、やりますよ、あんまり上手くはないが、と穏やかに受けた。嘘だろう、こいつはきっと球撞きの名手に違いないと思いながら、

そうですか、わたしもやるんです、と言った。

知っています、と嘉山は簡潔に答えた。そうだろう、当然知っているだろうな、なのにおれはこの男のことを何一つ知らないのだと芹沢は思い、それが口惜しかった。では、そのうちに一つ、お手合わせでも……と続くのが大人同士の通常の世間話の流れというものだろうが、そういった決まりきった社交辞令は二人のどちらも口にしなかった。

では、そろそろ……と、芹沢が言いかけたとたん、

ところで、芹沢というのは古い家柄のようですね、と嘉山が不意に言った。情緒のやり取りをするだけの意味のない世間話をこいつもする気か、そんな男だったのかと少々途惑いながら芹沢は、

いやいや、本家は甲州の水呑み百姓で、家柄もへったくれもありゃあしません、と答えた。

農家ですか。しかし、お父上はたしか朝鮮の京城に渡られて……。

父は次男でしたからね。畑を長男に譲って、自分は自分でひと旗上げようと大陸へ、まあ雄飛と言うんでしょうか、つてを頼って京城へ渡り、小麦粉や大豆やトウモロコシを買い付けて日本に送る、まあささやかな貿易商のようなことを始めたと言います。わたしの生まれる前の話ですがね。そこそこの儲けはあったようですが、まあ、あんまり現地の水が合わなかったんでしょうねえ。三年かそこらで早々に切り上げて内地に引き

揚げてきたとか。しかし、もう三十年も前の話ですよ。

三十年前……。

そう。帰国後は、横浜で同じような商売をぼちぼち続けて、まあかつかつ家族を養える程度にはうまく行っていたようですがねえ。

芹沢さんは数えで二十九でしたか。ちょうど、ご一家のその朝鮮滞在中にお生まれになったんでしょう。

どうやら、わたしの身上調査がすっかり済んでおられるようで、と芹沢は苦笑して、そう、その通りです、と答えた。

まあ、こっちも因果な商売で。どうか勘弁してください。姉一人、兄一人の三人きょうだいの末っ子でいらっしゃると聞きました。ずいぶんお歳が離れていらっしゃるそうですね。

いや、そうなんです。兄の保はわたしより十五歳、姉の志津子なんか十八歳も年上で。わたしは母が四十過ぎ、父が五十近くになってからの、いわゆる恥かきっ子というやつでね。

いやいや、と嘉山は小声で言った。

いやいや、とはしかし、いったいどういう意味なのか。嘉山がそれきり黙りこんでいるので、手持ち無沙汰になった芹沢は何となく車の窓から外を眺めた。街灯の消えた路地は無人でひっそりしていた。先ほど一等兵に言った通り、ここひと月来この路地で引ったくり事件が三件もあり、日が落ちてからはすっかり往来が絶えるようになってしまった。顔を前に戻しフロントガラス越しに自動車の前方に目を遣って、暗闇を透かして瞳を凝らしてみると、運転手の一等兵が五メートルほど先で俯いて煙草を吸っているのが見えた。見張りに立っているといった緊張感はまったくないようで、公務の途中なのに、少々軍規が弛んでいるのではと眉を顰めかけたが、まあ嘉山から許可されているのだろうと思い返した。すぐ隣りに座っている嘉山の存在感が鬱陶しく、そちらを向いて顔を合わせる気になれないので、また首をねじって横の窓の方へ視線を投げる。しゅぽっとライターの火が点く音がして、あの晩と同じミニシガーの甘ったるいにおいが漂ってきた。

さて、ではそろそろ、わたしはこれで――と芹沢がふたたび言いかけると、嘉山はまたしてもその言葉を途中で無遠慮に遮り、おっかぶせるように、

しかし、兄上がいらっしゃるのに、一郎という名前は、ちょっと変わっていますね、と言った。

そう、たしかにね、と芹沢は含み笑いしながら、父としてはまあ、恥かきっ子が生まれたなんて言われるのが業腹で、五十で子どもを作って何が悪いと、何か挑戦するような気分で、わざと一郎なんて名前を付けてみたんじゃないですかねえ。半ば冗談みたい

なものだったのかもしれません、と言った。名前を不審がられるたびに繰り返してきたいつもの答えである。

そうか、あえて挑むように、長男に付けるような名前を……なるほど、そういう心理でねえ、と嘉山は心得顔に頷いた。

まあ、その父も母も死に、姉は四十になるやならずで結核で死に、あまつさえ、二年前に兄の保も交通事故で死んでしまいました。もうわたしは天涯孤独の身の上ですよ。いや、そういうこともぜんぶご存じなんでしょう？　そう言って振り返ってみると、今度は嘉山の方が反対側に顔をそむけ、窓の外を眺めていた。嘉山は何も答えず、ミニシガーを口元に持っていって大きくひと息吸ってすぐに紫煙を吐き出した。沈黙がかなり長く続いてから、

十八歳、離れていらっしゃるんですね、お姉さまとは、と独りごとのように言う嘉山の低い呟きが聞こえてきた。その瞬間、芹沢はあの慄えがまた首筋を起点に始まり、ぞわぞわと厭な感触を残しつつ背筋を這い下り、下半身にゆっくりと広がってゆくのを感じた。

そうです。

十八歳ですか……。

そう。

で、姉上のその……志津子さん、でしたね、お名前は？　志津子さんは一生、結婚なさらず……？

はあ。

独身のまま……？

そうです、ずっと独り身で、数えの三十九で逝ってしまいました、わたしがまだ学生のときに、と平静を装って辛抱強く答えたが、語尾のあたりで声が意気地なく掠れてしまい、何と気弱なやつだと自分に向かって舌打ちしたい気分になった。また沈黙が下りた。

いやね、とその沈黙を破って嘉山がゆるゆると話しはじめる。当時の京城の理事庁に提出された芹沢さんの出生届には、父・芹沢英二郎と母・たみとの間に生まれた第三子とたしかに記されている。それがそのまま日本の戸籍にも転記された、と……。ただね……芹沢さんがお生まれになったのは、京城の郊外の仁川福音病院でしょう。

そのように……聞いています。

さっき因果な商売と言ったが、わたしの部下たちは、わたしに輪をかけてというのか、ねちっこいのだけが取り得の愚鈍な犬みたいな連中でね。いったん臭跡を嗅ぎつけると、どこまでもどこまでも後を追っかけてゆく。適当に切り上げるということを知らないんだ。そういうのも良し悪しですよねえ。で、京城駐在の課員の一人がわざわざその病院まで行ってしまった。病院も病院で、阿呆くさいほど律儀というのか何というのか、当時のカルテをまだ保管していたそうです。わたしの部下もまさかそんなものが残っているとは百に一つの期待もかけていなかったから驚いたらしいが、ともかく一郎という名の赤ん坊が一九〇九年二月十八日に誕生したときのカルテが見つかった。ところが、そこに記載されている両親の名前は、出生届に記載されていたのとは全然違うものだというのです。今朝がた、上海総領事館経由の至急便の外交行嚢《こうのう》で報告が届いたのですがね。母親の欄にはハングル文字でセリザワ・シヅ、国籍は日本、とあったとか。しかし、父親の欄に記載されていたのは朝鮮人の名前で——。

いや、それは別人でしょう、と芹沢は嘉山の言葉を鋭く遮った。一郎などという赤ん坊はいくらもいる。何かの取り違えか、誰かの勘違いか、知らないが、別人のカルテでしょう。

まあ、そうかもしれない。そうでしょうね。

間が空いた。それから嘉山は、

まさかねえ、朝鮮人とのあいのこがわが国の警視庁に正規採用されるなどということは、とぼそっと呟き、その言葉は錐のように芹沢に突き刺さった。

別人ですよ、と芹沢は念を押すように呟いた。しかしその掠れ声が自分の耳にさえいかにも弱々しく響くのが情けない。

そうでしょうね。ともあれ、もし万が一、いいですか、万が一の話ですよ。もし仮に戸籍に誤記載があるなら、むろん正さなければなるまい。が、なあに、そんなことはわたしの知ったことではない。警視庁にややこしい話を持ちこんで事を荒立てる気もありません。同じような因果な商売でも、われわれと警察との間にはお互い、相手の縄張りはできるかぎり侵さないという不文律がありましてね。協力できるときにはいくらでも協力するが、それぞれが苦労して収集した情報を簡単に交換したりなんかは、案外しないものなんです。

なるほど、と相変わらずの掠れ声で芹沢は言った。

むろん、必要が生じてそれが避けがたいということになれば、話は別ですがねえ。

また間が空いた。

つまりわたしが言いたいのは、今回、工部局警察部の課員である芹沢さんにわたしがお願いしている一件も、その種の協力の一つだということです。まあ、どうかわれわれのためにひと肌脱いでくださるよう、心からお願いいたします。

はあ……。

さて、また妙な長話になってしまったが、ひと肌脱いでいただくお返しに、と言っては何だが、出来ることがあればわたしも芹沢さんのお役に立ちたいと思っている。たとえば……丸々四年というのはずいぶん長いですよね。芹沢さん、そろそろ内地に戻られたいと思っておいでなのではないかな。日本の飯を腹いっぱい食えるのはやはり、いいものですよ。わたしの上司は、警視庁の然るべき筋に働きかける力もないではない。東京の本庁で出世の途が開けるなら、芹沢さんにとってもそれが何よりでしょう。

芹沢は口を噤んだまま、こくりと小さく頷いた。

おや、あれは……と、不意に嘉山が顔を上げて車の窓のガラス越しに建物の上の方の階を見上げ、耳を澄ます表情になった。ほう、あれはフランス語だな。どこかの部屋でシャンソンが鳴っている。

物音を立てるなと言っておいたのに、アナトリーのやつ、と芹沢は心の中で舌打ちしたが仕方なく、はあ、と答えた。どうでもいいような話題に移ったことで正直、ほっとしなくもない。それまでうっと肺に詰めていた息を、気づかれないように注意しながら細く長く吐き出してゆく。

あれは……モオリス・シュヴァリエではないのかな、と嘉山は言った。こんな時世になってもまだああいう能天気な音楽で楽しんでいるご仁がいるんですねえ。さすがは上海だ。うん、この歌は知っているぞ。たしか彼が去年あたりに出した新曲で、〈マ・ポム〉とかいうのではなかったかな……。

そうですか。

わたしはドイツが長かったのですが、パリにもしばらく暮らした経験がありましてね。

当時、休日ごとに寄席芸人《シャンソニエ》の小屋をはしごして楽しんだのは、懐かしい思い出です。実は、シュヴァリエの舞台も見たことがあるんですよ。小さな劇場だったが、歌って踊って喋りまくって、観客を魅了し尽くして、いやはや大変な芸人だった。そう言うや、芹沢がいささか不意を衝かれたことには、嘉山は階上から降ってくる歌声に合わせ、小声のフランス語でそのルフランのひと節を口ずさんだのである。

Ma pomme, c'est moi...!
J'suis plus heureux qu'un roi.
Je n'me fais jamais d'mousse.
Sans s'cousse, je m'pousse.

お気楽なやつたあ、おれのこと！
王様よりも、幸せさ
心配事なんか、何にもないよ
じたばた悩まず、ただまっしぐら

ふん……陽気で明朗で、良いよねえ、やっぱり、シャンソンは、と嘉山は言った。恋の都、花の都パリ……。何しろフランスは、生きる歓びに満ちた素敵な国ですよ。とはいえ、そのフランスもいずれ遠からず、わが国の敵国になるかもしれない。そうなったら、こうした歌も、愚劣で退嬰《たいえい》的な敵性音楽として、たちまち放送も音盤の発売も禁止になるに決まっている。そういう風潮が煮詰まってくるとしまいには、批判がこの上海にも及んで、享楽と頽廃の「魔都」をこのままにしておいていいのか、風紀を粛清し道徳的な浄化をはからなければ、なあんて窮屈な話にまで突き進みかねない。ま、人から後ろ指を差されずに暮らすには、こういう音楽は身の回りから遠ざけておくのがいちばんでしょうな。ではこれで、失礼します。

嘉山は唐突に会話を打ち切ると、軀の横にあるハンドルを回して細く開けた車の窓の隙間からミニシガーを外に投げ捨ててから、芹沢の方を向いて小さな会釈をした。芹沢も慌てて会釈を返し、車のドアを開けるための取っ手はどれだったかとあたふた手探りしているうちに、ドアはもう外から開かれていた。路上にはすでに気をつけの姿勢をとる一等兵の無表情な顔があった。芹沢が気づかずにいるうちに、すでに嘉山は一等兵に合図して近くまで呼び寄せ、待機させていたらしい。

重い足取りでアパートの階段を昇ってゆく途中、憤懣《ふんまん》よりはやはり恐怖が先に立った。玄関のドアが細く開いているのが目に入ったとたんに予想した通り、家の中に入ってみるとアナトリーの姿は消えていた。建物の正面の門からではなく、廊下の突き当たりの非常階段を降りてこっそり帰っていったのだろう。寝室の机のうえにはまたさっきのように何枚もの音盤が剝き出しのまま乱雑に散らばり、シュヴァリエの〈マ・ポム〉がぜんまいがほどけきらない蓄音機のターンテーブルのうえにまだのっていて、ゆっくりとながらくるくると回り、ちょうど止まりかけているところだった。曲はとっくに終って、音盤の中心近くまで来てしまった針が溝のない箇所を空しく引っ搔きつづけている。こんな状態にしておくと針がすぐ傷んでしまう。針を上げて蓄音機のスイッチは切ったが、音盤を片づける気力はなく、アナトリーが寝転んでシーツをくしゃくしゃにしていったベッドにへたり込むようにどっかと座り、両手で頭を抱えた。

戸籍上は姉ということになっている志津子が実は芹沢の実母であることは、親しい人たち——そもそもそんなに沢山いるわけではなかった——の間では秘密でも何でもなく、芹沢も人前で平気でお母ちゃんと呼んで志津子に甘えていたものだ。芹沢が物心がつくかつかないかの頃から聞かされていたのは、彼の父親は京城での祖父の英二郎の仕事の関係で一家と知り合いになった技術者で、結婚式の直前に急死してしまったという話だった。それはその婚約者が朝鮮人だったという一点を除けば、ほぼ事実そのままだった。外地——というか、当時の朝鮮はまだ外国だったわけだが——の特殊事情で書類手続きが混乱し、面倒だったので祖父母の子どもとして籍に入れてしまったのだという話を芹沢は素直に受け入れ、それ以上のことは疑いも悩みも穿鑿もせずに成長した。細かな事情のいっさいを志津子が息子に打ち明けたのは、結核が進行してもう長くはもたないことが誰の目にも明らかになった頃で、そのとき芹沢はもう東京外国語学校の学生になっていた。

日本と朝鮮との合弁会社で働く朝鮮人の若い造船技師だった、という。自分の設計で建造された船が釜山と下関の間、仁川と横浜の間を行き来して人や貨物を運ぶさまを想像すると心が躍る、二つの国の間を結びつける仕事に就けたことが嬉しくてたまらない、と朗らかに語っていた、という。双方の親も結婚を許して、式の相談を始めていた矢先、大型船の建造現場で足場が崩れて倒れてきた重機の下敷きになり、ほとんど即死の状態で死んでしまったのだ、という。芹沢はそのときもう志津子のお腹の中にいた。妊娠三か月だった。志津子は親の勧める搔爬《そうは》の手術を何としても肯《がえ》んぜず、結局、赤ん坊が生まれて、ただし、祖父母に当たる英二郎とたみの末子として籍に入れるということには同意した。親としてはまだ若い志津子に、仕切り直して別の良縁を探し、やがて誰か良い人と出会い人並みの結婚をしてもらえればという願いがあったのだろうが、自分には最初から最後までそんな気持はまったくなかったと、その話を打ち明けた日に志津子は息子の芹沢に言った。

昼も夜も微熱が下がらず臥せって細い呼吸を続けるだけになっていた志津子は、その日、寝巻き姿のまま床から軀を起こし、芹沢に言ってそれまで誰にも手を触れさせずに秘匿していた手文庫を押入れから出させてきて、鍵を開け、死んだ婚約者のわずかな遺品を見せてくれた。彼の社員証、愛用していたパーカーの万年筆、桐の小箱に綿にくるんで入れたひと房の髪、何枚かの白黒写真。芹沢がその一枚を手に取ると、志津子は、

二人で一緒に写っているのは、その一枚きりなの、と少し悲しそうに言った。大型客船が停泊しているのが遠くに見える広い埠頭に、少し眩《まぶ》しそうに目を細めた若い男女が手を繋いでいる。髪を長く伸ばし水玉柄のワンピースを着たまだ少女と言ってもいいような志津子も、半袖の開襟シャツを着たがっしりした男らしい顎を持つ大柄な青年も、何一つ不安も疑いもないようにこちらを向いて屈託なく笑っている。

仁川の波止場なの。ね、あんたはお父さんそっくりなのよ、と、悲しそうな表情が掻き消え一転して晴れやかな笑顔になった志津子が、写真に食い入るように見入っている芹沢に言った。姜文植《カン・ムンシク》さん。それがあんたのお父さんの名前。素敵な名前でしょう。芹沢の心に、生まれてから一度も味わったことのないような喜びが込み上げてきた。父親が朝鮮人で何が悪い。くだらない日本人もいればすばらしい朝鮮人もいる。自分が父に似ていることも、十七歳の少女と二十五歳の青年が心から愛し合い信頼し合っていることが写真の中で一目瞭然であることも、嬉しくてたまらなかった。志津子は美しい女だった。芹沢は若い母親の美しさが子どもの頃から大の自慢で、三十代の半ばを過ぎ結核に罹って病床に伏せるようになってからの母のやつれように心を痛めていたが、恋人と

手を繋いで目の前に広がる未来に心をはずませている十七歳の少女の輝くような笑顔をその小さな写真の中に見て、おれほど幸福な子どもはいないのだと、全世界に向かって叫びたいような気持になった。

それは高円寺の家の裏の座敷でのことだった。芹沢が九歳のとき英二郎が肝臓癌で死に、後を追うようにたみも脳卒中で死んでしまうと、志津子と保の姉弟は遺産を整理して横浜の家を売り、東京郊外の高円寺の畑の中にぽつんと立つ借家に越してきた。最後の数年、英二郎の商売はだんだん傾いてきていて、嵩んでいた借金を横浜の家の代金で返済してしまうと手元には大した金は残らなかったが、姉弟にはともに職があったので倹《つま》しく暮らすぶんにはまったく困らず、芹沢に高等教育を受けさせることもできた。姉弟は二人とも結局、ずっと独身を通し、志津子は英文タイピストとして働き、保は外資の貿易会社に勤め、芹沢にとってはその叔父の保がいわば父親代わりで、志津子には打ち明けにくいことも何でも相談できた。高円寺に住み着いて以降、志津子が結核で死ぬまでの十年足らずの暮らしは本当に楽しかったな、と今でも芹沢はたびたび懐かしんでは溜め息をつく。強い絆で結びついた三人家族だった。引っ越しの二年後に関東大震災があったが、幸い彼の一家に被害はなかった。

その幸福には、志津子の早世で無慙《むざん》な罅《ひび》が入った。が、警察官の人生を選んだ芹沢は、入庁四年目に上海赴任の辞令が出たことを、その罅を修復する得がたい好機として捉えようと自分に言い聞かせた。母を失ってたしかに自分の人生には大きな穴ぼこが穿《うが》たれてしまったが、異国で新鮮な経験を積むことで、何とか少しずつでもその穴ぼこを埋めてゆくべく努めよう、と。しかし、二年前の保叔父の急死は、すでに罅が入っていた芹沢の世界の骨格を今度はあらかた打ち砕いてしまうような打撃で、死なれてみると叔父の存在は自分にとって、母のそれに勝るとも劣らず大事なものだったことを遅まきながら痛感した。母の死の場合、闘病の数年の間に少なくともある程度心の準備が出来ていたものだが、まだ四十一歳の、男盛りのとば口に立ったばかりの叔父が、酒に酔った男の運転するトラックに撥ねられるという愚かしい事故で死んだという連絡を受けたときには、この世での自分の生の拠って立つ基盤がいきなりふっと掻き消えてしまったような気がした。子どもの頃はキャッチボールや将棋の相手をしてくれた叔父、中学の頃は仕事帰りで疲れていても夜遅くまで宿題に付き合って、方程式の解きかたをわかり易く教えてくれた叔父、これからの日本人は世界に羽ばたかなければと言って、外国語学校への進学を勧めてくれた叔父……。その叔父はもういない。もう誰もいないのだ、この広大無辺の天地におれは独りぼっちになってしまったのだ、と思った。

葬式のために帰国したついでに少し長めの休暇をとり、高円寺の家での三人家族の暮らしの残滓《ざんし》をすっかり整理した。家の賃貸契約を打ち切り、家具や衣服や本や什器《じゅうき》は売れるものは売ったがあらかた捨て、母や叔父の面影が宿る形見の数々、芹沢自身の子ども時代の思い出が詰まっている品々も、心を鬼にして大部分は処分した。どうしても処分しきれずに残ったわずかなものは、顔馴染みになった近隣の住人の一人に、江戸時代の庄屋の血筋を引く親切な小金持ちの老人がいて、敷地の一角に立つ蔵の一隅を荷物置き場に貸してやろうと申し出てくれたので、行李二つに詰めこめるだけ詰めこんでそこに置かせてもらうことにした。そのうち取りに帰ってくるが、もし邪魔になったらいつでも処分してくださって構いません、と言い置いてきた。

鞄一つで上海に戻ってきた芹沢には、かくしてもう帰る場所がどこにもなくなった。いや、今になって改めて考え直してみるなら、夜郎自大の空気がしだいに瀰漫《びまん》するようになってきた日本という国に、芹沢が大手を振って帰れる故郷がありうるのかどうか、そのこと自体、そもそもの初めから怪しかったのかもしれない。半分は朝鮮人の血が混ざった男を守ってくれる度量が今の日本国にどれほどあるだろう。

しかし、そうなっても、少なくとも警察官という職は、――肩書であり、収入源であり、矜持《きょうじ》、生きがい、この浮き世に身を置くための仮初《かりそめ》の口実、何と呼んでもいいけれど、それは芹沢にまだ残されており、今やよるべない孤児のような身の上になってしまった彼の自我を辛うじて支えてくれる太い支柱でありつづけている。彼をこの現世の現実に繋ぎ留める最後のかすがいでありつづけている。そのはずだった。警察官としての自己。その存在証明を失ってしまうや否や、今度こそ芹沢の生は、彼の世界は、ばらばらに解体してしまうかもしれない。その支柱を取り払うぞ、かすがいを外すぞ、と嘉山は脅しているのだ。

それにしても、話の持ちかけかたがどうの搦め手からがどうのと、得々と喋っていただけあって、嘉山の説得の筋書きはよく練られていたな、と芹沢は他人事のように感心してもいた。まず、不意打ちの効果を狙いつつ、三十年近く前のカルテの記載の件をいきなり持ち出して、やんわりと脅す。次いで、馬の顔の前にぶら下げる人参のように、ご褒美を提示する。本庁での出世というその賞品は、それに先立つ脅迫の陰惨さの反動でいっそう美味しそうに映る。最後に、会話が苦々しい後味を残して終らないよう、シュヴァリエのシャンソンうんぬんといった馬鹿馬鹿しい話題に転じ、ちょいとばかり空気をなごませて締め括る。大したものだ。その締め括りの部分で、シャンソン愛好といった「能天気」な趣味への皮肉と、「道徳」的な視点からの譴責をそれとなく響かせ、芹沢を遠回しに恫喝する。

このぶんでは、嘉山はあのシャンソンがおれの部屋から聞こえていたことも知っていたのだろうな、と芹沢はようやく思い当たった。そこから、おのずと思考が進んで疑いがさらに深まった。ひょっとしたら、おれの帰宅前にアナトリーが忍びこんできたあたりから、おれの部屋で起こったことのすべてが監視の目に捉えられていたのではないか。アナトリーが聴き散らかしていた軽躁なシャンソンや歌謡曲の数々もすべて報告が行っていて、嘉山は何もかも把握していたのではないか。いや、もしそうなら、実は今この瞬間だってこのアパートは監視下に置かれているのではあるまいか。過剰な怯えが煽り立てる妄想にすぎないか。しかし、あの情報将校ならそんなこともやりかねまい。では、抗いようのなかった成り行きでつい出来《しゅったい》してしまったアナトリーとのあの一件もまた……芹沢はようやくそれに考えが及んで、思わず背筋に水を浴びたようになった。あの唐突な接吻……あれが起きたのは台所だ。台所にも窓がある。芹沢はベッドから跳ね起きるようにして立ち上がり、小走りになって台所へ行った。カーテンこそ引いていないが磨りガラスの窓はぴっちりと閉まっている。少し安堵したが、いやあのときあの場でもたしかに閉まっていたのかという疑問が湧き、それについてははっきりした記憶がない。思い過ごしかもしれないが、いや十中八九思い過ごしだろうが、ひょっとしてあのとき窓は開いていて、おれたちの姿は外から丸見えだったのではないか。おれが嘉山に会いに出ていった後になって、アナトリーが閉めた――そういうこともありうるではないか。しかし、開けっぱなしになっている窓をきちんと閉めるといった几帳面な性格ほど、あの白系ロシア人の小僧に似合わぬものもない。それならやはり……。いろいろな思いが一挙に衝突して錯綜した。

　芹沢は窓を開け、真っ暗な空き地を見下ろして、この窓を監視している見張りの者でも立っていないか、近所に不審な自動車が停まっていないか、空き地を囲む建物のどれかの窓のカーテンの陰からこちらに双眼鏡を向けている男でもいないか、と細心の注意で周囲を観察してみた。とりあえず何も、誰も、目につかない。が、ただちに目についてしまうような見張りの仕方をプロがやるはずもない。

芹沢はのろのろとした足取りで寝室へ戻った。何となく、意味もなく、蓄音機のハンドルを回してぜんまいを巻いてみる。ターンテーブルが安定した速度で回りはじめると、そこにのったままになっていたモオリス・シュヴァリエの〈マ・ポム〉のうえにまた針を下ろしてみる。嘉山の言ったことを何から何まで真に受けたわけではないが、一応音量を絞るという配慮をせずにいられない自分の小心ぶりが情けない。「お気楽なやつだあ、おれのこと！　王様よりも、幸せさ……」と、パリ訛りの男の暢気で楽天的な歌声が朝顔型の拡声管から細く流れ出す。

夜の残りの時間を芹沢は、折り畳みナイフから引き出したダマスカス鋼の刃に浮かぶうねうねとした紋様に見入って過ごした。様々な記憶や計画、期待や後悔、憾《うら》みや恐れが頭の中を漠然と去来し、明晰な考えは何一つまとまらないが、そのとりとめのなさが今はかえって救いとなる。気がつくといつの間にか真夜中を過ぎていて、仕方なく床に就いたが、ベッドの中で輾転反側するばかりでどうしても寝つかれない。

その晩、彼は久しぶりに自瀆《じとく》をした。もともと性欲の薄い男で、ときたまの夢精とときたまの自瀆が芹沢の性生活のすべてだった。これは精が通じた思春期の頃からそうだったが、自瀆の際にとくに女のはだかを思い描くわけではない。むしろ頭を出来るだけ空っぽにして男根を撫でさすり、放った精が心の中に広がる暗い虚空に花火のように散ってゆく呆気なさを好んだ。しかし、その晩はやはりアナトリーの唇の柔らかさ、彼の目尻に浮かんでいた涙滴の震え、芹沢の尾骶骨をリズムをとるように押しつづけた彼の手の圧力といったものがなまなましく思い起こされ、そのすべてが切れ切れに脳裡を旋回しつづけた。反り返るほどに硬く勃《た》った自分の男根をしごきながら、これがアナトリーのものだったらどうかと想像するや全身がぶるぶると震えはじめ、その窮まりで激しい射精が起こった。

それで疲れきってようやく眠りが訪れたが、何やら騒々しいものたちが落ち着きなく入れ替わり立ち替わりして何かを演じつづける夢の浅瀬で朦朧《もうろう》ともがくうちに、やがてその浅瀬も干上がって、不意に覚醒の岸辺に投げ出されてしまった。まだようやく夜が明けるか明けないかといった時刻らしい。アナトリーとの接吻、嘉山の脅迫という前夜の出来事の断片的な細部が脈絡なく浮かんでは消え、目が冴え返ってどうしても眠りの中へ戻っていけない。カーテンの隙間から洩れ入る仄かな曙光が寝室にひたひたと満ちてくる中、いつの間にかまた硬く勃起していて、右手が我知らずそれを、——自分の軀の一部なのに自分で統御しきれない他人のようなその無意味にかさばる謎めいた器官を、愛おしくさすりはじめている。

ぼく、上手いんだよ、これ……。あの小癪《こしゃく》な小僧は錠破り《ピッキング》の道具を小器用に操って、これまで鎖されていたおれの軀もこじ開けるつもりなのか。ぼくの日本人《ザベンニン》……。耳元に囁きかけてきたあいつの甘い声、あいつの息のこそばゆい感触……。だが、おれは純血の日本人ではないぞ。おれの軀の中には朝鮮人の血が、おれの父が母の中へ注ぎこんだ血が受け継がれて流れている。ね、あんたはお父さんそっくりなのよ……。母はそのとき十七歳だった。今のアナトリーと同い歳……。その少女が朝鮮人の男と愛し合い、このおれが生まれた。

不意に意識が錯乱し、三十年前にその十七歳のあどけない少女を犯したのはおれだったのではないかという妄念が、不穏な稲妻のように閃く。まだ育ちきらないその軀を押しひしぎ、手足を乱暴に押さえつけ、その子宮に子だねを植えつけたのはこのおれ自身だったのではないか。やがておれ自身へと成長してゆく子だねを、生まれる前のおれ自身が……。そんなふうにごちゃごちゃに入り乱れた、わけのわからない未生の時空へ一気に遡ってゆくような今度の射精も、就寝前のそれに劣らず激甚なものとなった。軀の芯から噴き出た濃いふんだんな精液が男根の中心を走り抜け一挙にどっと迸り出て腹のうえにぶちまけられた、まさにその瞬間、芹沢の頭の中で、真っ青な虹彩を持つアナトリーの眼球がダマスカス鋼の刃で横一文字に切り裂かれ、その傷口から白く濁った粘稠《ねんちゅう》な液体がどろりと溢れ出して、同時にアナトリーが甲高い喜悦の叫びを上げた。

六、面会の約束

そう、わたしの妹夫婦のところの末娘、美雨《メイユ》というんだが、その美雨《メイユ》があれの第三夫人でね、と馮篤生《フォン・ドスアン》はあっさり言った。わたしから言えば、姪の連れ合いだ。つまりわたしはあいつの、蕭炎彬《ショー・イーピン》の、娘舅《ニャンジュウ》、義理の伯父ということになる。しかし、親戚付き合いをするような仲ではないな。美雨《メイユ》の誕生日に祝いの品を送ると蕭《ショー》の名で礼状が来る。そういうことには実に律儀な、義理固い男だよ。しかし付き合いと言えば今や、それくらいのもので……。以前は美雨《メイユ》の誕生祝いの会なんかも毎年催されて、もちろんわたしら親族たちも招かれていたが、そういうものも開かれなくなってもうずいぶんになる。美雨《メイユ》は気の強い女だからわたしらには何も言わないが、あの子への蕭《ショー》の寵はもうとっくに薄れてしまったんだろうなあ。蕭《ショー》が第四夫人を娶ったときの大騒ぎは、あんたも話に聞いているだろう？　美雨《メイユ》の方にしたって、第四夫人を手に入れて、自慢そうに世間に見せびらかしているような夫に、もう心底からの愛情なんか感じていまいよ……。

馮《フォン》はそんなことを饒舌に喋った。芹沢にとって幸いなことに、その日の馮《フォン》は、偏屈で片意地なこの骨董店主にしては珍しいほど上機嫌だった。

シヴォレーの後部座席に並んで嘉山と話した日の翌々日、芹沢は午後三時を回ると体調不良を口実に署を早退けした。真夏が戻ってきたように蒸し暑かった前日とはうって変わって、急に吹きはじめた秋風で砂塵が舞い上がり曇天をさらに暗くしている肌寒い日だった。芹沢はいったん帰宅し手早く平服に着替えたうえで、予告もしないまま黄包車《ワンポーツゥ》を拾って馮《フォン》の店へ向かった。途中、旭日旗のマークを付けた上陸《シャンリク》のクロスレイ装甲車が五台、隊列を組んで外灘《バンド》の方へ車や通行人を蹴散らすような速度で走ってくるのとすれ違い、黄包車《ワンポーツゥ》の硬い座席で腰を居心地悪くもじもじさせながら何となく目を逸らす。どこか北方の戦地で銃撃戦が激化しているのだろうか。

昨日の夕方、署の階段ですれ違った乾留吉をようやくつかまえて、踊り場で短い立ち話をした。馮篤生《フォン・ドスアン》という名前を出しても乾はきょとんとしている。ほら、一昨年の春節のときに……と話し出すと、ああ、そう言えば何かそんなことがあったっけなあ、とぼんやりと思い出したようではあった。

ああ、あんたと一緒に豫園《ユウユウ》をぶらついて、西へ抜けて、東台路の古董市場に……。うんうん、何か妙にひねくれた、厭味な爺いがいたよなあ。コオロギ売りだったっけ？

いや、時計屋だ。おれは名刺を貰ったんだ。馮篤生《フォン・ドスアン》。そしたらあんた、聞き覚えがある名前だとか何とか、呟いていただろう、電車の中で。

え……？　さあ、覚えてないなあ。馮《フォン》……篤生《ドスアン》……？　いいや、おれは何も知らんよ。聞き覚え、ねえ……あるような、ないような。何だ、あんた、その爺さんのことを何か、調べてるのか。

いや、そういうわけじゃない、と芹沢は慌てて言った。ちょっと、盗品のローレックスの故買ルートのことをその馮《フォン》に訊きにいこうかと……と、とっさに作り話をして誤魔化した。

ほう、その爺さん、故買屋なのか。

いやいや、違う。まず間違いなく、まともな骨董時計店の経営者だと思う。おれはただ、古物商の業界の内部事情を教わりに行きたいだけなんだ。で、会いに行く前に、当人について何か情報があれば知っておきたいと思っただけで……。

いや、おれには何の心当たりもねえな。役に立てなくてすまん、と乾は頭を下げた。

いや、それなら別に、いいんだ。大したことじゃない。引き留めてこっちこそ悪かった。じゃあ、また。

芹沢はついでに、遅ればせながら嘉山についても調べてみた。相手は芹沢に関して徹底的な身上調査をしているようなのに、こちらは相手のことを何も知らないのでは、分が悪すぎる。しかし、わかったのは通り一遍の経歴だけだった。嘉山清は明治三十七年、熊本市の小地主の家に次男として生まれた。熊本地方幼年学校、陸軍士官学校を出て、野砲第二連隊付などを経た後、陸軍大学校に進む。陸大は恩賜組(成績上位一割以内)で卒業。卒業後は現場に出ずに中央官衙《かんが》で軍官僚として能力を発揮。昭和四年から三年間、日本大使館付武官としてベルリンに赴任、勤務の傍らフンボルト大学で哲学、歴史学、人類学の講義を聴講。ベルリン勤務の後、半年間にわたってパリ、ロンドンなど欧州諸都市を外遊し、昭和八年に帰国。帰国後は陸軍省軍務局を経て、参謀本部第二部第十一班に勤務。一昨年より班長補佐を務める。芹沢が切れ者の情報将校として評判を耳にしたのは、やはりこの嘉山のことらしい。現在、三十四歳、独身。葡萄酒を好み、食通、美食家として知られるという一事を除けば、個人的な事柄はいっさい不明。

そこで、芹沢はとうとう腹を括らざるをえなくなった。これはもう、馮篤生《フォン・ドスアン》に直接会いに行って、話を正面からぶつけるしかない。

平日の午後というこんな時間帯に馮《フォン》を訪ねるのは、これが恐らく初めてのことで、やや緊張しながら入り口の扉を押したが、店の中に入ったとたん、

おお、芹沢さん、ほらこれを見てごらん、と奥の壁際の肘掛け椅子に座った馮《フォン》が支那語で声をかけながら、左手で忙しく手招きした。

店内にアナトリーの気配がないことをすばやく見てとり(平日を選んだのはそれを見越してのことだった)、安堵と拍子抜けがないまぜになったような落ち着かない気持で

近寄ってゆくと、着古した濃緑色のツイードの上着をまとった笑顔の馮《フォン》は、てのひらをうえに向けた右手を差し出してきた。何やら白っぽい丸いものが二つのっている。芹沢は小卓を挟んで馮《フォン》の向かいにあるもう一つの椅子に腰を下ろしてから、身を乗り出してその丸いものをまじまじと見た。馮《フォン》が手を揺するとそれはてのひらのうえでころころと転がる。

どうだい、良く出来ているだろう。何とまあ、大したもんじゃないか。

芹沢は冷たく硬いその球体の一つを、七十一歳の手とはとうてい思えない、肉厚ですべすべしていて血色の良い馮《フォン》のてのひら——ただし長年にわたる人形作りの手作業のせいだろう、指先の皮膚だけは黒ずんで硬くなり細かな疵《きず》が沢山ついている——からつまみ上げた。指先でつまみ上げたその自分の手を、目の前に引き寄せようとして引っ繰り返したとたん、丸いものに付いている薄茶色の瞳がいきなりぎろりと自分を睨んできたので、ぎょっとして思わず取り落としそうになる。

おい、気を付けてくれよ、と、冗談めかした口調の陰からけっこう真剣そうな不安を覗かせて馮《フォン》が言った。たいそう高価なものなんだから。

それは毛細血管まで再現したきわめて精巧な作りの義眼で、たしかにほとんど美術品と言ってもいいような出来栄えの高級品だった。白目の部分に揺曳している仄かな、しかし深みのある蒼い色調がなまなましいまでに人間的で、材料のガラス自体の工法にもよほどの試行錯誤の末に編み出された秘法が凝らされているに違いなかった。

知り合いの義眼師の……ほら、いつだかここであんたと鉢合わせしたことがあるだろう、あいつが最近完成した傑作だ、と馮《フォン》は興奮を抑えきれないように勢いこんで言った。今作っている人形にこれを嵌め込むのが楽しみでならないよ。馮《フォン》の深々としたバリトンの声は蠱惑的な艶を帯びていて、何かこの老人の言うことには逆らえないといった気持に人を誘う。

ほう、これは……凄いものですね、と芹沢はとりあえず言ってみたが、自分の親指と人差し指の間に挟んだ眼球から睨み返されるのはあまり気味の良いものではなく、その義眼を早々に馮《フォン》のてのひらのうえに戻し、気を落ち着けようとして周囲を何となく見回した。

横手の壁には小さな窓があるがそこにも厚いカーテンが引かれ、まだ陽は落ちていないのに外界からすっかり遮断された室内は仄暗く静まり返っている。天井灯はいつものように消されていて、あちこちに配された幾つかのフロアライトがぽつんぽつんと薄ぼんやりした光を広げているばかりだ。黴と埃と機械油のにおいがうっすらとたなびいているこの空間が芹沢は好きだった。肌寒い戸外よりもさらにいっそうひんやりした湿気が籠もって、心がしんと静まるような空気の感触が快い。

大は巨大な振り子時計から小は指輪に象嵌《ぞうがん》したミニチュア時計まで、無数の骨董時計ばかりがひしめき合っている、さして広くもない店だった。ここに時おり足を運ぶようになってもう一年半以上になる。あの春節の日、いつかそのうち来てみてくださいと言われた芹沢は、それから二週間ほど経った日曜の午後、貰った名刺にある住所を訪ねてみたのだった。東台路古董市場からなるほどたしかにそう遠くない維爾蒙《ヴィユモン》路に面したその店は、間口二間ほどの平凡な二階建て民家の外観で、「Feng Du-sheng」というローマ字書きの名前の下にフランス語で「Curiosités」(骨董品)と、ただその二行だけが素っ気なく刻まれた小さな金属板が扉に嵌めこんであるが、それを見逃してしまえば誰もそれが店とは思うまい。道路の向かいは八仙橋《バシージョー》公墓——中央に古い教会堂が建つ広大な外国人墓地——の鉄柵がずっと続いている。馮《フォン》の店は扉にも外壁にもガラスは張っておらず、外から内部の様子はまったく覗きこめない。扉を開けるとちりんとベルが鳴り、薄暗がりの中へ恐る恐る足を踏み入れた芹沢に、カウンターの向こう側に立つ馮《フォン》が無表情な顔を向け、ほんの数秒芹沢の顔を凝視した後、やあ、日本人《ザベンニン》、と無関心そうに呟いた。

皮肉屋で気難しい骨董店主との淡い交際がこうして始まり、以来、月に一度か二度、芹沢はここを訪れ、今そうしているように馮《フォン》と向かい合ってとりとめのない話をするようになった。芹沢はなぜか最初から自分は嫌われていないと感じていた。馮《フォン》の気分は日によって、時刻によってくるくる変わり、気を悪くする理由など何も思い当たらないのにいきなり、さあ、もう帰れと言わんばかりに黙りこくってしまうこともあり、しかし芹沢は大して気にせずにそんなときは素直に引き揚げた。日を改めて訪ねてみれば、馮《フォン》は何事もなかったように芹沢を迎え、無愛想な顔で茶を振る舞ってくれる。

その間、客として何個か時計も買ったが、それよりも、馮《フォン》は芹沢がふと洩らしたカメラや音楽への嗜好を頭の隅に留めて覚えていて、中古だが新品同様のライカⅡ型や、これもやはり状態の良い中古のビクターの卓上蓄音機をどこかから見つけて仕入れてきて、法外と言ってもいいような安値で譲ってくれたのが芹沢にとっては嬉しい驚きだった。巷間、ライカ一台、家一軒などと言われるこの時節、そのライカⅡ型の代金として馮《フォン》が要求したのは、芹沢の月給の二か月分程度の額でしかなかった。感謝しつつ、扱っていらっしゃるのは時計だけかと思っていましたが、と言ってみると、ふん、わたしらの業界の市場には何でも出回ってるから、と老人はそっぽを向いてぶっきらぼうに答えたものだ。

芹沢が立ち寄るのはいつも日曜だった。たまに馮《フォン》がおらず、何もわからない臨時雇いらしい若い男が店番をしていることもあったが、だいたいいつも馮《フォン》は店にいて退屈そうに新聞を読んでいた。主人は東台路の露店街にいますと店番の男から教えられ、そちらへ回って馮《フォン》と会うこともたまにあった。しかし、その古董市場の露店にいるときの馮《フォン》はいつもひときわ無愛想で、単なる不機嫌と言うよりどうやら妙に棘々しい、攻撃的な気分がつのるらしいことに、芹沢はほどなく気づいた。実際、もうこの露店の方は早晩閉めて、撤収してしまおうと思っている、と洩らしたことが何度もあった。何しろあんたの相棒——乾留吉のことである——みたいなけちな客しか来ないからな、こんな観光客相手の場所には、と馬鹿にしたように呟いていたものだ。が、それでは、この維爾蒙路《ヴィユモン》の「本店」の方は上客ばかりで繁盛しているのかと言えば、芹沢にはとうていそうとも思えなかった。実際、芹沢がこの店で客らしい客と居合わせることなど滅多にない。結局、身を入れて金儲けをしようとしているわけではなく、半ば以上は主人の馮《フォン》の趣味で続けているだけの店のようだった。ふとした気紛れで何日も休業したり、気が向くと夜中まで開けていたりといった、勝手気ままな商売の仕方をしているらしい。

客の姿はほとんど見ないが、それよりむしろ、馮《フォン》が商売仲間らしい男と顔を突き合わせて何やらひそひそ話しこんでいることがしばしばあった。そんなとき馮《フォン》は店に入ってきた芹沢に、ちょっと待っていてくれと目顔で合図するので、芹沢は売り物の時計を見て回って時間を潰し、相手が帰っていって馮《フォン》が手招きしてくれるのを待った。

あれは今年に入ってからだったか、馮《フォン》が彼と同年輩の小柄な禿頭の老人とそんなふうにひそひそやっているところに出くわし、さりげなく距離を置いていようとしたが、小卓のうえにぱっかりと開かれたままになっていたアタッシェケースの中身にふと目が留まって仰天し、そこから目が離せなくなってしまった。ケースの縦横の寸法いっぱいに張られた黒地のビロード布のうえに、何列かにわたって目玉が並んでいたのである。そのときには、芹沢の仰天ぶりを面白がった馮《フォン》が「義眼師」だというその老人を紹介してくれて、小卓のうえに広げられた様々な色の虹彩を持つ義眼の見本を間近から見せてもらったのだった。記憶を遡ってみると、その小さな出来事が、馮《フォン》が芹沢に、骨董店経営者という表の顔とは別の、人形作り師というもう一つの顔を見せてくれるきっかけになったような気がする。そこから二人の交流は不意に密になり、自宅に招かれて茶をふるまわれるようにもなった。とある午後、そうした茶の席に、どこか不貞腐《ふてくさ》れた眠そうな顔つきで出てきたアナトリーに芹沢は紹介されたのだった。

新作の義眼を入手して他愛無く喜んでいるらしい馮《フォン》のこの上機嫌を利用しない手はない、と芹沢は思った。そこで、話が一段落するのを見計らい、蕭炎彬《ショー・イーピン》の話題を持ち出してみると、馮《フォン》は案外あっさりと、蕭《ショー》は自分の妹の娘、つまりは姪の、連れ合いに当たると明かしたのだった。が、付き合いはほとんどないのだという。

では、日頃、彼と連絡を取り合ったりといったことは……？　と芹沢は念を押すように尋ねてみた。

蕭《ショー》と？　とんと、ないねえ。あいつにしてみれば、美雨《メイユ》との仲がそんな具合だから、わたしなんかの顔を見るのは気まずいというか、面映《おもはゆ》いだろうし。それに、所詮、棲む世界が違う。あいつがどういう男か、あんたもよく知っているだろう。

芹沢は頷き、とにかく言おうと思ってきたことだけは言ってしまおうと腹を決めた。

そこで少し居住まいを正し、実は——と切り出して、しかじかという陸軍の軍人が蕭炎彬《ショー・イーピン》に会いたがっている、紹介してやっていただけまいか、できればもう今月末にもという話を簡単にした。

黙ってしまった馮《フォン》は、てのひらにのせた一対の義眼に目を落とし、それを少しばかり揺すり、それからテーブルに置いてあったマホガニー製らしい小箱の中に戻した。箱に詰まっている綿の中に二つの目玉を丁寧に押しこみ、色鮮やかな孔雀の絵柄が象嵌された蓋を閉める。さらにその小箱を上着のポケットに仕舞った。その一連の動作は芹沢の目に拒絶の意思表示と映った。やがて馮《フォン》は目を上げて、射竦《いすく》めるような強い視線を芹沢の顔に投げながら、

で、その男は蕭《ショー》と会って、何を話そうというのかね、と言った。

よくわかりませんが、何か……儲け話のたぐいでしょうか。それ以上は言うまいと芹沢は最初から心に決めていた。

儲け話って、どんな？

さあ、知りません。

ふん……根も葉もない話を口実に、とにかくあいつに会って、その場でいきなり、南部式自動拳銃で始末してしまおう、とか……。

真啊《ツンファ》（まさか）！　と芹沢は思わず小さく叫んだ。

蕭《ショー》に消えてもらう。昨今の状況下、日本陸軍にとってそれ以上の「儲け話」もあるまいに。

だって……蕭《ショー》には当然、護衛もいるでしょうし、そんなことを仕出かしたら、生きて帰って来られるわけも……。

その少佐殿とやらは、最初から生きて帰って来ない気かもしれんよ。天皇陛下の御ために、ひと思いに奸物と刺し違えて、とか何とか……。日本の陸軍軍人にはそういう狂信的なのが多いというじゃないか。去年の大雪の日に東京でひと騒動起こしたというのも、そういう連中だろうが。

去年の二月、皇道派と呼ばれる陸軍最右翼の青年将校の一派が昭和維新断行と尊皇討奸を唱えて起こしたクーデター未遂のことを言っているのだった。

嘉山少佐は二・二六事件を引き起こした連中とはまったく違いますよ、と芹沢は反射的に言った。そう言いながら彼の記憶から甦ってきたのは、ひと月ほど前に日本の新聞の中で目に留まった、国家社会主義者で思想家の北一輝が銃殺刑に処せられたことを報じる小さな記事だった。上海での日支開戦からほんの数日しか経っておらず、戦況を賑々《にぎにぎ》しく報じる記事が紙面に溢れ返っている中、それは片隅に追いやられたほんのささやかな埋め草記事でしかなかったが、芹沢には感慨深いものがあった。

二・二六事件の事実上の首謀者たちはもう去年のうちに陸軍刑法で裁かれてあらかた

死刑になり、加わった者たちも相応の処罰を受けていたが、黒幕として彼らを思想的に指嗾《しそう》し煽動したとして告発された北や、北の思想の鼓吹者だった元陸軍将校の西田税《みつぎ》らの判決は、事件から一年半近く経過してもなかなか出ず、ひょっとしたら無罪放免か、そうでなくとも軽微な罰で済まされるようなこともありうるのではと、漠然とながら想像していたからだ。実際、そう取り沙汰する新聞雑誌もあった。しかし北にも西田らにも結局、極刑の判決が下され、その数日後、刑はすみやかに執行された。

嘉山少佐は狂信者ではありません、と芹沢は、少なくともそれに関してだけは嘘を言わなくて済むことを嬉しく思いながら、重ねて言った。

どうかな、わかるもんか。サムライ気取りのあの連中はねえ、葉隠《ハガクレ》だの大和 魂《ヤマトダマシイ》だのと……。

サムライもハガクレもヤマトダマシイも、自然な日本語の発音だった。まるで意地でもそうしまいと決めたように、まともに日本語を喋ることは決してしないけれども、恐らくこの老人は日本語の会話に不自由しないのはもちろん、かなり高度な日本語の読み書きの能力さえ持っているのではと芹沢はひそかに推察していた。どうやら日本に長く暮らしたこともあるのではないか。ひょっとしたら日本で高等教育を受けたりもしているのではないか。ワセダが何やらと、いつだかぽそっと呟いていたことがある。

しかし、付き合いの始まった当初から芹沢は、馮《フォン》の過去には決して立ち入るまいと何とはなしに心に決めていた。問わず語りに喋り出すようなことでもあれば耳を傾けてもよいが、こちらから好奇心を剝き出しにして質問を繰り出すようなことといっさいしまい、と。だが、問わず語りも何も、結局馮《フォン》は昔話というものを基本的にはまったくしない男だということがわかるのに、そう時間はかからなかった。過去を秘匿しようとする意志があるわけでもないようだ、つまるところこの老人はもう過ぎ去ってしまったことには興味がないだけなのだ、というのが芹沢の推察だった。

嘉山という男は、皇軍の志士気取りの皇道派ではありませんよ、と芹沢は言った。むしろそれと敵対していた現実主義路線の統制派の方でしょうね。いや、案外その中核にいる一人かもしれない。日本の陸軍内にも、頭でものを考える連中がいないわけではありません。

そうかねえ、と馮《フォン》は疑わしそうに言った。そこで芹沢はつい、時おり頭をよぎることがあったが、これまで誰にも洩らさずにきた考えを口にしてみようかという気になって、そもそも二・二六というあの大騒動は、と考え考え、呟くように言った。跳ね上がりの皇道派を苦々しく思っていた統制派が、そいつらを一挙に粛清するために、陰で糸を引いて起こさせた事件なのかもしれませんよ。結果が不発に終ることをあらかじめ見越したうえで、過激な連中を煽動して一線を越えさせたのは、同じ陸軍内の嘉山たちだったのかもしれない。あからさまに糸を引いているとは悟られないような巧妙な仕方で暗躍し、狂信的な連中の背中を押して自滅に追いやった。ついでに、一石二鳥というのか、目のうえのたんこぶだった何人かの政治家も、その連中が自分たちの責任で、冥土へ道連れにしてくれた、と……。

有意思《ユーイース》(面白いね)、と言って馮《フォン》は口の端を歪めた。なかなか面白い筋書《プロット》きだ。そういうよこしまな陰謀を思いついて首尾良く実行できる日本人がいるとしたら、あんたらも大した民族だ。ご存じだろうが、そういうことに長けているのはもともとわたしらの方だからねえ。

そうですね、とだけ言って芹沢は口を噤み目を逸らし、頭の中をあれこれ思案が駆けめぐっているのであろう馮《フォン》の反応を待った。やがて馮《フォン》は、腕を組んで、
しかし、今、戦争の真っ最中なのをあんたはわかっているのか、と言った。その裏にどういう感情が隠れているのか読めない穏やかな声だった。今まさにこの瞬間にも、ここからそう遠くない戦場で支那人も日本人もばたばた斃《たお》れているんだよ。まあ主に、支那人だがねえ。そういうときに、一方の国の軍隊の幹部が、相手側の敵国の実力者に会って何やら「儲け話」を持ちかけようとしている、という。異様なことだ。わたしにはわけがわからんね。

まあ、そうですね。しかし、そんなことを言うなら、敵国人同士のぼくとあなたがこうしてここに向かい合って座って、のどかに話していること自体、異様なのではないで

すか、本当のところは。精巧な義眼を見せられて、凄いものですね、などと感心したりしているというのは……。

芹沢の言葉に、馮《フォン》はにやりと笑っただけで、何も答えなかった。

異様と言うなら結局、この上海という都市自体が今や異様なことになっているのだ、と芹沢は思った。日本軍と日本政府は、この共同租界とフランス租界にはとりあえず手をつけないと決めた。まあいつまで続くかわからないものの、さしあたってはそういうことになっている。ひとたびここにまで侵攻を始めたら、英国人米国人フランス人その他の権益を侵すことになり、とんでもない国際的不祥事として囂々《ごうごう》たる批難の声が上がり、収拾のつかない大騒ぎになることは自明だからだ。いきなり世界を相手に戦うことにもなってしまいかねない。そこで日本軍は橋という橋を断ち、当面、租界を孤立させた。かぼそい通路として外白渡橋《ガーデン・ブリッジ》一つを残し、その通行を厳重な管理下に置いたのだ。だから今、上海の租界は一種、宙に浮いた無重力空間みたいなものになっている。歴史からも現実からも切り離され、大洋にぽつんと浮かぶ離れ小島……。

全部で何百、何千あるのか知らないが、馮《フォン》の店に収蔵されたあまたの時計が、ことごとく動きを止めていることに芹沢は最初の訪問のときからすぐに気づいて、少々不思議なことと思っていた。時計というものは規則的にネジを巻いて動かしておいた方がいいんじゃないですか、その方が駆動部分の傷みが少ないんじゃないのかな、と婉曲に咎めるように言ってみたことがある。しかし馮《フォン》からは、客が動かしてみろと言えば動かすが、ふだんはこのままでいいんだ、というにべもない答えが返ってきただけだった。時が止まっている。だからこそこの店の空間はおれには居心地が良いのか、とそのとき芹沢は思い当たったのだが、言ってみれば上海租界は今、ちょうどそれと同じように針の動きを止めた無数の時計に囲まれ、護られているようなものではないのか。たしかに租界内でもてんやわんやの大騒ぎが持ち上がってはいる。しかし、天の高みから地上を眺めてみれば、外では後戻りなしの激動の歴史の時間が滔々《とうとう》と流れているのに、砲火の炸裂から、殺戮や強姦や強奪から、つまりは生《なま》の現実から隔離されたこの租界の内部では、あたかも時間が止まったままのように見えはしまいか。おれたちは今、外で進行中の歴史の時間の圧力を、その恐怖を、ひしひしと素肌に感じ、ただひたすら耐えつづけている。針の動きを止めた無数の時計に囲まれた日本人の青年と支那人の老人が、恐らくその恐怖からほんのいっとき逃れようとして、義眼、人形、カメラ、蓄音機といった他愛のない話題に興じている。興じるふりをしている。そういうことではないのか。

だが、改めて考え直してみれば、上海という都市のそうした異様さとは実は、今回の戦時に端を発する話ではないのかもしれない。沈黙の中で芹沢はまたしても北一輝のことを考えていた。北もこの上海に長く暮らした経験を持つ日本人の一人である。今から十八年前、大正八年八月、北が『国家改造案原理大綱』という過激なクーデター計画、ないし革命計画の草案を一気に執筆したのも、上海滞在中のことだった。大川周明が日本に持ち帰ったその原稿は、翌年早々、東京で謄写版印刷されて秘密頒布され、出版法違反で罰金刑を受けることになる。この文書は後に『日本改造法案大綱』という題名に変わって、改造社から削除と伏せ字だらけで刊行されるが、四十七部しか刷られなかったというその最初の謄写版刷りの『国家改造案原理大綱』の一冊が工部局警察の資料室に保存されており、黄ばみきった紙をうっかり手荒に扱うとほろほろと崩れていきかねないような状態のその冊子を、芹沢は以前、あの資料室地下の部屋で丁寧に読んでみたことがある。二・二六で決起した青年将校たちの聖典となっていたのがこの文書である。

「日本改造」を北一輝に夢見させたのは実はこの上海そのものだったのではないか、とそのとき芹沢はちらりと考えたものだ。天皇を神輿《しんよ》のうえに担ぎつつ社会主義革命を為し遂げようなどという、右か左かといった単純な分類には収まりきらない奇矯きわまる造反思想。それが北一輝の脳の中で発酵してゆくに当たっては、祖国を脱出し大陸浪人となっていた当時の彼の境遇が、案外決定的な作用を及ぼしたのではないか。人種も国籍も貧富の階級もキメラ状に渾然一体となったこの上海租界という特殊な空間が、日々、彼の身心を淫靡《いんび》に呪縛し、想像力を刺激しつづけたのではないか。その呪縛と刺激から栄養を受けて、異形の革命思想が彼の脳内に発芽し、怪物的な妄想の大樹へと生長していったのではないか。国家などいずれ急ごしらえで捏造された仮初の制度にすぎず、どのようにでも「改造」しうる、しえないはずがないと人にうかうかと信じさせてしまうものが、この「魔都」とやらの持つ魔力なのではないか。……そんな様々な想念が次々に明滅してとりとめなく宙に迷い、何をどう言ったらいいものやらわからなくなり、しかしいつまでも黙っているわけにもいかないので芹沢は辛うじてただ、

長くは続かないかもしれませんね、こんなことは、とだけ呟いてみた。

続かないだろうな、と馮《フォン》はすぐに答えた。

上海だからなんでしょうね、異様なことが、自然なこととして通用するというのは……。

自然なこととして？　通用する？　それは甘いな。いい気なことを言ってもらっては困る。通用してなんぞいないよ。通用しているつもりになっているのは日本人だけだろう。

そうかもしれないが、さしあたり——と言いかけて芹沢はためらった。

さしあたり、何だ？

さしあたり、戦禍は外白渡橋《ガーデン・ブリッジ》の向こう側で喰い止められているわけでね。今の上海租界はまあ、一種の空白地帯、真空地帯みたいなものでしょう。

空白？　真空？　馬鹿言っちゃいけない。爆撃があったじゃないか。

国民党軍機による誤爆ですよ。

どこの軍機だろうが、誤爆だろうがそうでなかろうが、とにかく沢山の死傷者が出た。今も出ている。難民、餓死者……。空白どころか、途方もない暴力が渦巻いているよ。いや、むしろ本当の問題は、そういうあからさまな暴力なんかじゃない。むしろ水面下で、目に見えないところで、複数の激しい力が交錯し、ぎしぎしと軋み合い、衝突し合っている。警察官のあんたがいちばんよくご存じのことではないのかね。

　それはそうだ、と芹沢は頷くほかはなかった。そうはっきり言われてみると、この店内にひしめき合う大小無数の時計がいきなり秒を刻みはじめたような気持に襲われないでもない。いや、今急にということでもなく、あえて自分に強いて目に入らないふりをしていただけで、実はそれらの時計のことごとくはまったくの無音のままこれまでもずっと、密かに、しかし着実に動きつづけていた——その赤裸な事実を不意に突きつけられたような、そんな思いが胸に鋭く刺さってくる。そうだ、たしかに、血が流されている。実際に多くの人が死んでいるが、それ以上に、目には見えない血が実はおびただしく流されているのだ。歴史や現実が締め出されているなどと軽薄に断定するのは甘い。そう言われてしまえば、たしかにごもっともと答えるほかはない、おれの、日本人《ザベンニン》としての自己欺瞞、お為ごかしにすぎないのだろうな。

　さっき来る途中で目撃したクロスレイ装甲車の縦列行進の光景が改めて芹沢の心になまなましく甦ってきた。実際、上海がその構想の発酵に一役買ったかもしれない『日本改造法案大綱』は、それを書いた著者自身を含め、多くの人々を無慙な死へと追いやったではないか。

そういう緊張の極みにある町で、何が起こるか、起こりうるかと考えてみれば、と馮《フォン》が言葉を継いだ。蕭炎彬《ショー・イーピン》と刺し違えて死ぬ覚悟を固めた日本の軍人が出現するというのも、きわめて自然なことだろう。

いや、嘉山というのは、蕭《ショー》を暗殺しようとする前にまず、蕭《ショー》をどう利用できるか、蕭《ショー》が生きていることがどういう利益を生むかを考える男ですよ、と芹沢は言った。

じゃあ訊くが、あんたはその嘉山とやらをよく知っているのか。

いいえ、と芹沢は正直に言い、ただし、と付け加えた。ただし、ある意味で彼を信用してはいます。あれは空虚な精神主義とは無縁な男です。あくまで理詰めで考えて事を進め、実利を得ようとする……。

どういう実利かね。帝国日本にとっての実利だろう。

そうでしょうね。第一義的にはもちろんそうです。しかし、その目的が日本を利するためだけといった、そんな種類の話を蕭《ショー》のところへ持っていっても徒労に終ることは最初からわかりきっている。その程度のことを理解するだけの頭は持っている男ですよ。

何か、武器に関係した話かな、と馮《フォン》が鎌を掛けるように呟いた。

さあ、というように芹沢は首をかしげたまま黙っていた。それきり馮《フォン》も口を噤んでしまい、二人の間に沈黙が下り、重苦しい緊張が長引いた。仕方ない、今日のところは腰を上げるしかないかと芹沢が考えはじめた頃、馮《フォン》はゆるゆるとした動作で上着のポケットからさっき仕舞いこんだ木箱をまた取り出してきて、その蓋を開けながら、
なあ、芹沢さん、先月、北先生《ボッ・シーサン》が死んだねえ、と言った。

誰ですか？　北《ボッ》……？

キタ、だよ、キタ。キタ・イッキ。

それが北一輝のこととわかるのにそれでも数瞬かかり、わかったとたん芹沢は心に秘めていたものを読まれたかのような衝撃を受け、思わず椅子から飛び上がりそうになった。馮《フォン》は時おり、こうした霊能者のような不気味な勘の良さを示すことがあった。

北一輝を……ご存じですか。

ああ、知っているとも。面白い男だったねえ。あんな面白い日本人は滅多にいない。

ということはつまり、個人的に面識がおありになった、と……？

何度も会ったことがあるさ。大昔の話だがねえ。今あんたが座っているその椅子に、真っ黒の長袍《サンボー》を着込んでどっかと腰を落ち着け、談論風発していた北老《ボッ・ラアオ》の姿が今でもくっきりと目に浮かぶよ。まだ三十をそう幾つも過ぎていなかったはずだが、傍若無人のようで実に繊細な心遣いをする、大器量の人物だった。本物の大人《ダニン》だった。しかし、結局、死んでしまったねえ。国家に殺されたと言うべきか。

国家、改造案……と芹沢は呟いた。

「改造」ねえ、と疑わしげに馮《フォン》は言った。そう易々と「改造」なんかされてなるものか、と国家の方では考え、徹底的に抵抗するだろう。国家というのはふてぶてしくて獰猛で、冷酷なものだ。ぶっても叩いても、なまじっかのことでは壊れない頑丈で鈍感で性悪なものだ。当たり前だよね。むろんそんなことも、北老《ボッ・ラアオ》は百も承知だった。承知していながら、突っ走るほかなかった。いったん立ち止まったらその場で倒れて、それきりもう立ち上がれないんじゃないかという恐怖もあったんだろうな。

向かいの椅子からおれを見つめている馮《フォン》の瞳に今この瞬間に映っているものは、実はおれの顔、おれの軀ではない。彼の目にまざまざと見えているのは、おれの輪郭にぴったりと重なり合った、今ここには不在の、先月銃殺された死者の顔と軀なのだ。そんな不吉な考えが閃くと、芹沢の胸に軽い吐き気が込み上げてきた。馮《フォン》は北一輝を北老《ボッ・ラアオ》と呼んでいる。普通の尊称なら老北《ラアオ・ボッ》と言うべきところだが、支那語では老《ラアオ》を名前の後ろに持ってくると一種特別な親愛と尊敬の情が籠もる。馮《フォン》と北一輝との間にはよほど親密な交流があったに違いない。

しかし結局、と馮《フォン》が喋りつづけている。走って走って、その挙げ句、前に立ちはだかった壁に頭をがつんと打ちつけるようにして死んでしまったわけだろう。二・二六とやらが、茶番以外の何ものでもなかったことは明らかだ。そうだろう？　北老《ボッ・ラアオ》の夢見ていたものが、あんな茶番にすぎなかったはずはない。それでも、日本国家は北老人にその責を負わせた。そうした国家の処断自体——裁判、判決、処刑、等々、等々、これもまたむろん茶番さ。そして、北先生《ボッ・シーサン》はすべてが茶番とわかっていながら、その笑劇の登場人物の一人を大真面目に演じ通し、いかにも深刻そうな表情、いかにも荘重そうな物腰で、舞台から粛々と退場してゆくことを選んだ。刑場で銃を構えた射手を前にしたとき、目隠しをされた先生《シーサン》は心の中で大笑いをしていたのではないのかね。

　死んだとき、北一輝はたしか、数えで五十五だったはずだ、と芹沢は考えていた。刑場に赴く直前、天皇陛下万歳を三唱しましょうか、と西田税らから問われた北は、いや、わたしはやめておきましょう、と答えたという。どこからともなく伝わって警察内に広まったそんな風聞も心に浮かんできた。が、口には何も出せなかった。心を読まれたようにいきなり北の名前を出された瞬間から、もう手も足も出ないといった無力感に芹沢は襲われていた。それにしても、この老人が北との間にそんな親交を結んでいたとは。骨董店内のひんやりした湿った空気は当初の快さを失い、今や芹沢のうえに息苦しくのしかかっていた。

　しかし、なあ、芹沢さん、と馮《フォン》がしんみりした口調になって、つくづく思うが、骨のある男ほど早く死んでゆくねえ、と言った。結果として、小粒な連中ばかりが残ることになる。実利とやらを追求する小役人だの、低能な狂信者だの……そして、その二つが、小役人と狂信者が、一人の人間の中で合体してしまうと、これはもう最悪だ。功利主義の神道信者か。神がかりの軍事官僚か。いやはや、他人《ひと》の国ばかりの話ではないけれど。はっはっはっ、と馮《フォン》は面白くもなさそうな乾いた笑い声を立てて、それから木箱から義眼の一つをつまみ上げ、それを自分の右目のすぐ前に持っていき、そのままの姿勢で、知っているかい、芹沢さん、北先生《ボッ・シーサン》は子どもの頃眼病に罹って、右目は失明してしまったんだよ、と言った。両目とも晴眼の人間には見えなくて、片目しか見えない人間にだけはかえって見える、そういうものが世の中にはあるんじゃないのかね。

そうかもしれません、と芹沢は言ったが、上の空の返事になった。義眼を自分の右目に押しつけた馮《フォン》は、その目がいきなりぎょろりとした人造の目玉に置き換わってしまったかのように見え、まるで仮面を被ったようなその顔が、何やら奇怪な不快感を芹沢のうちにかき立てずにはいなかったからだ。片方は、虹彩の黒いいつもの馮《フォン》の裸眼、しかしもう片方は、白目の部分まで剝き出しになった、虹彩が薄茶色の妙に肥大した真ん丸の義眼――その極端に不釣り合いな一対の両眼にまじまじと見つめ返されていると、何か居たたまれないような気持にならざるをえない。が、馮《フォン》はすぐさま義眼を箱の中に戻して蓋を閉め、その箱をぽんと小卓のうえに投げ出すと立ち上がり、

さっきの話はまあ、ちょっと考えさせてもらおうか、と言った。それは、さあ帰れという合図以外の何ものでもなかった。

馮《フォン》の店を出て維爾蒙路《ヴィユモン》を北に向かって歩くうちに夕闇が深まって、八仙橋《バシージョー》公墓の教会堂のすぐうえの低い空に先が針のように尖った三日月がかかっているのが見え、しかし速く流れる雲がたちまちそれを覆い隠してゆく。歩きつづけながら、一応、話は通した、話を付けたわけではないが話を馮《フォン》へ通すだけは通した、と自分に言い聞かせ、これでとりあえずこの件は心の中から追い払ってしまおうと芹沢は思った。何か嫌なにおいがするとあの英国人警官が言った、そのにおいは依然として大気中にうっすらとたなびいて、前方からびゅうびゅう吹きつけてくる風に乗ってそれが芹沢の鼻孔の奥に無理やり押し入ってくるが、しかしもうそのにおいにも慣れはじめているようだった。慣れたくもないが、それでもおのずと慣れてゆく、慣れないわけにはいかない。そうでなければこの町で生きてゆくことができない。

きな臭いという日本語がある。ものの焼け焦げるにおい、硝煙のにおい、そこから転じて、今にも不穏な大事件が起こりそうな気配の意味になる。血腥いという言葉もある。それで言えばこの「嫌なにおい」とは腐敗臭、糞尿臭、何週間も何か月も軀を洗ってない浮浪者から漂い出すような饐えた汗と垢のにおい、等々に加えてさらに、きな臭さ、血腥さもが混じり合ったものとでも言えばよかろう。ちょうど会社や役所の退けどきにかかっていて、通行人や黄包車《ワンポーツゥ》や自動車の数が増え、その雑踏を掻き分け掻き分け、進んでいかなければならなかった。

昼飯を食べそこねていた芹沢は急に空腹を感じ、八仙橋公墓《バシージョー》の側へ道路を渡った。鉄柵沿いに安い喰いものを売る屋台が地べたにへばりつくようにごたごたと並んでいる、その一つで肉粽《ニョツォンツ》を買い、笹の葉を剝き、豚肉やタケノコやシイタケを混ぜて甘辛く炊いたもち米のかたまりを、歩きながらほおばった。花椒と八角の香りが鼻をつき、それはあの「嫌なにおい」を押しのけて芹沢の四肢の隅々まで広がってゆくようだった。

生きてやる、生き抜いてやる。何かに挑戦するように芹沢はそう考えた。すると街の喧騒が皮膚の下に沁み入り、軀の内奥にまで浸透してくるのを感じた。この騒々しい音、このきな臭く血腥い風、この肉粽《ニョツォンツ》の豊かな滋味や芳ばしい香りの中に自分がゆるゆると溶けこんでいき、その溶けた自分がまた、音となって、風となって、味や香りとなって大気に揮発してゆくようだった。屋台から屋台へとうろついておこぼれにありつこうとしている痩せこけた野良猫たち、野良犬たちと自分は何の変わりもないのだと思った。この路上には国家も正義も、法も秩序もない、ましてや国家改造などどうでもいい。ここにあるのはただ、生きてやる、生き抜いてやるという執拗な意志だけだ。

肉粽《ニョツォンツ》一つを腹に入れることでかえって空腹が収まらなくなった芹沢は、立ち止まって麺を売る屋台の床几に腰を下ろし、麺疙瘩《ミガタ》に肉団子をのせたものを注文し、それが運ばれてくると俯いてがつがつと喰らい、汁を最後の一滴まで啜《すす》りこんだ。強風に煽られて薄い板囲いがぎしぎし軋んで撓《しな》い、今にも吹き飛ばされそうになっている。だが、案外、倒れはしないのだ、持ちこたえているものなのだ。地べたにへばりついているものは思いのほか強い、と立ち上がってどんぶりを店の者に返し、また歩き出しながら芹沢は考えた。霞飛路《ジョッフル》を渡り、さらに進むうちにフランス租界と共同租界の境をなす愛多亜路《エドワード》が近づいてきた。

雲間からまた三日月が現われ、その輝きが、急に深まった路上の闇の暗さをかえって引き立てた。人も車も不分明なシルエットと化し夜の闇の中に溶け入ろうとしているこの街のにおいがおれは好きだ、心の底から好きなのだ、「嫌なにおい」もへったくれもあるものかという想念が彼の心に不意に浮かんだ。簡易舗装の道路はあちこちに穴ぼこが開き、工部局土木部の修繕が間に合わないまま放っておかれている。向こうからやって来た黄包車《ワンポーツウ》が芹沢のすぐ目の前でその穴ぼこの一つに車輪をとられ、傾いて倒れかけ、乗っていた客の西洋人の女が悲鳴を上げたが、年寄りの車夫が踏ん張って転倒は辛うじて回避された。女の怒声を無表情で受け流した車夫は、両のてのひらに交互にぺっぺっと唾を吐いて梶棒を握り直し、何事もなかったようにまた走り出す。

娼館にでも寄るかと芹沢はちらりと考え、しかし女の肉のぶよぶよした感触や甘ったるい脂粉のにおいを想像しただけで、今からもう疎ましさで息が詰まるような気がした。おれはアナトリーの息のにおいと軀の温かさが恋しいのだ、と渋々ながら認めざるをえず、その認識は彼をあまり愉快な気持にはさせなかった。結局、ちょうどそこに通りかかった黄包車《ワンポーツゥ》を拾って、芹沢はどこにも寄らずそのまま帰宅した。

話は通すだけ通したのだから忘れていようと努めるうちに二日、三日、四日と過ぎ、しかしそうした日々の間中、ちょっと考えさせてもらおうかと立ち上がりながら言った馮《フォン》の口調の冷淡さが芹沢のうちにかき立てた疑懼は、しつこい虫歯の痛みのように疼きつづけるのを止めなかった。やがてこのまま梨のつぶてに終るのではないかという焦燥感が、我にもあらず日に日につのってゆく。

一週間ほど経った朝、まだ芹沢が床にいる早朝に玄関のブザーが鳴り、馮《フォン》からの電報が届けられた。"TELEPHONE ME THIS AFTERNOON"という英単語四つ、それに番号が続くだけの文面だった。芹沢は午前中の執務時間をじりじりしながら耐え、昼休みになると同時に近所の郵便局へ小走りに向かった。窓口でトークンを買って個室に入り、声が外に洩れないように念を入れて扉をぴったり閉ざす。受話器を取って硬貨挿入口にトークンを入れ、0をダイヤルして交換手が出るのを待った。これも戦争の影響だろうが、交換台の自動接続機が故障し、そのまま修理されずに放置されているらしく、ここ数週間、公衆電話からは番号を直接ダイヤルしてもまったく繋がらなくなっていた。交換手を呼び出して繋いでもらわなければならないが、配備されている人員の限界があるから当然ながら通話の効率がきわめて悪い。まず、交換手自体がなかなか出てくれない。今回も何分か待たされたうえでようやくハローという交換手の声が聞こえ、番号を言ってさらに待つ。

まだ正午を少々回ったばかりだが、もう午後は午後に違いないからAFTERNOONという指定に背いてはいない。しかし、呼び出し音が七回、八回と鳴っても誰も出ない。一度切って後で掛け直すかと思いはじめた頃、十二回目の呼び出し音でようやく受話器を取る気配があった。が、先方は無言のままだ。

喂《ウェイ》、是馮先生的屋里伐《ズ・フォン・シーサン・ゴオウリファ》、馮《フォン》さんのお宅でしょうか、と芹沢は言った。少し間を置いて、
喂《ウェイ》、日本人《ザベンニン》、という馮《フォン》の声が聞こえてきた。

芹沢ですが……。

ああ……こないだの、例の話、蕭《ショー》には伝えたよ。

それは、どうも有難うございます。

まあ、何と言うか、会ってもいいような口ぶりだった。そんな感じではあった。

そうですか。

しかし、あの男、その陸軍少佐とやらよりむしろ、あんたの方に興味を持ったようでね。

わたしに？　いや、わたしは何の関係もないのです。ただ仲介を頼まれただけですから。

そう言ったんだがねえ……。あんたが公安課の課員だと聞いたら、ほほう、それは、という反応で……。芹沢は心の中で舌打ちした。この爺い、何もそんなことまで言う必要はないのに。

わたしのことは無視して下さい。単なる使いっ走り、取り次ぎ役にすぎないのですから。まったく無関係なんです。

ともかく蕭《ショー》はあんたに興味を持って、それで、ちょっと訊いてみてくれと頼まれてね。無関係と言えばたしかに無関係な話で、つかぬことを尋ねるが、なあ、芹沢さん、あんたの組織で、輸出入の監視を取り仕切っている部署というのはどこなんだ。

輸出入の監視、ですか……。それは警察というよりむしろ税関の管轄ですよ。まあ、われわれのところの地域課の仕事の一つに、水上警察活動というものもあるけれど……。

ほほう、水上警察。うん、それでいい。それの担当者の名前を何人か教えてくれないか。とくにいちばん上の、責任者の名前……。

阿片だ、と直感して芹沢は黙りこんだ。阿片の密輸を円滑にするための情報を蕭《ショー》は求めている。そうに違いない。もしおれが担当課長の名前を挙げたら蕭《ショー》はどうするつもりなのか。そいつを何らかの手段で抱きこみにかかるのか。こめかみに脂汗がじっとりと滲み出してきた。

それは、わたしには言えません、と硬くなった声で芹沢は言った。われわれの組織の内部情報ですから。

そうだろうね、と穏やかに受けて馮《フォン》も少しの間黙った。それから、同じ穏やかな口調で、しかしねえ、芹沢さん、あんたは頼みごとをしているわけだろう？　人に何かを頼むのなら、代わりにその人のために何かをしてやる――当然のことじゃないのかね、と言った。どんな物にもその代価というものがある。幾つか名前を挙げるだけだ。簡単なことじゃないか。

言えません、と芹沢は繰り返した。馮《フォン》は小さな溜め息をつき、いかにも未練そうな声で、

ではまあ、そう伝えておくか。すると、この話は立ち消えになるかもしれんよ。それでいいんだね？　水上警察の担当者の名前……。つまらんことなのになあ。本当はそんなのは、蕭《ショー》ならいろいろな縁故で他から手を回して、いくらでもわかるはずのことなんだし……。

本当にそうだ、と芹沢は思った。わざわざおれに尋ねなければならないほどのことではないはずだ。それなら、いっそ言ってしまっても……と一瞬、気持が動いたが、青幇《チンパン》のボスに警察組織の内部情報を流すわけにはいかないという自制が辛うじて働いた。麻薬捜査に携わる署員は自分の顔と名前が外部に洩れないよう、とりわけ注意深く気を遣《つか》っていることを芹沢はよく知っていた。

残念ですが、言えません、というか、実のところわたしもよく知らないのです。わたしの所属とは別の部署のことですから、と弁解がましく言い繕った。

そうか、わかった、ではそういうことで、と馮《フォン》は素っ気なく言い、そのまま電話を切

ってしまうかと思ったが、数秒の沈黙の後、ではね、もう一つ訊こうか、と言った。今度、工部局警察部に特別副総監という新しい役職が出来るそうじゃないか。

その通りです、と芹沢は答えた。日本軍は開戦直後、租界には手を付けないと公約し、従って工部局が取り仕切る租界の運営は、タテマエのうえでは従来通りということになっている。しかし先月以来の上海近郊での日支の交戦は当然、租界の権力機構にも圧力を及ぼさずにはおかず、その表われの一つとして、日本人が就任するという条件付きで特別副総監というポストが警察に設置されることが決まった。工部局参事会の議長も警察の総監も依然として英国人のままだが、それでもこうした形で、租界運営の執行部内でもじわりじわりと日本人の発言力が強まりつつある。

その人選はどうなっているのかな、と蕭《ショー》は言うんだよ。そろそろ誰かに内定したんじゃないのかな、と……。誰になるんだね、副総監は？

まさにその噂を芹沢はつい昨日、耳にしたのだった。内務省の役人の何某が任命されて内地から赴任して来るか、それとも芹沢の直属の上司である公安課長の石田が昇任するか、どうやらそのどちらかになるらしいよ、と乾留吉から耳打ちされたのだ。

どうだい、それなら教えてくれてもいいだろう、と馮《フォン》がせっついた。臆病と小心がわざわいして魚を釣り落としたか、と先ほど落胆しかけた、その反動もあって芹沢は迷った。先ほどの件と比べれば、これはずっと公的性格の強い人事案件で、どうせ署員の誰も彼もがあれこれ取り沙汰しているのだし、耳に入った噂の一つという注釈つきでその話を伝えても、そう大した問題が生じるとは思えない。実際、乾にしたって、秘密めかして口元を手で覆い、いかにも確信ありげに囁きかけてきたものの、実は根も葉もない風聞を勿体をつけて吹聴しているだけかもしれないのだ（もっとも早耳の乾が聞きつけてくる情報は、たいていの場合正確なのだが）。とにかく、これは阿片取引と無関係であることは間違いなく、またもう来月末あたりには正式な辞令が下りるはずだから、早晩誰もが知ることになる情報でもある。

そうですね、と屈したように芹沢は力の抜けた小声で言った。これは単なる噂ですが――。

え、何？　よく聞こえないな。

単なる噂を耳にしただけですが――と、身をかがめて送話口に口を近づけつつ芹沢は声を高めて言い直した。長身の芹沢には電話機の送話口の位置は低すぎて、知らず知らずのうちに頭が離れてしまっていたのだった。いいですか、噂にすぎませんよ、それで良ければ言いますが、と前置きして二つの名前、そしてその所属を伝えた。たぶん、この二人のどちらかではないか、と……。

そうか、どうも有難う、と馮《フォン》は言った。ついでに、どうかな、先ほどの水上警察の担当者の件も――。

それは駄目です、と芹沢はぴしゃりと撥ねつけた。

うん、わかった、わかった、と言う馮《フォン》の声には含み笑いが混じっていた。では、これで。また連絡する。そこで電話はぷつりと切れた。

後味の悪い会話だった。後になって芹沢の心に改めて湧いた疑いは、馮《フォン》の質問してきたような情報を蕭炎彬《ショー・イーピン》ははたして本当に知りたかったのかどうか、ということだった。密輸入・密輸出業者を取り締まったり船荷の立ち入り検査をしたりする水上警察業務の担当者名。これはわざわざおれから引き出そうとしなくても、蕭《ショー》ほどの権力者なら他の経路からいくらも知ることができるのではないか。特別副総監の内定者。これはもうほどなく正式決定されて辞令が下り、誰もが知るところとなる情報で、今の時点でそれを逸早《いちはや》く知ることが蕭《ショー》に何らかの利をもたらすとはとうてい思えない。

要するに、蕭《ショー》はそれを知りたかったのではなく、それをおれに言わせたかったのではないか。内部情報を外に洩らす。そういう違反をおれに犯させたかったのではないか。だからこそ、たとえば船荷の抜き打ち検査の日時はいつで、場所はどこどこかなどといった、たとえおれが知っていたとしても——そんなことはもちろん知らないが——さすがに何があろうと絶対に明かしそうもないことは訊いてこようとせず、探り出してこいなどともむろん言いはせず、さしあたってはわざと、言っても害になるまいとおれが高を括りそうな、毒にも薬にもならない情報を求めてきたのではないか。最初の質問でもまだハードルが高かったので、それをさらに下げてきた。おれが越えやすい高さに。そういうことだったのではないか。私利のために、公義に背いて言ってはならないことを口にする。自分がそういう人間になり下がったのだと、おれ自身に思い知らせておきたかったのではないか。

告密《ゴォーミエ》(密通者)、狗腿子《ゴォテーツ》(イヌ)、間諜《ジーデ》(スパイ)――そんな忌わしい言葉の数々が芹沢の頭の中をぐるぐると旋回した。どうでもいいような情報だと判断したからそれを言ったのだが、とにかくおれは、それを言ったことは言った。言ってしまった。おれは罠に掛けられたのではないか。まず手を汚させる。ほんの少しばかりの汚れでも、汚れは汚れだ。そうなってしまえば、もっと汚れようがいっそもう同じことだという意識が生まれる。生まれやすくなる。狙いはそれなのではないか。馮篤生《フォン・ドスアン》はそんな性《たち》の悪いたくらみをするような男ではないという天からの思い込みがあって、警戒心が弛みすぎていたのかもしれない。それは甘いな……いい気なことを……通用しているつもりになっているのは日本人だけだろう……意地悪く嘲るような馮《フォン》の声の響きが記憶の底から甦ってきた。どんなに親しみを見せてくれようと、おれはあの爺いにとって結局は「日本人《ザベンニン》」の一人でしかないのだ。

その翌々日の早朝、また電報が来た。今度は"TELEPHONE ME SOON"とある。一昨日の電話での会話以来、それまでつのっていた焦燥感は急に薄れ、それに代わって疲労とも虚脱ともつかぬものが芹沢の全身に広がっていて、「すぐさま《スーン》」飛びつくように電話してみようという気持にはなれなかった。それでも、ここまで来れば、電話をしないわけにもいくまい。昼休みにまた郵便局の公衆電話から掛けてみると、今度は一回目の呼び出し音の途中で馮《フォン》が出て、挨拶もそこそこに、

その嘉山少佐とやらに会ってもいいそうだよ、と言った。

蕭《ショー》はこの間《かん》ずっと嘉山のことを調べていたのだろうか、と思いながら芹沢はただ、

そうですか、とだけ答えた。礼を言う気にはなれなかった。

十月六日、午後九時に、フランス租界の亨利路《ルート・ポール・アンリ》にある蕭《ショー》の公館に来るようにということだ。三階建ての大きな建物……知ってるね？　もちろん、あんたも一緒に行かなくてはいけないよ。二人で行くこと。二人だけ。他には誰も同行しない。わたしはもちろん行かない。わたしの顔なんか、あいつは見たくもあるまい。しかし、とにかくわたしがあんたを紹介した。そして、わたしに紹介されたあんたがその嘉山という男を連れていき、蕭《ショー》に紹介する。そういう順序をきちんと踏まなくてはならない。わかっているね。

わかりました。

あんたと嘉山と蕭《ショー》と、三人で、儲け話とやらにたんと耽るがいいさ。はっはっはっ、という例の乾いた笑い声の途中で電話は切れた。

七、美雨《メイユ》

午後九時を数分回った頃、蕭炎彬《ショー・イーピン》の公館の前の歩道に、例のシヴォレーから芹沢と嘉山が降り立つや、二人の顔と風体に、鉄柵の両側にそれぞれ二人ずつ、つごう四人で警備に当たっている武装警察官全員がぎろりとした強い視線を投げてきた。フランス租界公董局警察部の支那人巡査たちだが、これまで彼らと仕事のうえでの接触はほとんどなく来たから自分の顔を見知っている者はまずいまい、と芹沢は考えていた。が、一応念のために、変装というほどのことではないものの、車を降りる直前に背広の内ポケットから素通しレンズを嵌めた太い黒縁の眼鏡を取り出し、ぎこちない手つきで両耳に掛け、鼻のうえで位置を直した。そのさまを横目でちらりと見た嘉山の口元に、小馬鹿にしたような苦笑いが浮かぶのに気づいたが、どう思われようが構っていられるものかというのが芹沢の本音だった。

今夜何を着てゆくべきかについても家を出る前にずいぶん迷い、自分の存在をできるだけ軽く見せるためには、いっそ薄汚れたセーターでもだらしなく着てゆくのがいちばん良いのではないかと、いっとき考えさえした。ものの数にも入らぬ単なる助手、付き添い、使いっ走り、しかも身なりも構わず礼儀作法も心得ぬ半端者でもあると、そんなふうに侮られ、無視され、眉を顰められ、犬でも追うようにしっ、しっと追い払われてしまえば、それこそめっけものではないか。しかし、まあそうも行くまいという常識が最後には勝って、結局、濃いグレーのスーツを着込んだうえに地味な紺の縞柄のネクタイまで締めてきてしまった。他方、嘉山の方も焦げ茶色のダブル襟のスーツに身を固めてきたが、ただしネクタイは藤色の地のうえに濃い黄色の水玉模様という、どういう自己演出をしたいのか首をかしげるような派手なもので、そのうえに枯れ草色のバーバリーのレインコートを釦《ボタン》も掛けずベルトも締めないままふわりと羽織っている。たしかにレインコートがふさわしい天候ではあった。霧とも靄《もや》ともつかぬものが薄ぼんやりと立ちこめている肌寒い宵で、霧はときどき霧雨となって細かな水滴を風に乗せて吹きつけてくる。

鉄柵と、その奥に建つ石庫門造りの宏壮な邸宅の間には、そう広くはないものの一応車寄せの前庭があり、柵さえ開けてもらえばそこへ車ごと入って玄関前まで乗りつけることができるようだ。シヴォレーが歩道につけて停まったので、ちょっと訊いてきますからと言って芹沢が車を降りると、いや、もうここで降りましょうと呟いて嘉山も一緒に降りてきてしまったのだった。警備の巡査たちの間には今にも駆け寄ってきて厳しい誰何を浴びせてきそうな緊張が見える。はて、彼らに来意を告げればよいのか、鉄柵の脇あたりに呼び鈴でもあるのかと芹沢が迷っているうちに、柵の向こう側で動く影があり、柵の右半分がぎいと軋みながら奥へ向かってわずかに開き、人一人通れるかどうかというほどのその狭い隙間から小太りの男がするりと器用にすり抜けて、二人の方へきびきびと歩み寄ってきた。

芹沢さんですね、お待ちしていました、と、男は脇に立つ嘉山の顔には一瞥もくれず最初から真っ直ぐに芹沢の目を見つめて言った。おれの顔はもう知られているのか、小道具の眼鏡など無意味で滑稽なだけだったたか、と芹沢は脱力感とともに考えつつ、同時に、こいつの支那語にはほんのかすかながらどこか不自然な訛りがあるな、と訝しんでいた。むろんどう見ても日本人ではない。また、北京官話に混ざった上海語のアクセントなら芹沢はおおむね聞き分けられるが、これが上海訛りでないことも明らかだ。支那のどこか僻地の出身者なのか、それともベトナム人か、朝鮮人か。まだ四十代だろうがすでに髪がずいぶん薄くなって額が後退している、金壺まなこで猪首で猫背の、黒っぽいシャツに黒っぽいスーツという服装からも何か精力的なカブトムシとでもいった風情を漂わせるその小男は、さ、どうぞと鉄柵の隙間を手で指し示す。それを受けて嘉山が先に立って歩き出そうとすると、男は嘉山の胸の前にすばやく片手をかざしてやんわりと制止した。芹沢は、こちらが嘉山さんです、陸軍の……と慌てて言いかけたが(少佐とか日本といった言葉は自分からは使うまいと芹沢は最初から心に決めていた)、男は嘉山には目もくれず、相変わらず芹沢にだけ顔を真っ直ぐ向けたまま、芹沢さん、どうぞ、まずは芹沢さんだけで、と言った。芹沢と嘉山は目を見交わした。憮然とした表情になった嘉山は、芹沢に向かって、行けというふうにかすかに顎をしゃくり、いいでしょう、わたしはここで待っていますから、と小声で言った。

芹沢が敷地の中に入ると男もすぐ後に続き、鉄柵ががちゃんと耳障りな音を立てて芹沢の背後で閉まった。男は芹沢の脇をすり抜けて先に立ち、前庭を早足で突っ切り、低い石段を駆け上がって玄関のドアを開け、さ、どうぞとまた手で示した。家の中に入る直前、道路の方を振り返ってみると、歩道に横付けして停まったままだったシヴォレーの後部座席にちょうど嘉山がまた戻って、その乗りこんだ後のドアを、前回の滞在のときと同じあの海軍一等兵の運転手が閉めようとするところだった。そのまま車の中で待つ気だろうか。

高価そうな掛け軸、骨董品、家具が品良く配された天井の高い豪壮な玄関ホールを抜けてゆく途中、芹沢は何かお伽噺の世界に迷いこんだような気持になってきた。そんな印象をもたらした最大の原因は、ホールの中央にしつらえられた泉水盤で、噴き上がった水が水盤から溢れ出すと、それは床のうえに左右一本ずつ両側に伸びている浅い水路へと導かれ、底に色とりどりのタイルを張ったその水路をしゃらしゃらしゃらという涼やかなせせらぎとともに流れ、曲線を描いてどこか家の外へと消えてゆく。途切れることのないその小さなせせらぎが静かに反響してホール全体を満たし、殺伐とした外界をいっとき忘れさせてくれるようだった。上水道の供給が危うくなってきているので水の消費は控えるようにというお触れが全市に出ているが、そんな達しはここでは当然無視されているわけだった。それより芹沢が気になったのは、富の誇示としてはなかなか洒脱な空間演出ではあるが、たしかこの国の風水では家の中に水を入れることを嫌うはずで、蕭《ショー》はそうしたことは気にしない性《たち》なのかということだった。そんな戒めは迷信として斥け、玄関ロビーの真ん中にあえて平然と噴水をしつらえて、訪問者をまず瞠目《どうもく》させようとするあたりに、この家の主人の鼻っ柱の強さとひけらかし好きの性格が表われているのかもしれない。絶えず流れつづけている水ならそう縁起が悪いものでもないということか。

人の気配はまったくなかった。銃を収めたホルスターで胸元を膨らませたいかつい男たちがぞろぞろ控えているだろうとてっきり思いこんでいた芹沢は、少々拍子抜けした。こっちが武器を隠し持っていないかどうか身体検査をされるだろうとも覚悟していたが、どうやらそんなことをする気もないようだ。芹沢があらかじめ得ていた情報によれば、この家の二階には蕭《ショー》の第一夫人が養子と一緒に暮らしているはずだが、階上からは何の音も声も聞こえてこない。

案内者の後に付いて水路を跨ぎ、分厚い段通の絨毯を踏んでホールを横切っていきながら、豪奢は豪奢だが、しかし全体にわたってどうも何かもう一つ、手入れがなおざりにされているように芹沢は感じた。傍らを通り過ぎた景徳鎮の大きな青磁の壺の表面にうっすら埃が溜まっているのが目に留まる。花台のうえの巨大な花瓶に生けられた大輪の百合はわずかばかり萎れかけ、花弁のへりが黄ばんで捲れ上がっている。先ほど跨いだ水路の底のタイルも、ちらりと見たところでは表面にあちこち黴が生えているようで、いったんそう感じ出すとそこを流れる水にも不潔感がつのり、最初は清涼、爽快と聞こえていたせせらぎがたちまち鬱陶しく耳につきはじめる。演出から言えばその水路にも泉水盤にも金魚か鯉の群れあたりが泳いでいても良さそうなものなのに、それもいない。ひと通り掃除はされているのだろうが、どこがどうとはっきりとは言えないものの何か薄汚れたもの哀しい気配が漂っていて、男と芹沢の二人を除けばこの広い吹き抜けホールがまったく無人で寒々とした空虚感に支配されていることも、凋落、衰頽といった印象を強めている。先々月に始まった戦争と、これはやはり何か関係があるのだろうか。

突き当たりの壁の裏へ回ると扉があり、そこから出たところは渡り廊下になって、正面の家の裏手にあるもう一軒の家に繋がっている。最初の二階建ての石庫門建築の家が第一夫人の住居であるのに対し、その背後に建つ三階建てのさらに大きな洋館には第二夫人と第三夫人がそれぞれ二階と三階に住んでいるはずだ。おれはどうやらそちらの家へ案内されようとしているらしい、と芹沢は思った。

渡り廊下を伝ってその洋館に近づきながら、それにしても女を幾人も持つというのはいったいどういう感じのことなのだろうと芹沢は訝った。蕭炎彬《ショー・イーピン》は日ごと夜ごとこの廊下を行ったり来たりし、階段を昇り降りして、蜜を集める蜂が花から花へ移ってゆくように女から女へと飛び回り、自分の種を植えつけているというわけか。それはそれで存外楽しい人生なのかもしれない。しかしおれだったら絶対にご免蒙るな、と芹沢は考えた。しかもここの二軒だけではない。もう一つ別に第四夫人の屋敷が、これはたしか愛麦虞限路《ヴィクトル・エマニュエルⅢ》にあるはずで、まことにもってご苦労様と言うほかはない。いや、ればかりではない、一昨年の冬、〈百楽門舞庁《パラマウント・ボールルーム》〉の前の歩道で目撃したのがもし蕭《ショー》だったとすれば、彼は自分の家に囲いこんだ正式の妻たち以外にも外で手を出している女がいるわけだ。それも一人だけとはかぎるまい。

芹沢が導き入れられた洋館の一階の広間は壁にぽつんぽつんと淡い照明が灯っているばかりで薄暗く、きっとここも豪奢な調度で満たされているのだろうが、はっきりとは見分けられない。カブトムシのような小男に先導されて芹沢はいつの間にか広間の奥の右手の部屋のドアの前に来ていた。ドアの脇に置かれた折り畳み椅子に、頭をつるつるに剃り上げた人相の悪い巨漢が、横風な態度で、挑むように足を大きく開いて座っている。むろんこいつは用心棒以外の何ものでもあるまい。寸法が小さすぎてはち切れそうなスーツを着込んだうえに、これもまた窮屈そうな細いネクタイで首を締め上げたその大男は、面倒臭そうに顔を上げ、無表情のまま芹沢の全身に鋭い視線を走らせたが、何も言わずにまた俯き加減の待機の姿勢に戻った。スーツの胸のところがはち切れそうになっているのが、その下に潜ませた拳銃のホルスターのせいでもあることは明らかだった。

カブトムシがドアをノックし、お客様です、と声を張り上げた。部屋の中からは何の返答もなかったが、数秒待ったうえで彼はためらいのない手つきでドアを開け、芹沢に向かってどうぞという身振りをした。

薄暗がりの中を通ってきたので、煌々と照明された部屋の明るさに一瞬目が眩《くら》み、ぱちぱちと瞬きするうちに、誰かが風のようにふわりと寄ってきたかと思うと彼の横をするりと抜け、まだ開いたままだったドアの隙間からさっと出ていった。その一瞬で見て取ることができたのは、それが白いドレスを着た美しい支那人の女であることだけで、振り返ったときにはもうドアが閉まっていた。しかし、見て取ったというよりも顔で受け止めた風圧のような何かとして芹沢の皮膚に残ったのは、むしろその女の猛獣のような精気の波動の痕跡だった。

瞬間という非常に短い時間にも多くのことが起こりうる。瞬間とは実は幾つにも分解されうるもので、ひょっとしたら、じっくりと反省する能力さえ備えていれば人間の感官はそれを無限に細分化することさえ可能なのかもしれない。その部分部分を順を追って記述してみるなら、まず芹沢が軽い目眩みで当惑しているうちに、誰ともつかず男とも女ともつかずただ風が吹きつけてくるような、物の量塊の接近の気配があった。次いでその風に運ばれてきた甘い花粉が鼻孔をくすぐるようなとでも言うのか、何か植物的な淡い性の感触に似たものを彼は受け取った。女は柑橘系の香水をつけていて、そこにはたとえば麝香《じゃこう》のような腥《なまぐさ》い動物的な催淫作用はない。ただし、甘いというより甘酸っぱいと形容した方がいいかもしれないその清爽な香りは、飛散した花粉が雌しべにまとわりつくように、かすかにしかし執拗に彼の鼻の粘膜を刺激した。そのとき芹沢は、猛った男根から精子を噴きこぼして雌しべに授粉する雄の身体の持ち主ではなく、花粉を受け取る雌しべそのものと化していた。

しかし、一瞬はまだ過ぎ去ってはいない。今や女は彼のすぐ前まできていて、そのときまた空気の温度が変わり、受精によって花が開き実が生り、新たな生が萌《きざ》してゆくといった若々しい躍動の印象を裏切る種類の、また別の気配が女と芹沢との間に射しこんできた。それは密かな、あるかなきかの萎靡《いび》と衰頽の気配だった。ついさっき最初の家のホールで見た、生の絶頂を過ぎ越してわずかに萎れかけた大輪の百合の花弁の捲れ上がったへりの記憶が甦ってきた。女は今や芹沢の脇まで来ていて、軀をやや斜めにしながらするりと彼の背後に回ろうとしている。と、香水の残り香なのか、女の足取りや身のこなしがそう思わせるのか、植物の性の気配もその衰微の感覚もいきなり掻き消え、また新たな気配がむうっとにおい立ってきて、それはいくぶん誇張して言うなら凶暴な肉食獣がちらりと見せる獰猛さに似たものだった。かくしてばたんと閉まったドアを見つめる芹沢が最後に反芻することになったのは、この肉食獣の発散する腥い精気の圧力だった。

一瞬の間に推移した一連の成り行きを、そのときその場でこんなふうに分析的に把握できたわけではもちろんない。閉まったドアから視線をまた部屋の中へ戻したときにはすでに、

あんたかね、老馮《ラアオ・フォン》の友人の日本人警察官というのは、と言いながら部屋の奥の大きな紫檀の机の向こう側から立ち上がろうとしている男と目が合っていたからである。

芹沢一郎です、と名乗って会釈しながら、今日は時間をとってくださってどうも有難うございます、ととりあえず平凡な挨拶の口上を述べた。

それに軽く頷き、机の横を回ってこちらに近づいてくる蕭《ショー》の顔を見ながら、あの晩〈百楽門舞庁《パラマウント・ボールルーム》〉の前の歩道にキャデラックから降り立ったのは、やはりこの痩せた小男に間違いないという確信が芹沢のうちに湧いた。

このところ何度も喰い入るように凝視していたあの十年前の新聞記事の中の軍服姿の

蕭《ショー》の写真にすっかり馴染んでしまったので、ずいぶん老けたなというのが最初の印象だった。写真に映っていた男は四十四歳の男盛りで、今芹沢の眼前にいる男は五十四歳になっているからその差は大きい。髪は今なお不自然に黒々としているがたぶん染めているに違いなく、目尻の皺、右頬上部の薄褐色の染み、とりわけ顎の下から咽喉元にかけての肉のたるみように、初老の年齢が残酷に露呈している。突き出した大きな両耳が目立つ異相の持ち主で、加齢による風化作用がそれをさらにいっそう醜くした反面、十年前のこすからい小商人《こあきんど》のような風貌と比べればその異相が異相なりの風格と威厳を備えるに至っていることは否定できない。蕭《ショー》は白地に細い青縞の入ったワイシャツに、筋の入っていないベージュ色の木綿のズボンという軽装だった。広い部屋の片隅に応接スペースがしつらえられている。そこへすたすたと行って肘掛け椅子の一つに座った蕭《ショー》に促されるまま、芹沢はそれと向かい合う革張りのソファの端に浅く腰掛け、腰が半ば宙に浮いたままのような落ち着かない気持で、蕭《ショー》の顔からは何となく目を逸らしつつ、

馮《フォン》さんからお聞きになったと思いますが、嘉山という陸軍の者がお目にかかりたいと申しておりまして——とさっそく切り出したが、

馮《フォン》はね、あのご老人はね、変態《ビーテ》だから、という蕭《ショー》のにべもないひとことでいきなり話の腰を折られた。

はあ、変態《ビーテ》……。二の句が継げないまま蕭《ショー》の顔をまじまじと見遣ると、その顔は嫌悪

と軽蔑に歪んでいた。

あれの作る気味の悪い人形とやらを見たのかね。

はあ。

わたしは見たことがない。見る気もない。だが、見た人に話を聞いたよ。悪趣味の極みだというじゃないか。

馮先生《フォン・シーサン》が制作する人形は、なかなかの芸術作品《ニーザツォピン》だと、わたしは……。

芸術《ニーザ》？　芸術《ニーザ》とはいったい何だ？　芸術《ニーザ》というのはこういうもののことではないのかね、と言いながら蕭《ショー》は手を振って、広い部屋のぐるり四方にところ狭しと並べられている、恐らくは飛びきりの一流品ばかりの陶器や磁器や置き物を指し示した。ついさっきまで蕭《ショー》がその後ろに座っていた紫檀の机の両脇の背後の壁には、誰か名のある書家に書かせたのだろう、それぞれ「友天下士」「読古人書」と大書した一対の額装の書が掲げられている。天下の士を友とし、古人の書を読むというわけか。なるほどチーク材製らしいガラス戸付きの豪勢な本棚が二つあって、その中には装幀の立派な高価そうな大型本がぎっしり詰まっているのが見えた。しかし、蕭炎彬《ショー・イーピン》がそういう「古人」の本の一冊をあの紫檀の机のうえに広げ、熱心に読み耽っているという図を想像することはどうにも難しい。とにかく下手に逆らって機嫌を損ねてはならないと芹沢は肝に銘じ、口を噤んだままでいた。芹沢が黙っているので、しかめっ面のままの蕭《ショー》がまた口を開き、いとけない女の子を裸に剝いて、その裸体を奇怪な形に捻じ曲げて、悦に入っているそうじゃないか、と唾でも吐くように言った。あんたもよくご存じだろうが、この町にはどこから買い集めてくるのか、まだ子どもと言っていいような少女ばかりを揃えて客を取らせている、胸糞の悪い妓楼もないわけではない。あの年寄りは、案外そういう場所へ出入りしたりもしているんじゃないか。

それはないでしょう、あのお歳で……と芹沢は弱々しく抗議しかけたが、そうしながらつい馮篤生《フォン・ドスアン》の艶々した肌の色をちらりと思い浮かべてしまったことで、語尾は曖昧に宙に浮いた。実際、目の前の男が椅子の肘にのせている両手の、青い静脈がうねうねと浮き上がった萎びた甲を見るかぎり、五十四歳の蕭《ショー》の方が七十一歳の馮《フォン》よりはるかに血色が悪く、老人のようなかさかさした皮膚をしている。ともかくこんな話に深入りする気は芹沢にはなかった。それに、公徳心を盾に取った蕭《ショー》の憤《いきどお》りぶりが、半ば以上は偽善に染まった演技でしかないことはあまりにも明らかだった。いとけない女の子を――などと、そんな批難がましいことを嵩に懸かって偉そうに、いったいどの面下げておまえが言えるのか、と言い返してやりたい気持に駆られる。この町で売春業と子どもの売買は表裏一体になったビジネスだが、その最大の元締めの一人こそこの蕭《ショー》本人なのだから。

年寄りの変態ほど始末に悪いものはない、と蕭《ショー》は言いつのり、身内の恥だ、あの老糊涂《ロォーウドゥ》(惚《ぼ》け爺い)は、あの老いぼれ蜥蜴《とかげ》は、と吐き棄てた。

わたしは馮先生《フォン・シーサン》を見識の高い老賢人と思い、尊敬しています、と、ともかく芹沢は言った。そう言い張らないことには、馮《フォン》に紹介されて自分が今ここにいること自体の正当性が蒸発してしまう。

まさか、あんたも変態《ビーテ》の仲間なんじゃあるまいな。

芹沢は黙ったまま首を振り、しばらく沈黙が下りた。

あれはわたしの妻の親族、つまりはわたしの親族だ、とその沈黙を破って蕭《ショー》が言った。どうやら彼には軽い吃音癖があるようだった。話し出す前に口をぱくぱくさせて数瞬、最初の言葉を、その最初の音を探し求めて間が空く。そしていったんそれが見つかるや、しゃがれ声の長広舌が始まってだんだん弾みがつき、止まらなくなる。どうやらそういう喋りかたをする男のようだった。

いいかね、あいつを日本人贔屓の漢奸《ハウーケェ》となじる声が、ある方面にはないわけではない。それにもそれなりの根拠がある。あいつは若い頃長いこと日本に暮らしていたし、以来、上海に帰ってきてからも気に入った日本人を見つけては身辺に近づけ、繁々と交際している。あんたもまあ、その一人なんだろう。いや、平時ならそれも良いさ。しかし、こういう時勢になって、それでもなお何の自覚もない、世間体への配慮もない。それでは困るんだ。わたしとしては、自分の親族が漢奸《ハウーケェ》呼ばわりされ、天下に恥をさらすのを黙って見ているわけにはいかない。やつの目にどう映っているのか知らないが、これまでわたしはわたしなりに彼を護ってきたし、これからも護ってやるつもりでいる。それなのに、今度はわたしまで巻きこんで、日本陸軍の少佐に会えという——。

そこで芹沢は辛うじて話に割りこんで、

それについては、あなたにも、馮先生《フォン・シーサン》にもご迷惑をおかけして申し訳なく思っています、と早口で言った。わたしとしても、どうにも気が進まなかったのですが、無理強いされたかたちになりまして、仕方なく——。

そのとき、部屋のドアを外からどんどんと強く叩く音がした。蕭《ショー》はさっと立ち上がって早足でドアのところまで行き、それを開けた。

夕飯はどうするの、夕飯は！　何の支度もしていやしない！　あたしはお腹が減って死にそう——という、芹沢の位置からは姿の見えない女の、上ずった叫びが聞こえたが、蕭《ショー》がすばやく部屋の外に出てドアをぴしゃりと閉めたので、それに続く言葉の応酬はもはやくぐもった響きだけしか伝わってこず、話の中身はわからなくなった。ただ、女の声も男の声も紛れもない怒声で、憤懣を一挙に爆発させたとでもいった激しい調子だけははっきりと聞き取れる。どうやらおれは蕭《ショー》が女と言い争う場面に立ち会うめぐり合わせになっているようだな、という考えが浮かんで芹沢は少しおかしくなった。いやそれとも、しょっちゅういろんな女たちといろんな諍いをしている、蕭《ショー》とは要するにそんな男なのか。

諍いは長くは続かず、二人の怒声が急に断ち切れて、いっとき静寂が支配した。それから蕭《ショー》が部屋に戻ってきて、椅子にまたどっかと腰を下ろした。背中を丸め顎を突き出し、困憊しきったような姿勢で瞳を宙にさまよわせ、目の前の芹沢の存在も意識から消えて、何かを一心不乱に考えているようだった。その瞳の光はしかし、勢いを失いくすぶっている熾火《おきび》のようで、弱い。ずいぶん老けこんだのだな、という芹沢の先ほど来の印象がさらにいっそう深まった。やがてその瞳の焦点がようやく芹沢の顔のうえに結ぶと、

本当に、まったく、どいつもこいつも……と放心状態で呟き、それから、少し張りの戻った声で、その陸軍の男を今、呼びにやったよ、と言った。

そうですか。申し訳ありませんが、どうか話を聞いてやってください、と芹沢は伏し目になって言った。蕭《ショー》は頷いて、しばらく黙っていた。それから、気を取り直したように、ややこわばった笑顔を取り繕いながら、

ところで、あんたは工部局の公安課の巡査部長だそうだな、と言った。義理の伯父の馮《フォン》については、さっきひと通り罵倒したことでとりあえず気が済んだのだろう。来たな、と芹沢は心の中で身構えながらもとりあえず、

はあ、とだけ言って頷いた。

いくら貰ってる？

は……？

給料はいくらだ、と焦れったそうに言う。

給料ですか……。いや、役付きでもないし、大したことはありません。安月給ですよ。

だから、いくらなんだ。

芹沢は仕方なく、大まかな数字を口にした。すると蕭《ショー》はふんと鼻先でせせら笑って、それは本当に安月給だねえ、と呆れたように言った。巡査部長に昇進しても、それっぽっちか。

そりゃあまあ、しがない役所勤めの身ですから、仕方ありません。

そこの廊下にでかい男が座りこんでいるのを見ただろう。あんな役立たずの下っ端にも、わたしはその二倍はくれてやっている。

そうですか。

あんたの支那語はなかなか上手いな。その若さで、言葉がそれだけ喋れて、目端も利けば、この町でもっと稼げる仕事は他にいくらもあるだろうに。

自分は目端の利く男ではありませんから、とおとなしく答えながら芹沢は、これは何だ、まさか自分の下で働かないかという誘いではあるまいな、と考えていた。

そうかねえ。なあ、芹沢さん、わたしには人間を見る目があるつもりだよ、と蕭《ショー》はおだてるように言った。ここも働く(と言いながら自分の頭の横を人差し指で突っついた)、ここも据わっている(下腹をてのひらでぽんと叩いた)、あんたはそういう男だという評判も聞いている。

どこから聞きこんできた評判なんだ、それともこの場で思いつくまま、口から出任せを言っているだけかとあれこれ忙《せわ》しく考えながら芹沢は、

自分は与えられた仕事をただ真面目にこなすしか能のない人間ですから、と淡々と言った。今の給料で十分、満足していますし……。

固いねえ。

は……?

鎧が固い。そう警戒しなくてもいいんだよ。

いや、自分は、何も——。

ノックの音がして、同時に、お客様です、というあのカブトムシの声が聞こえた。言いかけた言葉を宙ぶらりんにして芹沢が口を噤み、蕭《ショー》も黙っていると、ドアが開いてレインコートはどこかに脱いできたらしき嘉山が入ってきた。芹沢と蕭《ショー》は立ち上がった。芹沢はまず蕭《ショー》に向かって、蕭先生《ショー・シーサン》、こちらが嘉山清先生《シーサン》です、と言った。それから嘉山に向かって、嘉山先生《シーサン》、こちらが蕭炎彬先生《ショー・イーピン・シーサン》です、と言った。この順序は間違えてはならなかった。紹介されると、嘉山は蕭《ショー》の顔を直視し、軍服を着ているわけでもな

いのに両踵をかちりと付けて気をつけの姿勢をとり、指先までぴんと伸ばした両手を腿の横にぴったりつけて、嘉山少佐です、と言いながら最敬礼した。軽い会釈を返した蕭《ショー》に示されるまま、嘉山は長いソファの、芹沢が座っていたのとは別の端に座った。蕭《ショー》も元の椅子に戻って腰を下ろした。しかし、芹沢は立ったまま、

では、自分はこれで失礼します、と言った。

何を言っている、さあ、座った、座った、と蕭《ショー》が驚いたように言った。

いえ、嘉山さんをここまでお連れするのが自分の役目で、それは果たしましたので、これで……。

いや、わたしはお二人から話を伺うものだと思っていた、と蕭《ショー》は気を悪くしたように言った。芹沢さんにもぜひ同席してほしい。嘉山さんの話を通訳してもらわなければならないし。

嘉山さんは不自由なく支那語を喋れますよ、そうでしょう？　芹沢がそう言って嘉山の顔を見ると、嘉山は一つ大きく頷き、一拍間を置いてから、

そうですね……わたくしとしても、ここから先は、蕭先生《ショー・シーサン》とわたしの二人だけで話したいと思います、と言った。おわかりでしょうが、できるだけ少ない数の人しか知らない方が良い、そういう種類の話というものがある。とは言っても、実は芹沢さんはもうすでにいろいろなことをご存じですが……。まあ、そうだからこそ、芹沢さんにして

みれば、そういうことを改めて事細かに聞かされるのはご退屈さまというところもあるのではないか。というわけで、芹沢さんにはここでお引き取りいただくのがいちばんと思います。

嘉山が支那語でまとまった話をするのを芹沢は初めて聞いた。基礎になっているのは芹沢が最初に学校で習ったのと同じ、いわゆる標準的な「普通話」だが、北京語音を残しながらも「上海話」の言葉遣いや発音もけっこう達者に織り交ぜてみせている。多少たどたどしいながら、ゆっくりした明確な発声で組み立てられた文章はきわめて明快で、必要にして十分な語彙もあり、これならむろん通訳を介する必要などはない。そのことは、もうこれを聞いただけで蕭《ショー》にも十分に通じたはずだった。嘉山の支那語は、日本語のというよりはむしろドイツ語の訛りが強いように芹沢は感じた。

では、と呟いて芹沢が踵《きびす》を返そうとすると、待ちなさい、という鋭い叱声が飛んだ。振り向くと、蕭《ショー》の顔が不快感に歪んでいる。

どこかで話の行き違いがあったのかもしらんが、わたしはお二人に会う、と言ったのだ。嘉山さんだけに、ということではない。芹沢さんには残ってもらおう。どうしても残ってもらいたい。絶対に譲らないといった断固たる口調でそう言うと、蕭《ショー》はぷいっと横を向いてしまった。

芹沢は嘉山の目を探るように見た。これでは話にならない。結局、自分が座に残るしかないのだろうか。それならそれで仕方あるまい、と芹沢は思った。彼の心をいちばん大きく占めていたのは言うまでもなくこの問題いっさいの鬱陶しさから即刻逃れたいという欲望だったが、ただ、あれだけの心労や手間ひまをかけてようやく面談の場が成立した今になってみると、嘉山とこの実年齢より老けこんだような奇妙なギャングとの話し合いが流産してしまうのは惜しいという気持もないではなかった。嘉山が日本の国益に関してあれだけ熱を籠めてこまごまと物語った計画、戦況の帰趨《きすう》をめぐって楽観的な色使いで描いてみせた絵、それらが芹沢の中の何かを、少しばかり動かしていないわけではやはりなかった。その何かとは、芹沢自身はそうとはあまり認めたくはなかったし、大して好きな言葉でもなかったが、やはり愛国心ということになるのだろうか。

とにもかくにも面会の約束を取り付けてやり、その結果、日本の陸軍少佐と上海の暗黒街の顔役が今こうして向かい合っている。頼まれたことだけはとにかくやりました、自分の役目は果たしました――そんな棄てぜりふを残して、後は野となれとばかりに立ち去ってしまっていいものか。蕭《ショー》がどうしてもこの場に残れと言い張って譲らないのなら、まあ残ってやってもよい。気は進まないが、嘉山のためにひと肌脱いでやってもよい。どうか自分に感謝してもらいたい。この借りはいつか何らかのかたちで返してもらいたい。

嘉山を見遣った目の動きで、そんな自分の気持が十分に伝わったはずだと芹沢は考え、

先ほどまで座っていたソファの自分の位置に戻ろうと、かすかに軀を動かしかけた、その瞬間、

いや、芹沢さんにはやはり退席してもらいましょう、という嘉山の声が耳に入ってその場に凝固した。話の行き違い、と蕭《ショー》さんはおっしゃった。そうかもしれないが、もしそうなら、今ここでその誤解を正すことにしたいと思う、と嘉山は蕭《ショー》の顔を直視しながらゆっくりした口調で言葉を継いだ。物言いは柔らかだったが、それが譲歩の可能性のまったくない最終通告で、そこに籠められた意志が先ほど蕭《ショー》が示したのに負けず劣らずの断固たるものであることは、あまりにも明らかだった。

これは、日本陸軍参謀本部少佐としてのわたくしが、今すぐには個人名は挙げられないが、参謀本部の上層部の数名の意を受け、あなたにご相談したいと望んで実現した面談です。その実現の過程で芹沢さんのご高配をたまわることになったが、彼は結局のところは部外者であり、一私人の資格でここにいるにすぎない。話の内容自体は、彼の耳に入らない方が良い。すでに耳に入ってしまっている部分もあるが、それは入らなかったことにしておいた方が良い。彼にとってもその方が良い。以上をどうか、ご理解いただけないでしょうか。

さあ、まったく理解できませんな、どうにも承服しがたいお話だ、絶対不能服従《ジェテェファナンフォゾン》、と打てば響くようなすばやさで蕭《ショー》は答え、小さな溜め息をついた。ぷいっと横を向いたま

まの姿勢を相変わらず崩そうとしない。奇妙な緊張感の漲る沈黙が下りた。

これほど居心地の悪いこともまたとなかった。一方は残れと言い、他方は行けと言う。問題になっているのは芹沢自身の行為であり、彼が何をしようと、どちらを選ぼうと、言ってみれば彼の自由ではある。しかし、彼がどちらかをすれば、必ず二人のうちのどちらかの不興を買うことになる。芹沢は立つことも座ることもできないような宙ぶらりんの姿勢で動きを止め、目を合わせようとせずそっぽを向き合っている二人を交互に見遣りつづけるほかはなかった。

しかし、それにしても、嘉山に恩恵を施してやるつもりで、気が進まないながらも居残ってやろうとしたのに——と芹沢は困惑しながら考えていた。おれにはこの面談に立ち合わせまいとこれほど強硬にやつが主張するとは、思ってもみないことだった。ここへ来る途中の車の中で、いいですか、蕭炎彬《ショー・イーピン》に紹介するというのか、取り次ぐだけのことはしますが、それが終ればわたしはお役御免ですからね、即刻帰らせてもらいますからね、と念を押すと、もちろんそれで結構ですとも、と嘉山は軽い調子で答えていた。どっちでもいいような気のない口ぶりだったのだ。しかし、あいつの本心では、それはどっちでもいいことではまったくなかった。やつは最初から、取り次ぐだけ取り次がせた後は何があろうとおれを絶対に退席させるつもりでいたのだ。

そうか、と、回っている二つの歯車が突然かちりと嚙み合うような衝撃とともに芹沢にある思念が閃いた。先月のあの雨の晩、〈百老匯大廈《ブロードウェイ・マンション》〉最上階のレストランの一隅で、こういうことを蕭《ショー》にやらせたい、こういうことを頼んでみたいと、あいつはべらべらと喋りまくった。ずいぶん饒舌におれにいろいろな内情を明かし、こんなことまで喋っていいのだろうかとこっちが心配になるようなことまで口にするので、これでも情報将校かと呆れたものだが、結局、あれは決して話の全部ではなかったのだ。蕭《ショー》に話すつもりのことで、おれには絶対に知らせたくないことが、何かある。あの夜の嘉山のおれに対しての饒舌は、つまるところは、それを隠蔽するための巧妙な演技だったのではないか。ある一つのことを隠すために、それ以外のすべてを徹底的に明かしてみせる。そういう手の込んだ仕掛けであり作戦だったのではないのか。この話の裏には他に何かがあるのでは――そうおれが勘繰って、それはいったい何なのかと穿鑿しはじめることを嘉山は恐れ、その好奇心をあらかじめ封じておこうとした。そのために、単にそのためだけに、言わなくてもいいような内情まで細部にわたってぺらぺら、ぺらぺらと、軽薄とさえ感じられる語調で喋ってみせたのではあるまいか。

芹沢の頭の中には様々な思考がめまぐるしく回転していたが、そんなことはおくびにも出さず、その間ずっと、無理難題を吹っかけられ、どうしていいかわからなくて立ち竦んでしまった素朴で一本気な青年を演じつづけていた。困惑の極みといった体《てい》で顔を伏せ、覚束なげに頭を搔いてみせる。そのさまにしかし、嘉山はいささか疑わしげな視線を向けている。

電話が鳴り出した。呼び出しのベルが七回鳴って切れたが、その間蕭《ショー》は微動だにしない。沈黙の重さがしだいに耐えがたくなってきた。とうとう嘉山が口を開いて何か言いかけたが、その瞬間、機先を制するように不意に蕭《ショー》が、あっはっはっ、と笑い出した。笑いながらもしかし、目から険悪の色は消えてはいないようだ。蕭《ショー》はいたずらっぽい表情になって嘉山の顔を覗きこみ、

いやいや、嘉山さん、そんなにむきにならなくていいさ、と如才なく言った。行き違いがあったが、それは正された、と。そんならそれでいい。いいことにする。では、こうしようじゃないか。芹沢さんには出ていってもらう。出ていってもらって構わない。が、その代わりにと言っては何だが、すぐには帰らず、わたしのためにちょっとしたことを頼まれてもらいたい。

はあ、何でしょうか、と芹沢は、また新たな問題の種をしょいこむのかと気を重くしながら、力の抜けた声で訊き返した。

いや、大したことじゃない。ほんの二時間ほど、妻に付き合ってやってくれないか。

奥様に……？

いやあ、妻のがちょっとむくれていてねえ、と言いながら、ほとほと困ったという思い入れで肩を竦めてみせる。何か、わたしが今夜、ナイトクラブだかダンスホールだか

に連れていってやると約束したんだと言う。そう言い張ってきかない。さあどうだったか、約束したかもしれないが、そんなつまらぬ約束なんかいちいち守れるものか。いや、実を言えば、あれが勝手にそう思い込んでしまっただけかもしれないよ。しかし女というやつは、ひとたび何かを思い込んでしまうと、その思い込みが彼女にとっての現実そのものになってしまうから始末が悪い。嘉山さんなんか、そういうことはよくご存じでしょう。結婚なさっているかどうか知らないが、いかにも女にもてそうなご仁のようだから。きっといろんなご苦労がおありなのではないのかな。

嘉山はただ、お人好し然とした微笑を浮かべているだけだった。

でね、芹沢さん、すまんが美雨《メイユ》の夜遊びにちょいと付き合ってやっていただけまいか。なに、どこかのダンスホールにでも連れていって、ショーを見せて、何かちょっとしたものを食べさせてやってくれればいい。わたしの名を出せばどこでも全部、わたしの付けでいくらでも飲み食いできるから。わたしの部下はどうにもこうにも、むさい、気の利かない熊みたいな連中ばかりでね。一緒に出かける気になんかとうていなるものかと妻は言う。もっともな話だがねえ。そう燥《はしや》ぐように言って蕭《ショー》は、あっはっはっ、とあたかも本気でおかしがっているような笑い声をまた上げてみせる。

いえ、わたしには、奥様のお相手など、とてもとても……。

いやいや、あんたみたいな、姿の良い、凛々《りり》しい若者にエスコートしてもらえば、妻も若返ったような気分になってさぞかし喜ぶことだろうさ。それに、美雨《メイユ》は先ほど話に出た馮《フォン》老人が、目の中に入れても痛くないほど可愛がっている姪でもある。ご老体の近況でも妻に話してやってくださると有難い。うんうん、それが良い。ぜひお願いいたします。おい、李《リー》！　李《リー》を呼べ！　と蕭《ショー》が声を張り上げると、すぐドアが開いて廊下にいた大男が隙間から顔を出し、無言のまま頭を下げて姿を消した。何秒も経たないうちに、芹沢を表の門からこの部屋まで案内してくれたあのカブトムシのような男が現われた。李《リー》という名前らしいその男に蕭《ショー》は、

　芹沢さんが美雨《メイユ》を夕食に連れていってくださることになった。あれにそう言って、すぐに支度をさせなさい、と言いつけた。

　はあ……と芹沢は当惑気味の曖昧な声を出し、どうしたものかと迷いながら嘉山の顔を見た。嘉山はどういう意味とも知れぬかすかな目配せを返してよこし、軽く頷いてすぐに目を逸らした。すでに李《リー》は芹沢の顔を見ながら、どうぞと言うように、てのひらをうえに向けた片手でドアの方を指し示している。もはや否も応もなかった。

　そうですか。ではまあ、奥様のお供をさせていただきましょうか……と不承不承呟いて、芹沢がそちらへ歩みかけると、その背中に向かって投げられた蕭《ショー》の声はますます陽気な調子を上げる一方で、

　すまんが、どこか楽しそうなところへ連れていってやってくれ。あんたもちっとは楽

しんで、日頃の辛気臭い務めで溜まった憂さを晴らしてくれればいいさ。工部局警察の公安課勤務なんて、退屈でうんざりすることばかりだろう？　違うかね？　そうさな、競馬場の北側の〈大滬舞庁《マジェスティック・カフェ》〉が良いかな。それとも、愛多亜路《エドワード》の〈大華舞庁《アンバサダー・ボールルーム》〉か……。

蕭《ショー》が〈百楽門舞庁《パラマウント・ボールルーム》〉の名前を出さなかったことに何となく安堵しつつ、芹沢はドアの框《かまち》のところまで来たが、そのとき蕭《ショー》が、あ、そうそう——と少し調子の変わった声で言い出したので振り返った。

なあ、あんたは目が悪くなったんだねえ。

はあ……目が……？

以前は、眼鏡を掛けていなかったじゃないか。ほら、いつだか、ひどく寒い晩、どこぞのダンスホールの前で顔を合わせたことがあっただろう。あの頃のあんたはずいぶん良い視力をしていたはずだよ。ずいぶん距離があったのに、ちゃんとわたしの顔を見分けていたようだったからねえ。その後、近視が進んだのかな。

素通しレンズの伊達眼鏡の柄に思わず片手をやった芹沢の背中に、気持の悪い悪寒と慄えが這い上がってきた。こいつ、やはりおれの顔を覚えていたのだ。

あのときは、何やら眉を顰《ひそ》めておいでだったねえ。そんなふうに見受けられた。だからね、あんたにもぜひ体験させてやりたいんだよ、芹沢さん、着飾った女を連れて贅沢なダンスホールへ行くのはどんなに楽しいかってことをなあ。何しろね、一方には、ダンスホールの中に入っていって美味い料理やわくわくする賭博を楽しむ者あり、他方には、外の街路で寒さに凍えながら指をくわえてそれを見送る者あり。人生っていうのは儘《まま》ならないもんだ。しかし、安月給の巡査部長殿にだって、たまには何か、多少の良いことがなくちゃあな。そうでなくちゃあ、人生、あまりに不公平ってもんだ。ところで……それはそれとして、ともかく眼鏡がない方があんたはずっと男前だよ、あっはっはっはっ！

それは今夜何度か洩らしたようなただ恰好をつけただけの無内容な空笑ではなく、今度こそはあからさまな侮蔑と皮肉の響きを剝き出しにした嘲笑だった。蕭炎彬《ショー・イーピン》のその嫌味な笑い声を背中に浴びながら、芹沢は部屋を出た。

李《リー》に言われるまま薄暗い広間に戻り、その片隅の椅子に腰を下ろした芹沢は、結局そこに独りで放置され、ずいぶん長いこと待たされる羽目になった。足を何度も組み直したり腕時計を一分ごとに見たりしているうちに、時間はじりじりと経過していった。三十分近く待って忍耐の緒が切れかけ、もうすべてを放り棄て誰にも挨拶せずにこのまま立ち去ってしまおうかと思いはじめた頃、ようやくこつんこつんとハイヒールが階段を降りる足音が聞こえてきた。

立ち上がってそちらの方へ目を凝らすと、まず柑橘類の甘酸っぱい香りがふわりと漂ってきた。それから、両肩を剝き出しにした白いドレスのうえに、オレンジ色の花柄の刺繡をちりばめた薄い紗のカーディガンのようなものをふわりと羽織ったほっそりした女が、階段のうえの暗がりの中からすいと現われ、非常に緩慢な足取りで、一段一段、投げ遣りに、ためらうように降りてくる。紗を透かして見える肩から手首までの真っ白な肌が、階段の踊り場の照明を背後から浴び、その逆光の耀《かがよ》いできらきら光って見える。

女が階段を降りきって広間を横切り、ゆっくりと近づいてきて芹沢のすぐ目の前まで来るのに、さあ、十秒ほどの時間が経過しただろうか。その間に起こったことは、先ほど蕭《ショー》の部屋の入り口で、この同じ女が芹沢の傍らをさっとすり抜けていったとき彼が一瞬の間に体験した一連の感覚の継起と、まったく同一の過程だった。ただ、今度はそれが十秒間にわたってゆるやかに引き延ばされることになったのである。

女は芹沢の眼前まで来て、ぼんやりと立ち止まった。女が接近してくる過程で芹沢を見舞った、次々に変化してゆく複数の感覚のうち、最後に残ったものは、今回もまた凶暴な肉食獣の発散する獰猛な精気の感触だった。生長し増殖していこうとする植物の盛んな勢いも消え、その萎靡と衰頽の気配も消えて、今や目の前の女の軀から立ち昇る動物的な腥さだけが芹沢の皮膚に粘りついてくる。芹沢は内心のたじろぎを抑え、とりあえず会釈をして、芹沢です、と呟いた。芹沢の顔をちらりと見てすぐに目を逸らした女の方は、しかし頭も下げないしひとことも喋ろうともしない。何か深い放心に浸りこんでいるようにも見える。両の耳たぶにつけた大きな黒真珠のピアスが目を惹く。三十を二つか三つ越えたばかりといった年齢だろうか。

女の接近にすっかり気をとられていたので気づかなかったが、いつの間にか李《リー》が女の背後にひっそりと立っていた。

芹沢さん、ずいぶんお待たせしまして、まことに申し訳ございません。さ、こちらへどうぞ、と李《リー》はへりくだった口調で言い、二人をまたもう一度広間の奥へ導いていった。いちばん奥まで行くと右手には芹沢がさっきまでいた蕭《ショー》の私室があり、ドアの脇にはまだあの巨漢の用心棒が退屈そうに座ったままだった。ドアの向こう側では嘉山が熱弁をふるっている最中なのだろうが、もうどうでもいい、おれには縁のないことだ、と芹沢は思った。李《リー》はそれとは反対側の左側の部屋の中へ二人を導き入れた。あまり使われていない雰囲気を漂わせた客間で、実際、ほとんどの家具には埃除けのカバーがかかっており、空気が黴臭い。その奥にフランス窓があった。

李《リー》がフランス窓を解錠してテラスに出た。芹沢と美雨《メイユ》も後に続く。ステップを降りるとそこは小体な洋風の庭園だった。携えてきた黒い傘を李《リー》が開いて美雨《メイユ》にさしかけ、同時にもう一本を芹沢に差し出したが、芹沢は首を振って断った。風に乗って霧のような細かな雨滴が吹きつけてきて顔がわずかに濡れるのを感じたが、傘が必要なほどの雨ではない。俗悪なキューピッド像が置かれた芝生を横切り、こんもり繁った小さな林を抜けた先に駐車場があり、そこに黒塗りのキャデラックが停まっていた。

李《リー》は後部座席のドアを開いて美雨《メイユ》を乗せた。反対側のドアから芹沢も乗りこむと、李《リー》も運転席に乗りこみ、では行きましょうと呟いてエンジンを始動させた。ゆるゆると発進した自動車が砂利道を辿って家の脇をぐるりと回ると、道路に面した車寄せの前庭に出た。その端に嘉山のシヴォレーが停まっていて、照明の陰に入っているので顔は見分けられないが運転席に人影が蹲っているのが芹沢の目に入った。あの一等兵がそこで嘉山が戻るのを待っているのだろう。

門の傍らにすでに待機していた使用人が李《リー》の合図で鉄柵を開け、その隙間を抜けてキャデラックは道路に出た。すぐ左に折れ、ゆっくりと速度を上げはじめる。

〈大滬舞庁《マジェスティック・カフェ》〉、〈大華舞庁《アンバサダー・ボールルーム》〉、どちらへ行きますか、と運転席の李《リー》が顔を前へ向けたまま芹沢にとも美雨《メイユ》にともつかず尋ねてきた。

芹沢は脇に座っている美雨《メイユ》の横顔を見た。美雨《メイユ》は放心したように前方を見据えたまま、依然としてひとことも発しない。芹沢の嗅覚がもうすっかり覚えこんでしまったあの柑橘系の香水だけが甘く馥《かお》ってくる。髪を後ろでシニョンにまとめた美雨《メイユ》は目鼻立ちのくっきりした美人で、細いうりざね顔に似合わず唇はぽってりと厚い。歳相応に刻まれた目尻の皺がなぜか芹沢には並み大抵ではない淫蕩のしるしと映った。

どうしましょう。どこへ行きますか、と芹沢はその横顔に向かって尋ねた。すると

美雨《メイユ》が、宙空に茫然と視線をさまよわせたまま、
赤佬《ツァロ》！　と小さなしかし鋭い声で、唾を吐き棄てるように叫んだ。「赤佬」は上海語特有の表現で、標準語で言う「狗東西《ゴオウトンシー》」、つまり犬畜生、人でなし、糞ったれに当たるか。おれのことだろうか。おれを罵っているのだろうか。
どこへ行きましょう、と芹沢は何も聞こえなかったようにもう一度言った。お腹が空いていますか。すると、美雨《メイユ》はこちらへゆっくりと顔を向け、芹沢の存在に初めて気づいたように目を大きく見開いた。そして、彼の目を強い視線で直視しながら、
芹沢……さん、だったわね、と女にしては低い声で言った。調子はまったく違うがそれはさっき蕭《ショー》に向かって、夕飯はどうするの、夕飯は！　と叫んでいたのと同じ声に違いなかった。
芹沢です。馮篤生《フォン・ドスアン・シーサン》先生には日頃、懇意にしていただいています。そう言いながら芹沢は、この女は大きな目をしているが、それとは不釣り合いに妙に瞳孔が小さい、あるいは阿片吸引の常習者なのではないか、ひょっとしたらつい今しがただって階上の私室で煙管《キセル》を吹かしていたのではないか、とちらりと思った。まだその作用の影響下にあり、それでこんなふうに放心しているのではないか。支度にずいぶん手間取ったわりには大した化粧もしていないように見える。
あなたは、何？　と美雨《メイユ》が唐突に尋ねた。

は……？

あなたは何なの？　どういう人？　何をしている人？

わたしは警察官です。

その答えは美雨《メイユ》には心底意外だったようで、虚を衝かれたように一瞬黙りこみ、それからヒステリックな笑い声を上げた。軀をよじらせ、頭を前後に振りながらいつまでも陰気に笑いつづけ、その合い間に何度も手を打って、警察官《ジンツァ》！　警察官《ジンツァ》！　警察官《ジンツァ》！と燥ぐように繰り返す。空気のにおいが少し変わったのは、香水の馥りに混ざって美雨《メイユ》の息のにおいがわずかに溶け出したからだろう。それもまた甘い。香水の馥りの甘さとはまた別種の甘さ、おとなしく蹲っているように見えても次の瞬間にはいきなり牙を剝き、何をしでかすかわからない猛獣の発散する精気の甘さだった。

行き先を指示しないままの車は何処へとも知れず走りつづけている。

芹沢は軀の横にあるハンドルを探り当ててそれを回し、車の窓を少し開けると、眼鏡を外してそれを窓ガラスの隙間からぽいと外に投げ捨てた。どうせがらくたを並べた露店で買ってきた二束三文の安物だ。霧雨に濡れた路上に眼鏡が当たってからんと鳴る音がかすかに聞こえ、それもたちまち後方へ遠ざかっていった。

八、縫いものをする猫たち

黙って車を走らせつづけている李《リー》をこのまま放っておけば、すでに名前が出ている二つのダンスホールのどちらかに結局は連れていかれることになりかねない。そう危惧した芹沢は、少し考えて、

小沙渡路《フェリー・ロード》へ行ってください、と声をかけた。愛文義路《アヴェニュー・ロード》を西へずっと行って、以前〈大華飯店《マジェスティック・ホテル》〉があったところの先に小沙渡路《フェリー・ロード》という細い通りがあるからそれを右へ折れる。少し北上すると、あんまり行かないうちに、レストランやバーが何軒か立ち並ぶ一帯に出ます。そのうちの一軒の、あれは何というレストランだったかな……とにかくその地下が小さなジャズクラブになっている。番地はちょっとわからないけれど、猫の絵の看板が出ているから、ゆっくり走っていってもらえばすぐにわかると思う。猫がミシンを回して縫いものをしている絵柄で——。

〈縫いものをする猫たち《ソーイング・キャッツ》〉、と李《リー》はすぐに言った。

そう、その店です。どうか、そこへ。

わかりました、と一拍置いてから李《リー》は答えた。その一拍の間に、高級ダンスホールから庶民的なジャズクラブへの行き先の変更を自分のボスが容認するかどうかすばやく思案をめぐらせ、まあ、よし、と判断したのだろう。

女連れで夜遊びの名所に出かけ、相当な金額にのぼるに決まっている飲み食いの勘定書きを蕭《ショー》に回すなどという図々しい所業が、もとより芹沢に許されるはずもない。彼はもちろん自分の財布から払うつもりでいたが、蕭《ショー》がふだん出入りしているような派手な場所へうっかり入って、席につくなりいきなり美雨《メイユ》が最上等のシャンパンか何かを注文してしまったらどうする。芹沢は胸を手で押さえ、背広の内ポケットに入れてある財布の感触を表地のうえから確かめた。むろんこういう成り行きなど予想外だったから、大した額の金は持ってきていない。

〈縫いものをする猫たち《ソーイング・キャッツ》〉は、常連客というほどではないが芹沢がときどき独りでふらりと立ち寄る店で、ミシンを回す猫の看板の端には珈琲店と小さく書き添えてあり、昼は実際、茶館の一種として営業しているが、夜はジャズの生演奏が行なわれるバーになる。富裕層の社交場というより、新し物好きの若い勤め人や学生がニューヨークやシカゴで流行中の最新音楽を求めて集まってくるざっかけない酒場で、そう不味くない軽食も出す。クラブハウスサンドイッチにフレンチフライか何かでは美雨《メイユ》は不満かもしれないが、それでふくれっ面になってすぐ席を立つというのならそれでもいっこうに構わない、むしろその方が早く切り上げられて有難い、と芹沢は思った。

暗く細い道ばかり選ぶように李《リー》は迂回しながら車を走らせ、芹沢はおやと訝《いぶか》っていたが、しかし知らない通りの角を幾つか曲がると車は不意に、ぶち柄の猫がミシンのペダルを一心不乱に踏んでいる看板のすぐ前に出た。エンジンを切るや李《リー》はさっと運転席から降りてきて、後部座席のドアを開けた。

ここ、どこ？　と、ずっと黙りこくって放心していた美雨《メイユ》は不意に目が覚めたように外を見ながら、やや眉を顰《ひそ》めて不審そうに言ったが、
小さなバーですが、ちょっとした食べものもありますから、と芹沢が答えると、四の五の言わずに素直に降りてくれたのでほっとした。それに続いて車から出た芹沢は、路上は濡れているが雨は上がっていることを確かめた後、客を降ろしてキャデラックのドアをばたんと閉めた李《リー》に向かって、帰りはわたしがタクシーでお送りしますから、と言った。しかし李《リー》はゆっくりと首を振って、
いや、このあたりでお待ちしていますので、と言った。

そうですか。では一時間か、二時間か……。

どうぞ、何時間でも、ごゆっくり。

芹沢は腕時計を見た。午後十時四十五分。この店はたしか午前三時か四時まで営業し

ているはずだった。

いや、こんな店に何時間もいてもしょうがないから……。

どうぞ、お好きなだけ、ゆっくりなさってください。この店専用の駐車場はないようだから、どこか近所に車を停めてわたしだけ戻ってきて、この看板の下でお待ちしています。

あのね、ここはジャズの演奏なんかをやっている店で……。

知っています。

彼女は、美雨《メイユ》さんは、そういうのがお好きでしょうか、と、少し離れたところに立って、寒いのだろう、背を丸め肩を竦《すく》めつつ片手で髪を撫でながらつまらなそうに俯いている美雨《メイユ》の方を見遣りながら、芹沢は訊いた。

さあ、わかりませんな。べつに、嫌いということもないでしょう。

料理というほどのものは出ませんが、それでもいいのかな。

さあ、どうでしょうか。

それで話は終りだというように李《リー》は芹沢に背を向けてすたすたと離れていき、キャデラックの前に出てボンネットに倚《よ》りかかり、ポケットから皺くちゃになった煙草の箱とマッチを取り出した。そっぽを向いたまま煙草に火を点けている。

芹沢は仕方なく、美雨《メイユ》を促し、彼女を先に立たせて地下の店へ続く狭い石段を降りた。

口髭をたくわえたセーター姿の若いアメリカ人の案内係が内側からドアを開けると、いきなりスウィング・ジャズの威勢の良い響きが溢れ出し、音の粒の奔流がシャワーのようにわっと顔に吹きつけてきて、美雨《メイユ》がどんな反応を示すかと心配になったが、彼女はいっこうに怯む様子もなく、煙草の煙が濛々《もうもう》と立ち込める店内に自分からどんどん入ってゆく。

〈縫いものをする猫たち《ソーイング・キャッツ》〉のそう広くもない店内には、十ほどのカウンター席以外に、壁に沿って並ぶ四角い卓が七つか八つ、一段下がった中央のフロアにはやや大きめの丸卓がやはり七つか八つ、かなり窮屈な間隔で詰めこまれている。一応グランドピアノを備えた小さなステージが奥の方にしつらえられ、そこで少人数の演奏ができるようになっている。芹沢たちが入っていったときにはピアノ、ベース、ドラム、トランペット、クラリネットという白人ばかりの五人組が演奏しているところだった。本来は客にダンスをさせるようなホールでビッグバンドが演奏する種類の曲なのだろうが、それに小編成のクインテット用のなかなか洒落た編曲を施している。

店は七分ほどの入りで、ステージの真ん前の丸卓に案内されそうになったが、芹沢は壁際の卓を選び、二人は壁を背にして横に並んで座った。客のほとんどは西洋人で、見たところ芹沢たち以外の東洋人はと言えば、カウンターで煙草を吸っている肌を大きく露わにした派手なドレス姿の二人の支那女だけだった。一人はまだ二十代初め、もう一人はもう四十近くと見えるその二人が、懐の暖かそうな客をくわえこんで巣に連れ帰ろうと手ぐすね引いている牝猫であることは明らかだった。席についた美雨《メイユ》はメニューを見ようともせずいきなり、モルトウィスキーのストレート、それをダブルで、という注文で、何か食べますかと芹沢が訊くと何も要らないという。芹沢はビールを頼んだ。音楽が鳴っている間はどうせ会話らしい会話などできず、それは芹沢には美雨《メイユ》への気遣いを免れさせてくれてむしろ有難かった。しかし、それぞれ自分の飲み物を啜《すす》る合い間に相手の顔をちらりと見てはそれとなく目を逸らし合うといったことを繰り返すうちに、これは芹沢も題名を知っている〝Pennies from Heaven〟という曲がほどなく始まって、演奏は熱を帯びて盛り上がり、それを締め括りとしてステージが終って拍手が起こった。午前一時から今夜の最後のステージがありますのでお楽しみに、と司会者が言って引っ込むと、周囲でお喋りの声のざわめきがいっせいに始まり、芹沢も何か会話らしきものを始めないと恰好がつかないような気分になった。しかし、いったいどんな話をすればいい?

こういうアメリカ音楽はお好きですか。お腹は空いていないのですか。お酒が強いんですね。つけていらっしゃるのは何という名前の香水ですか。頭に浮かぶのはしかし、いざ実際に口にしてみればきっとどれも間が抜けて響きそうな無内容な社交辞令ばかりだ。そもそも芹沢は、女と外出して酒を飲むなどという経験をしたことがほとんどなかった。

　では、いっそこういうのはどうだ。あなたのご主人は、生身の蕭炎彬《ショー・イーピン》は、いったいどんな男なのですか。彼はあなたに優しいですか。お二人の馴れ初めは何だったのですか。うん、これはいいな、おれにも興味のあることばかりだ、と、実際には発せるはずもない質問を頭の中で転がしながら芹沢は密かにほくそ笑んだ。尋ねてみたいことはいくらもあるぞ。ギャングのボスとの結婚生活というのはどういうものですか。寝室にもやはり銃の二、三丁は置いているのですか。あなたは第一夫人、第二夫人とは仲が良いのですか、それとも妻同士は憎み合い、いがみ合っているのですか。蕭《ショー》が女優の姚儷杏《ヨー・リーアン》を第四夫人として娶《めと》ったとき、どういう気持になりましたか。ところであなたは阿片中毒なのですか。……いや、やっぱりまずい、こっちの方面の話題は全然駄目だなと思い、口の端にふと苦笑が浮かびかけたとたん、

　有啥好笑呢《ユサホオショーナ》(何がおかしいの)?と美雨《メイユ》が鋭く言い、きっとした目つきで睨んできた。

　別に、何もおかしくありませんよ、と口元を引き締めながら芹沢は言い、おれのことなど無視しているようで、実は結構細かく観察しているのだなと思った。そして取り繕うように、ただ何だか妙な成り行きで、こういうことになったなあと思って……と呟いた。

　妙だろうがどうだろうが、彼がそうしろと言ったんだから、しょうがないじゃない。

じゃあ、あなたは来たくはなかった、と……。

あたしが何をしたいかなんて、問題にならない。あの人は一度言い出すときかないから。

彼の命令は絶対ですか。

だが、その質問には返事はなかった。仕方なく、気詰まりな沈黙を挟んだうえで、ところで、という間抜けな話題の転じかたをして、アメリカのジャズはお好きですか、とさっき頭のなかで転がしていた質問の一つを口にしてみた。案の定それにも美雨《メイユ》はまるで耳に入りもしなかったようなそぶりで応じ、返事をする代わりに小さな黒いエナメルのハンドバッグから外国製らしい煙草の箱を出し、通りかかった給仕にマッチを持ってくるように言いつけた。

どうですか、美味しいですか、そのウィスキーは、と芹沢はもう一度試みた。返事はない。

マッチが届き、美雨《メイユ》が少し震える手でそれを擦って細身の紙巻き煙草に火を点け、ひと息吸って紫煙を吐き出した後になって、ようやく芹沢の頭に、おれが火を点けてやるべきだったか、こういう場面では、という後知恵が浮かんだ。が、そのとたん、そんなことをいちいち思いわずらう自分自身に急に嫌気がさし、いきなり何だかもうすべてがどうでもよくなってしまった。この女に気に入られようとしてあくせく心を煩わせていつたい何になる。ジャズはお好きですか。煙草に火をお点けしましょうか。ご気分はいかがですか。そのドレスは素敵ですね。などなど、などなど。馬鹿馬鹿しい。

短い時間だったが蕭《ショー》、嘉山と三人でしたあの家での対座でよほど神経が磨り減ってしまい、今になって緊張がようやくほぐれ出してきたようで、このままもう眠りこんでしまいたいような虚脱感がどっと込み上げてきた。もうどうにでもなれと思い、大声で給仕を呼んで、おい、おれもウィスキー、この方のと同じ銘柄を、ダブルで、と注文してしまう。苦笑を浮かべたのは今度は美雨《メイユ》の方だった。

何がおかしいんですか、と先ほどの彼女の口真似をして尋ねてみる。

警察官もお酒を飲むのね。

飲みますとも。没用的《ムマヨオンア》(碌でもない)警察官《ジンツァ》は、とくにね。

碌でもない警察官なの、あなたは。

そうでしょうね、蕭炎彬《ショー・イーピン》の奥方と、こういうところで時間を潰している警察官などというものは。

じゃあ、もうお帰りになったら。

まだ嫌ですね。せっかく頼んだウィスキーが無駄になる。

すると美雨《メイユ》は横を向いて煙をゆっくりと吐き出し、それから顔を戻すと芹沢の目を真っ直ぐに見据えて、ウィスキーを無駄にして、真っ当な警察官に戻ることにしたらいかが。手遅れにならないうちに、と言った。

いずれにせよ、戻りようがないみたいでね。もうとっくに手遅れなのかもしれない。だとしたら、ウィスキーは飲んでしまった方がいいでしょう……あ、来た来た。芹沢は運ばれてきたグラスをぐいと摑み、美雨《メイユ》の前に置かれたグラスに勝手にかちんと打ち合わせるや、大きくひと口、ごくりと咽喉の奥に放りこんだ。強い酒を飲むのは久しぶりだった。燃えるようなかたまりが胃の腑の底まで真っ直ぐにすとんと落ちていき、それから今度はそこを中心に多幸感を伴う温気《うんき》が体内にゆるゆると広がって、手足のはしばしにまで届いていった。顔を俯け、軽い眩暈《めまい》とも紛うその麻痺の感覚をじっくりと堪能しながら、話題がないなら黙って酒を飲んでいるだけのことだ、それでいい、と思った。実際、本音を言えば今夜はもう何も喋りたくない、とくに支那語では。おれの支那語の能力など高が知れているし、そもそもこの場面にふさわしいもっともらしい会話の種を探し当てようとしてどれほど努力しようと、どんな言い草も歯の浮くような絵空事にしか聞こえまい。あの石庫門造りの家の玄関ホールに入ったとたんに彼を捉えた、何かお伽噺の世界にでも迷いこんだようだという奇妙な非現実感が、また甦ってきた。

ある方面で囁かれるように蕭《ショー》がこの都市随一の権力者であるとしたら、この女はいわば女帝であろう。四人の夫人のうちの一人にすぎないとしても、だ。実際、先ほど間近に接した蕭《ショー》自身がありていに言ってしまえば貧相な五十男としか見えなかったのに引き換え、物憂げに煙草を吹かしているこの女の方がよほど何か、後光、背光というほど大袈裟なものではないけれど、非日常的な耀《かがよ》いのようなものをまとってはいはしまいか。とはいえ、人を容易には寄せつけないその耀いとは実は、権力の威光とは本質的には無縁なものではないのかとも芹沢は感じていた。まず美雨《メイユ》は、そろそろ薹《とう》が立ちかけた年齢であるにせよともかく息を呑むような美人だった。しかし、この都市には蟻が砂糖にたかるように美しい女が集まってきているから、それだけならばべつにどうという話でもない。

何やら近づきがたい気配を漂わせているのは結局、この女の瞳なのだと芹沢は思った。気圧《けお》されてしまってまだほんの数回しかまともに目を合わせていないが、野生動物のような強い光を放つ美雨《メイユ》の瞳の奥に潜んでしんと静まっているもの、これはいったい何なのかと芹沢は訝り、日本語の語彙を手探りしているうちにやがて、喪失感という突飛な言葉がふと浮かんできて困惑した。深い、強い、痛切な喪失感。取り返しのつかない何かを失い、その悲嘆を耐え、耐えることに疲労しきっている……。疲労の果てに悲嘆が徐々に諦念へと収まりかけ、しかしまだ収まりきれずにいる……。その場でただちにそうした抽象的な言葉に置き換えられたわけではないが、ともかく何かそんなふうな直感が芹沢の心を揺さぶった。

人を小馬鹿にしたような傲岸な態度も、取り付く島もない冷ややかな応対も、たぶん権力者の妻であることを笠に着た高慢から来ているのではない。それはむしろ、何によっても埋めようのない空白の周りに凝着し、その輪郭を外側から塗り籠めていった、しかし空白そのものの内部を埋めることはとうとうできなかった、この悲嘆、この諦念の堆積から来ているのではないか。いずれにせよ、今夜のこのバーにもすぐに何人か目につく単に美しいだけの女にはない威厳が、美雨《メイユ》にはあった。悲嘆と諦念に耐えるためにこの女は自分のうちである力を行使しつづけてきて、それは今も止んではいない。そんな内なる力の行使が我にもあらず外見に滲み出たものが、この女の威厳なのではないのか。それは自分の外の他人たちに向けて力を揮い、その行使がもたらす万能感に酔っている女帝の驕《おご》りとは無縁のものだった。むしろいちばん大事なものを失い尽くし、自分のうちにはもう何も残っていないと感じている貧者の威厳だった。

そういう女とこんな場所で同席してウィスキーを飲んでいるこのおれは、ではいったい何なのか。これでは何だか、浮き世離れした物語の登場人物の一人にでもなったようではないか、と芹沢は当惑しながら考えた。他方、彼の周りでなごやかに交わされているアメリカ人や英国人の談笑からは戦時の緊張さえ伝わってはこず、そこには興奮も驚きもないあまりに平板な日常的な世界が広がっているばかりだ。ときどき美雨《メイユ》の顔を遠くからさりげなくちらちら眺めている男客も何人かいるが、これがどんな女か知っている者などここには誰一人いはしまい。男客の大部分はネクタイも締めておらず女たちもさほど着飾った装いもしていないこの中級のジャズクラブには、これまで芹沢がときどき立ち寄ったときとまったく同じ、退屈な現実があるだけで、そのただなかに置かれた美雨《メィユ》はあからさまに場違いだった。周囲の現実の退屈と眼前の女の耀《かがよ》いとの間の奇妙な落差、面妖な捻じれが、芹沢のうちに狐につままれたような途惑いを掻き立てた。その困惑を酒で麻痺させようとして彼はさらにひと口、ふた口とウィスキーをあおった。

べつに、命令されて出てきたわけじゃないの、とやがて美雨《メィユ》が自分の方からぽつりと言った。先ほどの芹沢の質問に答えているのだった。

そうですか。

あの人は命令はしない、これこれをしろと命じるわけではない、と美雨《メィユ》は考え考え、ゆっくり言った。ただ、これこれをしてみたらどうだい、と言うのよ。日本人の男の客が来ているから、一緒に出かけてきたらどうだい、とか……。嫌だわ、お断りよ、と言うことはできる。するとにやにや笑って、同じことを別の言いかたでまた言う。嫌よ、とまた言う。すると、またもっと別の言いかたをする。忍耐強い男なの。もちろん、怒鳴り合いになることもあるけれど、決して手を上げることはしない。少なくともあたしには。というか、自分の女には。

芹沢はただ聞いているだけだった。美雨《メィユ》がこんな私的なことをするすると喋り出したのを怪訝に思う気持もなくはなかったが、しかしこれが半ば独白のようなお喋りであることも明らかだった。彼女は声に出して自分の心に問いかけているのだ。

ねえ、蕭炎彬《ショー・イーピン》というのは人をいきなり殴ったり蹴ったりする粗野でがさつで乱暴な男だと、あなたもそう思っているでしょう？

いや、必ずしも、そうではありませんが……と、昼の世界での蕭《ショー》の錚々《そうそう》たる肩書の数々を思い浮かべつつ、芹沢はためらうように答えた。

そうかしら。この町の人たちはみんなそう思っているんじゃないかしら。でも違うの。若い頃の彼がどうだったかは知らない。でも少なくともあたしの知っているかぎりの蕭《ショー》は……紳士《スンズ》、そう、紳士《スンズ》なの。とにかく、まるで紳士みたいに振る舞える男……。

ふん。ジェントルマンを演じているやつのことを、ジェントルマンという。結局、紳士なんて、おおむねそんな同語反復の代物でしょう。まあ本場の英国あたりだったらどうか知りませんが。

猫撫で声で辛抱強く説得する男なの。女を力で組み敷く、無理やり押さえつけるということには、彼は興味がないんだと思う。

それは不思議ですね。世間では、蕭炎彬《ショー・イーピン》は何もかもを力ずくで組み伏せてのし上がってきた男と言いますよ。

そうなんでしょうね。でも……だからこそきっと、女相手には、紳士的に、偽善的に振る舞うのが彼には面白いんじゃないかしら。こうしたらどうだい、ああしたらどうだい、なんて、物柔らかな口調で……。面白がってるのよ、きっと、自分が心の底では馬鹿にしている女なんてものと対等に付き合うのを。対等に付き合うふりをするのを。

装出《ザンツァ》(ふり)、ですか。

装出《ザンツァ》でしょうね。彼の説得の辛抱強さに、あたしは、あたしたち女は、最後にはいつも負けてしまう。でもそれは説き伏せられて、そうかと納得するというのとはちょっと違う。だんだんと、彼の目が怖くなってくるの。彼の目に変な光が浮かんで、それがだんだん強くなってくる。自分がこのまま首を振りつづけていると、その光の中から最後にはどんな野蛮な、暴力的なものが現われるのか、そら恐ろしくなってくる。それで結局、譲ってしまう……。

それは要するに……ある意味では、力ずくということなのではないですか、と芹沢はつい訊いてみたが、美雨《メイユ》はそれには答えず、唇を歪めて煙草を灰皿の底に押しつけただけだった。さっき好奇心から真っ先に頭に浮かぶことは浮かんだが、口にできるはずもないとすぐさま棄ててしまった質問に、結局のところ彼女は答えてくれているわけだ、と芹沢は拍子抜けしたような気分になって考えた。結局、やはりこれがこの女にとっていちばん大きな関心のある話題だったということか。しかし、押しつけるだけでは済まず灰皿の底で苛立たしげに煙草を躙《にじ》って火を消してしまうと、不意にぴしゃりと鎧戸でも閉まったように美雨《メイユ》の瞳から、苛立ちやもどかしさを含めてあらゆる感情が掻き消えた。

それで結局、譲ってしまう……と今この女は呟いたが、たぶん蕭炎彬《ショー・イーピン》から申しこまれた結婚も、彼女はそんなふうにして承諾したのではないか、と芹沢は直感した。そうに違いない。そうだったのではないですか、と正面から尋ねてみてもいいような気がしないでもなかった。そうしたら、どう反応するだろう。素直に頷くか、不機嫌になって黙りこむか、きっとなって否定するか。いずれにせよ、閉まってしまった鎧戸をもう一度こじ開けることができるのではないか。しかし、芹沢は黙っていた。ここまでか、と考え、すでにひとこともふたことも余計に喋りすぎてしまったな、と後悔した。もう口を噤《つぐ》んでいようと自分に言い聞かせてウィスキーのグラスを摑み直し、ステージの方へ目を戻す。

そのとき、ちょうど給仕に案内されて店に入ってきてステージ前の丸卓の一つに座りかけていた男がふと振り返り、芹沢と目が合った。

おう、芹沢一郎、とその男はがらっぱちな大声で言い、ずんずん近づいてきて、あっと思った芹沢がどう応対したものかと考える間もなくもう目の前まで来ていた。私服の背広姿の乾留吉だった。

金槌で叩けばカンコン、カンコン音がするという評判の堅物、芹沢一郎が、女性同伴とは！　何と珍しいこともあるもんだねえ、と乾は日本語で言った。

いや、そうじゃない、そんなんじゃないんだ、と動揺した芹沢が弱々しく抗弁するのにも構わず、乾は空席だった隣りの卓から椅子を一つ、勝手に引き寄せると、芹沢たちの卓の横にどっかと腰を下ろしてしまった。芹沢を真ん中に三人が横一列に並ぶ形になった。

なあ、いつだったか、あんたにこの店に連れてきてもらったじゃないか、と乾は芹沢の渋面に気づいていないのか、気づいていないふりをしているのか、くつろいだ表情で、いつものようにべらべらと喋りまくっている。うっすらとながら耳まで紅潮している顔からすると、どこで飲んできたのかどうやらもうすでに相当程度に出来上がっているようだ。あの一回ですっかり気に入っちゃってねえ。音楽と言えば浪曲と民謡で育ってきた田舎者のおれとしては、ジャズなんてもの、これまでとんと縁がなかったが、いやあ、痺れるねえ。もともとは黒ん坊の発明した音楽だっていうじゃないか。それが新時代の世界の音楽になる。こんな支那の町でも大人気になる。しかも年々歳々、どんどん進化しているという。大したもんだ。いやあ、音楽隊でチューバを吹くときだって、ここんとこおれは、スウィング感ってやつを心掛けているんだぜ。この店、今夜もたしか、真夜中過ぎにもう一度演奏があるよな。あれ以来、ここにはときどき来てるんだ。これまであんたと出喰わさなかったのが不思議なくらいで……。

いや、おれは近頃は、こんな場所に寄る余裕なんかまったくなくて……などと、時間稼ぎにもそもそ呟きながら、いったいどうやって切り抜けたものかと芹沢は必死に頭を絞っていた。

いやいや、余裕なんて、あるかないかというようなもんじゃない、無理やり作り出すもんだ。一度かぎりの短い人生、楽しいことをして過ごさなきゃあ損だよ。疲れていようが気が滅入っていようが、とにかく外へ出る、遊びに出る。そうすると、良いこともある、良い女にも出会える——そう言いながら乾は美雨《メイユ》の方をちらりと見て、それから芹沢に目で問いかけるように眉を上げてみせた。女に日本語がわかるのかどうかを探ろうとしていたのだろうが、新しく煙草に火を点けた美雨《メイユ》がずっとそっぽを向いたまま、良い女云々にも何の反応も示さなかったので、どうやらわからないらしいと判断したようだった。訝っているようなそぶりはおくびにも出さないが、美人だし品はあるし身なりも良いし、いったいこれはどこのどういう女なのか、身の回りに女っ気というものをまったく漂わせていなかった芹沢に急に女が出来たのはどういうわけなのか、どの程度の仲なのか、もう出来ているのかいないのか、等々、様々な疑問がぐるぐる回転している乾の心のうちが、芹沢にはまざまざと透けて見えた。

平然とした表情を装いながらも、芹沢はほとんど恐慌をきたしかけていた。この女をこんな場違いな場所へ不用意に連れてきてしまったおれが馬鹿だった、と心の中で舌打ちした。蕭《ショー》が名前を挙げたような高級ダンスホールに最初から行っていれば、乾などと出喰わすこともなかったのだ。このままで行くと、何しろ図々しい男だから、芹沢が黙っていればきっと自分の方からいけしゃあしゃあと、なあ、お連れの方を紹介してくれないのかい、なんぞと催促してきかねない。そのときどうするか。誤魔化すか、本当のことを言うか、結局は二つに一つだが、しかし誤魔化すといっても、いったい何と言えばいい。何の準備もないこの状態で、耳触りの好い架空のお話を即座にでっち上げるなどということがおれに出来るだろうか。では、本当のことを打ち明けるか。公安課の巡査部長と蕭炎彬《ショー・イーピン》の女房が夜遅く、二人きりで酒を飲んでいた。口が軽くて噂好き、金棒引きそのものの乾は、これは内緒の話だがとか、あんただけに話すんだがとか、他人の耳には入れるなよとか前置きしながら、ありとあらゆる連中に面白おかしく喋って回るだろう。当然、遅かれ早かれ上司の耳にも入る。

いや、三つ目の選択肢もないではないな、と芹沢は思い直した。あまりにもわざとらしいが、いきなり腕時計を見て、あっ、もうこんな時間か、とか何とか呟いて即座に立ち上がり、美雨《メイユ》を急《せ》き立てて、乾に口を挟ませる余裕を与えずに二人でさっさと逐電するというやりかただ。しかし、乾が素直におれたちを立ち去らせてくれるだろうか。そもそも、おれのそんな短兵急な振る舞いにこの美雨《メイユ》がおとなしく従ってくれるかどうか。それにしても、日本語をべらべら喋りつづけるむさ苦しい男に卓の横に突然張り付かれて、美雨《メイユ》はさぞかし居心地の悪い思いをしているだろう。申し訳なく思い、許しを請うように美雨《メイユ》の方を見ると、無表情に見返した美雨《メイユ》の顔にとりたてて不快も怒りも浮かんでいないのでとりあえず安堵したが、次の瞬間、小さなため息をついた美雨《メイユ》からかすかな目配せを受け取ったように感じ、それとともに、彼女の顔と物腰に不意にある変化が起きかけているのに気づいてはっとした。

煙草を揉み消した美雨《メイユ》はまず、左手の手首にぴったりと嵌めていた銀の腕輪《バングル》を外してハンドバッグに仕舞い、その左手をてのひらを上にしてさりげなく卓の上に伸ばした。幅広の腕輪《バングル》で隠されていた手首の内側が剝き出しになり、そこには赤と青で巧緻に彩色された縦横一・五センチほどの蝶の刺青《いれずみ》があるのが見えた。乾にも見えたはずだ。それから、ゆるゆるとした動きで紗のカーディガンを脱いで膝にのせた。肩、腕、咽喉もと、胸の上部の真っ白な肌が芹沢の目を射るようにいきなり輝き出す。次いで、ことさら身をくねらせたようにも見えないのに、ドレスの肩紐の一方がするりと肩から落ちた。美雨《メイユ》はすぐさま肩に掛け直したが、完全には元に戻らず、斜めにずれた位置にとどまり、それでとくに肌の露出が大きくなったわけではないが、肩紐が片方だけずれていることがそれだけで思いのほかだらしない、ふしだらな印象を醸し出す。乾は言葉を咽喉に引っ掛からせるようにして一瞬黙った。

いつの間にか姿勢もほんの少し変わっている。背中がわずかに丸まり、軀《からだ》の軸を傾けた横座りになって足を組む。さっきまで生命力の強い植物の茎のようにすっと伸びていた背筋の線が醜く崩れ、しまりのない印象がいよいよ強まった。椅子の座面にべったり落ちた腰のあたりにふてぶてしい居直りが滲んだ。さらに、顔を注視していた芹沢しか気づかなかったはずだが、美雨《メイユ》は上唇と下唇をそっとこすり合わせ、口紅をほんの少々はみ出させた。それで形の良いくっきりした唇の輪郭がぼやけ、何やら濁った感じになった。同時に、どこの筋肉がどう弛んだり張りつめたりするとこうなるのか、目尻の皺が急に増えるはずもないのに、何か生活やつれした老けた女の気配が濃くなった。だが、いちばん変わったのは何よりも目の表情だった。あの怜悧な強い光が突然消え、愚鈍で自信なさげな、そのくせ欲深そうな色が浮かんで、自分には理解できない言葉を交わしている二人の男を狡賢《ずるがしこ》く値踏みし、地位や懐具合を探り出そうとするかのように、一方の顔からもう一方の顔へ、こすからそうな視線をきょときょとと往復させている。喪失感も諦念も威厳もへったくれもあらばこそ、美雨《メイユ》の瞳には今やさもしい打算の色しかない。

この見るからに浅はかでもの欲しげな女はいったい何だと芹沢が思ったとたん、おい、芹沢よ、隅に置けないという言葉があるが、おまえもとうとう人生を楽しむ気になったようで、おれはほっとしたよ、いやあ、国際法に照らせばとか、正義の実現のために許される戦闘行為はとか、しゃちほこばって正論ばかり言っている窮屈なやつと思っていたが、おまえも案外——などとべらべら喋りつづけている乾の言葉を遮って、ねえ、あたしもう、こんなとこにいるの、飽きちゃったよお、と、美雨《メィユ》がいきなり塩辛声の支那語で言った。気を呑まれたように乾が口を噤むと、美雨《メィユ》は、蝶の刺青をした手首を見せびらかすように左手をゆっくり上げて、横に座っている芹沢の片方の耳たぶをつまみ、それを愛おしそうに撫でさすりながら、耳の穴に唇を寄せて、ねえ、もう行こうよお、いいところにさあ、二人だけになれるところにさあ、朝まで一緒にいようよお、と、科《しな》を作った視線をむしろ乾の方へ向けながら、聞こえよがしに囁いた。

小学校さえ碌に出ていない苦力《クーリィ》や流氓《リュウマン》のような粗野で耳障りな物言いだった。どこの田舎のものともつかぬ妙な訛りもある。自分ではせいぜい艶っぽいつもりで甘ったるくしなだれかかっているが、がさつな塩辛声がその嬌態を裏切り、男を興醒めにさせていて、しかもあまり頭が良くないのでそれに気づいていない。そんな独りよがりの下等娼婦が、突然そこにいた。

芹沢が啞然としたのは一瞬だけで、すぐ態勢を立て直し、美雨《メィユ》の肩に手を回して抱き寄せ、

ん……そうだな、そろそろ出るか、と支那語で応じてから、乾に向かってやや誇張気味の苦笑とともに、日本語で、じゃあまあ、そういうわけで、おれはそろそろ行くから、と言った。乾は毒気を抜かれたように、おう、そうか、と呟いただけだった。美雨《メィユ》の手首の刺青にちらちら目を遣っている。要するに芹沢は、たまたま入ったこの店で、カウ

ンターにたむろする商売女の一人を気に入り、釣り上げて、どこぞの安ホテルへ持ち帰ることにした——芹沢の困惑と恐慌を見透かした美雨《メィユ》は、咄嗟《とっさ》の機転でそういう筋書きを即席にでっち上げ、助け船を出してくれたわけだった。芹沢が釣り上げたというより、むしろ彼の方が釣り上げられたと言うべきかもしれないが、それはまあどっちでもいい。というか、釣り上げるのと釣り上げられるのとはこうした場合、同義語でしかない。ともかく肝心なのは、美雨《メィユ》が正しく洞察したように、こういう場所でそんなふうに女を釣り上げたり女に釣り上げられたりするのは、この町に暮らす芹沢たちのような独身男たちにとってはあまりに平凡な日常事で、職場内であれどこであれ、どんな噂の種にもなりようがないということだった。

しかしなあ、と、つい面白くなってしまった芹沢は図に乗って、朝まで一緒にいるなんておれはひとことも言ってないぞ、と美雨《メィユ》に向かって言ってみた。泊まりじゃなくて、ショートだ。ショートでいいんだ、おれは、と高飛車に言いつのる。先ほど来ぐいぐいと胃の腑に放りこんでいたウィスキーに加えて、この晩彼にずっと付きまとっていた非現実感がもたらした酩酊も手伝ってのことか、何の抵抗もなく安っぽい寸劇に飛びこんでその登場人物の一人となれる自分の大胆さに、芹沢は我ながら驚いた。おれがこんな芝居っ気の持ち主だったとは。たしかなことは、美雨《メィユ》を金で買う男を演じるというこの即興の遊戯に、かすかな戦慄を伴う思いがけない愉悦が漲《みなぎ》っていたことである。

ええっ、と美雨《メイユ》は呼吸良く受け、下品なふくれっ面をしてみせて、何だ、つまんない、小気《ショーチ》(ケチ)、と吐き棄てた。じゃあ、後でもう一度ここに戻ってこようっと。こっちの日本人のお兄さんも、あたしに優しくしてくれるかなあ。ねえ、このお兄さんに、今晩この店に何時までいるつもりか、訊いてみてくれない。

おい、乾、この女、そんなことを言ってるぞ、どうだい、と日本語に切り替えて言ってみたが、乾はもう興味を失ったようで、顔の前で手を振って、行け行け、楽しんでこい、後でどんなだったか教えてくれ、とつまらなそうに呟いただけだった。

芹沢は給仕を呼んで手早く勘定を済ませ、立ち上がった。同時に立ち上がってさっき一度脱いだ紗のカーディガンをまた着直している美雨《メイユ》の軀を、乾は上から下まで舐めるように見回しながら、

上玉を拾ったな、歳の割には肌に案外、張りがある、しかしなあ、おれは胸がもっとでかくないと駄目なんだ、と芹沢に日本語で言った。芹沢は美雨《メイユ》は日本語がわかるのではないかと気が気ではなく、じゃあな、とひとこと言い、彼女を先に立ててそそくさと出口へ向かった。

おい、悪い病気を貰わないように気をつけろよ、ちんぽこには必ずあれを付けるんだぞ、という乾の大声が後ろから追いかけてきたが、振り返らずにただ、右手を肩のあたりに上げて指をひらひらさせるだけで済ませた。あの男にはどうも、外国人には日本語

はわからないと頭から決めつけてかかる軽率さがある、と今さらのように考えて芹沢は顔を顰《しか》めた。戦争の勃発以来、この上海租界の主権さえもう半ば日本のものだという尊大な幻想がそこに加わり、乾の軽率さに歯止めが利かなくなっているようで、この小男がところ構わず日本語で野卑なことを言い散らす場面に立ち会って、芹沢はしばしば閉口していた。

店を出て外階段を昇り小沙渡路《フェリー・ロード》に出るや、芹沢は込み上げてくる笑いを抑えきれなくなった。が、美雨《メイユ》は不機嫌そうに顔を顰め、

寒い、とひとことぼそっと呟いただけだった。

凄いねえ、とっさにあんなことがよくやれますね、と芹沢は唸った。

何なの、あの薄ぎたない男は。

同僚です。

じゃあ、あれも警察官!

そうですよ。

まったくもう、何て晩なの、今夜は！　こっちにも警察官、あっちにも警察官……。

警察官というのは人の見かけを疑って、正体を見抜くのが商売だが、と芹沢は言った。

あなたの演技にはどんなに優秀で猜疑心の強い警察官も敵わないね。

生意《サンイ》(商売)ねえ……。それを言うなら、そっちがあたしの生意《サンイ》だから、と美雨《メイユ》は独り

ごとのように呟いた。

えっ……？

正体を隠して、見かけを演じること。

じゃあ、あなたは……女優？　すると、言おうかどうしようかといったわずかなためらいがあり、それから美雨《メイユ》は、

……昔の話だけれど、と小さな声で呟いた。蕭《ショー》と結婚する前は、越劇《ユエジェー》の舞台に……。

そうか、女優だったあなたを、蕭《ショー》が見初めて――と言いかけた芹沢の言葉を、美雨《メイユ》は無愛想に遮って、

ねえ、何でもいいけど、ここは寒いわ。李《リー》はどこなの、李《リー》は。

ええと……。ここで待ってるとあいつ、言ってたんですがね……。

芹沢は通りの両方向に目を凝らしてみたが、李《リー》の姿はなくキャデラックも見当たらない。キャデラックを降りたときには店々の照明で煌々《こうこう》と明るかった街路はうって変わって暗く、人通りもほとんどない。レストランが固まっている界隈だが、節電の達しが出ていて午後十一時をしおにということなのか、ネオンサインはすべて消えており、早々と閉めてしまっている店も多い。客を探すタクシーがゆっくり走ってきて、二人の前で徐行したが、乗る気はないと見極めるや速度を上げて走り去っていった。

あの男、乾というんですが、あれがこのバーからいつ出てくるかわからないから、と

にかくこの近辺からは離れた方がいいな。あそこに見える灯火は、きっと食堂か何かでしょう。芹沢はそう言って、五十メートルほど離れたところに灯っているぼんやりした明かりを指差した。とにかくあの店に入って軀を温めましょう。歩けますか、あそこまで、と尋ねると美雨《メイユ》は黙ったまま先に立ってさっさと大股で歩き出し、芹沢は慌てて後を追った。

それは屋台店に毛が生えた程度の小ぎたない支那料理屋で、踏み固めた土が剝き出しになった狭い土間に古ぼけた四角い卓が幾つかしつらえてあるだけなのを見て、芹沢は入ったとたんに少々たじろいだが、美雨《メイユ》は構わずさっと腰を下ろすや、お燗した老酒を給仕女に注文した。何か食べ物は、と続いて芹沢が声をかけると、賄い場から顔を出した年寄りの女が、餃子しかないよ、もうこんな時間だから、と言った。おう、餃子を貰おう、それからおれにも老酒、と言いながら芹沢も美雨《メイユ》の向かいに座った。地べたから這い上がってくる寒気で足元がすうすうしないでもないが、中で石炭が真っ赤に熾《おこ》ったダルマストーブが上蓋のうえにのせたやかんをちんちん沸騰させているので、とにかく暖は十分に取れる。他に誰も客はいない。

気がつくと、さっき乾の前でひと芝居うつために外された銀の腕輪《バングル》がいつの間にか美雨《メイユ》の左手首に戻っていた。それとともに、先ほど芹沢に耀《かがよ》いだの威厳だのといった言葉を思いつかせたあの特殊な雰囲気も彼女に戻ってきていたが、不思議なことに、

〈縫いものをする猫たち《ソーイング・キャッツ》〉で彼女がまとっていた場違いの印象はこのうらぶれた食堂ではむしろ薄れていた。芹沢に対して多少打ち解け、くつろいだ気分になったせいだろうか。

刺青があるんですね、とその腕輪《バングル》を指差しながら芹沢は言った。

ふん、と美雨《メイユ》は唇の端を皮肉に歪め、そう言えば、さっきあたしはつい、蕭《ショー》はあたしには手を上げないと言ってしまったけれど、その例外がたった一度だけあったわ。いつだかあたし、何かにひどく腹を立てて家を飛び出して、城内のごみごみした一郭を闇雲に歩いていたら刺青職人の看板が目に留まったの。それでつい衝動的にこれを彫らせてしまった。家に帰ったら、蕭《ショー》の怒り狂いようは凄かった。おまえは自分の軀がおまえだけのものだと思っているのか、って。あたしは二回、げんこつで力いっぱい殴られて、翌日には顔が腫れ上がってお化けのようになってしまった。この刺青のことでは、たぶん蕭《ショー》は今でもあたしを赦していない。

しかし、その小さな刺青が役に立ったじゃないですか、さっきは、と、今聞いた話の陰惨さに無感覚なふりをして芹沢がことさら愉快そうに言うと、

あなたもけっこう悪乗りするのね、と応じた美雨《メイユ》の顔にかすかな共犯者の笑みが浮かんだ。でも、前歯の真ん中に隙間のあるあのチビの男、あたしの軀をじろじろ見てさ。何て失礼な。

それは、あなたの演じようがあまりに巧みだったからでね。いや、機転を利かせてくれて本当に助かった。今夜いちばん会いたくなかった、まさにその男にばったり出喰わすとはね……。ぼくはすっかり動転してしまって……。

それは見ていてすぐにわかったわ。

そうですか。平然とした表情を装っていたつもりだけど……。

だって、こめかみに脂汗をかいていたし。あの男だって気づいていたんじゃない？

そうかな……。それにしてもしかし、驚いた。まるで魔法みたいだった。べつだん衣裳や化粧をがらりと変えたり、そんな大袈裟なことをしたわけでもないのに、あんなふうにいきなり、下品な商売女に見えてしまうというのは……。すると美雨《メイユ》は、あのね、と少し改まった声になって、
見かけと正体って、あなたはさっき言ったでしょう。人の見かけって、意外に単純なものなの。他人から見たその人の外見、そしてそこから受ける印象。それはそう沢山の要素から出来ているわけではない。そのうちの幾つか、いちばん大事なものだけを、ちょっぴり変えてやればいい。

姿勢とか、目の動きとか、と芹沢は言った。

そうそう、それと声の調子、喋りかた。声はとても重要ね。演技の本質というのは結局、そういうことなの、と元女優だったらしい女はさらに喋りつづける。不意に溢れ出

した彼女の饒舌にいささか驚きつつ、こんなふうに目をきらきらさせながら喋っている
この女をいつまでも見ていたい、という強い欲望が芹沢を捉えた。

あのね、悲しみを演じるのに、本心から悲しい気持になる必要なんかないんです。そういうやりかたをする俳優は二流なの。一流の俳優は、自分の見かけを構成している要素をふだんからぜんぶ把握している。演技というのは、本質的な要素だけを分別したうえで、それをほんのちょっぴり変えてみせることなの。するとそこに、演じている役柄の人物そのものがむっくり身を起こしてくる。それが俳優にとってのいちばん大事な才能なんです。心底から役に一体化するなんてよく言うけど、そんなことをいちいちしていたら頭がおかしくなっちゃうじゃない。心の中まで役になりきるなんて不経済なことをする必要なんか、全然ない。そもそも、いくら心からその人物になりきろうが、そう見えなければぜんぶ無駄なんだから。自分がどう見えるか、他人《ひと》の目にどう映っているかに命を懸けるのが俳優なの。

少し息が切れたようで、始まったときと同じ唐突さで、美雨《メイユ》の饒舌は不意に途切れた。美雨《メイユ》の演技論は、その実践篇を実際に目撃したばかりの芹沢にしてみると大きな説得力があったが、彼はこの女の過去についてもっと具体的なことを知りたくなった。そこで、さっきちらりと洩らされた越劇《ユエジュー》の舞台云々といった言葉を手掛かりに、幾つか質問をしてみたが、はかばかしい答えは返ってこなかった。

もっとも美雨《メイユ》が黙りがちになったのは、彼女がまた取り付く島のない冷淡な女に戻ってしまったのではなく、単にちょうどそのとき湯気の立つ餃子が運ばれてきたからかもしれない。いったん箸を手に取るや、美雨《メイユ》は〈縫いものをする猫たち《ソーイング・キャッツ》〉で乾相手に演じた寸劇のときに劣らぬ集中力で食べることに専心した。大皿に山盛りになって出てきた水餃子の、ほとんど三分の二ほどを結局一人で平らげてしまい、そのさまを見ながら芹沢は、やっぱりお腹が空いていたんだなと微笑ましい気持にならなくもなかった。

間がもたなくなってしまった芹沢は仕方なく、馮篤生《フォン・ドスアン》の話題を持ち出してみたが、馮《フォン》伯父には子どもの頃から可愛がってもらってきたけど、あの人には何か得体の知れないところがあるのよね、という素っ気ないひとことで、それ以上の話の展開を封じられてしまう。そこで芹沢は、尋ねられたわけでもないのに、自分が今夜蕭炎彬《ショー・イーピン》邸を訪れることになった経緯をかいつまんで物語ることにした。美雨《メイユ》はへえとか、ふーんとか、気のなさそうな相槌を打ちながら聞いていた。しかし芹沢の話が、で、蕭《ショー》に、同席しなくてもいいが、それなら妻を外へ連れていってやってほしいと言われたんですというところまでくると、急に食べものが咽喉を通らなくなったように箸を置き、俯いて、芹沢を飛び上がらせるほど驚かせた言葉を口にした。

……じゃあ、あたしはやっぱり今夜、あなたと寝なくちゃいけないの？　心細そうな声音で美雨《メイユ》は唐突にそう呟いたのである。

ちょうど熱い老酒をひと口含んだばかりだった芹沢は、思わず噎《む》せそうになり、
いったい何の話ですか、と目を剝いて言った。ぼくにはそんなつもりなんか毛頭ありませんよ。さっき乾を騙したあのお芝居の世界じゃあるまいし。が、そう言いながら芹沢の心に甦ってきたのは、あのとき演技で美雨《メイユ》の肩に手を回して彼女の素肌に触れたときに感じた、おののくような興奮だった。

そんなつもりがあなたになくても、蕭《シヨー》にはあるかもしれないわ、と美雨《メイユ》は目を落としたまま、何を考えているのかまったく読めない表情で淡々と言った。蕭《シヨー》はそういう魂胆で今夜、あたしたちを送り出したんじゃないかしら。

彼に何か、言いつけられたんですか。

まさか。でも……そうね……。よくわからないな。

では、あの李《リー》という男は何ですか。あいつは見張りでしょう。むしろそういうことが起こらないように目を光らせる。そのために付いてきたんでしょう。

あれはただの運転手よ。陰険なやつ。放っておけばいいの。第一、いつの間にかいなくなっちゃったじゃないの。

とにかく、あなたに言い寄るとか、そんな気はぼくにはまったく——。

そう、それならいいの、と美雨《メイユ》は断ち切るように鋭く言い、店内は石炭ストーブで暖まって顔が上気するほどなのに、不意に凍えたようにぞくりと肩を竦めて小さな身震い

を一つした。芹沢は中途で断たれて宙ぶらりんになった言葉の残りの部分を自分の中に押し戻しながら、妻に浮気をさせ、わざわざみずから進んで寝取られ男になろうとする夫の心理について考えてみようとしたが、酒の酔いで熱した頭はどうもうまく働かない。

沈黙が下りた。芹沢は餃子にはほとんど手を付けず、老酒ばかりぐいぐいと飲んでいた。李《リー》は見張り役ではないのか、とおれは尋ね、あんなやつ、放っておけばいいの、とこの女は答えた。ということは……この女にその気がないわけではない、そういうことか。いやいや、心細そうなとか凍えたようなといった印象を受けはしたが、印象というこの当てにならないやつがくせものなのだ、この女がどれほど手練《てだ》れの女優なのか、ついさっき間近に目撃したばかりではないか、と自分自身を戒める思いもちらりと頭をよぎる。

蕭《ショー》はあたしを憎んでいるのよ、きっと、と沈黙を破って美雨《メイユ》が不意に言った。芹沢が思わず目を剝いて、どう返事していいものやらわからず黙っていると、美雨《メイユ》は、

どんなに芽が出なくても、じっと我慢して舞台を続けていればよかったのに、と独りごとのように言葉を続けた。舞台があんなに好きだったのに。馬鹿だったから、あたし、あの頃は。

若いときは誰でも馬鹿ですから、と、おれもつまらぬことを言うなと思いながら芹沢は言った。日本語でならもう少し何か気の利いたことが言えるのに、というもどかしい

思いもあった。その言葉が耳に入ったのか入らなかったのか、蕭《ショー》はあたしを憎んでる、と、美雨《メィユ》の話がいきなりまた元に戻った。あのね、日本人将校と面談して何とかというさっきの話だけど、馮《フォン》伯父からのその頼みを夫が聞く気になったのは、ひょっとしたらあたしへの当てつけなのかもしれない。

どういう……ことなのか、話の繋がりがよくわかりませんが。

八年前、最初に妊娠した子は死産だったの、と美雨《メィユ》は低い声でゆっくりと言い、芹沢の目を真っ直ぐに見た。その後、二回、流産した。あたしはたぶんもう、二度と妊娠しない。蕭《ショー》は妻としてのあたしにはもう興味を持っていないんです。

そのとき、店のガラス戸ががらりと開いて、息を切らせた男がずかずかと入ってきた。

ああ、こんなところにいたんですか！ ずいぶん捜しましたよ。蒼白な顔をした李《リー》はそう言うなり、手近にあった椅子に頽《くずお》れるようにへたりこんだ。

あんたこそどこへ行っていたんだ、と芹沢が咎めるように声をかけると、

いや、ちょっと用足しに……。戻ってきたらお二人がいつの間にかあの店からいなくなっていたから、わたしは本当に、どうしようかと……。そう言って手の甲で額の汗を拭い深いため息をつく李《リー》を、美雨《メィユ》が憎々しげに睨みつけている。

それでお開きということになった。今夜はもうここまでという合意が暗黙のうちに生まれたかのように、美雨《メィユ》と芹沢は立ち上がって無言のうちに帰り支度を始めた。芹沢は

給仕女に勘定を払った。キャデラックを取りに行った李《リー》が戻ってくるまでの間、二人はもう腰を下ろす気になれず何となくダルマストーブの前に立って手を翳《かざ》し暖を取りながら待つことになったが、すでに美雨《メイユ》の瞳にはあの超然とした近寄りがたい光がまた宿っていて、芹沢が真横に立っているのに、もはやひとことも口を利こうとしなかった。

自動車が来ると、別れの挨拶をするどころか芹沢に一瞥もくれずに、彼女はさっさと後部座席に乗りこんだ。李《リー》は芹沢に、あからさまにおざなりな口調で、お宅までお送りしましょうと申し出たが、芹沢が首を振るとそうですかとあっさり引き下がり、小太りの軀を運転席に押しこんだ。ゆっくりと発進し、だんだん速度を上げながら通りの奥の静まった闇の中に溶けてゆくキャデラックを見送りながら芹沢は、軀の芯まで重く染み透るような疲労感によって何もかもが押し流されてしまったせいか、自分の心に何の感慨も浮かばないのに気づいて少々意外に思った。わけのわからない夜だったが、こうして一人に戻ってみると、もう興奮や苛立ちの残滓《ざんし》もなければ欲望や期待の名残りもない、きれいさっぱりとしたものだ。傍からは窺い知れぬ何か様々な事情で思い屈しているらしいややこしい女などとは、いっさい関わり合いを持たぬに越したことはない。結局おれはあの女にからかわれていただけなんだろう。ともあれすべてはこれで片づいた、そのはずだ、明日からはまた平凡な日常が戻ってくるだろうというかすかな安堵だけが残り、それを慈しんで自分を慰めつつ、通りかかった黄包車《ワンポーツゥ》に向かって手を挙げた。

九、アドバルーン

李《リー》の運転するキャデラックが街灯の消えた道を遠ざかってどんどん小さくなり、やがて夜陰に溶けこんで消え去るまでの数秒は、後になって芹沢の脳裡にしばしば甦ってくることになった。いや実のところはむろんその数秒にとどまらず、蕭炎彬《ショー・イーピン》の公館への到着から始まってこの晩続けざまに起きた何かお伽噺染みた出来事の連鎖の全体が、その後折りにふれ記憶の底から浮かび上がり、それを彼は最初から最後まで辿り返し、丹念に反芻しつつ、細部の一つ一つをめぐって明滅する様々な思いを嚙み締めることになったのだ。しかしそうしながら結局はいつも、黒塗りのキャデラックの後尾灯が遠ざかってゆくあの最後の光景が他を圧《せ》して迫り上がって、彼の心の前景を占めてしまう。その遠ざかる車から、悔恨だの懐旧だの後ろめたさだのがじわじわと湧き出してわけのわからぬ形に絡み合い、彼を出口のない暗鬱な感慨の中に引きずりこんでゆく。

走り去る車のリアウィンドウ越しに美雨《メイユ》の後頭部が見えていて、それもまたむろんどんどん遠ざかってゆく。せめてもう一度だけでも彼女がこちらをちらと振り返り、おれと目を合わせ、何か謎めいた合図でも送ってよこしてはくれないものか——そんな未練はその場では意識の表面に浮かびもせず、扱いにくい女をうまいこと厄介払いして窮地を切り抜けた、助かった、という安堵の方がむしろ先に立っていたものだ。が、あのとき自分は実は彼女がもう一度振り返ってくれないかと、無意識のうちに案外強く期待し欲望していたのではないか。そんな疑いに取り憑かれたのも、キャデラックが遠ざかっていったこの場面を何度も何度も自分の記憶のスクリーンに上映しつづける過程でのことだった。

もし仮にそんなふうに彼女が振り返って、道路の端に立ち尽くしたままのおれの顔を注視し、遠慮がちな微笑の一つでも差し向けてきていたら、いったいどうだったろう。以後の出来事の進展の道筋はそれによってずいぶん違ったものになっていっただろうか、それとも結局大した変化はなかっただろうか。いったんそんなことに思いをめぐらせはじめると、だんだんと遠ざかってゆく彼女の血の気の失せた小さな顔の白さが車のリアウィンドウの輪郭の中にくっきり浮かび上がり、さらにはやはり真っ白な小さな片手が頼りなさそうに上がって指が動き何やら意味のとれない手振りをゆるゆるとしてみせているなどという、現実には存在しなかった映像さえ、何かなまなましい迫真感を伴って芹沢の脳裡を去来する。

いや、はたしてそれは本当に存在しなかったのか。人の顔の表情などまったく見分けられなくなるほど離れたある地点に至って、それまで後部座席で背筋を固くして頑なに前方を見つづけていたあの女は、やはりたしかに顔をちらりとこちらに振り向かせたのではないか。その蒼ざめた顔をおれはたしかに目にしたのではないか。人は結局は覚えていたいことだけ覚えていて、思い出したいことだけを思い出したいように思い出すものだ。記憶の中では現実と非現実とが混ざり合い、溶け合い、流動し、そんないかがわしい混合物が真とも偽ともつかぬまま、時間の経過とともに何かしら異様に鮮明な色艶を帯びてゆく。そうした心理の詭計《きけい》は芹沢にもよくわかっていた。だから、もう何十メートルか離れてしまった地点でふと後ろを振り返った美雨《メイユ》の顔の白さが、周囲の闇からくっきりと切り取られたようにまばゆく浮かび上がっている——そんな映像が記憶の視界に不意に揺らめくようなことがあっても、まさかそんな、と当然考え直してはみる。そんなものは偽の記憶だと考え直し、欲望の作り出した幻影を笑い飛ばそうとして、しかし次の瞬間、生煮えのままの疑いが、また性懲りもなく心の罅割《ひびわ》れの隙間から滲み出してくる。

自由。そんな言葉が浮かんでくる。法と正義を守るというのがタテマエの、きわめて窮屈な職場に身を置いて禄を食《は》んでいても、あのときまでは、——キャデラックがおれを路上に残して走り去っていったあの瞬間までは、おれはまだ自由だった。後になって芹沢はしばしばそう考えることになった。自由などという言葉が大袈裟すぎるなら、複数の選択肢がまだあった、これをしてあれをしないということがまだできた、と言い換えてもよい。自分の人生の決定的な分岐点を、それと知らぬままおれはあっと言う間に通過してしまったのではないか。あのキャデラックをぼんやり見送ってしまった瞬間、とうとうおれは、ある禍々《まがまが》しい道に足を踏み入れた。そういうことだったのではないか。それはもはや一本道で、脇道も分かれ道もなく、後戻りもできず、そのひと筋の道をただもうひたすら進むほかはなくなった。そう考えながら芹沢はまたあのキャデラックを見送った数秒の光景の推移を反芻し、そこからとりとめもなく立ち昇ってくる悔恨のにがさ、懐旧の甘酸っぱさ、後ろめたく疚《やま》しい思いの舌を刺すようなえぐみを嚙み締める。

その夜、小沙渡路《フェリー・ロード》の道端で李《リー》と美雨《メイユ》を見送った後、真っ直ぐ帰宅する気になれなかった芹沢は、〈大世界《ダスカ》〉のある八仙橋《バシージョー》の盛り場へ向かって黄包車《ワンポーツウ》を走らせた。このあたりの裏の路地には娼館が立ち並び、そのうちの一軒に芹沢は何度か行ったことがある。微熱でも出ているのか軀が重く、四肢が鈍く痺れたようになっていて、この寒気の中、服を脱ぎ素裸になって行なう性のいとなみなど思い浮かべるだけで大儀、億劫という気持がつのらないでもない。しかしその一方、軀をじんわり火照らせるそのやるせない微熱は他人の肉への渇望そのものとも感じられてならず、これを鎮めるには、言葉を介さないなまぐさい交わりの果てに訪れる恍惚によるほかないといった直感も頭をよぎる。

戦時でも悪所の賑わいは衰えず、いや非常時の空気の緊張が神経の緊張と連動し、こうした場所をますます賑わわせるのかもしれないが、娼館の並ぶ細い路地に入ったとたん目を射るように明るい光が溢れ返り、往来する少なからぬ数の男たちに向かって呼び込みの声がかしましく交錯しているのに、芹沢はいささかたじろいだ。戦闘が始まった八月十三日以後、しばらくはさすがに鳴りを潜めていたに違いない遊里の活気が、このところまた戻ってきているのかもしれない。〈仙泉楽里〉という店は、格から言えば中の下程度の娼館で、中に入るとそのやや薄汚れた一階の広間にも、もう午前零時を回っているというのに支那人ばかりと見える十人ほどの客の男たちがたむろし、カウンターに沿ったスツールに座ったり壁際に並んで立ったりしている七、八人の女たちを血走った目で品定めしていた。肌を露わにしたしどけない恰好の、たぶんこれもやはり支那人ばかりに違いない女たちは、そっぽを向いたり隣りの同輩とお喋りしてくすくす笑い合ったりしながらも、さりげなく客の視線を捉えようと試み、それに成功すると意味ありげな媚笑を投げかけてくる。芹沢はテーブル席の一つに座り、出された薄い茶をとりあえず俯いて啜りながら、ときどき目を上げてちらちらと視線を走らせ、ほどなく目が合った小柄な支那服の女に向かって手を挙げて、こっちへ来いという小さな身振りをした。

こうした店に身を置くことの後ろめたさは彼には苦痛で、それにはどうしても慣れなかったが、二十代後半の健康な男として、躯の底から突き上げてくる何か矢も盾もたまらない欲動に駆られ、それを鎮めようと温かい肉の感触を求めて街を徘徊せずにはいられないこともたまにはあった。この〈仙泉楽里〉に最初に入ったのはまったくの偶然で、通りすがりに呼び込みの男に、うちは蘇州娘の店だよ、美人の産で有名なあの蘇州生まれの娘《こ》ばかり揃っているよ、と言われたのを、あれはまだ赴任したてでこの上海という都市の裏も表も知らなかった頃だから、何となく真に受けてしまったのかもしれない。上海の花柳界で蘇州生まれを売りものにするのは、店の側も客の側も馴れ合いで流通している常套句で、むろん九割方は嘘の皮である。日本人の女ばかりを揃えた置屋も虹口《ホンコォウ》には何軒かあるが、ともかくそこにだけは行きたくないという思いが芹沢にはあった。他方、朝鮮人の経営する置屋もどこぞにあると聞いたことがあるが、そこにも近寄りたくはなかった。朝鮮人の女と裸で抱き合ったとき、自分の中に流れる父親から受け継いだ血がどう反応するのか、それを知るのが怖かった。とどのつまりは、支那女を買うのがいちばん気持の負担にならない。そうであればこの界隈なら結局はどの店でもよかった。偶然の成り行きだったがこの〈仙泉楽里〉に飛びこんだその最初のときに、そう悪い思いをしなかったので、以後ここにだけ何度か来て、他の店には足を踏み入れたことがない。

それにしても、こんな場所にやって来て、料理屋でいちばん旨い食べ物でも選ぶように慎重に細心に品定めして女を選ぶ貪欲さを、あさましい、いじましいと思う気持からはどうしても自由になれなかった。仲間と連れ立って遊びに来て、女たちを眺めながら無遠慮な批評をし野卑な冗談を飛ばし、酒を飲んでいつまでも時間を潰すこと自体をけっこう楽しみにしているらしい男たちの集団も目につくけれども、芹沢の場合は、女たちからしつこい流し目を浴びつづけて時間を過ごすのはどうにも落ち着かず、その居心地の悪さから早々に逃れようとして、最初に目についた手近な女をついそのまま買ってしまう成り行きになる。だから馴染みの女も出来ようはずがなかった。この夜もまたいちばん最初に目の合った女をすぐに選ぶことになった。それにこの夜の芹沢はとりわけ余裕のない気持になっていて、実のところ顔と容姿にこちらの神経をことさら逆撫でするものさえなければどんな女でもいい、といった心境だった。

遣り手婆に金を払い、そう美人でもないがそう醜いわけでもない女の後について二階の寝室に上がった。やや口が大きすぎるのを除けば目鼻立ちはかなり整っていて、二十代後半だろうが軀の線もそう崩れていない。下の広間では決して口を開かず無言でにいっと笑みを浮かべていたのは歯並びが悪いのを気にしているせいだったらしく、寝室で二人きりになるとよく喋りよく笑う気の好い女だった。気持が急いていた芹沢はそんなお喋りもそこそこに切り上げ、そそくさと服を脱いで軀を合わせようとした。女が話の合い間に、部屋に敷きつめてある安物の絨毯のうえにじかにカアーッ、ペッと二度、三度と唾を吐くのに眉を顰め、その嫌悪感からひょっとしたら欲望が萎え、交わりができなくなってしまうのではないかという不安を覚えたからでもある。案の定、八分がた硬くなっていた男根は挿入の直前でぐんにゃりと力を失い、もうそれきり二度と勃起しようとしなかった。女が手でしごいたり舌を這わせようとしたりして、もう一度硬くしようと試みつづけるのがわずらわしく、そのしつこさが親切心から出たものとはわかっていながらもつい邪慳《じゃけん》に制止すると、女はよほど気を悪くしたようでその後はひとことも口を利かなくなり、手早く身支度をするや、チップもねだらずにぷいっと部屋から出ていってしまった。

縮こまった男根からルーデサックを乱暴にむしり取って、わずかな体液でにちゃつくそのゴムの醜悪なかたまりを憤懣をこめて部屋の隅に投げつけると、芹沢は素っぱだかのままベッドにばたんと仰向けに倒れた。たぶん複数の男女の体液があちこちに染みついているのであろう焦げ茶色の毛布を胸までずり上げて、苛立たしい深呼吸を何度か繰り返す。

商売女相手に童貞を捨てたのはまだ東京で学生だった頃で、その後も夢精と自瀆《じとく》では収まりのつかなくなった性欲を散じるために、そのためだけにこうした場所へごく稀に来る。それが彼にとっての性のすべてで、淫欲への執着は生来薄い方だった。少なくとも自分ではそう思っていた。だから、あの晩アナトリーの唇に自分から唇を寄せていったときに彼の全身をかっと燃え立たせたあの業火のような愛おしさの発作は、彼を怯えさせずにはおかなかった。おれはやはり衆道《しゅどう》の男なのかと思い、そう言えばあちらこちらをぽってりと脹らませた女の軀の肉に対して、おれはいつもかすかな嫌悪を感じていたのではないか、と改めて思い当たらないでもない。女の肉の感触もその肌から立ちのぼる甘ったるいにおいも、決して嫌いではなかった、嫌いなつもりはなかったけれども、ではそれを撫でさすり間近から嗅ぐことに、おれは心底、自分が蕩《とろ》けてしまうような強烈な歓びを感じていたのか。感じたことがあったのか。実はそれほどのこともなかったのではないか。むしろそこにはいつも、そこはかとない疎ましさのようなものがまとわりついていたのではないか。

しかし、それではアナトリーに対しては嫌悪を感じなかったのか、疎ましさがなかったのかと言えば、決してそんなことはなかったのだ。あのとき芹沢は、アナトリーがふてぶてしさと狡さの入り混じった笑みに歪んでぬめぬめと少し開いた唇を差し出してくるのに、これまで軀を合わせたことのあるどんな女にも感じたことのない強烈な嫌悪を、疎ましさを、いやほとんどおぞましささえ感じ、しかしそのおぞましい嫌悪を捩じ伏せて噴き出してくるような愛おしさの奔騰《ほんとう》に、一挙に身を委ねずにはいられなかったのである。それともあの愛おしさは実は、嫌悪それ自体の裏返し、正確に左右反転した嫌悪の鏡像にほかならなかったのか。

一人取り残された娼家の小汚い部屋のベッドに軀を横たえ、不潔な毛布の感触に肌にぞわぞわと粟が生じるのを感じながら、芹沢は我にもあらずアナトリーの幻を追い、そうしている自分自身にやり場のない苛立ちを覚えていた。あのときおれはいったい何にあれほど怯えたのか、と彼は改めて訝った。成熟した異性の身体ではなく十七歳のロシア人少年の顔と軀に自分が激しい欲望をそそられたという、そのこと自体に怯えたわけでは決してなかった。それだけは確実に言える。自分が実は男を愛する男で、三十近くになってようやく自身のその本性に気づいたというだけのことなら、それはそれで良かった。

もともと彼は、気立ての良い女と結婚し何人か子どもを産ませ幸せな家庭を築くといった、平凡で堅実な人生行路に現実味を覚えたためしがなかった。中身のないすかすかの絵物語としか感じられないそんな未来像に比べると、自分はどうやら独身のまま生涯を終えるのではないかという予感の方がはるかになまなましく身に迫ってくる。振り返ってみれば、ほんの些細なことなのに今でも忘れられないような出来事が少年の頃以来いくつもあって、何か世間並みでない嗜好が自分のうちに潜んでいることに、実はずっと前から薄々気づいていたような気もしてくる。気づいていながらあえて意識にはのぼらせないよう努めていたようでもある。

中学の頃、あいつは何という名前だったか、色白で小柄でおとなしい、真ん丸の縁の眼鏡をかけた同級生と仲良くしていた一時期がある。放課後も休日もいつも一緒に出歩いていたが、ある日曜の午後、築地の掘割で一緒にボートを漕いでいたとき、突風で立った波に煽られてボートが揺れたからだったか、漕ぎ手を交代するために位置を入れ替わろうとしていたときのことだったか、そいつの手を何気なく摑んだとたん、その手がぎゅっと握り返してきたので、頭にかっと血がのぼって一瞬強い眩暈のようなものに襲われたことがある。その力の入れ具合に何か格別の意味が籠められていたかどうかは今でもわからない。二人の軀が同時に揺れボートも揺れて、それが収まるまで手は握り合ったままで、手を放して目を上げると相手の顔は真っ赤になっていて、その目に浮かんでいる表情から自分の顔も同じくらい紅潮していることがわかった。

その後は二人ともほとんど喋らなくなってしまい、黙々と漕いで接岸し、貸しボート屋にボートを返すとそのまま気まずく別れた。その晩、床に就いても、その同級生の顔や小さくて柔らかな手の生温かい感触がなまなましく甦ってきていつまでも寝つかれず、悶々としながらきれぎれの眠りを繰り返し、明け方近く下半身に疼きが走った。股間をまさぐってみると粘っこい液体で下着が濡れていた。精を洩らすということが芹沢の軀に起きた、それが初めての体験だったと思う。その同級生とはそれ以上のことは何も起こらずだんだん疎遠になり、卒業してからは一度も会っていない。

しかし、それに似た小さな出来事は、その後もたびたびあった。若手の歌舞伎役者に惹かれて歌舞伎座に通いつめた日々……。何かの雑誌に載ったふんどし姿の中学生たちのぼやけた白黒写真に妙に胸がときめき、雑誌を長いこと取って置いてそのページだけ何度も何度も開いて見入ったこと……。銭湯の男湯でチンピラやくざの背に彫られた倶《く》利《り》迦《か》羅《ら》紋紋《もんもん》を眺めているうちに急に勃起して、熱い湯船から出るに出られなくなってしまって困ったこと……。その刺青見たさで毎日同じ時間に銭湯通いを続け、何度か男に出会えてその裸体を見るたび動悸が高まるのに当惑したが、あるときを境に男が近所から姿を消してしまったこと……。もっともその一方で、二十歳を少々過ぎた頃だったか東京外国語学校の先輩に連れられ遊郭に登楼して女と寝ることを覚え、一人前の男になった自分を誇らしく思わないでもなかったのだが。

ともあれ、男色がおれの性だというのなら、それはそれで良い。まさか、あんたも変態の仲間なんじゃあるまいなと蕭炎彬《ショー・イーピン》は言ったが、もし男色もまた変態の一種というのなら、まさにその通り、おれも「仲間」の一人なのかもしれず、実際、そうだからこそ、——おれ自身も「仲間」だからこそ、少女の肢体を奇怪に捩じ曲げた人形作りに執念を燃やす馮《フォン》老人におれはあれほど好意を抱いたのかもしれない。変態仲間の友情から彼に心を開き、さらにはその人形群を写真映像に収めることにあれほどの情熱と労力を傾けたのかもしれない。それで結構だ、文句はない。おれが男に惹かれる男であるとして、それをおれは何ら恥ずべきこととも思っていない。問題はそのこと自体ではないのだ。

本当の問題は別にある。これこそおれ自身の本当の性のありようだったのかという認識が、アナトリーとのあの接吻のとき、不意に吹きつけてきたすさまじい暴風に巻きこまれ、全身が揉みくちゃにされるような荒々しさで、おれに訪れた。本当の問題は、その荒々しさ、その暴力なのだ。こんな異様な、名状しがたい暴力が、他でもない自分自身の内部の奥深くに潜んでいたのかという発見に、おれは怯えた。今でも怯えている。あの春先の夕暮れ、南京路で老若二人のやくざ者相手にナイフの刃を出したとき全身に走り抜けた戦慄と興奮、その言い知れない甘さの記憶が、改めて甦ってくる。

それにしても、おれの軀はもう女相手には不能でしかありえないのか。蕭《ショー》の女房は、やっぱり今夜、あなたと寝なくちゃいけないの？　と卒然と呟き、おれを驚かせたが――やっぱり、とはしかしいったいどういう意味だったのか――、こういう体たらくでは、どのみちそんなことは実現しようがなかったわけだ。もし仮にあの直後、李《リー》が息を切らせて支那料理屋に飛びこんでこず、美雨《メイユ》との間がそんな怪しい成り行きになっていたとしたらどうだろう。まともに勃たず、おれは赤っ恥をかくことになっていたろうな、と思い当たって芹沢は苦笑した。ただ、正直なところ、あの後何やらもやもやする気持の収まりがつかず、黄包車《ワンポーツォ》を拾って闇雲にこんな店に駆けつけてしまったのは、美雨《メイユ》の呟いたあのひとことにそそのかされてのことだったような気もしてならない。それならやはり、あのほっそりした三十女の軀は、彼女のつけていた柑橘系の清爽な香水と彼女自身の動物的な体臭とが混じり合ったあの独特な甘酸っぱい香りは、おれのうちに潜む何らかの欲望に火を点けたということか。仮にあの女とだったら、今のおれにも性の交わりは可能だったのか。

神経を苛立たせる様々な思念が渦巻く中、何が何やらわからなくなった芹沢は、もう沢山だ、うんざりだ、薄暗い裸電球が一つぽつんと灯っただけの、なまぐさい妙なにおいの立ちこめるこんな監獄みたいな小部屋で、しかも素っぱだかで、ちんぼこを惨めに縮こまらせて、おれはいったい何をやっているのだと思った。もうこれ以上は我慢できないというように彼はいきなり乱暴に毛布を撥ねのけ、ベッドから軀を起こして床に立った。それから溜め息を一つつき、のろのろと服を身に着けはじめた。

身支度を済ませ、階段を降りてゆくと、紫煙の立ち込めた階下の広間では、男たち、女たちが相変わらず目線の交錯だけで猥雑な交渉を行なっている。その間をそそくさとすり抜け、妓楼を出て、タクシーを拾った。……

一夜明けて、早朝、眠い目をこすりながら出勤すると、職場で芹沢を待っているのは、当たり前のことながら、いつもの公安業務、いつもの同僚たち、いつもの会議や打ち合わせだった。陸軍参謀本部付少佐からの脅しとも青幇《チンパン》の頭目との面談とも無関係な、平穏と言えば平穏、退屈と言えば退屈な日常が、芹沢の生活にまた戻ってきた。変哲もない日々が流れてゆく。

嘉山からは何の音沙汰もなかった。べつだん平身低頭して恐縮されたい、感謝されたいとも思わないが、ひとこと挨拶くらいはあって当然だろうに、ぷっつりと連絡が絶えた。もっとも芹沢自身にしたところで、実現した会合の模様を馮篤生《フォン・ドスアン》に報告し、仲介の労をとってくれたことに改めて感謝の意を表するといった程度の礼は尽くすべきだったろう。ところがそれが億劫でならず、結局は頬かぶりしたままなのだから、それを思えば嘉山の無礼に非を鳴らせる義理ではなかった。このひと月来の成り行きからいろいろ思うところがあり、馮《フォン》との間には距離を置こうという決心が固まっていた。捨てようと思いつつまだ未練がましく取ってあった馮《フォン》の人形を撮った写真も、ネガまで含めて思い切って全部処分した。馮《フォン》の方からも何の連絡もなかった。それでいっこうに構わない。

戦況は刻々変化しつづけ、しかしその全貌は現地に暮らす芹沢にさえなかなか摑めなかった。日本の新聞は日本軍の連戦連勝といった誇張した報道を続け、空疎な記述の隙間を、支那軍膺懲《ようちょう》とか南京政府の反省を促すといった道徳論でとりあえず埋めておく体のものばかりで、他方、支那の新聞はむろんその逆を書き立てている。欧米の新聞はと言えば、彼らにとっては結局は対岸の火事だから、取材も甘いし掘り下げも浅く、上っ面を撫でて毒にも薬にもならぬことを当たり障りなくまとめているだけだ。もっとも、この八年来というもの、ドイツから送りこまれた軍事顧問団が蔣介石政権を支えつづけていることの意味などについては、さすがに欧州の連中の関心は強く、世界情勢の視野から深い分析が繰り広げられているし、小さな記事から意外な知識を得られることもあったので、芹沢は上海市工部局警察の業務からは逸脱していることは重々知りながらも、日本の国益に資すると判断した外交情報は出来るかぎり日本語に翻訳し文書化して、執行部に上げるように努めていた。

ヒトラー内閣に率いられたドイツは、昨年日本との間に防共協定を結んだが、同時に、支那との関係も密に保って従来からのいわゆる中独合作も推進しつづけるという両面作戦を採っている。ドイツが支那から得たいのは鉱産物だ。とくにタングステンとアンチモンが咽喉から手が出るほど欲しい。一方、支那は支那でドイツの資本と技術が欲しい。かくして利害の一致したヒトラー内閣と南京政府は、昨年来共同で軍事産業三か年計画に着手し、ドイツは支那に一億マルクの借款を与え、支那はその借款でドイツから最新兵器を購入している。ドイツの求めるタングステンとは、対戦車・対艦船用の徹甲弾、すなわち装甲をぶち抜くために特別に設計された砲弾の製造に用いられる金属である。欧米諸国は当然、ドイツがそんなものをふんだんに獲得できるようになるのが恐ろしい。

欧州の連中は、ヒトラーの軍事的野望をくじくために中独合作にブレーキをかけ、ドイツと支那の間を疎遠にしてしまいたい。だからこそ、彼らの目に一種の間接的な日独戦争と映っている今回の日支の戦闘に対して、彼らはやや度を越して日本側に肩入れしているのだ。英米仏の新聞を細かく読むうちに、芹沢にはそうした事情がまざまざと見透かせるように思った。先年の欧州大戦の戦勝国の政・財・軍には、日本軍の中の一部の跳ね上がりが現在支那の戦地で繰り広げている横暴な所業を、積極的に容認はしないまでもとりあえず見て見ぬふりをしていようという空気がある。むろん表立っては日本の侵略行動を批判する、しないわけはない、が、批判の鉾先は意外に鈍い。その理由の一半は、かつての失地を回復しまたふたたび軍事大国になろうと虎視眈々と機会を窺っているドイツへの牽制なのである。それが欧米の新聞の論調に日本の軍事行動への批判を甘くさせているのだが、その甘さを、彼らが「親日」だからだ、日本に友好的だからだなどと短絡的に解釈すると、とんでもない過誤へと導かれるだろう。彼らの日本への肩入れも、当面、今までのところはそうだというだけのことで、ある時点で、何か些細なことをきっかけに不意にてのひらを返すようなことになる可能性が高い。

芹沢は実際に事が起きている現地にたまたま身を置き複数の外国語も解する日本人官吏として、そのあたりの機微をできるかぎり内地の政権担当者に伝えておきたいと思っていた。むろんそうした情報分析は外務省でも大本営の然るべき部署でも念を入れて行なわれているには違いなかろうが、芹沢は嘉山が洩らした言葉の断片から、外務省と陸軍参謀本部が相互信頼に基づく協力関係にはないらしい、いやそれどころかそっぽを向いてめいめい自分勝手な絵を描いているだけらしいといった空気があるのを嗅ぎつけ、そのことにやや危うい印象を抱いていた。そんなことでいいのだろうか。現代世界の戦争の帰趨《きすう》は、当事国間の戦力差や交渉能力の優劣の問題だけでは片づかず、両国を取り巻く世界情勢の推移が決定的な役割を果たす。国際的な力関係の相互作用の中で、欧米の先進各国がそれぞれどういう思惑を抱いているか。それをわずかでも読み誤ると、たとえ局所的な軍事作戦で支那の国民党軍に勝利を収めたところで、長期的には日本が大きな負債を背負いこむこともありえよう。

もっとも、芹沢がうえに上げる報告がどういう回路を経てどこの誰に伝わってゆくかは、芹沢自身にはまったく見通しのつかないことだった。そもそも、共同租界の最高行政機関は工部局参事会と呼ばれる組織だが、十四人いる参事の構成は英国人・支那人各五名、米国人二名、日本人は残るたったの二名という少数派でしかなく、しかも現在の参事会議長は米国人だ。情報をうえに上げると言っても、それがただ真っ直ぐ昇ってゆくならその行き着く先のトップにいるのは、結局外国人なのである。参事会だけの話ではない。租界の行政府である工部局の組織全体も、言うまでもなく多国籍の局員から成り立っている。どういう国籍、どういう立場の者の目に触れるかわからない以上、日本への愛国心があからさまに滲む偏向した内容の報告などを、工部局の内部に迂闊に流通させるわけにいかないのは当然だった。従って芹沢も細心の注意を払い、中立的で客観的な情報伝達と分析を装いつつ、わかる人が見ればわかるような書きかたを心がけ、後は工部局内での日本人の上司と、やがてそこにも芹沢の報告が回付されることになる東京の警視庁の上級職員の、理解と知恵を信頼するほかはなかった。

ともあれ、上海戦の当面の戦況に関しては、何語のものであれ新聞報道はあまり当てにならなかった。むしろ芹沢は、事情通の同僚とのちょっとした世間話を通じて入ってくる断片的な情報が案外正鵠《せいこく》を射ているように感じていた。それによるなら、兵力で圧倒的な優位に立つ支那軍の抵抗に日本軍が甚だしい苦戦を続けているのは、いずれにせよ確実らしかった。徹底的な消耗戦が続くうち、ついに日本軍が兵站を維持できなくなり、戦線からの退却を余儀なくされる日が遠くないのではないか。しかし、もし強攻策が破綻し兵を内地に撤収させざるをえなくなった場合、八月来増派に次ぐ増派を重ね、これだけの人員と物量を投じ、おびただしい数の死傷者を出し、それでも上海戦線を制圧しきれませんでしたと頭を掻きながら矛を収めるのでは、大本営の面子が丸つぶれだろう。国内の輿論もとうてい収まりがつくまい。いったいどうなってゆくのかと固唾を呑んで見守るうちに、十月下旬になってとうとう日本軍は上海近郊の大場鎮《だいじょうちん》の攻略に成功し、それで一気に活路が開けたようだった。

無数の水路《クリーク》が四通八達する大場鎮はいわば天然の要塞で、そこに立て籠もる支那軍相手に、日本軍は泥濘《でいねい》の中をじりじりと這いずりながらの進軍を強いられたが、上海戦線の二〇三高地と言われるほどの凄絶な激戦の果て、二万人を超える死傷者——支那軍の死傷者数はむろんこれよりはるかに多い――の犠牲と引き換えに、ついにこの要衝は日本軍の手に落ちた。「日軍占領大場鎮」と大書されたアドバルーンが虹口《ホンコオウ》の日本人街に上がったのは、十月二十七日のことである。

翌日、クロスレイ装甲車と歩兵の隊列の凱旋行進があった。在支の同胞が総出で道の両脇に鈴生りになって、手作りの日章旗をいっせいに振り、虹口《ホンコオウ》の兵営に帰還する彼らを歓迎した。芹沢も交通整理と群衆の秩序維持の任に駆り出され、午後いっぱいその場に立ち会ったが、栄養と睡眠の不足からか土気色のしなびた顔になった歩兵たちが、いつなんどきばったりと倒れても不思議ではないほど疲弊しきっているさまには胸を衝かれた。凱旋という言葉にふさわしい昂揚感などそこにはひとかけらも漂っていなかった。それでもこの日を境に日本軍の優勢は明瞭になった。十一月五日には上海の南方の杭州湾に面した金山衛《きんざんえい》に帝国陸軍の第十軍が上陸し、それを迎え撃つ支那軍の攻撃はもはやほとんどなかった。翌六日、上海の街に「日軍百万上陸杭州北岸」というアドバルーンが上がった。支那軍の撤退が本格的に始まった。

三か月に及ぶ激闘の末に日本はついに、上海を手中に収めたかに見える。ただし、多国籍の工部局が主権を握るこの共同租界という特殊な地域を唯一例外として――それを陸の孤島のように取り残して、の話だが。では、今後、日本軍はこの大陸でどう動くつもりなのか。もしこの上海戦に勝利を収めたとしても、その後、この国での戦線がさらに拡大していかないという保証は何もない——あの九月の夜、〈百老匯大廈《ブロードウェイ・マンション》〉の最上階の窓際の席で、灯火が絶えて情けないほど見栄えのしなくなった上海の夜景を見下ろしながら、そう卒然と呟いたのは嘉山だった。この予言の、日本が上海戦に勝利するだろうという前半は当たった。それでは後半はどうなのか。拡大とはすなわち、敵軍の本丸まで攻めのぼるということです——彼はそうも言ったのだった。日本軍は上海を制圧しただけでは収まらず、国民党政府の首都まで、すなわち南京まで、侵攻を続けるつもりなのだろうか。

十一月も中旬に入ると秋が深まり、落ちはじめたプラタナスの葉を積み上げて、朝がたあちこちでそれを焚くにおいが街に流れた。よく晴れて空が広く見える日が続いた。ある夜、難民の支那人家族たちから取った調書を整理し身許を確認するという仕事が長引き、芹沢がもう一人の同僚と課内で残業していると、夜八時を少々回った頃、電話が鳴った。同僚が受話器を取り、短い受け答えを挟んでしばらく耳を傾けていたが、やがて目顔で芹沢を呼んだ。よくわからないが、どうやらあんたを出してほしいと言っているようだよ、と言って受話器を渡した。

相手は支那人の女だった。ジェスフィールド路のしかじかという医院に勤める看護婦だという。この夕刻、ジェスフィールド公園の茂みの中に昏倒していたロシア人の若い男が、医院に担ぎこまれてきたという。軽い脳震盪《のうしんとう》を起こしていたらしく意識はほどなく戻ったが、顔と腹にかなりひどい打撲の痕があり、明らかに喧嘩で受けた傷害に見えるのに、転んだだけだ、警察へ通報するのは絶対に止めてくれ、と言い張っている。名前も住所も言おうとしない。当院にはレントゲン撮影の器械がなく、肋骨に罅が入っているかもしれないし脳や内臓に損傷があるかもしれないから、もっと大きな病院に搬送しなければと言うと、それもどうしても嫌だと拒絶している。しかし、いずれにせよ一人で歩いて帰れるような状態ではない。押し問答の挙げ句にあなたの名前が出てきたので今こうして電話している。どうしたらいいのか。とにかく即刻医院まで来てはもらえないか。……

すぐに行くと芹沢は言って受話器を置いた。アナトリーに違いあるまい。たまたまこの時間までおれが署内に残っていて、あっさり連絡がついてしまったのは、幸運だったのか、それとも不運だったのか。しかし、誰にとっての幸運、不運なのだろうか。ジェスフィールド公園があるあたりは人気《じんき》の荒い土地柄である。そんなところであいつはいったい何をやっていたのか、何に巻き込まれたのか。

タクシーを飛ばしてその小さな医院に着くと、ベッドに身を横たえたアナトリーはたしかにひどい状態で、顔が腫れ上がって片方の目はほとんど塞がってしまっていた。アナトリーは嫌がって抵抗したが看護婦は構わず毛布もシャツの裾も捲って、横腹にも痛々しい紫色に変色した内出血の痕があるのを芹沢に見せた。アナトリーは芹沢の顔を見た瞬間、目にかすかな安堵の色を浮かべたようだが、芹沢に頼らざるをえなくなった身の上を屈辱と感じるのか、目からその色をただちに消し、突っ慳貪《つっけんどん》な態度を取る。まともな挨拶もしないばかりか、どうしたんだ、何があったんだと訊いてもふて腐れて視線を逸らし、あんたの知ったことじゃない、と繰り返すだけだ。医院の側は、制服姿の警察官が駆けつけてきたのでひとまずほっとしたらしいが、何やらいかがわしい乱闘事件の被害者とおぼしいこの少年とは関わり合いになりたくないという態度が露骨で、大きな病院に搬送したいというのも、レントゲンの有無云々は単なる口実で、本音のところは一刻も早く厄介払いしたいというだけのことではないか、と推察された。アナトリーはアナトリーで、芹沢が現われた以上これでもうおおっぴらに帰れるとばかりに、すぐベッドから下りようとして軀を起こし、しかし痛みにうっと呻いてまた倒れこんでしまう。

芹沢は仕方なく、友人である自分が責任を持つからと言って引き取ることにした。医院の側は、それならそれで結構ですとすぐに応じ、それ以上うるさいことは何も訊かず、請求してきた治療費も大した額ではなかった。芹沢は処方された鎮痛剤を受け取って、顔を歪めて呻きつづけるアナトリーを背に負ぶって医院を出た。看護婦が呼んでくれたタクシーの座席にアナトリーを運び入れ、続いて自分も乗りこんだ。

さて、運転手に行き先を言わなければならない。馮篤生《フォン・ドスアン》の住所をとっさに思い出せずに口籠もっていると、ミスター・セリザワ、あんたのうちに泊めてくれよ、と少し恥ずかしそうな囁き声でアナトリーが言った。

馬鹿を言うな。おい、あれは何という通りだった、馮先生《フォン・シーサン》の家があるのは？

ねえ、頼むよ。ひと晩だけ泊めてくれ。少し休まなくちゃ、ぼくは……。

自分のうちに帰ってゆっくり休めばいいだろう。

あそこはあんまり居心地が良くないんだ。お爺ちゃん《グランパ》がいろいろうるさくってさあ……。正直に言うと、実はぼく、もう何日もあそこに帰ってないんだよ。

知ったことか、と芹沢は声を荒らげた。それじゃあ馮先生《フォン・シーサン》だって心配してるだろう。

してないよ。全然してないんだって。ねえ、お願いだから。あんたのアパートに、ほんのひと晩だけでいいからさ……。

結局、その懇願に屈してアナトリーを自分の家に連れ帰ることになってしまったのだが、その振る舞いを後になってから考え直してみての芹沢の結論は、もはや事ここに至ってはあれ以外の選択はありえなかった、すでにおれにはもう自由はなかったのだから、というものだった。李《リー》と美雨《メイユ》のキャデラックを見送ったあの十月六日の夜以降、もう芹沢の人生は一本道の下り坂を転げ落ちはじめていて、すべては必然の連鎖に従って一直線に進行していたのだと、その後芹沢は繰り返し考えることになる。おれのうちに泊めろだと、馬鹿を言うな、おれの知ったことか、と突き放すように吐き棄てながら、そんな弱々しい抵抗にもかかわらず、実はもうその時点ですでに諦めていたのかもしれない。おれは今夜こいつを自分の家に連れ帰るに違いない、そうするほかはない、とすでに無意識のうちに知っていたのかもしれない。

タクシーをアパートの前に着け、アナトリーをまた負ぶってやって、やっこらしょと部屋まで運び上げた。何か食うかと訊くと何も要らないと言うので、台所に布団を敷いてやり、そこで寝ろと言うと、アナトリーは素直に従った。残業の続くこのごたごたで疲れきっていた芹沢もそのまますぐ自分の寝室に引き取った。

翌朝、台所に行ってみると、アナトリーは前夜のままの、毛布を頭のてっぺんまで引っ被った蓑虫のような姿勢でじっとしていて、胸のあたりだけがゆっくりと上下していた。目が覚めているようなのに、どうだ、痛むかと訊いても返事をしない。すぐに追い出すのも気が引ける。が、芹沢は出勤しなければならなかった。いいか、おれはもう出るが、少し気分が良くなったらすぐ家に帰るんだぞ、と言うと、毛布の中でアナトリーの頭がかすかに頷いたようだった。それにしても、玄関のドアを開けっ放しにして出ていかれては不用心でかなわない。芹沢は仕方なく、予備の鍵を食卓のうえに置き、泥棒に自分の家の鍵を渡すようなものではないかと思いながら、部屋を出るときは必ずこの鍵で施錠していってくれ、施錠した後、鍵は靴拭いのマットの下に置いてゆくんだ、いいな、と言いつけた。アナトリーは毛布の中に潜り込んだまま何かもごもごと答えたがよく聞き取れない。いいな、わかったなと強い口調でもう一度念を押すと、ロシア人少年は毛布をさっと引き下ろして片目の塞がった情けない顔を見せ、ぎらぎら光るもう一方の目で芹沢を睨みつけながら、ダー、と捨て鉢のような大きな声を出した。

芹沢はその夜も残業しなければならなくなり、帰宅は九時過ぎになった。外で夕飯を済ませてアパートに帰り着き、鍵を鍵穴に突っこむ前に玄関のノブを回してみると、ドアはすんなり開く。靴拭いのマットを持ち上げてみたが鍵はない。電灯は点いておらず屋内は真っ暗だった。舌打ちしながら中に入り、まず書斎兼寝室のドアを開けてみると、カーテンを開けたままの窓から洩れ入ってくる街路の微光の中に、いつぞやのときと同じように勝手に芹沢のベッドに入りこみ、仰向けになって目を瞑っているアナトリーの姿が浮かび上がった。認めたくはなかったが、小さな安堵の火が自分の心の中にぽっと灯り、そこから軀中にほんのりした温もりが広がってゆくのを感じないわけにはいかなかった。

何だ、おまえ、まだいたのか。帰れって言っただろう、と、明かりを点けながら芹沢は憎々しげな口調で言った。

気分が悪くてさ……。あちこち痛いし……。どうにも、動けないんだよ。ねえ、もうひと晩泊めてよ、お願い。もうひと晩だけでいいからさ。

おまえ、ジェスフィールド公園で、いったい何があった？　誰に殴られたんだ？

……もう、いいんだよ。あいつら、頭がおかしいんだ。でも、これでもう、あいつらも気が済んだはずだから。

あいつらってのは、いったい何なんだ。そもそもあのあたり、共同租界の外側の越界路区の、治安も風紀もいちばん悪い界隈じゃないか。おまえ、あんなところで、何をしてたんだよ。

それはね……それはそのうち話すから。それより、ね、頼むよ、もうひと晩だけ……。

明日の朝になったら出ていくか。

うん、きっとそうする。約束するよ。

こいつの「約束」なんぞ、信用できるものか、とわかっていた。しかし、腫れは多少引いているようだが目の周りの痣《あざ》の紫色がいよいよ濃くなってきている無慙《むざん》なさまを間近で見ると、無理やり立たせて戸外に押し出す気にはどうしてもなれなかった。

鎮痛剤、飲んだのか。

イエス。

腹、減ってるか。

ノー。

何か食べたのか。

棚の中にパンがあったから、それを貰ったよ。林檎とライチも……。

もっと腹に溜まるものを何か作ってやろうかと言いかけて、思い直した。こいつにそんなに親切にしてやる義理はない。それに、おれのベッドを占拠されるいわれもない。布団が敷いたままになっている台所へ行けと命じるとアナトリーは、いてててて……と呻きつつ身を起こして素直にベッドから出て、壁に手をつきながらのろのろした足取りでそちらに向かった。シャワーで軀を洗った後、芹沢も早々と床に就いた。前夜はすぐに寝入ってしまったのに、なぜか今夜は、壁を二つ三つ隔ててではあるが一つ屋根の下に他人の、しかも傷ついた軀が呼吸しているという思いが妙になまなましく迫ってきて落ち着かず、眠りはなかなか訪れなかった。

うとうとして、何か濃密な彩りを帯びた夢にうなされて目覚め、また浅い眠りの中へ入っていき……そんな過程を二度、三度と繰り返し、輾転反側《てんてんはんそく》しつづけた。と、不意に温かな肉がぴたりと張りついてくる感触があり、またまどろみから覚醒したのかそれとも混乱した夢の続きなのかと途惑ううちに、いつの間にかもう素裸のアナトリーが芹沢の横に身を滑りこませてしまっている。

芹沢はただ身をこわばらせているだけだった。咽喉が締めつけられるようで、出ていけという言葉を発することができない。ましてこのすべすべした温かな軀を、力ずくでベッドの外へ押し出すこともできない。しかしまた、少年の肌に手を這わせ、その滑らかさと温かみをてのひらにじかに確かめるといった行為に及ぼうという踏ん切りもつかない。が、アナトリーが無言のまま顔を寄せ唇を押しつけてくると同時に、その踏ん切りがついた。

そこから始まった行為は、芹沢にとってまったくの未知の世界を開くものだった。芹沢はアナトリーの先導におとなしく従いぎこちない動きで応えるしかなく、はるか年下のこの少年の方が余裕綽々で、芹沢のぎこちなさをむしろ楽しんでいる気配が伝わってくるのが小面憎《こづらにく》かったが、そんなふうに自分が良いように弄ばれているという軽い屈辱感にまみれること自体にしかし、何か言い知れない背徳的な快があった。ただ、先導しながらもときどき何かの姿勢を取るはずみに、打撲の傷に障るのだろう、アナトリーが快楽からのそれとは異なる苦痛の呻きを洩らすことがあり、すると芹沢の屈辱感は優越感に反転し、このすべらかな軀をもっと痛くしてやりたい、もっと痛めつけ、強くにおう息を荒々しく吐くこの口からもっと大きな呻き声を絞り出してやりたい、という嗜虐的な気分が高まるのだった。そんなふうに心細く呻いて痛みを訴えときたま自分の弱さを剝き出しにしてみせるのも、あるいはこの手練れの少年の演技だったのだろうか。

だが、明け染めた空から窓越しに射しこんでくる微光にほんのり浮かび上がるこの真っ白な軀から、もっともっと呻き声を引き出してやりたい、この軀を指と唇で撫でさすり押しひしぎ開ききり、できるだけ奇怪なかたちに折り畳んでやりたいと熱中するうちに、いつしかアナトリーの声よりもっとあけすけに大きく響く呻き声がどこからともなく耳に届き、やがて芹沢はそれが自分の口から洩れていることに気づいて愕然とした。痛めつけられているのは、押しひしがれ開かれ折り畳まれているのは、今や芹沢の方だった。苦痛が快かった。息を深く吸い深く吐いては、もっと痛くしてくれ、手加減しなくていいんだぞと心中に強く念じた。ひょっとしたら高い声を上げてそう叫んでいたかもしれない。

実際、こんなことを人と人とがするものかというような姿態へ、行為へ、身体の部位へと、アナトリーは芹沢を誘い、芹沢は気遅れも気恥ずかしさも振り切ってそれに応じた。一度激しく果てて、そのまま意識がとろりと弱まり浅い眠りの中へ滑りこんでいったようだが、その眠りがどれほど続いたのか、アナトリーの熱い息とあえぎが顔にかかって胸苦しい夢から引きずり出されると、もうすでに別の痴戯が始まっているのだった。その挙げ句、アナトリーがひと声高く叫んでベッドに倒れこみ、そのまますうすうと寝息を立てはじめ、それに誘われて芹沢もまた眠りに落ちてゆく。しかしやがて何かの拍子でふと目覚め、平穏なまどろみの中にいるアナトリーのあどけない寝顔を眺めているうちにわけもわからず何だか悔しくなり、凶暴な衝動が突き上げてきて、今度は芹沢の方が少年を眠りの外へ引きずり出そうとして攻め立てはじめる。そんなことを何度も何度も繰り返すうちに自分の軀からぎこちなさがしだいに取れ、動きが滑らかになってゆくのを芹沢は感じた。アナトリーがくすっと笑って、You learn fast…と、覚えが早いねと耳元に囁きかけてきたとき、屈辱を感じるというよりは、導師に上達を褒めてもらった出来の良い生徒のような素直な誇りを覚えた。

しかしまた、繋がっては断たれ、断たれては繋がるきれぎれの思考のなかで、沙汰のかぎりとはこうしたことを言うのかという電光のような思いが閃き、こんな人外の場所にまではみ出してしまった以上、おれはもうまともな社会生活は送れないのではないか、という恐怖も込み上げてきた。朝になれば出勤の時刻が来て、職場へ出かけていかなければならない。そこに着けば集団の社会生活の中に自分を溶けこませ、裃《かみしも》をつけた立ち居振る舞いを心がけなければならないし、然るべき場面に至ればいかにも警察官らしく、法と正義などという堅苦しい言葉を澄まし顔で口走ったりもしなければならない。いったいおれはそんなことをこの先も続けていけるのか。こんな烏滸《おこ》の沙汰にいったん溺れてしまった者に、法と正義もへったくれもありはしまい。だが、そんなきれぎれの思いももう次の瞬間には打ち寄せてくる快楽の高い波にあっさりと押し流されていき、そのうちにようやく夢一つ見ない深い眠りが訪れた。

翌朝、芹沢がひどい頭痛に呻きながら目を覚ましたときにはもう陽は高く昇っていて、即刻最小限の身支度をして顔も洗わずに家を飛び出しても、すでに遅刻するのは必定という時刻になっているのを知り、慌てて跳ね起きた。ベッドの中にアナトリーの姿はなかった。台所にも浴室にも彼はおらず、服もなくなっている。書き置きもない。アナトリーが身仕舞をして出てゆくのにまったく気づかないほど、あさましいように深い眠りをおれは貪っていたのだと芹沢は考え、恥ずかしさで頭がかっと熱くなった。

　その日はやはり始業より十五分かそこら遅刻して署に着き、寝坊しましたと素直に白状して深々と頭を下げると、珍しいことがあるものだと石田課長が笑って許してくれたのは有難かった。頭も軀の節々も、酷使しすぎた男根も縮み上がった睾丸も、その日いちにち鈍く痛みつづけたが、その一方、軀中の穢《けが》れをぜんぶ排出し尽くしたような何か名状しがたい爽快感が自分の全身に漲って、それを恐ろしいことと感じずにはいられなかった。

　それから三日経って、珍しく早い時刻に芹沢が帰宅すると、すべての部屋に煌々と明かりが点き、アナトリーが台所の食卓に向かって英字新聞を読んでいて、平然とした顔を上げ、ハーイ、ジャパニーズと歌うように言った。そう言えばあの朝食卓のうえに残していった玄関のドアの予備の鍵は、いつの間にか消えていたのだった。こいつはもう錠破《ピッキング》りの道具を使う必要もないのだ、おれ自身が自分からこいつに鍵を渡してしまったのだからと思い、芹沢は食卓から自分を無表情に見返しているアナトリーの顔を見据えたまま、無力感に駆られて廊下にしばらく立ち尽くした。アナトリーの顔の腫れはだいぶ引き、動作も軽快で、立ったり座ったりのたびにわずかに顔を顰《しか》めるのを除けばほとんど平常時の彼に戻っている。歩くのさえ覚束なくておれが背に負ぶって階段を昇ってやらなければならなかったのは、ほんの五日ほど前のことだったのに、と芹沢は少々呆れた。まさかこいつ、おれの同情を引くために、そして首尾よくおれの家に入りこんで一緒に夜を過ごす段取りをつけるために、痛みやふらつきの症状を実際以上に誇張して演じていたのではあるまいな。そんな疑いさえ頭を掠めないわけにはいかない。

以来、アナトリーは週に一度か二度、予告もなしに芹沢のアパートに現われて泊まってゆくようになった。休日には終日一緒に過ごし、食卓を挟んで向かい合って芹沢の作る簡単な料理を食べたり、連れ立って近所の生鮮市場の裏手に立つ屋台店の夜市に出かけて麺を啜ったりするようになった。会話がそう長くは続かないので、一緒にいて間が持てなくなると、蓄音機を回して音楽をかけ、二人で無言で聴き入ることさえある。これではまるで恋人同士ではないかと、狐につままれたような思いがときおり芹沢の心に込み上げてきた。いや実際、まさしく恋人同士なのに違いあるまい。しかし、横柄でわがままで、内心何を考えているのかまったく読めず、いつも芹沢を小馬鹿にしているような冷笑を浮かべているこの少年を、おれはそれでは愛しているのか。芹沢にはよくわからなかった。自分に暴行を加えた「あいつら」とやらがどういう連中なのかも、芹沢が問い質そうとするつどアナトリーは言を左右にして、結局何一つ明かそうとしなかった。

あまり口には出したくない話題だったが、やはり一度は尋ねておかなければと思い、自分との仲がこういうことになっているのを馮《フォン》は知っているのかと質問してみたことがある。

さあ、どうなんだろ。知らないだろ、きっと、とアナトリーは気のない口調で呟いた。しかし、彼には何と言って家を出てきてるんだ。おれのところに泊まるからと、そう言っているのか、と重ねて訊くと、

言わないよ、何にも言わない、とふて腐れたようにぽそっと答える。そもそも、ぼくは近頃もう、あんまりあの家には帰っていないんだ。

家に寄りつかずにほっつき歩いているのか。じゃあ、おれのところに来ていない日は、どこに泊まっているんだ。

まあ、いろいろとね、いろいろあるから、とアナトリーはそっぽを向いたままさりげなく言う。

いろいろっていうのは——と反射的に応じかけ、辛うじて口を噤んだ。おれと会っていない夜はどこにいる、誰の家に泊まっている、そいつといったい何をしている、と畳みかけてみたいという衝動に駆られないわけはない。しかし、アナトリーの私生活の内側にこれ以上踏み込むことを芹沢は辛うじて自制した。自分のうちに独占欲が湧いてそれが頑固に居座るのが、またそれに囚われ、振り回されて苦悩することになるのが怖かったからだ。こいつが仮におれの恋人だとしても、おれ独りで占有しうるような種類の

恋人ではないことは最初から明らかではないか。そうであれば、知らんぷりをしている方がいい。耳に入れたくないことはあえて訊き出そうとしない方がいい。この時点ではまだ芹沢にもそんなふうに自制していられる余裕があった。嫉妬という化け物染みた感情に雁字《がんじ》搦《がら》めに搦め捕られた者が味わわなければならない、底知れない脅威とは無縁の、暢気《のんき》な恋愛もどきの遊戯を愉しんでいられる心のゆとりがまだあった。

ともかくそんなふうに週に一度か二度アナトリーがいきなり現われるのを、自分ではあまり認めたくはなかったが毎日毎日心待ちにしながら数週間が過ぎていった。激しい渇きに苛まれながらの数日を経て、ようやくアナトリーの素肌に触れると干からびた全身に清冽な水が染みわたって生き返るような心地がした。そんな生活のリズムに自分がわりにすんなりと順応しおおせたことが、芹沢には少々意外でなくもなかった。結局、夜を徹してどんなにあさましい痴戯に耽ろうと、朝になって顔を洗い、しれっとした表情で出勤すれば、まともな社会人の外見を取り繕い人々の間に立ち混じって日々を波瀾なくやり過ごしていけるものなのだ、それは案外そう難しくもないことなのだ、とほどなく知り、その発見は彼には新鮮だった。かつての几帳面すぎるほどの勤務ぶりと比べれば、寝不足のせいかふと気づくと日中ときどき放心し、ぼんやり虚空を見つめてアナトリーの面影を追っていることもあったが、業務への不熱心を上司や同僚からことさら見咎められるほどひどいざまになったわけでもない。

この調子なら、何とかうまくやって行けそうではないか。あの最初の夜に恐怖したように、ロシア人の少年とのこんな関係に溺れているというただそれだけのことで、社会的生命が断たれるわけもない、自分の生が完全に崩壊し去ることもありはしまい、と彼は自分に言い聞かせ、とにかくベッドの中以外ではアナトリーを出来るだけ甘やかさないのがいちばんだと考えた。暗闇の中では、いや、ときにはあえて電灯を点けて煌々と明るい中で事を行なうといったあられもない遊びに耽るようにもなっていたのだけれども、とにかく素裸で抱き合っているときには、お互いどんなにはしたなく取り乱し、沙汰のかぎりを尽くそうとも、それ以外の場面では、アナトリーの方から馴れ馴れしくしなだれかかってきても――この無遠慮な少年は立ち居振る舞いのはしばしで、あまりにしばしばそんな遊びを仕掛けてくるのだが――堅苦しすぎるほど冷静な態度を崩さず、決して自堕落に甘えさせないようにすることだ。彼に対して感情に湿らない言動を心がけ、ある冷たい距離を絶えず保つように努めるのだ。そういう関係を愛とはまず呼ばないだろうと突き放して考えるだけの分別は、まだ芹沢にも残っていた。

十、事情聴取

十二月二十日月曜の朝、芹沢は定刻より十五分ほど早く登庁したので執務室へ直行せず、少しばかり時間を潰すつもりで休憩室に立ち寄った。ちょうど支那人の少年給仕がその朝届いたばかりの各国語の新聞を台車に載せて運んできて、閲覧棚に並べているところだった。給仕は部屋に入ってきた芹沢を見て手を止め、茶を淹れますかと尋ねてきたが、芹沢は首を振り、棚に置かれたばかりの『デイリー・テレグラフ』と『ニューヨーク・タイムズ』を手に取った。それぞれ二部ずつある。土曜日付と日曜日付の二部がまとめて配送されたのだ。見出しをざっと眺めながら窓際の長椅子へ向かおうとして、二歩と歩まないうちに何か頓狂な単語がちらりと鋭く目を射たような気がして思わず立ち止まった。十八日土曜付の方の『ニューヨーク・タイムズ』の一面に目を凝らす。

Butchery... Nanking... Atrocities... ――これはいったい何なのだ。

「ブッチャリー」とはブッチャー(肉屋)が行なう仕事のことである。『ニューヨーク・

タイムズ』の記者は、家畜を殺し、四肢を切断し、内臓を取り出し、ばらばらに解体し、売り物にする切り身を作る血みどろの作業——といった大袈裟な思い入れとともにこう書いているのだろう。また「アトロシティ」とは単なる悪行というにとどまらず、暴虐、残虐、非道を意味する相当激しい言葉である。複数形で使えば複数の具体的な残虐行為の意味になる。一面の冒頭にでかでかと載ったその記事の見出しは、"Butchery Marked Capture of Nanking" というものだった。日本軍の南京占領の特徴はおぞましい大量虐殺であった……。長椅子に腰を下ろした芹沢は、F・ティルマン・ダーディンという記者の手になるかなり長い署名記事を、まずざっと拾い読みし、それから最初に戻って克明に精読した。そうしながら、先月来の戦況の推移と、その間《かん》大小の情報に接するごとに一喜一憂を繰り返した自分の感情の揺れ動きのさまが改めて甦ってきた。

十一月後半以降、潰走した支那軍を追撃する日本軍が、進軍を続け、結局南京まで攻めのぼってゆくことになったのは、予想していた通りで、そのこと自体には驚かなかった。〈百老匯大厦《ブロードウェイ・マンション》〉での夜、すでに嘉山もそう予言していたではないか。いや、あれは予言ではなく、既定の作戦計画をつい油断して部外者に仄めかしてしまったという、それだけのことだったのだろうか。いや、「つい油断して」はあの男にはないだろうな、既定の方針を芹沢に洩らしたとすれば、それは何か魂胆があってのことだったに違いない、という思念も浮かぶが、ともあれ日本軍の南京攻略の報には、今さら芹沢にとって何の意外性もなかった。ただ、芹沢の心を暗くしたのは、事情通から洩れ聞いたそこに至る具体的経緯だった。本当かどうかわからないが、十一月十九日、上海派遣軍の松井石根司令官の指揮権を無視し、第十軍が独断で南京への追撃命令を下したのだという。松井大将も結局これを追認し、二十五日、上海派遣軍と第十軍の上位に編成された中支那方面軍が進撃を開始したのだという。大本営が大陸命第七号で中支那方面軍戦闘序列を編成し、第八号「中支那方面軍司令官ハ海軍ト協同シテ敵国首都南京ヲ攻略スヘシ」を発令したのは、十二月一日になってからのことにすぎない。現実に追撃戦が始まってしまって十日以上経ってから、初めて正式な攻略命令が出るというこのちぐはぐは、しかしいったいどういうことなのか。こんなことが起きていてはまずいのではないか。芹沢の心に、〈百老匯大廈《ブロードウェイ・マンション》〉の最上階で、乱酔した上海海軍特別陸戦隊の将校たちが軍歌をがなり立てて大騒ぎしていた光景が甦ってきた。あの連中を酔わせていたものは酒だけではなかった。

　現場の軍の暴走からすべてが始まり、司令部は統御できず、統御しようと本気で試みもせず、成り行きに任せてそれを追認した。結果的にはあたかもその追認を正式に執り行なうためであるかのように、内地の首都に「大本営」なるものが泥縄で設置されたのは、現地軍の暴走が始まった翌日、十一月二十日のことである。陸軍と海軍を支配下に置く天皇直属の最高統帥機関である大本営は本来、戦時に限って臨時に置かれる機関で、日清戦争、日露戦争に続いて今回が三回目の設置ということになる。このたび大陸で起きている戦闘は公式にはあくまで「事変」であって「戦争」ではない。従って今は戦時ではないというのがタテマエだから、従来の制度からすれば今般、大本営設置の法的根拠はない。だから政府は、十八日、大本営設置を戦時中に限定していた従来の「戦時大本営条例」を廃止し、戦時ではなくとも事変で設置可能な「大本営令」を新たに制定したうえで、翌々日、大本営設置に踏み切ったのだ。そしてその大本営は、いったんは支那軍追撃禁止を打電するものの、結局はそれを撤回して南京攻略を指令するに至る。しれっとした顔で鷺《さぎ》を烏《からす》と言いくるめつつ、ついに彼らは紛れもない「戦争」を始めたのである。

現場の暴走がまずあって、それを抑えきれず、与《あずか》り知らぬところでいつの間にか進行していたものに引きずられ、やむなく「戦争」を始めてしまった――この成り行きの無責任さは情けないし、もちろん憤らずにはいられない。だが、少し冷静になって考え直してみると、現場の暴走に引きずられたというこの物語自体、必ずしも一から十までは信じられない、どうも疑わしいのではないか、という感想もふと浮かばないではない。軍の上層部はもともと戦争を始めたくて始めたくて堪らなかったのではないか。現場に引きずられたという物語は、既成事実を盾にとって責任を逃れるための口実にすぎないのではないか。現場の将兵は、そんな上層部の思惑を意識的にか無意識的にか的確に察知し、それに媚び、先回りして期待に応え、上層部の開戦決定のためのお膳立てを整えてやったのではないか。それをすると後で頭を撫でてもらえる、褒めてもらえると知っていて、計算ずくで「暴走」したのではないか。要するに、狎《な》れ合いだ、それも暗黙のうちの。上から下への恩情と下から上への報恩の、息の合ったつるみ合い。日本社会の得意わざ。いやはや、困ったもんです、と首を振っている嘉山の困惑顔が目に浮かぶようだったが、その困惑顔をひと皮剝けば、ぺろりと舌を出して、してやったりとほくそ笑んでいるしたり顔が現われるのではないか。

十二月八日、中支那方面軍は南京を包囲し、投降と無血開城の勧告に支那軍が応じなかったので、十日、総攻撃を開始した。十一日にはすでに日本国内で南京陥落の祝賀行事が挙行されたが、日本軍が支那兵の抵抗を完全に抑えこんで南京城に入城したのは十三日になってからである。それがちょうど一週間前に当たる。

この一週間、南京に侵入した日本兵が市内でかなりの乱暴狼藉に及んでいるらしいという噂は、芹沢の耳にも届いていた。実のところ、蔣介石は十一月二十日にはすでに重慶への遷都を宣言しており、日本軍が制圧した時点では南京はもはや国民党政府の首都ではなくなっていた。蔣は十二月七日に南京を脱出し、後を任された司令官の唐生智も職責を放棄し十二日には逃亡している。徹底抗戦を叫びながら撤退作戦の指揮もとらず、敗残兵を城内に残したまま一人ちゃっかりと遁走《とんそう》してしまった唐の無責任な振る舞いを、日本の新聞は悪しざまに罵り、英米のプレスもかなり辛辣に批判していた。実際、もし仮に唐がみずから責任をとって降伏の決断を下し、支那軍兵士が無抵抗で投降しおとなしく捕虜となっていたら、日本軍による占領ももっと整然とした秩序の下に行なわれたかもしれない。

ところが、自軍からも多くの死傷者を出しつつ殺戮を続けてきた日本兵は、結果的に、憎悪と恐怖と歓喜とが渾然一体となった感情に酔い痴れたまま占領地になだれ込むことになってしまった。兵站も十分に確保されない状況下、食糧は現地調達によるほかはない。上層部の統率が無力であることはそれまでの経緯ですでに判然としている。そこに、とんでもない無秩序状態が現出したとしても不思議ではない。芹沢の脳裡に、大場鎮《だいじょうちん》の激戦を制して帰営してきた兵隊たちの、行進というにはあまりに情けない引きずるような足取りと、しなびたどす黒い顔に浮かんでいた虚無的な表情が甦ってくる。

芹沢は『ニューヨーク・タイムズ』の記事を注意深く読んだ。大規模な無差別虐殺と蛮行……。大規模な略奪……。婦女の強姦……。多数の民間人の殺害……。住居からの立ち退き強要……。戦時捕虜の大量処刑……。身体頑健な中国人男子の強制徴用……。

「こうして南京は恐怖《テロ》の街(a city of terror)と化した」云々……。ひと通り読み終えて、翌日付の『ニューヨーク・タイムズ』を見てみると同じダーディン記者による続報があり、芹沢はそれも読んだ。英国の『デイリー・テレグラフ』の方も、十八日付と十九日付の二部を隅から隅まで見てみたが、その種の記事は載っていなかった。閲覧棚に戻って他の新聞もざっと確認してみた。他の英米の新聞にもフランスの『フィガロ』や『リユマニテ』にも、日本軍の南京占領に関してこれほど激越な調子の報道はない。はっと我に返って腕時計を見ると、始業時刻をもう十分も過ぎていた。

小走りに執務室に駆けこんだが、そう慌てる必要もなかったことはすぐにわかった。休憩室で芹沢が読んでいた『ニューヨーク・タイムズ』はこちらにも配布されていて、卓に一部置かれたその一面記事の周りに六、七名の課員たちが集まり、皆が口々に感想を言い合っている。しかし、騒然というよりむしろ沈痛と形容すべき重苦しい空気が立ち込めていた。

毛唐が、好き勝手なことを書きちらしやがって、とちょうど誰かが吐き棄てたところだった。

これではまるで日本兵は鬼畜か、悪魔みたいじゃないか、と別の誰かが呟いた。

ともかく、書いてあることのあらましは伝聞でしかない、と人々の肩越しに芹沢が言うと、皆が彼の方を振り返った。

芹沢、おまえ、全部読んだのか、とその毛唐と吐き棄てた者が尋ねてきた。

読んだよ、と芹沢は答えた。どうやら新聞は今しがた公安課に届いたばかりで、ここの課員たちはまだ見出しを見て中身を拾い読みしただけのようだった。いや終始、誰それから聞いたところでは、という話ばかりだよ、と芹沢は言葉を継いだ。もっとも、どこだったかな……ほら、ここ、と紙面を指さして、「市内を自動車で走っていて、わたしは目撃した」とあるだろう、結局大したことは「目撃」していないんだが、こういう個人的な体験が一、二箇所、効果的に挿入されている。それだけでぐっと真実味が増す。しかし、ともかく全体として、英米人の読者の眼にはかなり説得力のある報道と映るだろうな。

要するに、このダーディンというやつ、小耳に挟んだことを大袈裟に膨らませているだけだろう。想像と憶測混じりで面白おかしく書き立てて、日本攻撃の記事に仕立て上げ、新聞社に高く売りつけた。そういうことなんじゃないのか。

どうかな……と呟いて芹沢は首をかしげた。『ニューヨーク・タイムズ』というのはしかし、相当ちゃんとした新聞だよ。裏付けのないことはあまり載せないはずだ。今、裏付けをとっている最中かもしれない。ともかくこれは一昨日付で、昨日付にも続報が載っていたが、今後さらにフォローアップがあるはずだ。欧米の他の新聞にも目を光らせていた方がいいだろうな。課長にもそう言って……おや、課長はおられないのか。

まだ登庁されておりません、と今年の四月に東京から赴任してきたばかりの月邨《つきむら》という若い巡査が答え、続けて、それにしても芹沢さん、「ブッチャリー」なんていう煽情的な見出しを掲げるのが、「ちゃんとした新聞」のやることですか、と憤然と言った。

これじゃあまるで、赤新聞じゃないですか。

まあ、そうだよな、たしかに、と芹沢は頷き、ほら、ここを見てみろ、と言った。「数千人」もの捕虜が処刑された、民間人の死傷者は「数千人」にものぼり――なんぞとある。"thousands of..."なんていういい加減な書きかたをしていて、しかもこの数字には何の根拠もない。ひい、ふう、みい、と実際に死体の数を数えたやつが誰かいるのかって話だよ。

そうでしょう？　誇張に決まってますよ、と月邨が言った。天皇陛下のおん為にいつでも一身を捧げる覚悟のある、赤心清らかなわが皇軍の兵隊が、まさかそんな鬼畜の所業に及ぶとは、とうてい、とうてい……。威勢良く言いはじめた月邨の言葉は中途で勢いを失い、語尾を見失って弱々しく途切れた。途切れた語尾を引き取ってきちんと言い直してやろうという者もいなければ、それに反論しようとする者もいない。課員たちの間に何秒かの沈黙が下りた。

誇張かもしれないし、そうでないかもしれない、と芹沢は平静な口調で言った。南京で何が起きたのか、起きているのか、正確なところはまだわかっていない。が、しかし、いいか、誇張どころかその逆に、残虐《アトロシティ》の実態は本当はこんな程度のものじゃあないのかもしれんよ。まだ明らかになっていないもっともっとおぞましい、身の毛のよだつような事実が他にも多々あったらどうする。犠牲者数も実は「数千人」をはるかに凌駕していたら……。

悲観主義者芹沢の本領が出たな、と誰かが言い、幾人かが陰気な笑い声をあげた。いちばん悲観的な事態を想定しておくに越したことはないだろう、と芹沢自身も苦笑しながら言い返した。いずれにせよ、南京陥落後まだ一週間で、占領は始まったばかりだ。この記者がこれを書いたのは、陥落後ほんの四、五日の時点だろう。それで「数千人」というのがもし仮に正しいとすると、今後それがどれほどのものに膨らんでゆくか、考えるだに空恐ろしい。事実はどうなのか、まだ何もわからないが、ただ一つ、今の時点で確実に言えることがある。そう言って芹沢は言葉を切った。

何だ、それは？

この記事が途方もない影響力を持つに違いないということだ。芹沢がそう言うとその場の者はみな黙って頷いた。わが国はこの記事を放っておいちゃあいけない。黙っていたら事実だと認めたことになる。

ワシントンの日本大使館がただちに『ニューヨーク・タイムズ』に対して抗議声明を出すべきだろうな、と言ったのはこの公安課でいちばん年嵩《としかさ》の、と言ってもまだ五十がらみだが、小榑《こぐれ》という課長補佐だった。どうなんだ、そういう話を誰か聞いたかね？

男たちは目を見交わした。芹沢も含めてこの記事の存在自体、今朝初めて知ったという者ばかりで、従ってその反響も余波も当然誰も聞いていない。芹沢は昨日の日曜はアナトリーを待ちながらずっと家にいて(結局待ちぼうけに終ったが)、朝晩のラジオのニュースも聞いていたが、そんな話題はまったく出なかった。

その声明は出すべきでしょうね、それも即刻です、と芹沢は小樽に言い、さきほど記事を精読しながら心に浮かんだことも続けて口にした。同時に、官民を挙げて、国際社会へ向けての対外的な反宣伝を開始しなければいけないでしょう。これをきっかけに、欧米の輿論の潮目が一気に変わることにもなりかねませんから。わが国の政府は、国内の新聞雑誌に対してはけっこう厳しい検閲を行なって取り締まっているくせに、国際輿論の動向に関してはあまりにも鈍感です。何を書かれても、まるで見なかったふりのように平然と放置している。外務省はいったい何をやっているんですかね。それと、もし仮に、仮にですよ、南京に駐留する中支那方面軍の規律が弛んでいて、ここに書かれているほどではないとしても、兵たちが野放しになってやりたいほうだいをやっているといった状況が現出しているとしたら、これは非常にまずい。大本営は綱紀粛正のために早急に何か手を打つ必要がありますよ。

それはなあ、しかし……。おれたちがどうこう言えるようなことでは……と小樽は辟易したような表情で言った。軍人さんたちの問題は、軍人さんたちの問題で……。

そりゃあそうですが、と少しむきになって芹沢は言いつのった。こういう報道に反論するにも、まずとにかく徹底的な調査と事実究明が必要でしょう。調査には警察も協力できる。処刑した捕虜の数くらいは現地の軍が把握しているでしょうし、そうあってほしいものですが、もし仮に軍の規律が破綻していてそんな情報さえないのなら、これはむしろ警察がやらなければ。そもそも治安の維持は警察の所管です。

おれたちは南京の警察官じゃあないぜ、と小椨が口を歪めながら言った。

ですが、南京に警察機能がなくなっているということ自体が、問題なんじゃないですか。わが国の占領下に置かれた以上、そこに警察機能を整備するのは今や日本の責任になる。東京の本庁はそのあたり、何かちゃんと考えているのでしょうかね。それから、目先のことで言えば、この問題はわれわれの上海市の治安問題にも直結すると自分は考えます。この租界内でも、ただでさえ支那人の間にこれほどの怨念と憎悪がくすぶっているのに、もし南京で何か血腥《ちなまぐさ》いことが起こっていて、その事態が今後ますます悪化するようになるとしたら、――いや、それは結局は虚報かもしれませんが、しかしそういう虚報が広まるだけでも、火に油を注ぐようなことになる。この記事で、英米人の間の日本人の評判が一挙に甚だしく下落するのは必定ですし……。共同租界内に住む邦人がいよいよ危険にさらされることになる。彼らを保護するための方策を何か早急に――。

だんだん熱を帯びてきた芹沢の言葉は、鳴りはじめた電話のベルで遮られた。もののはずみで言いつのるうちに、つい小椨相手に長広舌をふるうような成り行きになってしまったことに、頭の隅で少しばかり困惑していた芹沢は、電話のベルによって自分の言葉が中断されてむしろほっとするような思いもあった。小樽が呼ばれて電話に出た。はあ、わかりました、と答えている。はあ……はあ……。見出しだけは一応、ざっと見ましたが……。今みんなで、その話題で……。いやあ、芹沢君だけは全部ちゃんと読んでいて、何かいろいろ提言があるようですがねえ……。受話器を置いた小樽は、課長からだ、と言った。臨時の会議が入って遅れるそうだよ。たぶんこの新聞記事の問題で緊急召集がかかったんだろう。

いや、自分は何も、提言など……と芹沢は抗議するように言った。

まあいいじゃないか、と小樽は軽い口調で答えた。芹沢は、どうやら外地に骨を埋《うず》める覚悟でいると見えるこの古参の課長補佐が、なぜか理由はわからないが何となく自分を煙たがっているらしいことに、ずっと以前から気づいていた。日頃無口なこの男は、誰に対してもそうだがとりわけ芹沢に対しては心をぴっちりと鎖したまま皮肉な笑みで接し、いつも微妙に軽侮と嘲弄を滲ませた言動をとる。課長がいらしたらまたみんなで話そうじゃないか、と小樽は如才なくいなし、芹沢から目を逸らした。さあ、そういうわけだ。仕事にかかるぞ。

それでともかく皆の気持が切り替わり、通常の執務が始まった。一時間ほど経ったところで、総務課の若い巡査が戸口に現われて敬礼し、石田公安課長殿からの伝言であります、と言った。四階の大会議室まで、芹沢巡査部長殿にいらしていただきたいとのことであります。

小樽がひとこと余計なことを口走ったばかりに呼び出されることになったのか、やれやれ、と溜め息をついた芹沢は、課員たちの少々揶揄気味の視線を浴びながら、『ニューヨーク・タイムズ』を手に執務室を出た。しかし、上に向かって言っておきたいこともないではない、と少し勇み立つような思いとともに、廊下を歩き、階段を昇ってゆく途中、数人の英国人巡査とすれ違ったが、みな何か居心地の悪そうな表情で顔をそむけ、目を合わせようとしないことに気づかずにはいられなかった。芹沢が手にしている『ニューヨーク・タイムズ』にちらりと目を走らせた者もいた気がする。記事を読んだに違いないと芹沢は思った。

会議室のドアをノックし、入れという声にドアを開けると、広い部屋のずっと向こうの壁際、大きな会議卓の端っこに、公安課長の石田と刑事課長の大河原、それに速記係らしい婦警の三人がぽつねんと固まって座っているだけなのは少々意外だった。大中小ある会議室のうちいちばん大きな部屋だし、警察幹部がずらりと揃って侃々諤々《かんかんがくがく》の議論をやっているのではないかと思っていたからである。芹沢が名乗りながら戸口で敬礼すると、まあまあという仕草とともに石田が手招きした。並んで座る三人の方へ近づいて、示されるまま彼らと向かい合う席についた。

石田は四十を少々越えた中肉中背の男で、黒々とした豊かな髪を七三に分けてポマードで固め、角張った太い黒縁の眼鏡をかけている。強い近視なので分厚いレンズの奥に覗く瞳が角度によってはぎょっとするほど小さく見えるが、それがきょときょと動くさまはどこか妙に魚染みた印象がある。大河原も同じ年恰好だが痩せた長身で、すでに半白になった髪を短く刈り揃え、眼鏡なしの顔に落ちくぼんだ鋭い目をして、その目の白目の部分がかすかに黄ばんでいる印象がある。薄い唇を真一文字に結んで滅多に笑わない。石田の方はそれと対照的にいつもにこやかで愛想が好いが、笑っていても目は冷たい。二人とも高文組、すなわち高等文官試験合格者の能吏だった。石田は東大法学部、大河原は京大法学部の出である。

おう、芹沢君、わざわざ来てもらって申し訳ない、と石田が言った。芹沢は黙って頭を下げた。ああ、それね、その記事……まずいことになったな、と石田は芹沢が腰を下ろしながら会議卓のうえに置いた『ニューヨーク・タイムズ』に目を留めて言った。アメリカでそれが出たとたん、東京の外務省はもちろん蜂の巣をつついたような騒ぎになったようだが、こっちはなぜか蚊帳の外に置かれていてね。わたしは昨夜遅く、こっちの領事館からの電話で初めて知った。現物を見たのはようやく今朝になってからという始末でねえ。

はあ……さしあたり、公安課として何ができるかを考えてみたんですが、とやや勢いこんで芹沢は喋り出した。このF・ティルマン・ダーディンという記者、こいつを徹底的に洗うべきだと思うんです。というのも、自分が思うに、これはどうも、蔣介石が陰で糸を引いて行なった情報操作の疑いがある。支那側が金でこの男を抱きこんで、流言蜚語《ひご》を捏造し、虚報を流させたという策謀の可能性があるんじゃないか。『ニューヨーク・タイムズ』はそれにうかうかと乗せられただけなのかもしれません。このダーディンというのが何者なのか、『ニューヨーク・タイムズ』の正規の特派員なのか、ときどき寄稿する契約を結んでいるだけのフリーランスの記者なのか、どういう経歴と思想的背景の持ち主なのか、これまでどういう記事を書いてきたのか、まずそういったことから洗い出してみたらどうか、と……。

石田はにこやかな表情で、うん、うん、と頷いているが、どこか上の空で、芹沢の話は右から左へ聞き流しているだけのような気配がある。それで自然と芹沢の熱意も徐々に萎え、言葉も尻つぼみになっていった。その一方、芹沢は話しながら大河原の方へもちらちらと目を走らせていたが、こちらは石のように強張った表情を崩さず、黙りこくって、ほとんどまばたきをしない瞳でじっと芹沢の顔を見据えたままだ。まるで睨みつけているようなその強い視線には、何か譴責《けんせき》の意志が籠もっているようでもある。

うんうん……そうだな……なるほどね……と気のない相槌をうっていた石田は、芹沢の言葉が途切れた瞬間を狙い澄ますように、大きく一つ咳払いして、それはそれとして、ところでね、芹沢君、と切り出した。

いやね、その記事も含め、当節、いろんな問題が山積しているんだが、実はもう一つ厄介なことが持ち上がってね。

はあ、何でしょう。

ちょっと言いにくいんだが、きみの問題でねえ……。

はあ、自分の……？

そう……。うん、まあ、ここは率直に訊かせてもらうかな。きみは、蕭炎彬《ショー・イーピン》という男と、何か個人的な交際があるのかな。

芹沢はぎくりとしたが、習い性になっている用心深い防衛機制が無意識のうちに働いて、驚きが顔に出るのをとっさに抑制した。が、次の瞬間、こういう場合、身に覚えのない嫌疑をかけられた潔白な男なら、蕭炎彬《ショー・イーピン》の名前などを聞けば飛び上がるほど仰天する方がむしろ自然なはずだという想念が閃き、それで、目を剝いて、ええっという表情を浮かべてみせた。その一瞬の遅れ、そして驚きの表情のわざとらしさが、かえって石田たちに何やら疑わしく映ったに違いないと思い当たったのは後知恵である。少しの間、口をぱくぱくさせてから、ようやく芹沢は、

蕭炎彬《ショー・イーピン》、あの蕭《ショー》ですか、という言葉を無理やりのように押し出した。いや、交際など、まさか、とんでもありません。

そうか。そりゃあそうだろうな。じゃあ、きみは、蕭炎彬《ショー・イーピン》とはいっさい無関係だと、

そういうことだな。

芹沢はすばやく考え、嘘はつけないぞ、ととっさに心を決めた。石田課長は何かを摑んでいるらしい。それが何かはわからないが、その情報に背馳《はいち》するような下手な嘘をここでついてしまうと、奈落に転落してそれっきりもう這い上がれなくなる。本当のことを、ぶっても叩いても壊れない事実だけを言うしかない。もっとも、本当のことのすべてを言う必要はない。では、何を言い、何を言わずにおくのか。

いや、彼に会ったことはあります。一度会いました。一度きりです。

ほう、そうか。会ったことがあるんだね。どういう機会に会ったんだ。

はあ……それはですね……。参謀本部の嘉山少佐という方がおりまして、その依頼で……。いや、これはちょっと長い話になるんですが――。

いや、長くなってもいっこうに構わんよ。じっくりと聞こうじゃないか。それでね、一応、記録をとらせてもらいたいと思う。構わんだろうな？

芹沢は石田の横に座るひっつめ髪の小柄な女に目をやった。ノートを広げ鉛筆を構えたその中年の婦警は目を伏せたまま軽く会釈した。

もちろん構いませんが……。何でしょう、これは何か、査問のようなことなんでしょうか。

いやいや、査問なんて、そんな話じゃあないんだよ。張りついたような笑みを口元から消さないまま、石田は大袈裟に首を振ってみせた。まあ、非公式の、簡単な事情聴取とでもいうのかな……。ちょっとした噂がわれわれの耳に入ったもので、それでね……。

噂というのは、いったい、どういう……？

それをきみに言う必要はない、と、それまでずっと黙ったままだった大河原が初めて口を開き、聞き取りにくいしゃがれ声で言った。そうだ、こういう声で切り口上に喋る男だったと芹沢は思い出した。面と向かって話したことはないが、廊下で部下を叱りつけているところに通りかかったことが一度ある。声自体は低いのに、その小声での叱責の語気は峻烈で、顎を引き直立不動の姿勢をとっている部下の肩がかすかに震えているのを芹沢はすれ違いざまに見てとった。食堂でだったか休憩室でだったか、あれは怖いよ、大河原さんという人は、何しろ容赦がないからね……と、誰かが声を潜めて言うのを小耳に挟んだことがあるのも思い出した。

訊かれたことにただ答えればいい。そのためにきみは呼ばれたんだから。わかったな、巡査部長、と大河原は続けて言った。

はい、わかりました、と芹沢は言った。では、申し上げますが、陸軍参謀本部の嘉山少佐という方の依頼を受け、少佐殿の同席の下に、蕭炎彬《ショー・イーピン》に会ったのです。少佐殿を蕭《ショー》に紹介するという任を仰せつかり——。

紹介する——ということはつまり、きみの方はすでに蕭《ショー》と昵懇《じっこん》だった、そういうことじゃないのかね、と大河原が言った。

いえ、そうではなく、自分の方も蕭炎彬《ショー・イーピン》とはそのときが初対面だったのです。

どうも、よくわからん話だな。それはいったいいつのことなんだ。

あれは……たしか十月初めでしたので、そう、二か月半ほど前のことでしょうか。そう言うと、石田と大河原がちらりと目配せを交わしたのに芹沢は気づいた。

うん、ではともかく、最初から話してもらった方がいいようだな、と石田が言った。

かしこまりました。

芹沢は話した。嘉山から呼び出され、紹介の労をとるよう頼まれたこと。嘉山は日本軍の徴用した工場の再稼働のために蕭炎彬《ショー・イーピン》の政治力を借りたいのだと説明したこと。自分は馮篤生《フォン・ドスアン》の経営する骨董時計店の客で、馮《フォン》とは世間話をする程度には親しかったこと。馮《フォン》は蕭《ショー》の義理の伯父で、ただし嘉山に教えてもらうまで自分はそれを知らなかったこと。馮《フォン》を通じて蕭《ショー》に話を通してほしいのだと嘉山から説明され、話の筋道は一応納得したこと。

馮《フォン》というその時計屋ときみとは、どういう関係なんだ、とそこで大河原が口を挟んだ。

申し上げた通り、単に、店主と客の関係です。何度か、安物ですが、古物の時計を買ったことがあるのです。収集というほどではありませんが、自分はそういうものを買い集める趣味がありまして。

今、身に着けているのもその一つかね。

いえ、これは違います。一昨年死んだ兄の遺品であります。

その爺いは――爺いなんだと言ったな、たしか？

はあ、今年七十一歳になったとか、聞いたような気がしますが……。

蕭炎彬《ショー・イーピン》の身内だというその爺いも、当然、青幇《チンパン》の幹部なんだろうな。

いえ、そうではありません。堅気の古物商です。だと思います。

堅気なのか、そうきみが思うだけなのか、どっちだ？

蕭《ショー》の娶った第三夫人がたまたま馮《フォン》の姪だったという、それだけのことだ、と……思います。ともかく自分はそう確信しております。馮《フォン》という老人はフランス租界の維爾蒙路《ヴィユモン》でずっと以前からその商売をやっているまっとうな市民で――。

それまではまっとうな堅気の男だったかもしれないが、蕭《ショー》とそういう姻戚関係になった時点で、いかがわしい仕事の仲間に引き入れられたという、そういう可能性はないのかな、と石田が穏やかに言った。

さあ、どうでしょう……。自分は馮《フォン》の身許を徹底的に洗ったわけではないので、断言はできませんが、彼については悪い評判は聞いたことがありません。

古物商か……。盗品を扱う故買屋の絶好の隠れみのじゃないか、と大河原が言った。蕭炎彬《ショー・イーピン》にしてみれば、そういう親戚がいるのはさぞかし便利に違いあるまい。

芹沢はしばらく黙って、それから、これは自分の思い込みにすぎないかもしれませんが、と言った。馮篤生《フォン・ドスアン》が闇世界の人間だとは自分にはどうしても思えません。ちょっと癖の強い、気難しくて皮肉屋の老人ですが、なかなか面白い男です。口が悪くて、日本人をずけずけ批判したりもするものの、基本的にはわが国の文化と歴史に理解の深い、まあ親日家と言ってもいい人物だと自分は思っています。若い頃日本に長く暮らしたこともあるやに聞いています。当節、支那人の社会では、親日をあからさまに示すと漢奸《ハウーケェ》として吊し上げられますから、そういう言動は意識的に慎んで、むしろ偽悪的に振る舞って日本の悪口を言ったりしているんでしょうが……。

きみはその爺いから故買品を、故買品と知りながら安く譲ってもらったことはないんだな、と大河原が言った。芹沢は自分の顔が紅潮するのを感じた。大河原の方に顔を向けると恐らく憤りを籠めて睨みつけてしまうことになると思ったので、石田の目を見つめながら、ありません、と答えた。

ほう、ない？　じゃあ、こう訊こう。故買品と知りながらということはなかった、と。しかしそれも、さっきのきみの言葉を使えば、「思い込みにすぎない」のじゃないか。きみの買った時計が蕭《ショー》の一味の盗品倉庫から流れてきたものでは絶対にない、とどうして言える。

芹沢は一瞬俯いて、気持を鎮めるために深く息を吸った。それから顔を上げ、舌で唇を湿らせて、

そういうことはないと確信しています、と言った。自分がよほど巧妙に騙されていたなら別ですが、自分は馮篤生《フォン・ドスアン》を人間として信用しており――。

ほう、という大河原の人を小馬鹿にしたような嘆声が、また芹沢の話の腰を折った。この上海で、生き馬の目を抜くこの町で、支那人なんぞを「人間として」信用する？　こりゃあ驚いた。しかも、どこぞで安く買い叩いてきたものを舌先三寸で高く売りつける、そういう商売で甲羅を経てきた、海千山千の支那人の爺いをねえ。そりゃあずいぶんとお人好しな話じゃないか。

いや、ともかくなかなか面白い男なのです、と芹沢は大河原の悪意ある物言いに怯まないように努めながら、できるだけ平静な声で喋ろうとした。教養もあり、日本贔屓《びいき》で……上海滞在中の北一輝と交際していたこともあるそうで――。

北一輝の名前を出した瞬間、舌を嚙み切りたいような気持に襲われたが、もう後の祭りだった。平静に振る舞おうと努めながらもやはり頭に血が昇っていたせいだろう、言わなくてもいいことまでつい口を滑らせてしまった。

しかし、今度は二人の尋問官――としかもう芹沢には思われなかった――の反応は不気味なほど間延びしたものだった。意地の悪いことを立て続けに言いつのっていた大河

原も、口元から突然笑みが消えて無表情になった石田も、その瞬間、口を噤んで身動きもしなくなった。それから石田がのろのろと片手を上げて頬をこすりながら、

ほう、北一輝、あの北一輝のことかね、それは、とゆっくりと言った。

そうです。いや、北にかぎりません。馮篤生《フォン・ドスアン》はこれまでずっと、上海在住の日本人と好んで付き合ってきたようで——。

きみも国家社会主義とやらの信奉者なのか、と大河原が唐突に言ったが、あまりに低いしゃがれ声なのでとっさによく聞き取れず、二度も訊き返さなければならなかった。

国家社会……はあ、国家社会主義……北の鼓吹するあの……。いえ、むろん違います。彼の『日本改造法案大綱』という著作をひと通り卒読したことはありますが……ここの資料室にありましたので。読んだ印象は、まあ何と言いますか、過激なたわごとの連続で……。

馮篤生《フォン・ドスアン》はどうなんだ、と大河原は言った。北一輝と交際していたというのは、つまり馮《フォン》は彼の思想的同志だったということなのか。

さあ、どうでしょう。詳しいことは知りません。ただ、在支の頃の北と交際があった、と一度ちらりと聞いたことがあるだけですので。それも、もう二十年近く前の話でしょう。

どういう種類の交際だったんだ。

知りません。

きみと馮《フォン》は、革命とか「日本改造」とか、そういった話題で話し合うことはあるのか。

ありません。一度もありません。

沈黙が下りた。

いやはや……と大河原がわざとらしく嘆息した。蕭炎彬《ショー・イーピン》の眷属《けんぞく》で、その一方、ついこのあいだ銃殺刑に処せられたばかりの不敬な思想犯との交流もあった老人……。「面白い男」ときみは繰り返し言うが、わたしには、いかがわしいクワセ者としか思えんね。

とにかく日本人警察官が友人として持つのにふさわしい人物とはとうてい思われない。

いや、友人ではないのです。さっきから申しておりますように、常連客というほどでさえなく、単に何度か買い物をして顔馴染みになり、やがてちょっとした世間話もするようになったという、それだけの付き合いなのです。

じゃあ訊くが、「それだけの付き合い」だという、きみと馮篤生《フォン・ドスアン》とのその淡い関係をだな、嘉山少佐という男はなぜ知っていたんだ。どこから知ったんだ。

さあ、わかりません。ただ、嘉山少佐は、参謀本部の第二部第十一班、つまり「謀略課」の所属——班長補佐と言っていたように覚えていますが、そうである以上、何かといろいろな情報を握っているのも当然だと、自分はまあそんなふうに、漠然と考えておりました。

また沈黙が下りた。婦警が鉛筆をノートのうえに走らせるさらさらという音が、話している間中、言葉の伴奏のように絶え間なく続き、人声が途絶えるとそれも途絶える。

まあ、いい、と大河原が言った。その馮《フォン》という男についてはこちらで調べる。なに、徹底的な聞き込みをやればすぐ正体は割れる。青幇《チンパン》の内部に食いこんでいる情報屋もいるしな。話を進めようじゃないか。きみはそれで、嘉山少佐の要請を容れて、蕭《ショー》との間を取り持ってくれるよう、馮《フォン》に頼んだという、そういうことだな。

はい、そうであります。

ふん、軽率なことをしたもんだ。

芹沢は黙っていた。

で、馮《フォン》はそれを引き受けて、面談のお膳立てをしてくれた、と。

その通りであります。

ずいぶんとまあ、親切なことだな。

はあ。

馮《フォン》には馮《フォン》で、何か思惑なり下心なりがあったんじゃないのか。

さあ、自分にはよくわかりません。

そんなふうに独断で動く前に、石田課長に相談しようとは考えなかったのか。

そうしようかと……ずいぶん迷ったのですが、少佐殿が、これは自分個人への頼みだからと強調し、何という言葉を使っていましたか……そう、「搦め手」から内々に話を持ちかけていきたいのだ、警察署内にこの話が伝わらないようくれぐれも留意してほしいと強く言われましたので。

他には洩らすなと、嘉山が命じたんだな。

はい、そうであります。芹沢はそう言うにとどめた。嘉山が脅迫紛いの言辞で迫ってきた経緯については、絶対に口にするわけにはいかない。

で、会談が実現した、と。いつのことだ？

はあ、十月上旬……たしか、十月六日の夜のことだったと思います。

そこで芹沢は、その晩起きた出来事をかいつまんで物語った。嘉山と二人で蕭《ショー》の公館へ行き、裏手の洋館の一階の、蕭《ショー》の執務室らしい部屋で、三人で会ったこと。顔合わせが済んだら自分はただちに辞去するつもりだったこと。しかし、蕭《ショー》からはおまえも残れと言われたこと。一方、嘉山の方は芹沢がただちに退席するように強く求めたこと。
で、どうしたんだね、退席したのか、それともその話し合いに同席したのか、と石田が尋ねた。

退席したのであります。従って自分は蕭《ショー》とはほんの二、三分、顔を合わせただけで、話らしい話など何もしておりません。ただ、その後、何と言いますか……。あの晩にその後起きた出来事は、この一件の経緯の全体を通して芹沢がいちばん言いたくないことだった。それを言うまいか、彼はしばらく前から頭の片隅で迷いつづけていたのだが、どたんばに来て、これはもう正直に言ってしまうほかないと決心した。それで正解だったと、結局ほどなく判明することになったのだが。

実を申しますと、その後、非常に奇妙な成り行きになりまして……。課長殿はきっと、何とも馬鹿馬鹿しい話とお考えになるでしょうが、蕭《ショー》夫人——馮篤生《フォン・ドスアン》の姪だというその第三夫人の、美雨《メイユ》という女なのですが、自分はその女に同伴して外出しなければいけなくなってしまったのです。

芹沢は、キャデラックで送られて美雨《メイユ》と一緒に小沙渡路《フェリー・ロード》にあるジャズクラブへ行ったこと、少し酒を飲んだ後、そこを出て近所の小さな支那料理屋に行き、餃子をつまんだこと、運転手が戻ってきたのでそこで二人と別れてキャデラックを見送り、自分は帰宅したことなどを話した。

ほう、工部局警察の巡査部長が、蕭炎彬《ショー・イーピン》の奥方と連れ立って夜遊びとは、これはまた——と、大河原が心底呆れたように言い、意味ありげにわざと中途で言葉を途切れさせた。

いいえ、夜遊びというわけではなく……。蕭《ショー》がどうしてもと言うので、断わりきれなくなってしまったのです。

ほう、蕭《ショー》自身がねえ……。では、亭主公認の、間男というわけか。

頬がまたかっと熱く火照るのを芹沢は感じた。返事をする必要もないと最初は思ったが、自分の受け答えが目の前でノートのうえに逐一、速記で書き取られつつあることを考えると、こういう悪意の籠もった皮肉や侮辱を沈黙で受け流しておくわけにはやはり行くまいと考え直した。黙っていれば、肯定していると受け取られても仕方ないことになる。間が抜けているようでも、一応は言葉にして答えておかねばなるまい。

いいえ、間男ではありません。その女との間には何もありませんでした。ただ、一緒にちょっと酒を飲み、安い餃子を食べ、路上で別れただけです。

ほう、そうかね、と大河原が疑わしそうに言った。酒を飲みながらどんな話をした。

うーん……。バーではジャズの演奏をしていましたし……。何か当たり障りのないことを……。結婚前は女優で舞台に立っていたとか……。ええと、それから――。

そのとき芹沢は内心で、あっと叫んだ。あの店で乾とばったり出喰わしたことを、迂闊にもその瞬間までぽかっと忘れていたのである。それを言うべきか、言わざるべきか。様々な思慮や推論が芹沢の頭を高速で駆けめぐった。言えば、乾も事情聴取を受けることになるだろう。その聴取の場で、あの夜芹沢が嘘をつき彼を誤魔化して〈縫いもの《ソーイング・》をする猫たち《キャッツ》〉から逐電したと知ることになり、当然気を悪くするだろう。ひどく腹を立てるかもしれない。が、それは事情をぜんぶ説明して平謝りに謝れば、ああいう気の良い男のことだ、そうだったかと赦してくれて大して根にも持たないのではないか。むしろ乾は、芹沢がその夜の行動について上司に事実を包み隠さず喋っていることの、恰好の証人となってくれるのではないか。

しかし、と芹沢はまた考え直した。黙っていれば、それはそれで済んでしまうかもしれない。何もわざわざ乾をこの一件に巻きこむ必要はないかもしれない。警察のような組織の特性でもあるが、こういうスキャンダルめいた話は部外秘で終始し、内輪の関係者の外には決して広がらない。それを芹沢はよく知っていた。芹沢自身、美人局《つつもたせ》に引っかかって身ぐるみ剝がれたある若い同僚の尻拭いに一役買ったことがあり、しかしその事件は結局、署内では課長クラス以外には芹沢一人の胸に納めたままで収束した。悪い女の後にうかうかとついていってひどい目にあったその軽率な男は、事件後の当初はすっかりしょげていたが、今ではけろりとした顔で平然と勤務を続けている。警察官の不祥事といったたぐいの新聞種に危うくなりかけたのを、あちこち奔走し手を尽くして揉み消してやったのも芹沢だが、その男自身は芹沢からそういう恩を受けたことをたぶん今なお知らないままなのではないか。芹沢の方も、それをわざわざ恩着せがましく口にして相手を恐縮させてやろうなどという気はさらさらなかったし、今もない。どの組織も多かれ少なかれそうだろうが、警察というのはとりわけそうした大小様々な部外秘事項に満ち満ちた閉鎖的な組織だった。当人はもちろん、調査や後始末に関わった者も一件落着の後は皆固く口を鎖し、関係者同士の間でも話題にすることを憚る。

今ここで乾の名前を出さなければ、誰も彼に話を聞きに行こうとしまいし、従ってこの一件が乾の耳に入ることもなく終る。彼は、あの晩の芹沢はただ安い娼婦を拾って帰っただけだと思い込みつづけるだろう。いや、二か月半まえのそんな小事件など、十中八九もうとうに忘れてしまっているに違いない。後になって乾との遭遇が表沙汰になってしまう可能性もなきにしもあらずだが、万が一そうしたことになった場合は、あっ、そうでした、すっかり忘れていましたと頭を掻いていればいいのではないか。

それから、何だ？　と大河原が苛立たしげに催促した。

それから……蕭《ショー》という男は家ではどんなふうなんですか、と尋ねてみたり……。笑って、何にも答えてくれませんでしたが。

美人なのか？

え……？

その美雨《メイユ》という女は美人なのか、と訊いている。

はあ、そうですね……。何しろ蕭炎彬《ショー・イーピン》が本妻として娶ったほどですから、まあ、かなり美しい女と言ってよいか、と――。

ほう。どうやら、独身男《ひとりもの》のきみにとってはたいそう楽しい晩だったようじゃないか。儲けものだったな。きれいな顔の支那女と酒を飲み、音楽を聴いて……羨ましいこった。

申し上げますが、いいですか、要するに――と言いはじめた自分の言葉がやや憤然とした調子を帯び、声も少々高くなっていることに気づかないではなかったが、もう止められなかった。要するにですね、こういうことなんです。その晩の自分の気持としては、乗りかかった舟でもあり、ようやく会談が実現しかけていたというか、そのとば口までは何とか来ていたわけなので、せっかくならば何とかそれを成功裡に終らせたかったのです。この件で蕭《ショー》を口説き落とすのは日本の国益のためにどうしても必要なことなのだと、嘉山少佐は当初から熱弁をふるって強く主張し、自分はそれに説得され、彼の熱情にほだされてもおりました。自分に出来ることでそれに協力するのは、警察官としてというより、皇民の一人としての義務だという気概もありました。で、蕭《ショー》が当夜、その場になって妙に気持をこじらせて、まだ始まりもしないうちに会談自体が流れてしまいそうな気配になったとき、やつは不意に、夫人をエスコートしてくれたら云々という妙な話を持ち出してきたのです。ダンスホールに連れていってもらえるという約束を反故《ほご》にされたと言って、家内がむくれているんだ、と。そして、まあ酔狂な気紛れからなんでしょうが、その役を強引に自分に振ってきたのです。自分としては、それを引き受けることで蕭《ショー》の気持の収まりがつき、嘉山少佐の話をおとなしく聞く気になってくれるのであれば、何でもやってやろうと考えました。それで自分はその女と出かけてほんの一刻、酒場で過ごした。ただそれだけのことなんです。

ほほう、愛国心の発露のあまり、皇道への忠誠心が嵩じたあまり、わが身を犠牲にして、女と夜遊びに行ったのだと、そういうわけか。しかもその女というのが、上海最大の犯罪組織の頭目の女房と来ている。大河原の棘のある物言いは相変わらずだったが、開き直ってひとくさり弁じ立てた芹沢の剣幕に気圧されたか、ほんの少しばかり口調が弱くなったような気配を芹沢は感じとった。それで、

まあ、そうですね、と挑むように答え、大河原の目を真っ直ぐに見返した。義務感から付き合ってやったと言ってもいい。蕭《ショー》からは、〈大滬舞庁《マジェスティック・カフェ》〉か〈大華舞庁《アンバサダー・ボールルーム》〉か、そのあたりへ行ったらどうかと言われました。おれの付けで、只でいくらでも飲み食いできるぞ、と。しかし、むろんそういうわけには行かないので、自分は自分の行きつけのバーへその美雨《メイユ》という女を連れて行ったのです。言うまでもありませんが、勘定は自分の財布から払いました。

きみはその蕭《ショー》の女房とも初対面だったのか。

もちろんです。

すると大河原は、会議卓のうえに置いてあった大判の封筒を取って、中から何かを抜き出した。そう言えば芹沢が会議室に入ってきた最初の瞬間からずっと、左手のてのひらをその封筒のうえにぴったりとのせたままだったのだ。芹沢はそれに気づいていないわけではなかったが、薄茶色のその封筒が卓の表面とほとんど変わらない色合いで目立たなかったこともあって、それまでほとんど気に留めずにいた。

大河原は封筒から出したものを、黙ったまま芹沢の方へ、卓のうえを滑らせてよこした。それはかなり大きな、八インチ×十インチの六切判の、白黒写真の印画紙だった。三枚ある。どれも夜の路上の光景だった。手に取って見た瞬間、芹沢は言葉を失った。最初の一枚には、黒い自動車が画面の下半分を占め、その向こう側に立つ三人の人物の姿が写っている。まず、自動車の屋根越しに首からうえだけ見えている二人の男。二人はかなりの近さで向かい合って何か話をしているところだ。もう一人、白っぽいものをまとった女が、男たちに背を向け、自動車の後端近くにぽつねんと立ち、寒そうに腕組みし肩を竦めている。画面の右上に、〈縫いものをする猫たち《ソーイング・キャッツ》〉のネオンサインの、ミシンのペダルを踏んでいる猫の後足の部分が写りこんでいる。画面の左からも強い光が落ちてきていて、それは隣り合ったレストランの、やはり看板のネオンサインのようだった。両側からのネオンの光を受けて高級車の真っ黒な塗装が艶やかな輝きを放ち、その照り映えが三人の顔にまで及んでいる。露光不足で粒子の粗い写真だったが、ピントはぴたりと合っているのでネオンに照らされた三人の顔ははっきりと識別できる。男二人は芹沢と李《リー》だった。女は美雨《メイユ》だった。

二枚目は、芹沢と李《リー》が顔を寄せて話しているところが大写しになっている。一枚目の写真の画面を部分的に切り取って拡大したもののようだった。最後の一枚には、口にくわえた煙草に点けたマッチの炎を近づけようとしている李《リー》だけの上半身が写っている。

マッチの炎の光が李《リー》の顔立ちをきわめて鮮明に浮かび上がらせている。

それはきみだろう、と石田が言った。

はあ……そうです。今申しました〈縫いものをする猫たち《ソーイング・キャッツ》〉というジャズクラブの前で、車から降りたところのようです。誰が撮ったものなんですか、これは？　答えが返ってくるとは思わなかったが、一応訊くだけは訊いてみた。案の定、返答はなかった。

あの瞬間の記憶を甦らせてみようと努めてみる。もう十一時近くになっていたが、まだちらほらと人通りはあった。立ち止まって自分たちの方を見つめている人物がいたかどうかは、さあわからない。〈縫いものをする猫たち《ソーイング・キャッツ》〉の向かいにあるのは暗く静まり返った建物だったような気がするが、はっきりとは思い出せない。撮影時にフラッシュが焚かれたらもちろん気づいたはずだが、これは明らかにフラッシュなしで撮った写真だ。おれは、おれたちは、監視されていたのだろうか。しかし、いったい誰に。

煙草を吸っている男は誰だ、とまた石田が言った。

蕭《ショー》の子分の運転手です。李《リー》と呼ばれていたような気がします。

きみはその男と顔を寄せ合い、何かひそひそ話している気配だな。何の話をしていたんだ。

さあ……この店に何時までいるつもりだとか、何かそんな、簡単な打ち合わせのようなことをしていたんだと思いますが。

その李《リー》という男とも、その晩が初対面だったのか。

そうであります。

一枚ずつもう少しじっくりと検分したかったが、大河原が卓の向こうから手を差し伸べて促すような身振りをするので、芹沢は仕方なくその三枚の写真を卓上を滑らせて前へ押しやった。大河原はそれをまとめて揃え、また封筒の中へ戻した。

で、嘉山と蕭《ショー》との話し合いの結果はどうなったんだね、と石田が言った。工場再稼働が何やらというその妙な話に、蕭《ショー》は乗ったのか乗らなかったのか。

わかりません。以後、自分は嘉山少佐に会っておりませんので。

きみは会談の首尾は気にならなかったのか。

気にはなりました。今でも気にかけているのですが、その後少佐殿からは何の音沙汰もないので。

この二か月半、まったく音沙汰なしか。

そうであります。

馮篤生《フォン・ドスアン》にはどうだ、と大河原が言った。

馮《フォン》にも、一度も会っておりません。

きみはまあ、いろいろなことをしてやったわけだ、と言いながら大河原はゆっくりと両腕を肩のうえに上げ、両手の指を組んでそれを首の後ろに当てた。開示する瞬間まで証拠写真を芹沢の目からいっそう深く秘匿しておこうとするかのように、この事情聴取の間中大河原は卓上の茶封筒を左手のてのひらでぴったり押さえつづけていたのだが、その瞬間が過ぎて、緊張がようやく弛んだのかもしれない。いろいろなことをな……。そうだろう？　で、その口利きの報酬を、嘉山なり蕭《ショー》なりからいくら貰った？

一銭も貰っておりません。報酬云々といった話は最初から出ておりませんでした。

皇民の義務を果たしただけで満足というわけか、と大河原は嘲るように言った。

それにはもう返事をする気になれなかった。これは質問ではなくて単なる個人的感想だと見なすことにした。訊かれたことに答えろと命じられてここまでおとなしく答えてきたが、感想に対しては返事をする義理はない。

まさかとは思うが、最後に――念のために訊いておくが、と石田が大河原の動作に釣られたように背筋を伸ばし、頭を左右に倒して首の関節をこきこき鳴らしながら言った。事情聴取はもう一時間半も続いていた。芹沢と同様、二人の尋問官も相当疲れてきているに違いない。まさかきみは、蕭炎彬《ショー・イーピン》に何か情報を洩らしたりはしなかったろうな。警察内部の機密情報を……。

そういうことはいっさいありません、と芹沢は反射的に答えたが、打てば響くようなその答えかたのあまりのすばやさが、我ながら少々不自然に聞こえたような気がしなくもなかった。本当のことだけ言おうと心に決めたのに、たった一つだけ小さな嘘をつくことを余儀なくされてしまった。そういうことがいっさいなかった、わけではなかった。今になってみれば慙愧《ざんき》に堪えないが、洩らしたもの――洩らさざるをえなかったものが、ほんの少しばかりはたしかにあった。おれは、日本人枠として新しく設置された特別副総監のポストの内定者に関する情報を、電話口で馮篤生《フォン・ドスアン》にうかうかと伝えてしまった。内務省の役人の何某か、今おれの目の前にいる公安課長の石田か、そのどちらからしい、と。いや、情報というほどのものではなかった、真偽のほどの定かならぬ単なる風聞にすぎなかった――そう弁解することは可能だし、実際、あのとき以来おれは自分にそう言い訳しつづけてきた。が、その後内定者が公けになってみると、それはやはり内務省の何某だった。あの時点では風聞だったものが、結局は事実だったと確証されたことになる。二つに一つという情報だから、半分だけの事実だが、それでも事実は事実だ。おれはそれを支那人の一私人に洩らした。

が、しかし、その件に関して、石田と大河原がさらなる追及の質問を重ねることはなかった。そういうことはいっさいありません、という芹沢のやや不自然だったかもしれない即答に、石田は黙って軽く頷いただけだった。大河原は石のような無表情を崩さず、身じろぎ一つしなかった。

芹沢と婦警は退席するように言われた。石田は芹沢にはさらに、公安課には戻らず外の廊下で待つようにと言った。芹沢がそれに従って寒い廊下に立っていると、五分と経たずに二人の課長は会議室から出てきた。大河原は芹沢を一顧だにせず、固い表情で押し黙ったまま会議室のドアに施錠するとすぐそそくさと立ち去っていった。口元にあの一見柔和な笑みが戻っている石田が、

今日はもうこのまま退庁したまえ、といかなる感情も検知されないように注意深く調律されたニュートラルな声音で言った。そういう喋りかたの得意な男だった。こちらでも、ちょっと調査してみなければいけないことがある。きみの行動にいささか軽率な点があったことは、自分でもわかっているだろう。二、三日、家で謹慎していてもらおうか。追ってまたこちらから連絡する。あ、その『ニューヨーク・タイムズ』はわたしが預かっておこう。

十一、闖入

〈縫いものをする猫たち《ソーイング・キャッツ》〉はあらかじめ決まっていた行き先ではなく、車に乗って走り出してから芹沢の頭にふと浮かんだ思いつきにすぎない。もし芹沢たちを——芹沢をか、美雨《メイユ》をか、それとも彼ら二人をか、それはわからないが——特定の対象として監視していた誰かがあの写真を撮影したのだとすれば、そいつは李《リー》の運転するキャデラックが蕭炎彬《ショー・イーピン》の公館を出発した瞬間からずっと後を付けてきたことになる。それとも、あの晩〈縫いものをする猫たち《ソーイング・キャッツ》〉近辺の路上に偶然居合わせた誰かが、酔狂な気紛れからとっさにカメラのシャッターを切ってみただけのことなのか。美雨《メイユ》の顔を見知っていたそいつが、おや、あの女はもしや、と色めき立ち、蕭炎彬《ショー・イーピン》の妻の私生活の断片の画像ならひょっとして金になるかもしれないという魂胆から——そう考えかけて、いやいや、たと芹沢は首を振った。そういう欲の皮の突っ張ったあさましい鼠みたいな連中なら、たしかに本物の鼠と同じほどのおびただしさでこの街の路上をうろうろしているだろうが、そういうやつの一人がたまたまカメラを携えてあの路上に居合わせたなどという事態は、あまりに蓋然性が低い。そもそも午後十一時になろうというあの時刻に、写真を撮るつもりでカメラを持ち歩いているやつなどまずいはしまい。やはり、蕭《ショー》の公館から〈縫いものをする猫たち《ソーイング・キャッツ》〉までおれたちの車の後を付けてきた誰かがいたとしか考えられない。

それは誰なのか。警察か、軍か、青幇《チンパン》か、特務機関か。特務機関だとして、それは国民党のか、共産党のか、日本のか、それとも欧米のどこかの国のか。まず、警察はどうか。工部局警察のどこかの部署で芹沢の知らない作戦が動いていて、蕭《ショー》の公館の前で特務を帯びた私服の警察官が張り込んでいた——ありえないことではない。青幇《チンパン》の頭目の身辺を逐一洗い上げるという作戦の進行中に、彼の第三夫人が見知らぬ男と外出するという出来事が起きた、すわ一大事とばかりに尾行し、証拠写真も撮った……。しかし、たとえその私服刑事がその場では芹沢を芹沢と認知できなかったとしても、現像されてきた隠し撮り写真を署内でじっくり検討すれば、蕭《ショー》の妻と「夜遊び」に出たのが自分たちの同僚の警察官だということは早々に判明し、その時点で何らかの騒ぎが持ち上がっていたはずだ。何もないまま二か月半もの時日が経過し、今になっていきなり芹沢が呼び出され査問に掛けられたというのは、これはやはりあの写真は警察とは関わりのない状況で撮影され、最近になって外部から警察に持ち込まれたものだと考えるべきではないか。

では、軍だろうか。嘉山が芹沢のアパートをいきなり訪ねてきたいつだかの晩、どうやらこの陸軍少佐はおれの動静を事細かに把握しているらしい、もしかしたら監視者をおれに張りつけるといったことまでしているのではないかという疑念が閃いて、ぞっとしたものだ。だが、嘉山にしてみれば、蕭《ショー》との会見のアポイントメントが取れ、それが実現した時点でもう芹沢は用済みになったはずで、その後まで芹沢の行動を把握しつづけようとする動機は彼にはあるまい。第一、あの夜芹沢と美雨《メイユ》が一緒に出かけることになったのは嘉山にとってもまったくの不意打ちの成り行きだったはずで、それを予期してカメラまで携えた監視者を手配しておいたなどということは、まず考えられない。そして、芹沢の行動にことさら興味を持つ理由がないという点では、もろもろの特務機関や諜報機関も同様だろう。もっとも、監視の真の対象は美雨《メイユ》で、芹沢は単に巻き添えを喰らっただけということなら、それはそれでまた全然違う話ということになる。

美雨《メイユ》を監視しようとするのは誰か。普通に考えれば、第三者の男に伴われての女の「夜遊び」に興味を持つ者としてもっとも自然なのは、その夫だろう。どこへでも行って楽しく過ごしてきなさいと鷹揚に言い放ち、エスコート役まで付けて妻を送り出しつつ、その一方で、妻が男とどこへ行って何をしたかに抜かりなく目を光らせ、万が一濡れ場に至るようなことでもあればそれまで含め、起こったことのすべてを掌握していようとする、写真まで撮って記録しておこうとする――蕭炎彬《ショー・イーピン》がそんな倒錯に憑かれた男であっても、ないしそんな倒錯を愉しむ男であっても、まあ不思議ではないなと芹沢は思った。蕭《ショー》は自分の義理の伯父を変態と罵ったものだが、その彼自身、自分の妻を寝取られることに何やら戦慄的な喜悦を覚えるような、嫉妬することの煩悶から一種の自己処罰的な快楽を汲み取るような、そんな倒錯を病む男だとしたらどうか。あたしはやっぱり今夜、あなたと寝なくちゃいけないの？　自分の内側に向かって問いかけるようにそう呟いた美雨《メイユ》の心細そうな声音の残響が芹沢の耳元にはまだなまなましく残っている。亭主公認の、間男というわけか。大河原課長の嘲るような声も甦ってくる。いささか飽きの来た古女房を、別の男の眼前に餌のように置いてみて、男が目の色を変えてそれに喰いつこうとするかどうか、実験用の昆虫か何かの行動でも観察するような好奇心で瞳を凝らす、孤独な初老の権力者……。

おれの想像力はどうやら三文小説の安っぽい筋書きに汚染されておるなと苦笑しながらも、当たっている可能性がいちばん高い仮説は案外そのあたりかと芹沢は思った。彼が美雨《メイユ》を連れて外出すると話がまとまった後、美雨《メイユ》が階下に降りてくるまで不自然なほど長く待たされたのは、蕭《ショー》が李《リー》と相談して尾行と監視の手筈を整えるためだったのではないか。いや、変態的な性心理などを持ち出す必要もなく、蕭《ショー》にはもっと散文的な打算があったのかもしれない。たとえば将来芹沢に圧力をかけて言いなりにしようとするとき役立ちそうな何か、脅迫の種となりうる何かを握っておくこと。おまえの尻尾は摑んでいるんだぞ、ほれこの通りと示せるような証拠を残しておくこと。そのために彼は芹沢に自分の妻のエスコート役を押しつけたのかもしれない。もし芹沢が蕭《ショー》の甘言にうかうかと乗って「夜遊び」の費用を彼の付けに回したりしていたら、そして、万が一——まあどこをどう間違えようとまずは絶対にそんなことにはならなかったろうが、万々が一、鼻の下を伸ばして美雨《メイユ》と同衾《どうきん》するような成り行きにでもなっていたら、蕭《ショー》のそんな思惑は見事な成功を収めていたところだったのかもしれない。

いやいや、とまた芹沢は考え直す。可能性は高い仮説だが、しかしこれもまた、「かもしれない」「かもしれない」という話にすぎない。そもそも、蕭《ショー》の子分があの写真を撮った——と、そこまではいいとしても、それが今になって警察の手に渡った経緯は依然として不明だ。盗み撮りした写真を蕭《ショー》がなぜ芹沢の勤務先に持ち込み、芹沢の失脚を図るような真似をするのか、その理由は想像もつかない。要するに結局は何もわからない、今のところはただ待つほかはない——あれこれ推論をめぐらせた挙げ句、行き着く先はいつも同じ、意気の揚がらないその結論だった。

謹慎を命じられた芹沢は家に閉じ籠もり、主に読書で時間を潰していた。この機会を奇貨とするべく自分に気合いを入れて、何度か読みかけては難解な専門用語が頭に入らず途中で投げてしまうことを繰り返していた河上肇の『資本論入門』に取り組んで、朝夕の散歩と自分で作る簡単な食事の合い間に、資本と搾取、使用価値と交換価値といった言葉を頭の中でぐるぐると旋回させつづけるうちに、日々は流れていった。昭和七年に改造社から出た千ページ近いこの大著は、内地ではむろん発禁処分になっているが、検挙した左翼活動家の自宅から押収したのか、署の記録課の書庫の片隅に転がっていたのを借り出してきたものだ。芹沢はべつだん左翼かぶれの男ではなかった。左翼思想には共感はないが、かと言って特段の反撥も感じない。そもそも共感したり反撥したりするほど十分にその内容を熟知しているわけではなく、そんな自分の無知にもどかしさを覚え、理解できるだけのことは理解しておきたいと以前から考えていたのである。危険だから取り締まれというのなら命令には従うが、マルクスの経済理論自体のどこがどう危険なのか、「天皇否定」にまで通じる本質的要素がそこに本当にあるのかどうか、一応は自分の頭で納得しておきたい。そのためには本を読むほかはない。

突然の事情聴取に、実のところ芹沢はさほど動揺してはいなかった。はっきりと意識していたわけではないが、こんなことが持ち上がるような予感がずっと前から薄々あって、何となしにではあるが心の構えが出来ていた——そんな気が今になってみるとしないでもない。大河原課長の嫌みや当てこすりや棘々しい態度は不快だったが、聴取の対象者の情動に揺さぶりをかけ、憤激させたり過剰な罪悪感を抱かせたりして、ふだんなら自我の防衛幕の後ろに仕舞っておくようなことを我にもあらず口走らせてしまおうとする尋問術は、こういう場合の常套手段である。自分自身、嫌みたっぷりのいけすかない尋問官を演じなければならなくなった場面を、芹沢は何度も体験している。ちらほら耳に入っていた大河原課長の評判から言えば、あれではむしろ手ぬるすぎるほどだったのではないか、実はさほど本気でかかってきたわけではないのではないか、という印象さえ芹沢は抱いていた。

あの写真とともにどんな話が警察に伝わっているのか、それは誰がどういう経緯で持ち込んできたものなのか、写真にしてもあの三枚の他にもっとあるのかないのか、まったくわからない。が、いずれにしても最終的には大した問題には膨らむことなく、軽はずみな振る舞いは今後厳に慎むように、というたぐいの、かたちばかりの譴責程度で事態は収束するのではないかというのが芹沢の見通しだった。石田課長は何を措いてもまず参謀本部の嘉山に連絡を取って事情を訊くだろう。そのとき嘉山が石田にどの程度のことまで明かすかはわからないが、少なくとも芹沢の供述の内容に嘘はないということだけは保証してくれるはずだ。いやそればかりか、芹沢の献身的な尽力に対する感謝の言葉さえ口にしてくれても良さそうなものではないか。しかしまあ、そんなことは期待するだけ無駄だろうと思って芹沢は苦笑した。この二か月半音沙汰なしだったことからしても、あの怜悧で薄情な男は芹沢にそんな好意を示してくれるようなタマではない。

その一方、石田も石田だと芹沢は考えていた。公安課で執務していた芹沢に軍から呼び出しが掛かった、あのそもそもの発端を知っているはずなのに、事情聴取の場でそう念を押すと、覚えていないと平然と答えたのは業腹と言うほかなかった。

〈百老匯大廈《ブロードウェイ・マンション》〉へ出頭せよという電話が掛かってきたとき、自分はその旨、石田課長殿に報告いたしました、覚えておいでと思いますが、と芹沢は言ったのだった。すると石田は、
うーん、そんなことがあったような気もするが、よく覚えておらんなあ、とまったく悪びれずにあっさり答えたものだ。虚空を見つめて遠い記憶をまさぐるような目つきをしてみせたものの、それもどうやらうわべを取り繕ってみせただけで、本気で思い出そうと努力しているとはとうてい思えない。

口頭で申し上げただけなので、記録には残っておりませんが……。その日の正午近く、陸戦隊の戸川とかいう士官から公安課の執務室に、自分に名指しで電話があり——。

いつのことだね。

はあ、蕭《ショー》との面談よりさらにひと月ほど前に遡る、九月の……十日前後のことと思いますが、正確な日付は今は確言できません。もうその当日の晩に〈百老匯大廈《ブロードウェイ・マンション》〉に出頭せよという急な話で……。出頭という言葉を相手は使ったのであります。そこで、そういう電話があったと課長殿に報告したうえで、自分は勤務時間外に〈百老匯大廈《ブロードウェイ・マンション》〉へ行き、嘉山少佐殿に会ったのであります。

九月初めか……何しろ租界内がてんやわんやになっていた、いちばんの騒擾期《そうじょうき》だったからなあ……と、石田は言い訳がましく呟いている。

芹沢は内心、ちっと舌打ちした。この件は他言には及ばんぞ、いいなと電話の相手から念を押されたのに、それにもかかわらずあえて石田課長にひとこと断っておいたのは、小さな保険を掛けておこうという漠とした意図があってのことだった。もちろん事態がこんな推移を辿ることをあの時点で正確に予見しえたわけではない。しかし、万が一後になって何かしら指弾を受ける立場に置かれることになった場合に備え、独断専行したわけではないという口実を作っておいた方がよかろうと半ば無意識のうちに判断したのだった。それなのに、そのぼんやりとした恐れが意想外なかたちで現実と化してしまった今、課長の頭から芹沢がした報告の記憶が抜け落ちてしまっているのでは、保険を掛けておいた意味がない。何か書き付けのようなものでも残しておくべきだった、と芹沢は臍《ほぞ》を噬《か》んだ。

しかしまあそれならそれで仕方がない。ともかく石田は嘉山に問い合わせるだろう、それで一件落着するはずだ、と芹沢は結局のところは楽天的に考えていた。八月の開戦以来、何しろ激務の日々だった。謹慎だか何だか知らないが、ちょっとした骨休めというのか、安穏とした引き籠もり生活を数日享受させてもらっても罰《ばち》は当たるまい。マルクス経済学を少しばかり勉強し、後はアナトリーとの愉しみがある……。ただしアナトリーの訪問は依然として途絶したままで、芹沢の方から彼に連絡する手段はなかった。アナトリーは芹沢が訊くたびににやにやしながら言を左右にして、自分の連絡先を教えようとは決してしない。

商品の単一な価値形態、偶然的価値形態、相対的価値形態、等価形態、拡大された価値形態の一般的価値形態への変態、一般的価値形態から貨幣形態への推移……。抽象観念の迷路をさまよいながら、長時間の集中に痺れた脳のどこか小さな片隅で、しんねりした熾火《おきび》がちろちろと燃えつづけ、アナトリーの白い肉を求めて自分の軀の内奥で精が重苦しく滾《たぎ》るのを感じ、時おり息が苦しくてたまらなくなる。そんなとき机のうえに広げた書物はそのままに、椅子を蹴倒すような勢いでえいと立ち上がり、外套を羽織り帽子を被って闇雲に外に飛び出してゆく。ポケットに両手を突っこみ俯いて、路地裏から路地裏へ、早足であてどなく歩きつづけ、やがて四肢が綿のように疲労してくるにつれて性の情炎がおのずと鎮まってゆくのを待つ。しかし、軀をどれほど疲れさせても本当の鎮静が訪れることは、結局はない。激しく熾った灼熱の炎の中に全身が包まれ、燃え上がり燃え尽きて、後にはひとつまみの灰しか残らない、あるいはそれさえ残らない――そんな終着点に至り着かないかぎりこの苛立ちが真に鎮まることはないのだ。それは芹沢にはよくわかっていた。

必要なのはアナトリーの真っ白な肌と巧みに動く指だった。あの少年の柔らかな唇とそこから洩れる苦艾《にがよもぎ》の馥《かお》る熱い息だった。胸板も薄く筋肉も貧しくまだ本当には大人になりきらない軀と見えるのに、勃起すると生意気にも芹沢のよりもひと回りも太いうえに長さもまさるあいつの男根の固い手触りだった。それを取り巻くブロンドの陰毛に籠もる強烈な体臭だった。そのすべてにじかに触れられないかぎり、芹沢のうちで性の情炎はしつこい熾火となって、いつまでも陰々とくすぶりつづけるほかはない。自瀆は何の役にも立たなかった。射精の瞬間にいっとき快感が走ってもそれは平穏な充足へは決して繋がらず、軀のはしばしにみなぎる神経の緊張はほとんどほどけることもなく、むしろ前にも増して惨めな気持がつのるだけだった。

しかしそれを除けば、家に籠もって勉強する日々はおおむね快適と言ってよかった。もともと芹沢は勉強するのが好きな男だった。朝から晩まで読みたいだけ本が読める生活は天国のようなものだった。ただ、石田課長に命じられて早退した日から数えて四日経っても五日経っても何の連絡も来ないのには、さすがにじわじわと不安が湧いてこないでもなかった。二、三日の謹慎、と石田は言ったはずだ。署内でおれの存在自体が忘れ去られてしまったわけではあるまいな。そんな妄念がふと頭をよぎり、まさかと苦笑してすぐさま打ち消すものの、深夜、分厚い経済書の行文を辿るうちに論理の脈絡を不意に見失い、視線を宙にさまよわせ疲れた目を休めているときなど、まるで世界そのものから見棄てられたような、よるべない孤児になったような冷え冷えとした寂寥感が迫ってくる。こうした境遇に置かれてみると、気楽な馬鹿話を交わすような友だちが一人もいない自分の孤独の深さが、改めてそくそくと身に沁みた。連絡を待てと言われた以上、芹沢の方から石田に問い合わせるのも憚られる。

丸一週間経った朝、とにかく嘉山少佐と直接話をしてみようと芹沢は心を決め、郵便局に赴いた。工部局警察からの問い合わせに彼がどんな返答をしたのか、一応確かめておきたくもあった。公衆電話から交換手を呼び出し、日本への国際電話を申し込みたいと支那語で言って番号を伝える。ここに電話するようにと嘉山が渡してよこした紙片は机の引き出しに大事に取ってあったが、そこに書かれていた番号はすでに暗記していた。いつぞや蕭《ショー》との会見の日取りが決まったことを伝えたときは、最初の呼び出し音が鳴ったか鳴らないかのうちに相手が出て、やや年嵩らしい男の声が、はい、と答えたのだった。芹沢が自分の名前を言い、嘉山少佐と話したいと言うと、電話を切ってそのままそこでお待ちください、こちらから掛け直します、と言う。これは公衆電話なのですが……ええと、こちらの番号は——と芹沢が言いかけると(公衆電話の機械には目立つところに番号のシールが貼ってあった)、いえ、必要ありません、すぐに切ってそこでそのままお待ちください、と言う。幸い芹沢の後ろに順番を待っている客は誰もおらず、電話機の前でそのままほんの一分ほども待つうちにベルが鳴り、受話器を取って耳に当てると、嘉山です、という声が聞こえてきたのだった。

今度もまたすぐに受話器が取られ、十中八九あのときと同じ男と推定される声が、あのときと同じように、はい、と言った。しかし芹沢が名乗って嘉山少佐を――と言うと、一拍間を置いてから、番号違いです、という乾いた声が返ってきた。

いや、番号違いではないでしょう。嘉山少佐殿とお話ししたいのです。

カヤマという人はいません。番号違いです。

芹沢がそれ以上言い返す間もなく電話は切れた。これはいったい何なのだ。芹沢は交換手を呼び出し、同じ番号に掛け直してほしいと頼んだ。十回ほどの呼び出し音の後、ようやく受話器が取られたが、相手は無言のままで、芹沢が名乗りかけたとたんにいきなりがちゃりと切られた。芹沢はもう一度試みた。しかし今回は呼び出し音自体が鳴らず、いつまで経ってもまったくの無音のままなのだ。じっと我慢して一分ほども経っただろうか、不意にカチリと何かが切り替わる機械音がして、それに続いて、この番号はもう使われていません、と日本語で言う女の声が聞こえてきた。

使われていない……？　相手の電話機の故障じゃないのですか。

さあ、そうではないでしょう、回線自体が取り外されているようです。

あなたは誰ですか。

交換手です。

東京市の電話局の方ですか。芹沢のその質問に対して間髪を容れずに返ってきた、そうです、東京市の電話局の交換手です、という鸚鵡返しの即答はほんの少しばかりすばやすぎ、尋問の現場にいささかの経験を積んでいる芹沢の耳には、その反射的なすばやさがやや不自然に響いた。

はあ、東京市の電話局……？　陸軍参謀本部の交換台ではなくて？　すると一拍間があって、

電話局です、と女は重ねて言ったが、その声にあるかなきかのためらいが滲んでいるのを芹沢の耳は聴きつけた。嘘だと彼は直感した。

すみませんが、もう一度呼び出してみてくれませんか。

いえ、この番号は使われていませんので。そして電話は切れた。

午後になって芹沢はもう一度郵便局へ行き、窓口で請求して日本の電話番号簿を借り出した。陸軍参謀本部の総代表の電話番号を探し出し、それに掛けてみる。電話に出て、こちら陸軍参謀本部、と事務的に応じた若い男の声は、あの秘密の電話番号に掛けたときはいと応じた年嵩の男の声とは明らかに違うものだった。芹沢が名乗って第二部第十一班の嘉山少佐をと言うと、少々お待ちくださいと言い、カチリという機械音が聞こえ、間を置いてまたカチリ、さらに間があってもう一度カチリという音がした。かなりの時間が流れ、もう切れてしまったのかと思いはじめたとき、最初の男の声がいきなり戻ってきて、嘉山少佐殿は出張中です、と言った。

はあ、出張中……いつお戻りになりますか。

わかりません。

どちらへ出張中なんでしょう。

それは申し上げられません、と答える男の声には返答がわかりきっているそんな質問をするやつがいるかという嘲りの響きがあった。

では、上海の芹沢からということで、お言付けを——と言いかけた途中で電話はぷつりと切れた。芹沢は悄然として受話器を置いた。念のためにと思い、窓口に返す前に「嘉山清」の名前も引いてみたが電話番号簿にそれは載っていなかった。

陸軍参謀本部などになめられてたまるものか、と肩をそびやかしてみたが、そんな虚勢も強がりも、正体のわからない不安と焦燥にただちにねっとりと包みこまれ、じわじわと腐蝕されてゆく。どうやら、何かまずいことが起こっているようだ。自分の謹慎処分の行く末に関して抱いていた楽観が急速にしぼんでゆくのを芹沢は感じた。郵便局からの帰途、凍えるような大気にさらされて顔の皮膚が寒さでぴりぴりと引きつるほどなのに、こめかみには脂汗が滲んでそれがひとすじたらりと頬に滴り落ちてくる。こうなってみると、遅ればせではあるが、嘉山から渡されたあの紙切れを石田に提出しておいた方がいいかもしれない。あれを石田に差し出しながら、蕭《ショー》との会見の段取りをつけたときは、嘉山に言われていた通りこの番号に連絡しました、しかしどうやらもう通じなくなっているようなのです、何か変なことが起きているのではないでしょうか、この電話番号を調査してみる必要があるのではないでしょうか、等々と、先手を打って言ってみる……。が、今さらそんなことを言い出すのも、何やら取って付けたような事後工作の印象を与えはしまいか。

第一、特徴のない書体の数字が幾つか薄い鉛筆で書き付けられただけのこんな紙切れなど、いくらでも捏造可能な代物で、何の証拠にもなりはしまい。石田と大河原による事情聴取の場で芹沢は、この連絡方法については口を噤んでいたのだった。そもそもその件を尋ねられなかったからでもあるが、嘉山の秘密めかした渡しかたから何となく芹沢はこの電話番号が何らかの機密情報に属するような気にさせられており、それで石田らに口外することを憚ったのだった。いわば嘉山を、そして嘉山が属する軍を慮《おもんぱか》って伏せておいた、伏せてやった情報なのである。それもこれも、石田から問い合わせが行けば嘉山はきっと芹沢を護ってくれるはずだ、警察内で芹沢の面目が立つように手を尽くしてくれるはずだという前提に立ったうえでの配慮だった。嘉山との連絡手段が一方的に断たれてしまった今になってみると、そんなお人好しの気遣いなど何の意味もなかったように思われてくる。とはいえ、あんな紙切れを麗々しく掲げて今さら石田のもとに注進に馳せ参じるというのも、いかにも間の抜けた話だろう。

他方また、こんなことも考えた。嘉山は出張中なのだという。眉唾ものだとさっきの電話口ではとっさに思ったが、ひょっとしたら居留守を使っているのではなく嘉山は本当に公務出張中で、それが長引いているせいで、石田は彼とまだ連絡を取れずにいるのかもしれない。二、三日のはずだった芹沢の謹慎がこんなに長引いているのはそれゆえなのかもしれない。そうした可能性もあると思えば少しは気持も軽くなる。それにしてもあの会見の夜の後、できるだけ早い時期に何とかして嘉山との間に意思疎通の回路を開いておかなかったことが、少なくともその努力を試みなかったことが、返す返すも悔やまれる。

さらに言うなら、馮篤生《フォン・ドスアン》と連絡を絶ったままにしておいたのも、やはりまずかった。今からでも遅くはない、あの老人の店にふらりと立ち寄ってみようか。そんな思いが頭をよぎったのは、一週間に及ぶ蟄居《ちっきょ》生活で芹沢のうちに人恋しさがつのってきていたせいもあったろう。ご無沙汰しました、お変わりありませんかと朗らかに挨拶し、その節はお世話になりました、蕭先生《ショー・シーサン》からはあの後何か言ってきましたかなんぞと、鈍感を装って真正面から切り出してみる。いったん思い立つや、そうしてみたいという誘惑を抑えるのが難しくなった。単なる人恋しさ以上に、誰かに頼りたい、心の内を打ち明けて自分の身の振りかたに助言を乞いたいといった依存心が芹沢のうちで強まっているからに違いなかった。ただ、いったん上司にあんな話をしてしまった以上、今や馮《フォン》の身辺調査のために署内の誰かが動きはじめていないはずはなく、芹沢があの骨董時計店に接近するのは当面のところは剣呑《けんのん》だろう。馮《フォン》と話す芹沢の姿が警察の監視の網に引っ掛かるようなことでもあると、この期に及んでじたばたあがき、何らかの隠蔽工作でも試みているのかと勘繰られることにもなりかねない。やはり今は独り自分の家で息を潜めているほかはない。あれやこれや、神経を苛立たせる様々な想念が叢雲《むらくも》のように湧き起こってきて、その日は結局どうしても読書に集中することができなかった。

十二月も下旬に入って以来、暗い雲が日がないちにち重苦しく垂れこめる寒い日が続いていた。郵便局へ行った日の翌朝、芹沢が惣菜の材料を買いにいこうと市場へ向かう裏道を歩いていると、自動車の走行音が背後から近づいてきた。ふだんは車の通行などほとんどない幅の狭い小路である。芹沢は車をやり過ごすために道路の端に寄り、軀を横にして後ろを振り返った。ドイツ製らしい中型車がゆっくり接近してきて、芹沢と並んだところでエンジンを切らないまま停止したかと思うと、後部座席の左右のドアが開き、それぞれ一人ずつ、つごう二人の東洋人の男が路上に降り立った。芹沢のいる側とは反対側のドアから出てきた男はすばやい身のこなしで車の前を回ってきて芹沢の行く手に立ちはだかり、芹沢は結局二人の男に前後を挟まれるかたちになった。両横はと言えばそれぞれ建物と自動車の車体が軀のすぐ近くまで迫っている。どこにも逃げ場がない。前から回ってきた濃紺の外套に中折れ帽という姿の、背が低いががっしりしたいかつい顎の目立つ中年男が、芹沢さん、と日本語で声を掛けてきた。一応滑らかな発声だったが支那人だなと芹沢は直覚した。芹沢は黙ってただ相手の顔をじっと見返した。

芹沢さん、ちょっとお話ししましょう。

はあ、お話ね……。お話ししてもいいけど、あんた、誰？

それも後でお話しします。お手数ですが、ちょっとこの車に乗っていただけませんか。

ゆっくり話ができる場所へお連れしますので。

この男をいきなり突き飛ばし、脇をすり抜けて走り去る。できないことではないが、車が急発進すればすぐ追いつかれるだろう。後ろの男を見た。濃緑色のツイードのジャケットを着て無帽のその男は痩せて背が高く、芹沢と同じ年恰好だった。口の左横によく目立つ傷痕がある。前後の二人とも、見たところ銃の携行を示す腋の下の脹らみはない。金属物の重みでポケットが垂れ下がっている気配もない。だが、軽く薄い小型拳銃もあるから油断はできない。それに運転席にはもう一人いてそいつの様子はよく窺えない。芹沢はさりげなくズボンのポケットに手を入れ、いつも持ち歩いているボーカーの折り畳みナイフを握り締めた。

誰なのか、言えよ。

ある機関の者です。怪しい者じゃありません。

「ある機関の者」だあ？　そんな言いかた自体、怪しさ丸出しじゃないの。

日本の機関です。アイコク的の組織です。

アイコクが愛国だと思い当たるのに数秒かかった。芹沢は紺の外套姿の男の肩越しにその背後に視線を投げた。小路は三十メートルほど先で広い通りに突き当たる。それを渡ればすぐに大きな生鮮市場があり、そこまで何とか辿り着き、この時刻なら押し合いへし合いしているはずの市場の群衆の雑踏に身を紛れこませることができれば、まず確実に追跡を撒ける。しかしそこまで行き着けるかどうか。外套姿の男は芹沢の目の動きから心のうちを見透かしたように、ちょっと振り返ってすぐに顔を戻し、口元を作り笑いでほころばせ、煙草の脂《やに》で黄色く染まった乱杭歯《らんぐいば》を剝き出しにしながら、

いや、なに、あなたに危害を加えるつもりはありません、と言った。一緒に来てくれませんかとただお願いしているだけです。

こういうやりかたを、ふつうはお願いとは言わんぜ。ぎっちり周りを囲んで、逃げられないようにしてなあ。

たまたまこの場所で、こういうかたちになってしまったことは陳謝いたします。いえ、今どうしてもご都合が悪いということでしたら、仕方ない。また後日ということでもよろしいのですよ。しかし、できれば今日のうちに……。

日本の機関と言うが、あんた、日本人じゃないだろ。

そう、日本人ではない。しかし、日本のために働いている者です。あなたと同じね。日本のための、アイコク的の要務の件で、あなたと話をしたい。

話ならここで出来るだろう。

ここでは出来ません。われわれのところへ来ていただければ、信用してもらえるでしょうし……。

どこへ行くんだ。

そう遠くはありません。ジェスフィールド路です。

具体的な地名が出てきたことで芹沢は少し気が楽になった。この道で待ち伏せしていた以上、芹沢の自宅はすでに把握しているのだろう。今ここで突っ撥ねても、それで懲りずにまた戻ってきて二度、三度と働きかけがあるとすればそれもうるさい。不安は不安だが、今思い切ってこいつらに同行し話をつけてしまった方がむしろ面倒はないかもしれない。「アイコク的の要務」とやらに好奇心がなくもなかった。

とにかく追い剝ぎや強盗のたぐいではないらしい。何らかの詐欺やペテンの可能性はあるが、警察官という芹沢の職業について曲がりなりにも何か知っている様子で、そうであればよほどの覚悟がないかぎりそうそう大それた悪事を仕掛けてくるはずはあるまい。それでも芹沢はまだ迷っていた。「ある機関の者」などと笑止にも名乗る、見も知らぬ支那人たちの誘いに応じ、無防備な状態で自動車という名の密室の中にみずから進んでうかうかと入ってゆく……。烏滸《おこ》の沙汰ではないのか。身ぐるみ剝がれ、殺され、簀《す》巻《ま》きにされた死体が長江に投げこまれる――そんなあまりにもありふれた筋書きが頭をよぎる。しかし、芹沢の迷いを吹っ切ったのは男が続いて口にした次のような言葉だった。

そう、わたしもそっちの男も日本人ではない。でも、それはあなたも同じでしょ？あなた、半分、朝鮮人。雑種《ザッツォン》。違いますか？

車で走ってゆく間中、誰も口を利かなかった。静安寺《ジンエンズー》からジェスフィールド路に入り、しばらく行くと高いコンクリート塀が見えてきた。その中央にあるものものしい鉄扉が耳障りな音を立てて開き、それを抜けて車が敷地内に入ると、鉄扉は同じ音とともにすぐさま閉じた。鉄扉の開閉を行なっている二人の男が普通の背広姿で何の制服も着ておらず、通過する車に向かって軍隊式の敬礼もしないことに芹沢は目を留めた。黒灰色の煉瓦作りの建物の玄関の前で、彼は車から降ろされた。石段を上がって玄関を入ると、すぐ傍らのドアを外套を着たいかつい顎の男が開け、どうぞと促して芹沢を先に通す。

さして高価そうではないが安っぽいというほどでもない肘掛け椅子や長椅子が数脚、卓を囲んでいる以外には何の調度もない、殺風景な小部屋だった。暖房が効きすぎるほど効いているので芹沢は外套を脱いで椅子の背に掛け、その椅子に腰を下ろした。口の横に傷痕のある濃緑色のジャケット姿の若い男と運転手はいつの間にかどこかへ消え、いかつい顎の男だけが入ってきた。男も外套を脱ぎ、外套とほぼ同じような紺色のスーツ姿になった。ネクタイはしていない。

「ある機関」と言われたが、いったいどういう機関なんですかね、とまず芹沢は尋ねた。ジェスフィールド路のとある場所まで連れてゆくというところまでは、さしあたり相手の言葉に嘘がないことを確かめたので、芹沢はとりあえず多少は丁寧な口の利きかたをすることにした。

実はまだ正規の機関として発足してはいないのです。発足の準備をしている最中と言えばいいのか。目的とするところは、抗日運動の粛清です。昨今頻発している抗日テロ行為の摘発と撲滅です。

ほう。日本の機関と言われたが、つまり日本軍の特務機関ということですね？

まあ……そう言ってもいいのですが、資金はいろいろなところから出ていますのでね……。

機関名は？

まだ決まっていません。

失礼ですが、土肥原《どひはら》中将の肝煎りで計画が進んでいるとか、何かそうした組織なんでしょうか？　当て推量だったが、芹沢は思い切って訊いてみた。土肥原賢二は、満州事変前後にハルビンや奉天で特務機関を率いていた陸軍の諜報将校の大物である。去年いったん内地に帰国し師団長に就任していた彼は、この七月の盧溝橋事件を機に部下を引き連れてふたたび支那に渡ってきているはずだった。現在はどこかの前線で指揮官の任に就いていても、もし上海で特務活動が本格的に開始されるとすれば、彼が抜擢されてその中枢を占めることになると考えるのは自然である。

それはちょっと、申し上げられません、と男は表情を変えずに言った。つまり否定はしないということだな、と芹沢は理解し、ついでに、

では、嘉山少佐はどうです？　彼も絡んでいるのかどうか……と尋ねてみた。

それも申し上げられません。

沈黙が下りた。ともかくこの男は嘉山の名前も知っているわけだ。

で、わたしに話というのは……？　と芹沢が言うと、男は身を乗り出した。

時間を節約するために率直に申しましょう。あなたは本籍は内地でも、実は半分は朝鮮人の血が流れていると聞きました。それを日本のために役立ててくださる気はありませんか。

どういうことでしょう。いや、まず最初に言っておきますが、朝鮮半島が日本の領土になってもうずいぶん長い歳月が経っている。今や「内鮮一体」「内鮮融和」の時代ですよ。本籍が内地か外地かなんて、早晩誰も気にしなくなるに決まっている。血が何とかとおっしゃるが、朝鮮人の血か日本人の血かなどというのはもはや意味をなさない。言ってみれば、今やもうみんな日本人だ——。

お題目はまあ、どうでもいいのです、と男は滑らかに口を挟み、その口調は控え目で

おとなしいものだったが、芹沢の言葉の流れを鋭い刃物ですっぱり断ち切るような効果があった。芹沢さん、あなたねえ、朝鮮総督府による日本の統治を、朝鮮人が満足して受け入れていると思いますか。今や自分たちも天皇陛下の赤子《せきし》になれた、「皇民」になれたと言って、心から喜んでいると思いますか。そう思うならあなたはよほどの大馬鹿者だね。

芹沢が黙っているので、いかつい顎の男は言葉を継いだ。

血の問題ですよ、芹沢さん。血と土の問題だ。血と土――歴史を動かすのは結局はそれです。それだけだと言ってもよい。朝鮮を朝鮮人の手に取り戻したいという熱望は、表に現われている徴候をはるかに超えて彼の地で沸騰しています。日本統治を覆そうとして様々な陰謀を企て、武装蜂起さえ視野に入れて着々と準備を進めている地下組織が幾つもある。われわれはそれを虱潰《しらみつぶ》しに壊滅させていかなくてはなりません。

「われわれ」とおっしゃるが、あなたは支那人でしょう。日支が激突しているこの戦火のさなか、なぜ日本のために働いておられるのですか。

支那も支那人も、一枚岩ではありませんよ、芹沢さん。わたしとわたしの同志には蔣介石の国民党に敵対しなければならない理由があり、かと言ってコミュニストというわけではないけれども――いや、その話になると長くなるが……。ともかく、CC団、藍衣社といった国民党の秘密結社が、日本軍占領地で破壊ゲリラ活動を行なったり、親日派の政府要人を暗殺したりしていることはあなたもよくご存じでしょう。ああいう血の気の多い狂信的な連中に、好き勝手なことをやらせておくわけにはいかないのですよ。わたしはわたしなりに、自分の国の将来を見据えてこの機関に参加しているつもりです。

で……具体的には、わたしに何をしろというのですか。

朝鮮人の地下組織への潜入捜査ですよ。それが出来る捜査官として、あなたほどの恰好の人材はいない。いいですか、あなたの実父は朝鮮人で、それを示す証拠も残っている。これまで日本人として生き、日本政府のために働いていた男が、今次の戦争の勃発と、それに伴って大陸で非道のかぎりを尽くす日本軍の蛮行を見ているうちに、自分の中の朝鮮人の血が突然目覚め、それが激しく滾るのを感じるようになった……と。これは俗耳に入り易い物語で、非常に説得力がある。彼らはあっさりと信じこんでしまうでしょう。どこかロマンチックな味付けがあるところもよろしいな。使命半ばで斃れた父の遺志が、長い歳月を経て、いったんは道を誤っていたがついに自分の人生の意味に覚醒した一人息子に受け継がれる……。そう、あなたのお父上は実は、抗日活動家だったというお話にしておくのが良いかもしれないな。そういう証拠ならわれわれの手でいくらでも捏造して差し上げられます。朝鮮人は何しろ、悲壮な昂揚感の漲る英雄譚が好きですよ。感情の起伏の激しい、頭で考えるより先に何にでもすぐ陶酔してしまう、ネッケツ的の民族だからねえ。

そこはかとなく侮蔑の籠もった口調でそう言いながら、いかつい顎の男はまた乱杭歯を剝き出しにした。今度の笑顔は作り笑いではないようだった。ネッケツは熱血かと理解したうえで、芹沢は、
つまり、わたしにスパイになれということですか、と憮然として呟いた。

まあそういうことです。彼ら自身スパイ活動をしているような連中が相手だから、二重スパイと言うべきかな。組織の内部に喰いこんで、情報を集めていただきたい。人名、装備、スケジュール……。そして、ここぞという瞬間に一挙に叩いて、組織全体を殲滅《せんめつ》する。もちろん大きな危険を伴う任務です。が、それに応じた十分な報酬を差し上げる用意がわれわれにはある。

しかし……朝鮮人の独立運動家たちが結成してこの上海に置いていた、例の大韓民国臨時政府というやつ、あれは今次の事変の勃発とともに上海を棄てて脱出してしまったでしょう。それ以外に今、具体的にどういう組織が存在するのですかね。わたしの知るかぎり、共同租界内でそうした危険な朝鮮人結社が活動しているという話は——。

共同租界？　何をとぼけたことを言ってるんですか。わたしは上海の話をしているんじゃないよ。あなたの父祖の地である京城の話をしている。京城へ行って、彼の地の抗日活動の制圧に挺身していただけまいかと、そう言っているんです。

いや、しかし……わたしはこの町の工部局警察の職員ですから——。

むろん、退職していただかなくてはなりませんな。
いかつい顎の男が無表情にそう言った瞬間、ここだ、ここがこの胡乱《うろん》きわまる話の要点なのだ、という直感が芹沢の頭に閃いた。こいつは、あるいはこいつらは、おれを京城に飛ばしてしまおうとしている。というよりむしろ、上海から弾き出そうとしていると言うべきか。この男のここまでの話のすべては、その一点に至り着くための布石にすぎなかったのではないか。血と土の問題、朝鮮の抗日運動、潜入捜査の計画、等々、等々、それ自体が一から十まで根も葉もない作り話とは言わないが、しかしそれもこれもたぶん、おれを京城へ飛ばすというたった一つの目的のために動員された、仮初《かりそめ》の口実でしかないのだ。そもそも、話がここまで来てもこの男は自分の名前を名乗ろうともせず、彼が所属している設立準備中の「機関」とやらの実体について、説明らしい説明もしようとしないのはおかしい。こいつは信用ならない——その一事が判明しただけで、ここまで赴いて来たことの意味はあったとも言える。残った課題は、いつどのようにこいつとの面談を収拾し、この場から引き揚げるか、それだけだ……。半秒ほどの間にそうした一連の思念が続けざまに頭をよぎったが、しかし芹沢はそんな気配をいっさい色に出さず、男の提案に気持が動かないでもないといった、迷うような表情をちらつかせつつ、
ただねえ、わたしは朝鮮語などひとことも喋れませんよ、と気弱そうに呟いてみせた

だけだった。

大丈夫ですよ、そんなこと、と男は励ますように言った。彼らはそんなこと、気にしやしません。それに、どうやらあなたには大変な語学の才があるようじゃないですか。向こうに行ってしばらく暮らせば言葉はあっと言う間に上達して、早晩何の不自由もしなくなるに決まっている。

そうですかねえ……と、鈍重な困惑顔をわずかにかしげ、視線を自信なさげに逸らしてみせる。あたかも朝鮮へ赴いてスパイ活動に挺身する自分の姿を想像の中でためしにあれこれ捏《こ》ね繰《く》り回しているような、そんな外見を取り繕いながら、しかしそのとき芹沢が真に気を取られていたのは、自分の中にひたひたと満ちてくる恐怖だった。子どもの頃から馴れ親しんできた例の発作……。毛穴をちりちりとそそけ立たせる慄えが尾骶《びてい》骨《こつ》のあたりから始まり、じわじわと軀を這い上がり、這い下り、やがて全身に広がってゆく。不安、よるべなさ、居たたまれなさ……。しかし、今度という今度は、それは理由のわからない不安、対象の見定められない恐怖ではない。ついに来たのか、と芹沢は思った。正面から立ち向かわなければならないほんものの恐怖がついにむっくりと首をもたげ、凶悪な蛇のような邪眼でおれをじっと見据えている。

二人の課長による先日の事情聴取のときでさえ、こんな恐怖を味わうことはなかったものだ。大河原課長は棘のある言葉を投げつけてあれこれ揺さぶりを掛けてきたが、芹沢はそれで不快になったり憤ったりしながらも、この程度か、存外甘いな、と頭の片隅で高を括る余裕さえあったのだ。それに対して、言葉を荒らげもせずにつるつるとなごやかに喋る、一見きわめて愛想の好いこの男との面談は、怖い。言いようもなく怖い。芹沢はその恐怖を何とかかんとか内に閉じ籠めておこうと努めつつ、自分にとっては今やもう無意味と見極めをつけたこの面談を早々に切り上げる試みにかかった。いろいろと思いめぐらせるふうを装って、当たり障りのない質問を幾つか投げてみる。いかつい顎の男は、どうでもいいような些末な質問には馬鹿馬鹿しいほど詳細に答え、事の本質に触れそうな質問には漠とした言葉の煙幕を張って返答をはぐらかした。その挙げ句、もうこの辺でよかろうと当たりをつけた芹沢は、

では、ちょっと考えさせてください、考える時間が必要だ、と言いながら、椅子の背に掛けておいた外套を手に立ち上がった。

そうでしょうな、じっくりと考えてみてください、またご連絡しますので、と言いながら男も立ち上がり、片手を差し出してきた。冷たく湿ったそのてのひらの気味の悪い感触は、握る前から予想していた通りのものだった。

車で送るという申し出を、歩きながら頭を冷やしてちょっと考えてみたいからと言って断り、建物の玄関を出たところで男に別れの挨拶をして、芹沢は細く開けてもらった鉄扉の隙間を擦り抜け、ジェスフィールド路の歩道に出た。頭を冷やす必要があるのは

事実で、芹沢はそのままジェスフィールド路を市の中心部に向けて辿りはじめた。しかし、歩いても歩いても恐怖は収まらなかった。

ひょっとしたらこの恐怖は、家の近所で車に乗せられる直前にこの男の口から洩れた、「雑種《ザッツオン》」の一語の、芹沢のうちにいつまでも尾を引いた執拗な残響のせいで、いよいよ増幅されていたかもしれない。支那語の「雑種《ザッツオン》」は、単に混血《ウォンシュエ》、あいのこ《ウォンシュアー》の意味にとどまらず、どこぞの馬の骨、ろくでなし、犬畜生といった貶毀《へんき》的な響きを帯びた一種の罵倒語である。おれは雑種《ザッツオン》なのか。自分のことをそんなふうに考えてみたことのなかった芹沢に、無造作に吐き棄てた男の一語は一種の衝撃とともに突き刺さってきた。うっかり口を滑らせたのではなく、そういう効果を正確に狙い澄まして放たれた計算された一撃であったことは、今になってみれば明らかだった。

そうだ、おれは雑種《ザッツオン》なのだ。曇天の下、人も建物も自動車も黄包車《ワンポーツウ》も何もかもが灰色にくすんで見えるジェスフィールド路を、踏み締めるべき地面が一歩ごとずぶずぶ沈んでゆくような頼りない足取りで、しかし可能なかぎりの急ぎ足で歩きつづけながら、芹沢は心のうちで繰り返しそう呟いていた。雑種《ザッツオン》としてこの世に生きることの恐怖。おれはそれを克服するために、あるいはそれと正面から向き合わずに済ますために、あえて警察官という厳めしい、堅苦しい職を選んだのではなかったか。

世間向けには歳の離れた姉ということになっていた母の志津子が死んで、ちょうどその頃学業を終えようとしていた芹沢は、いろいろ考えた末、警視庁の採用試験を受けようと心に決めた。叔父の保は自分の勤める貿易会社にも新卒の採用枠があるがどうかと言ってくれたが、甥の意志が固いと見てとるとそれ以上強くは干渉しようとしなかった。警察とはまた、難儀な仕事を選んだもんだ、とひとことぽそっと呟いただけだった。叔父にはたぶん、何もわざわざ日本政府の官吏に、それも選りにも選って廉直や徳操が要求される警察官にならずともよかろうに、という気持があったのではないか。この世に残されたただ一人の身寄りと言ってもよい芹沢が、危険に満ちた難路にあえて入ってゆくように感じ、その人生の行く末をはらはらするような思いで凝望していたのではなかろうか。しかしそれと同時に、聡明な保叔父は、だって絶対に倒産する恐れのない職場だからね、叔父さんが失業したらおれが喰わしてやるからさなどと、表向きには冗談めかして言っていただけの芹沢の心のうち深くに秘められた欲望をも、案外正確に見抜いていたのではなかろうか。

それは、恐怖から逃れたいという欲望だ。法と正義の側に身を寄り添わせ、さらには法と正義それ自体の代弁人となることで、雑種《ザッツォン》、馬の骨、ろくでなし、犬畜生という蔑みや批難から身をかわしたい、身に蒙るかもしれない攻撃をあらかじめ封殺しておきたいという欲望。当時はそんなことをはっきりと意識してはいなかったが、今から思えば、自分の混血の出自を知り、その直後に母が死に、身の置きどころのないよるべなさがつのって、安全と安心への憧憬が強くなっていた、ちょうどその頃だった。保叔父は芹沢の心の動きを本能的に感じとり、そんな思いに衝き動かされて生きていかなければならない甥の人生を、密かに憐れんでさえいたかもしれない。

むろん、退職していただかなくてはなりませんな、とあのいかつい顎の支那人は言った。退職するわけにはいかない、と芹沢は自分に強く言い聞かせた。おれは警察官として生きてきた、これからも警察官として生きてゆくのだ。警察を退職すれば、そのとたんおれの人生は無意味なものとなってしまう。黄包車《ワンポーツゥ》もタクシーも拾わず、芹沢はいつまでも歩きつづけた。もうすぐ静安寺《ジンエンズー》というあたりまで来て不意に閃いたのは、今朝がたこんなふうにあのいかがわしい「機関」とやらがおれに接近してきたのは、昨日おれが嘉山と連絡を取ろうと試みたからではないのかという疑念だった。あなた、雑種《ザッツォン》、違いますか？　あいつの声が耳元に甦ってくる。実は半分は朝鮮人の血が流れていると聞きました、とあいつは言った。では、それをいったい誰から聞いたのか。

ここを越えればもう静安寺《ジンエンズー》という、ジェスフィールド路が愚園《ぐえん》路と交わる交差点の角には、上海の夜の名所の一つである〈百楽門舞庁《パラマウント・ボールルーム》〉がある。何かに追われるようにつんのめるような早足で歩きつづけてきた芹沢は、そこまで来てようやく足を止めた。まだ昼前のこの時刻にはむろん門を鎖していて、ガラス扉越しに内部を覗いてもまったく人の動く気配のないそのダンスホール前の路上に、途方に暮れた迷子の孤児のように立ち尽くした。この店先で蕭炎彬《ショー・イーピン》とその若い愛人との悶着を目撃したあの厳寒の夜が、何かもう懐かしささえ感じるはるかに遠い過去の出来事になってしまったような気がする。

大晦日を翌日に控えた十二月三十日早朝、まだベッドの中にいて眠りから醒めかけていた芹沢の耳に、夢うつつの意識の混濁を貫いて玄関のブザーの音が届いた。寝巻姿のまま、寒さに震えながら玄関に行ってドアを細く開け、寝起きの目をしばたたかせつつ隙間から外を見遣ると、制服制帽に身を固めた公安課長補佐の小榑《こぐれ》の顔がすぐ間近にあった。職場でしか会ったことのない男の顔を自分の家の玄関口で見るのは変なものだが、こちらから連絡すると石田が言っていた、その連絡があれから十日も経ってようやく来たのか、と何となく思った。が、それも束の間、小榑の無表情な顔が何か異常な緊張を湛えていること、彼の背後にやはり制服制帽の警察官が何人も控えていることに気づいて、これは何かただならぬ事態が出来したらしいと直感した。

芹沢が口を開く前に、小榑はドアにぐいと力を掛け、芹沢が作った細い隙間を力ずくで押し開いた。その勢いに押されて芹沢は一歩、二歩とよろめきながら後ずさり、倒れそうになって危うく踏みとどまった。芹沢一郎だな、と小榑は言い、もう何年も毎日のように顔を合わせてきた同僚相手に何を今さら、という思いで芹沢が黙っていると、一枚の紙を広げて、芹沢一郎、ともう一度言い、続いてこのアパートの住所を早口で読み上げた。

いったい何ですか、これは、と芹沢は辛うじて掠れ声を咽喉から押し出した。

これから家宅捜索を行なう、と小榑は言った。これが令状だ。おまえには軍機保護法違反、治安維持法違反、賄賂罪の嫌疑が掛けられている。われわれの捜索に立ち会ってくれても構わないが、証拠隠滅を図ろうとする不審な挙動を示した場合、身柄を拘束することもありうるからそのつもりで。感情の籠もらない機械のような声でそれだけ言うと、小榑は芹沢を押しのけるようにずかずかと入ってきた。それに続いて、小榑の背後に控えていた四、五人の巡査たちも唖然として壁に背中を張りつけた芹沢の脇をすり抜けて家の中にどやどやと闖入してきた。

十二、紙とペン

卓のうえにはすでに紙、ペン、インクが用意されていた。向かいに座った石田課長が手を伸ばし、人差し指の先でその白紙の真ん中をとんと突いて、

理由は「一身上の都合」でいいだろう、と言った。日付は適当で構わん。今日は十七日か。昭和十三年一月十七日。それでいい。この辞表が受理され、一月末日付で依願退職が認められる。今月ぶんの給料は丸儲けだぞ。むろん退職金も出る。きみにとってこんな旨い話はまたとあるまい。

堅い木の椅子に座らされた芹沢は、腿に手を置き、真っ直ぐ立てた背筋をこわばらせ、顎を引いてその白紙を見つめながら黙っていた。

いいか、これは恩情だぞ。自分から辞表を出せば穏便に退職させてやると言っている。そうでなければ懲戒免職だ。退職金も出ないし、再就職も難しくなる。なあ、きみはまだ若い。内地に帰ればここでの経験が役立つような職種はいくらもあるだろう。亡くな

ったお父上は、横浜で貿易の仕事に就いておられたとか。きみもこの地で暮らして上達した支那語の知識を生かして、そんな商売でもやってみたらどうだ。いずれにせよ、ともかくいったん内地に戻るんだな。こういうことになった以上、この町はもうきみにはあまり居心地が良くあるまい。石田は滑らかに喋った。あらかじめ準備してきた口上だな、と芹沢は思った。石田の口元にはもはや笑みはなく口調は事務的だが、言葉のはしばしにたしかに「恩情」めいた湿った響きがじんわり滲む。その滲み加減も、適正に計算され精密に調整されたものなのに違いない。

指定された午前十時に警察署に着くと、門の脇に公安課のいちばん若い月邨《つきむら》がすでに待ち構えていて、芹沢とは目を合わせずひとことも口を利かず、玄関を入ってすぐの階段脇の、この建物にこんな部屋があったのかと芹沢が意外に思った、物置とも紛う埃臭い小部屋へと彼を導いた。窓がなく採光が得られないので、朝っぱらから薄暗い裸電球がぼんやりと灯っている。廃棄処分を待つような恐らく中は空っぽの薄汚れた書類棚二つ、小卓一つ、それを挟んで二脚の椅子。その一つにはすでに石田課長が座っており、黙ってもう一脚の方を指さした。去年の暮れの家宅捜索の際に書籍、書類、手紙などとともに制服制帽も押収されてしまったので、今朝は仕方なく一張羅のスーツを着込んで出頭するほかなかった芹沢は、こんな姿で挙手敬礼するのも何だか変な気がして、軽くお辞儀をしただけでそこに腰を下ろした。と、挨拶も世間話も抜きで、石田はいきなり、辞表を書けと切り出したのだ。

芹沢の心は一瞬空っぽになり、それからその空白の中にまず、警察を辞めて内地に戻ればほどなく赤紙が来るかもしれないぞ、それも何だか嫌だなあという場違いにのんびりした思いがぽっと浮かんだ。昨夏の事変の勃発以来、召集の規模が急速に拡大されていると聞く。徴兵検査で甲種合格にはなったものの警視庁入庁によって入営は延期になっていたが、三十歳の身体強健な独身男子、しかも失業者と来れば、兵役に引っ張られ易い条件が揃っている……。が、待てよ、おれは今や戸籍上は戸主だからな、たぶんそれは徴兵免除の口実になるのではなかったかな、違うかな……。軽く頭を振ってそんなとりとめのない思いを払いのけ、それから下腹に力を入れ直し石田の目を真っ直ぐに見返して、

「こういうことになった以上」とおっしゃいましたが、「どういうこと」になったのか、自分にはよくわからないのですが、と硬い声で言った。

残念ながら、きみはわれわれの信頼を失った。もうここに勤めつづけてもらうわけにはいかない。

ここに、ということは……確認させていただきますが、よそのどこかへ、たとえば東京警視庁へ帰任という話でもないのですね。そう念を押すと石田は、今さら何を暢気なことを言っている、という表情で首を振り、

もちろんだ、と言った。要するに、きみは警察官として不適格と判断された。そういうことだ。

どこがどう不適格なんでしょうか。

自分で思い当たるところがあるだろう。

さあ……。

石田は溜め息を一つつき、うんざりした顔になって、

家宅捜索の際に小榑《こぐれ》課長補佐から通告されなかったかね、きみには軍機保護法違反、治安維持法違反、賄賂罪の嫌疑が掛けられている、と言った。互いの了解で立ち入らずに済ませることもできたはずの煩わしい話題を、何としても持ち出そうというのか、やれやれといった批難がましい表情が目に浮かび、そこには、せっかくの「恩情」がこの男にはなぜ通じないのか、嘆かわしいかぎりだ、おれは傷ついたぞとでもいった誇張された被害者意識の色も混じっている。しかし石田にしてもまさか、芹沢が四の五の言わず、はいそうですか、わかりました、と素直に頷いてすぐさま辞表を書くと思っていたはずはあるまい。わかりきったことをいちいち言わせるのか、困ったやつだというこのげんなりした表情もまた、計算ずくの演技なのだ。

はあ、嫌疑ですか。それはもうとっくに晴れたものと思っておりましたが。

いや、晴れてはおらん。

では、わたしは逮捕されるんでしょうか。

そういうことになるかもしらんな。その可能性が高い。だが、そうなる前にきみが円満退職の途を選ぶなら、われわれとしてもこれ以上事を荒立てるまい、という決定が下された。先ほど言ったように、きみがこれを機会にもっときみに向いた新たな人生行路を選んでくれれば、それがいちばん結構なことだとわたしは思っている。

誰にとって「結構」なんだ、結局自分にとってということなんじゃないのかと芹沢は思った。芹沢が今名前が出ているような罪科に処されるようなことになれば、直属の上司である石田の責任も当然問われずにはいない。ここまで順風満帆で来た彼の経歴に大きな汚点がつくことになる。高等文官試験に受かって官途に就いた、選良意識の強いこの連中の準拠する職業倫理が、「何かで功を立てよう」よりもはるかに勝《まさ》って「何においてであれヘマをやらかすまい」であることを、芹沢はこれまでの警察官人生で身に染みて思い知らされていた。白黒の決着をつけようと過剰に努力した挙げ句、結果的にはそれが自分の管理能力の評判失墜に繋がってしまう——出世を遅らせることにもなりかねないそんな危険を冒すよりは、悶着の種をあっさり放逐してしまった方が解決法としては簡便かつ確実なのである。蜥蜴《とかげ》の尻尾切り……。しかも、署内に、ないし官界に、何の血縁の後ろ盾を持っているわけでもない若い巡査部長などというものが、どれほどちっぽけでみすぼらしい尻尾と石田の目に映っているかも、芹沢はよく心得ていた。代わりの尻尾などたちまちいくらでも生えてくると、高を括られているのだ。

調査を続行し、完遂していただけないでしょうか。賄賂罪とか何とかいう馬鹿馬鹿しい嫌疑など、徹底的な調査をしていただけばすぐに晴れますから。

ふん……懲戒免職になるばかりか、刑事訴追まで受けるようなことになってもきみはいいのか。

そんなことになるはずはありません。陸軍参謀本部の嘉山少佐には、事情聴取していただけたのでしょうか。

もちろんだ。

ではそれで一件落着でしょう。

そうはならんな。少佐殿の証言は必ずしもきみの話のすべてを裏付けてはいなかった。

はあ……。彼は何と言ったのですか。

それは言えんよ。われわれの調査結果をきみに明かすわけにはいかん。

いや、それはないでしょう。彼の話が先般わたしの申し上げたことの、どこをどう裏付けていないのか、教えていただけないでしょうか。

いや、だからそれは——。

芹沢は目の前に置かれた白紙のうえに右のてのひらをぴたりと載せ、ぐいと横に、卓の端に押しやるや、身を乗り出し、顔を前方へ突き出した。本当なら握り締めた拳骨で卓をどんと叩いてやりたいところだった。

嘉山少佐が言ったことで、わたしの話と喰い違うところがあるなら、それに反論させていただきたい。反論する権利がわたしにはあるでしょう。少なくとも、反論の機会を与えてもらうよう要求する権利がある。違いますか？

権利ねえ……。ぐっと近づいてきた芹沢の顔との距離を変えまいとするかのように、石田は背中を椅子の背に押しつけて顔をのけ反らせた。芹沢の剣幕に気圧されたわけではない。距離を詰められたのが単に嫌だったのだ。権利か……。そういう口の利きかたはあまりきみのためにならんぞ。

わたしのためになるとかならないとか、課長にお気遣いいただくには及びません。芹沢がそうぴしゃりと言うと、石田の頬に血の色がのぼり、いったん後ろに反らせたその顔を、今度は彼もまた芹沢のようにぐいと前へ突き出して、
では、言おう、と気色ばんだ早口で喋り出した。どうしてもと言うなら、おおよそのところは教えてやるが、少佐の言われるには、昨年九月に戦地視察の任で当地を訪れた際、上海市の実情、つまり治安状態や被災の程度を、現場で状況を把握している者の口から率直に聞きたいと考え、きみに来てもらった、と。それでいいな？　どこか間違ったところがあるか？

いいえ、ありません。

工部局警察部に芹沢という若い優秀な巡査部長がいるという評判をどこかで小耳に挟んでいたので、上陸《シャンリク》に頼んで名指しできみを呼んでもらったのだという。きみの懇切な説明を興味深く聞き、時間をとってもらったことを謝してその夜は別れた。視察も無事終えて帰国した。ところが、九月末頃、日本の勤務先にきみから電話が掛かってきた。用件は、上海の闇社会の大物で蕭炎彬《ショー・イーピン》という人物がいるが、そいつと会ってみる気はないか、もしその気があれば自分が出会いの場をお膳立てしてあげてもいいが――という問い合わせだった。

えっ……。いや、ちょっと……ちょっと待ってください。いやいや、それは全然――。

唖然とした芹沢が、言葉にならない言葉を何とか押し出そうとへどもどしているのを、石田は無遠慮に遮って、おっかぶせるように、

きみがそういう人物とパイプを通じていることに少佐は少々驚いたが、興味を惹かれなくもなかったので、会ってもいいと答えた。上から命じられて公務として掛けてきた電話なのかと尋ねてみると、いやそうではない、これはあくまで自分個人としての非公式な問い合わせなので、さしあたりあなた一人の胸に納めておいてほしい、というのがきみの返答だった。

待ってください、それは全然違います――。

蕭《ショー》の側は何と言っているのかと尋ねてみると、ぜひ嘉山少佐にお会いしたい、会って

意見交換をしてみたいと言っているという。では蕭《ショー》から頼まれて自分に電話してきたのかと訊くと、きみは言葉を濁していたが、少佐はどうもそういう経緯によるものではないかという印象を受けたそうだ。少佐は十月初旬に再度訪支の予定があったので、そのときなら時間がとれると答え、それで日程を調整するときみは応じ、結局、面談の日取りは十月六日と決まった。五日に上海に着いた少佐は、翌日の夜、きみに案内されて蕭《ショー》の公館に行った。紹介が済むとすぐに、着飾った夫人が現われて、これからきみとダンスホールへ行くことになっているというので、これにも少佐は少なからず呆れたという。きみは何か蕭《ショー》と家族ぐるみで付き合っている親しい友人のように見えた……。

それはまったくのでたらめですが、と芹沢は咽喉に引っかかる掠れ声を振り絞り、辛うじて言葉を押し出した。で、嘉山は――嘉山を敬称抜きで呼び捨てにすることに、もう芹沢はまったく心の咎めを感じなかった――蕭《ショー》と会い、どんな話をしたと言っているのですか。

ふん、蕭《ショー》は猫撫で声でとりとめのない世間話をいろいろしながら、その合い間に何か情報を引き出そうという気配が露骨なので、早々に切り上げて席を立った、と少佐は言っていたよ。わたしが金で買えるような人間かどうか、内々に探りを入れ、見極めるために会おうとしたんでしょうなあ、と。青幇《チンパン》の首領というから、こっちもそれなりに構えて出かけたが、なに、押し出しも何もない貧相で勘定高そうな男で、毒気を抜かれてしまいましてね、そういうやつに値踏みされている感じが不快でしたが、まあわたしも大人ですから、愛想良く握手して別れてきました、まあ、ちょいと面白い体験ではありました、話の種になりました。そう言って笑っていたよ。石田の伝える嘉山の言葉が、あたかも嘉山自身の声に乗って語られているように芹沢の耳に響いた。あの一分の隙も淀みもない、つるつるした喋りかた……。

課長は、嘉山に直接会って話をされたのですか。

いや、電話だ。どうも非常に忙しい方のようで、なかなか捕まらなかったが、ようやく電話が繋がって、ずいぶん長いこと話を聞かせてもらった。で、少佐の言われるには、芹沢君というのは、あれはいったい何なんでしょうな、あの人物はねえ、ちとまずいのではないですかな、と。わたしは部下の監督不行き届きを婉曲に批難されたわけだ。わたしが蕭《ショー》に金で買われている、抱きこまれている、と、そう嘉山ははっきりと言ったのですか、と芹沢は憤然として尋ねた。

いや、そうは言わなかった。言わなかったが、そう強く匂わせる言いかたではあった。まあ話の経過を聞くかぎり、それを疑われても当然だろう。そうは思わんかね、きみは？

その「話の経過」というのが丸っきりでたらめだと言っているんです。いいですか、先日申しました通り――。

いや、もういい。きみの側の話はもう聞いた。速記録も残っている。

嘉山の話も速記を取ってあるんでしょうね？

その質問に石田は返事をしなかった。そこで芹沢はさらに続けて、

では、二つの話を比べて、課長はどちらを信用されるのですか、と尋ねた。

その質問にも石田は即答しようとしなかった。表情が平静に戻った顔を後ろに引いて背筋を伸ばし、眼鏡を取り、両手の指先でしばらく目をこすっていた。それから、瞑ったまぶたに指先を当てたまま、

まあ、少佐殿もわたしに対して伏せていることがあるのかもしれん、とゆるゆると言った。蕭《ショー》と世間話だけで終らず、何か踏み込んだ情報交換があったのかもしれん。しかし、軍人さんたちの問題は軍人さんたちの問題で、外には洩らせないことだってあるだろう……。

軍人さんたちの問題は、軍人さんたちの問題——芹沢はこれは以前誰かの口から聞いたことのある言い草だと思ったが、いつどこで聞いたのか、その場ではとっさに思い出せなかった。石田はさらに続けて、

それにしてもしかし、嘉山少佐が嘘をつかねばならん理由はわたしには見えんがな。どうだ、きみには何か思い当たることがあるかね、と言った。

芹沢は口を開いたが、言葉を何も見出せないまま、また閉じるほかはなかった。

彼には嘘をつく理由がない。では、きみはどうだ。

わたしにもありませんよ。

さあ、それはどうかな。

石田は眼鏡を掛け直すと、足元に手を伸ばした。それで、そこに最初から焦げ茶色の大きな革鞄が置いてあったのに、芹沢は初めて気づいた。石田は鞄を開け、中から分厚い紙挟みを取り出した。膝のうえに置いて芹沢からは中身が見えない角度に保持したまま、それを開いて中に詰まっている書類を手早く繰りながら、
敵国民と親しく交際している人物が、われわれの課のような場所に勤務している——いや勤務でなくても、単に出入りしているというだけで、すでに大問題だろうが、そういう事実を、第三者の目で見てきみはいったいどう判断するかね、と言った。そういうことが正常なのかどうか、あってもいいことなのかどうか。

いや、親しい交際などではないと、先日口を酸っぱくして申し上げたではないですか。馮篤生《フォン・ドスアン》は、単に何度か買い物をして顔馴染みになった店の主人というだけのことにすぎず、蕭炎彬《ショー・イーピン》に至っては、その十月六日の夜が初対面で——。

敵国民との交際と言っても、一介の日本人商社員か何かが、そこらの屋台店の支那人の親爺と軽口を叩き合うような仲になる、といった話とはわけが違うぞ。多くの機密情報に触れる機会のある警察の公安課員と、青幇《チンパン》の頭目の一人で、抗日活動の首謀者の一

人でもある男との、そしてその男の親族との交際だ。そういうことをどう思うか、と訊いているんだ。

いや、ですから、何度も申しますが……。我ながら情けないと思いながらも、徒労感に圧倒されて芹沢の言葉は中途で弱々しくしぼんだ。言葉を途切れさせたまま、息を吸いこみつつ力なく目を落とすと、その芹沢の目の下に、前方から、大判の厚紙のようなものがくるくると二、三回回転しながら卓のうえを滑ってきた。石田が紙挟みから取り出して無造作にひょいと投げてよこしたのだ。画面の上下が逆になって手元まで来たその写真の向きを直しながら、芹沢は衝撃を受けずにはいられなかった。

よく見知っている、そして本来もうこの世に存在しなくなっているはずの写真だった。芹沢と馮《フォン》が木立ちを背景に寄り添い、立ち話をしている。やや子どもっぽい笑顔になった半袖のポロシャツ姿の芹沢が、支那人の老人に何か嬉しそうに話しかけているところだ。それに聴き入っている老人の方に笑みはないが、その無表情は冷たい拒絶を意味するものではなく、むしろ眼前の相手とは社交的な笑顔を取り繕う必要もないまでに気を許し合った仲であることを伝えているかのようだ。二人の目鼻立ちは大して似ていないが、やや面長という共通点はあり、背丈が同じほどであることも手伝って、どこか父と息子、あるいは祖父と孫と言っても不思議でないような親密な空気が、画面に漲っている。むろんモノクロームの画面で、色彩はないものの、さんさんと降り注いでくる明るい陽光に、周囲の木々の葉や地面の草の鮮やかな緑が輝きわたっているさまが容易に想像できる。その中に立つ両人ともどものくつろいだ服装と物腰。牧歌的な幸福感の漂う家族写真とも見えないではない。

去年の八月、上海戦が始まる直前、馮《フォン》の家を最後に訪問したときの一情景。撮ったのはアナトリーだ。その折り芹沢はライカを持参し、馮《フォン》から許可を貰って彼の制作した人形の幾つかを撮影させてもらった(以前にもすでに二度ほど同じことをしていた)のだが、撮影が終って戸外のガーデンテーブルでお茶をご馳走になっていたとき、自分にも写真を撮らせてくれとアナトリーがねだったのだった。あまりフィルムを使うなよと釘を刺してライカを貸してやると、アナトリーはそれを持っていなくなった。お茶の後、馮《フォン》に案内されて庭をそぞろ歩きしている間、芹沢の心からアナトリーの存在は消えていた。テーブルのところへ戻ってくると、どこからともなく現われたアナトリーが、一枚だけ撮ったよ、とにやにやしながら言った。それがこれだ。盗み撮りというのも大袈裟だが、そぞろ歩きの途中、話に熱中してあたりの出来事に上の空になっていた芹沢が気づかぬうちに、密かに撮られてしまった写真である。

数日後に事変が勃発し、上海中が大騒ぎになると、芹沢も写真どころではなくなって、その日に使ったフィルムも現像する暇がなく長い間放っておくことになってしまった。九月に入ってようやく現像と焼き付けを行なって、現像液の中からこの画像が浮かび上がってきたときには、アナトリーのいたずらにやり場のない苛立ちを感じたものだ。馮《フォン》との付き合いの現場がこんなかたちで画像に残ってしまったことが何となく嫌だったのだ。

だから、この写真は処分した。そのはずだ。嘉山と一緒に蕭《ショー》と会ったあの夜の後になって、まあそこまでするには及ぶまいとも思い、自分の過剰な小心さと用心深さをやや自嘲しつつ、しかしそれでも念には念を入れておこうと考え、馮《フォン》と自分との繋がりを示す物的証拠は消滅させておこうと決心した。この写真は、馮《フォン》の人形を撮影した五十枚ほどの写真全部と一緒に、ネガまで含め、アパートの中庭で石油缶に入れ、おれ自身の手で焼却したのだ。それがなぜこんなところにある。こうした画像が何らかのかたちで問題化するようなことになってはまずかろうと漠然と恐れていた、そうした事態のうち、考えうるかぎり最悪のものが到来し、その渦中に巻き込まれてしまったことになる。いきなり大声で爆笑したくなるような気持が芹沢の心の片隅でちらりと動いた。

親しい、交際、だよな、と石田が言葉をはっきりと区切りつつ嘲るように言った。それ以外の何ものでもあるまい。それは馮《フォン》の私邸の庭だろう。違うかね?

芹沢は写真にまじまじと見入ったまま黙っていた。すると次の瞬間、ふん、こういうのもあるぞ、という石田の声とともに、もう一枚の写真がまたくるくる回りながら卓上を滑って手元に届いた。さらにもう一枚。またもう一枚。トランプの札でも配っている

つもりか、とぼんやり考えている芹沢めがけて、
おまえ、署から一歩外に出ると、いったい何をやってるんだ、え？　という言葉も飛んできた。アナトリーとか言ったな。馮《フォン》が養子にした白系ロシア人の孤児だそうだな。
一枚目に写っているのは、芹沢の住むアパートの門を芹沢とアナトリーが並んで小路に出てこようとしているところだ。アナトリーは破顔しながら、短く刈った金髪の頭を横に傾け仔犬が母犬に甘えるように芹沢の肩口にぐりぐりと押し付けている。機嫌の良いときにときどきアナトリーのする仕草だった。そうされて芹沢もまた、わずかに困惑しながらもしかし明らかに満足そうに笑っている。二枚目は、そこから市場の方角へ少し歩き出したところらしい二人を斜め後ろから捉えている。相変わらず芹沢の肩先に頭をもたせかけているアナトリーの片手が、芹沢の腰骨のあたりをぎゅっと押さえており、それを気にしているのかたしなめているのか、芹沢は首をひねってアナトリーに何か言っている。やや遠くから撮った画像だが、その芹沢の横顔に相変わらず笑みが浮かんでいるのは明瞭に見分けられる。三枚目は夜の光景で、芹沢とアナトリーが屋台店の前に並んで座り麺を啜っているところだった。露出不足で画像の肌理《きめ》が粗いが、吊り下がった裸電球の明かりで二人の顔ははっきりと見えている。
しかし、芹沢がいちばん大きな衝撃を受けたのは四枚目の写真だった。立ったままぴったりと抱き合い接吻している二人を、やや上方から俯瞰する角度で撮ったものだった。

四枚の中ではもっとも粗く、暗い画面だが、写っている人物が誰かは疑問の余地がない。芹沢の顔を下から見上げるように唇を差し出しているアナトリーの片手は、芹沢の肩を回ってうなじのあたりまで届いている。身をかがめ目を瞑って少年の唇をむさぼっている芹沢は制服姿だ。画面の下辺と右辺が木枠のようなもので縁取られている。窓枠だ、と芹沢は直感した。芹沢のアパートの台所の窓。それを外から覗きこんで撮影したものだ。たぶん窓が面している空き地の向こうに裏側を見せている建物のどれか一つの窓からか、あるいは外付けの非常階段の踊り場からか、望遠レンズを使って撮ったのだろう。

あの夜だ、とすぐにわかった。帰宅するとアナトリーがいつの間にか図々しく上がり込み、寝室のベッドに寝そべってミスタンゲットの〈サ・セ・パリ〉を聴いていた、そしてその後、台所での揉み合いがひょんな成り行きからいきなり愛戯へと変じてしまった、あの夜。あの唐突な接吻を、ひょっとして外から監視している誰かに見られたのではないかと、後になって怯えが生じ、疑心暗鬼になったものだった。まさかそんなことがと打ち消したり、いやひょっとしたらやはりと考え直したり、心中でずいぶん右往左往を繰り返したが、あれは結局、根も葉もない怯えなどではなかった。不安は的中していた。まさしく、おれのアパートの窓を監視している誰かがいたのだ。そして、そいつはおれがいちばん隠しておきたかった秘事中の秘事を、しっかりと見届けたばかりか、高性能のカメラで盗み撮りさえしていた。

おまえ、そういう趣味があったのか。毛唐の男娼との醜関係……。しかも、相手はまだ子どもと言っていいような年頃じゃないか。十五か、十六か、そんなものだろう。

十七歳、と芹沢は反射的に心の中で呟き、いやしかし、その十七歳というのはアナトリーがただそう言っていただけのことだったな、あいつの言うことなんか口先だけのでたらめばかりで、信用できるはずもないし……などと、とりとめもなく考えていた。

馮篤生《フォン・ドスアン》に美少年の愛人を充《あ》てがってもらって、すっかり骨抜きにされた。そういうことなんじゃないのか。警察官としてどこがどう不適格なんでしょうかなんぞと、さっきおまえ、言っていたな。どの面下《つら》げて、そういうことをしれっと言えるんだ。その最後の写真は何だ？　え？　おまえ、工部局警察部の制服を着たまま、そういう破廉恥なことに耽っているわけだな。倒錯者の趣味嗜好はわたしなんかにはよくわからんが、わざとそういう恰好でそういうことをして、それがよほど面白いのかね。考えてもみろ、その写真が外部に流出したらいったいどうなる、え？　制服姿の警察官が……。おまえ一人が責任をとって済むことではない。わが警察署の全体が、恥に、汚名にまみれることになるんだぞ。いや、それだけではとどまらない。工部局そのものが醜聞に巻き込まれ、権威を失うことにもなりかねん。どこがどう不適格なんでしょうか、だと！　呆れ果てて物も言えんよ。

石田の言葉がぐさり、ぐさりと芹沢の胸に突き刺さってくる。これまでずっと芹沢をきみと呼んでいたのが、いつの間にかおまえになっていた。

そうそう、倒錯趣味と言えば、こういうのもあったっけ、と石田が呟いて、追い打ちをかけるように、また一枚の写真を投げつけてきた。さらにまたもう一枚が、続けてくるくる回りながら飛んでくる。今度は馮篤生《フォン・ドスアン》の作った人形の写真だった。芹沢自身が撮影し現像し焼き付けし、そしてこれもまた確実に破棄したはずの写真である。一枚目では、乳房が四つある少女が四つん這いになり、背を反らして顔を捩じ曲げ、こちらに獰猛なまなざしを向けている。二枚目では、並んで座り足を投げ出している二人の少女、二つの頭、四本の腕、しかしよく見ると二人は下半身が癒着していて脚は三本しかない。

もっと見たいか。まだまだあるぞ。こういう気味の悪い、猥褻《わいせつ》な性玩具を作るのを趣味にしている爺いだそうだな、馮《フォン》というのは。それじゃあ、おまえと気が合うのも当然か。ちらりと目を上げて石田を見遣ると、石田の口元はあからさまな嫌悪感に歪んでいて、そこには、よくよく計算し尽くされた能吏の答弁のようなものしか口にしないのが習い性となっているこの男にしては例外的に、外見のポーズを突き破って内心の真情が露出していた。まさか、あんたも変態《ピーテ》の仲間なんじゃあるまいな。蕭炎彬《ショー・イーピン》の厭味ったらしい皮肉な口調が記憶の底から甦ってくる。

わたしは……。いや、これはわたしの……。わたしの私生活上の問題で……。とにかく何かを言わねばと、つっかえつっかえ喋り出した芹沢の言葉はしかし、おまえに私生活などはない、という石田の一喝でたちまち断ち切られた。公私を問わず、身を清浄に廉潔に律するのが警察官だ。私生活上の怪しげなごたごたを公務に持ち込み、わが皇国の将校と敵国の犯罪者との間を仲介して、その口利きで何か利鞘《りざや》を掠め取ろうとしている男に、警察官の資格はない。

利鞘など……そんな……と、もう一度喋り出そうとしてみたが、もうまともな言葉は出てこなかった。芹沢は屈辱感に打ちのめされ、頭がかっと熱くなって何も考えられなくなっていた。それでも、深呼吸を一つして、わたしには何も恥じるところはありません、という弱々しい掠れ声を辛うじて絞り出した。

ほう、恥じるところはない？　そうかね。では、もう一つ言おう。知っての通り、この四月より工部局警察に新設される特別副総監に、内務省警保局保安課長の某氏が就任することが内定している。ところがこの人事の内容が、すでに昨年の九月のうちに青幇《チンパン》の幹部連の間に広まっていたらしい。それは実はおまえの口から洩れたものだという、確かな筋からの証言がある。なるほど、さほど大した情報ではない。しかし情報漏洩は情報漏洩だ。これは由々しき裏切り行為だぞ。どうだ、そうなんじゃないのか。

芹沢は身を固くして黙っていた。

おまえが洩らしたのか、そうじゃないのか、どっちだ？　と石田が威丈高に畳みかけてきたが、芹沢はそれでも何も言えなかった。石田は身を乗り出し、先ほど芹沢が横に押しやった紙のうえに右手の人差し指の先をとんと突いて、その紙を卓上を滑らせ、散らばっている幾葉もの写真を押しのけるようにして、芹沢の軀の正面の位置まで戻してきた。それから、

さ、早く書け。恩情だと言った意味がこれでよくわかったろう、と一転して猫撫で声になって言った。魔都とか何とか言われるが、この上海というのはどうもやっぱり、何か魔物めいたところのある町なんだな。きみを根っからの悪党だとは、さすがにわたしも思ってはおらんよ。ただ、この町には人を堕落へ誘う何か禍々しい魔力がある。その毒に当てられても、娼館通いを始めるとか、物珍しさから話の種に一度や二度阿片を吸ってみるとか、そんな程度のやや放埒な夜遊びで済むなら、まあ何ということもない。私生活などない、とさっきはつい言ってしまったが、むろんそれはまあ、タテマエだ。こういう享楽的な都会で暮らしていればいろいろな誘惑があるだろう。若ければ若いほどそういうものには敏感に反応する。しないわけはない。それは、おれにもよくわかるよ。おれなんかの関知しない私生活の場で、課員が多少羽目を外すといった程度のことなら、おれだって何もいちいち目くじらを立てようとは思わん。しかし、きみの場合、いささか限度を超えている。知らず知らずのうちに、いつの間にか超えてしまったということなんじゃないのかね。しかもきみの場合、この先もっと深刻な事態になりそうな、もっと重大な深みにはまっていきそうな気配が濃厚だ。今のうちに引き返した方がいい。

いいか、きみのためを思って言っているんだぞ。いっときぎすぎすした耳障りな早口になった石田の語り口は、興奮が収まり頬から血の気が引くとともにまたいつもの天鵞絨《ビロード》のような滑らかでゆったりした調子を取り戻していた。

沈黙が下りた。おまえはまたきみに戻り、自分のことはわたしでなくおれと言いはじめている。いつもながらのお為ごかしだ、こいつの「恩情」とやらにおれはこのまま丸めこまれてしまうのか、と芹沢は思い、同時に、のしかかってくる恥辱感の重圧は消えないものの、その一方で徐々に、恥辱感の外縁をちろちろと炙《あぶ》るようにして、抑えきれない憤りの炎がまたふたたび揺らめきはじめた。

辞表を……辞表を書かなければ、懲戒免職ですか。

石田は返事をしなかった。すでに言ったことを繰り返す必要はないという意思表示だろう。

しかし……しかし、それは不当です……。不当解雇ですよ……と、内心の重圧を撥ね退けつつ、しどろもどろの言葉を何とか押し出してみる。確実な根拠など何一つないでしょう……。嫌疑がある、疑惑があるという話だけで……。口利き、利鞘などと、根も葉もないことを……。言いがかり、あてこすりのたぐいですよ……。何なら、出るところへ出て訴えてもいい……。芹沢の言葉が途切れ、その後に広がった沈黙を破って、まだそんなことを言っているのか、と言った石田の口調は、しかし予想に反してむしろ穏やかなものだった。じゃあ、もう一枚見せてやる。これはどうだ。

石田は紙挟みからまた何かを取り出し、芹沢に向かって放ってよこした。これまでのものに輪を掛けてもっととんでもない何かを見せられるのかと、一瞬目を瞑りたくなったが、手に取ってまじまじと眺めてみれば、それは去年の暮れの事情聴取の際にすでに一度見せられていた写真だったので、芹沢はいくぶん拍子抜けした。あの晩、〈縫いものをする猫たち《ソーイング・キャッツ》〉の前の路上での光景のうち、キャデラックを運転していた李《リー》と芹沢が顔を寄せて話しているところを切り取って拡大したものだ。

きみが話している相手の男……と石田が言い、思わせぶりに言葉を切った。

運転手です。蕭炎彬《ショー・イーピン》の子分の、李《リー》とかいう……。

李映早《リー・ヨンジョ》。どういう男か知っているんだろうな。過日に申し上げた通り……。

だから、蕭《ショー》の配下で……。

蕭《ショー》の配下で、そして、それから？

いや、それ以上のことは自分は何にも知りません、と言いながら芹沢は必死に記憶を手繰り寄せようとした。精力的なカブトムシといった風情のあの小太りの男……。無駄口は利かず、蕭《ショー》と美雨《メイユ》にただひたすら献身的に仕えている冴えない中年男。そんな印象しか残っていない。

李映早《リー・ヨンジョ》は朝鮮人だ、と石田がヒントを出すようにぽそっと言った。クイズ遊びか、これは、と芹沢は歯を喰いしばった。

はあ、そう言われてみれば……。あの男の北京官話の支那語にはちょっと不自然な訛りがあって……。支那人ではないのかなという気もちらりとしましたが……。

李映早《リー・ヨンジョ》は朝鮮人だ、と石田はもう一度ゆっくりと繰り返した。が、ただの朝鮮人じゃないぞ。本当に知らないのか。

はあ……。

李映早《リー・ヨンジョ》は武烈団の幹部の一人だ。武烈団……知ってるな？

もちろん芹沢は知っていた。クーデターによる朝鮮独立を画策している少数精鋭の非合法組織である。

武烈団は過激な武装集団だ、と石田は念を押すように言った。上海戦の勃発とともにあっと言う間に上海から逐電してしまった大韓民国臨時政府みたいな、糞の役にも立たない宣伝活動にばかり入れ揚げている、あんな軟弱な組織とはわけが違うぞ。蔣介石と共闘して、実効的な抗日活動を実行している、きわめて危険な地下組織だ。その武烈団の、隊長格の工作員の一人が李映早《リー・ヨンジョ》だ。

はあ、そうでしたか、といったたぐいの間抜けな受け答え以外には何も思いつかなかったので、芹沢は黙っていた。たしかに、それは知らなかった。だが、いかにもありそうな話ではないか。びっくり仰天することを期待されていたとしたらお生憎だ。

その李《リー》がきみと、深夜の路上で何やらひそひそと相談している……と呟くように言いながら、石田は探るような目で芹沢の顔をじっと見つめた。

いやはや、またですか、と少々声を高めて芹沢は溜め息をついた。またしても「親しい交際」とか何とか、そんな話になるんですか。わたしは知りませんよ、こんな男。知らないし、興味もない。ただ、車で行くからと言われ、車に乗りこんだらこの男が運転手として付いてきた。それだけのことです。「ひそひそと相談」なんておっしゃるが、そんなことごとしい出来事じゃない。単に一瞬立ち止まって、迎えの時刻の打ち合わせをしていただけで……。

ほう、そうかね、まあ、そうかもしれん、と、石田は芹沢が意外に感じたほどおとなしい口調で言った。こればかりは、わたしには何とも言えん。が、しかし、実は、相当強硬な意見も署内にはあった。突っつけば、絶対何かが出てくるぞ、と……。

何かって、何ですか。何を突っつくというのですか。

石田は黙っていた。その沈黙の意味を訝りながら写真の中の李《リー》の顔を見つめつづけていた芹沢が、はっとして顔を上げるまでに数秒かかった。

まさか……まさか、わたし自身がその地下組織の一員だとか、そんなことを考えておられるのではないでしょうね。

その疑いがある、と言う者もいる、と石田はゆっくりと言った。何しろ、朝鮮人とのあいのこであるのを秘匿して、われわれの組織に入りこんできたような男だから、と。そして石田は瞬きをしない魚のような目で芹沢を見つめた。

芹沢の軀が強直した。恐怖と戦慄……。おれの出生の真相が警察の上層部に割れている……。こわばった指から努力して力を弛めるようにしながら、芹沢は李《リー》と自分が写った写真をゆっくりと卓上に戻した。慎重のうえにも慎重を期したつもりでも自分の手がかすかに震えているのがわかり、それは石田の目にも留まっているだろうと思った。それから芹沢は両手を腿のうえに戻し、石田が強引に目の前に押し戻してきた白紙を凝視した。紙の白さが目に眩《まぶ》しい。何だかそこにすうっと吸いこまれてゆくような脱力感があった。疲れたな、と思った。もうへとへとだ。辞表、とまず頭書を書くのかな、とぼんやり考えた。それとも、退職願、だろうか。こういうものは横書きか、縦書きか、どっちなのか……。芹沢の右手が腿から離れてほんの少し浮いた。我知らず卓上のペンに向かって手が伸びていきそうになったのだ。その右手をしかしもう一度、辛うじて抑制し、ぴたりと腿に張りつけ直す。

まあ、これについてはわたし自身は懐疑的だと、繰り返すが言っておく。まさか、なあ……皇民としての義務がどうの、日本の国益がどうのと、日頃弁舌爽やかに論じている一見律儀で優秀な警察官が、その一方で……。しかし、不逞な地下活動に挺身している極度に有能な男なら、その程度の二枚舌をぺらぺらと使えても、不思議でないのかもしれん。ついでに言うなら、きみは何か事あるごとに、やや度を越した反戦的言辞を弄しているそうだな。国策への批判的、挑戦的態度が顕著だという証言もある。そういう報告を受けている。そのような言動は国家に仕える官吏にあるまじきことだ、といきり立っている警察幹部も少なくない。さらに加えて、先日きみの自宅から押収した書籍の中に、危険思想が盛り込まれている発禁本が何冊もあった。実際、マルクス主義経済学の分厚い解説書がまさに机のうえに広げられていて、その内容についてきみの筆跡でメモをとってあるノートも見つかったというじゃないか。それを問題視する向きもある。が、だとしても、だ……。まあ、わたしには何とも言えん。朝鮮独立のためのテロ活動か……。まさか、なあ……。どうなんだ?

は……?

きみはわれわれの組織に潜入してきたスパイなのか、と訊いている。

違います。

きみは李映早《リー・ヨンジョ》の指揮する地下組織から派遣された工作員、テロリストなのか。あの晩きみは、小沙渡路《フェリー・ロード》の路上で上官の李《リー》と、工部局警察への潜入作戦の今後の進行だか何だかについて密談していたのか。

違います。そう繰り返しながら、ここで笑い出したらこいつはさぞかし腹を立ててるだろうな、と思った。

そうか。

また沈黙が下りた。

李映早《リー・ヨンジョ》がどういう経緯で蕭《ショー》に雇われることになったかはわからん、去年の春先あたりのことらしいが、と石田が独りごとのように呟いていた。蕭炎彬《ショー・イーピン》も李《リー》の正体を知らないのかもしれん。李《リー》はどういう目的を胸に秘めてのことなのか、自分の正体を隠して蕭《ショー》の懐に忍び込んできたのかもしれんし、蕭《ショー》はそれを知っていながら、知らん顔で李《リー》を泳がせているのかもしれん。あるいは二人は気心の知れた仲で、李《リー》の組織は青幇《チンパン》と手を組んで何か剣呑なことを企てているのかもしれん。わからんことばかりだ。どうだ、きみは何か知っているのかね?

何も、知りません。

そうか。

芹沢が目を上げると、腕組みをして芹沢をじっと見つめている石田と視線が合った。心のうちがまったく読み取れない無表情な目が、路傍に転がる石ころか犬猫の死骸でも見るように芹沢の顔に向けられている。

まあ、李映早《リー・ヨンジョ》と武烈団の活動に関しては、いずれにせよ今後も捜査は続く。その捜査の延長線上に、きみの名前がまた改めて浮上してきたらどうするね。

そういうことは、ありえません。

きみの実父だという朝鮮人や、その係累たちもこの機会に徹底的に洗われることになるぞ。

芹沢は黙っていた。

とにかくだな、さっききみは調査を続行せよとか何とか、われわれの怠慢を謗《そし》るようなことを言っていたが、われわれだってそうそう怠けていたわけではないということが、これで得心できたろう。調査の続行か……。続行してもいいが、そうするとどうやらこういったいろんな写真だの何だのが、他にもぞろぞろ出てくることになりそうじゃないか。それでいいのかね。きみのためを思って言ってやっているんだぞとさっき言ったことの意味が、ようやくわかってきたんじゃないか。

芹沢はまた卓上の白紙に目を戻し、大きく一つ息をついて、唇を引き結んだ。

いいかね、きみの身上調査をこれ以上続けてだな、どれほどの時間がかかるかわからん、この非常時にこうしたつまらん問題で人手を割かねばならんのも、迷惑きわまりない話だ。しかし、調査を続行したとしよう、そして仮に、仮にだぞ、現在きみに掛けられている嫌疑を、きみが言うように結局は立証できず、きみの逮捕が見送られたとしよう。で、きみはどうする。平然としてここの公安課勤務に戻るのか。誰一人腹の中ではもはやきみを信用していない職場で、きみは居心地良く働けるのかね。仮初にもスパイの嫌疑が掛かったことのある者に、今までのように機密情報を扱う種類の仕事を安心して任せられると思うかね。すでにきみには、上海最大の犯罪組織に警察内部の人事情報を漏洩した前科がある。そもそも、朝鮮人の血が混ざっていることをこれまで隠し通してきたきみを、小榑や月邨や、その他の課員たちがどんな目で見ると思う。

石田がほんの付け足しのように言った最後のひとことで、そうか、と、いきなり光が射しこむように芹沢の頭にある理解が閃いた。朝鮮人の血の問題――さほど大事ではない付け足しのようにそれをさりげなく言い添えたという事実が語っているのは、逆に、それこそまさにこの公安課長にとっていちばん重大な要点にほかならないということだ。この男は朝鮮人を、心底から嫌悪し軽蔑しているのだ。

芹沢は石田の口元を注視した。先ほど芹沢の男色癖や馮篤生《フォン・ドスアン》の少女人形に触れたとき、石田の唇はあからさまな不快感に歪んでいたが、その歪みが今はまったくない。芹沢の実父が朝鮮人であることを、こいつがどこからどうやって聞き込んできたのかはわからない。嘉山が、あの糞ったれのウナギ野郎が喋った可能性が高いが、その経緯はさしあたってはわからない。しかし、ともかくこいつはそれを知り、そしてそのことゆえに今ではおれを嫌っている。その嫌悪が表情に現われていないのは、彼のうちでそれが性倒錯への軽蔑以上に根深く強烈な感情で、従ってその心の動きに彼自身十分意識的であり、芹沢の前でそれが自分の目や口元に出ることを細心に抑制しているからだ。この男がおれを辞めさせたがっている理由の一つに保身欲があることはたしかだが、むしろそれよりはるかに勝《まさ》って、おれに朝鮮人の血が混じっているのを知ったことが決定的だったに違いない。同僚の一人としてあいのこを、「雑種《ザッツオン》」を身近に置くことが、石田には我慢がならない。こいつにとって朝鮮人はあくまで朝鮮人でしかないのだ。「内鮮一体」「内鮮融和」……お題目はまあ、どうでもいいのです、と誰かが言った……。いわれのない優越感から朝鮮人を嫌悪し軽蔑し、もしかしたら憎悪さえしている日本人が一人、おれの眼前にいる。この男は、醜い。天与の直感のように訪れたこの認識が、芹沢に勇気を与えた。手の震えはいつの間にか止まっていた。

そういうことだ、だからな、ここはともかく穏便に、自己都合による依願退職という途を選んで、だな——と喋りつづけている石田の言葉を一方的に遮って、芹沢は、小卓のうえいちめんに散らばっている写真にも辞表を書けと言われている白紙にも、指先一つ触れないように注意しながら、腿から上げた両手を卓上に置き、立ち上がろうとする姿勢を示しつつ、

そうですか、お話は一応わかりました、と可能なかぎり平静な声音で言った。率直に話してくださって有難うございました。少々お時間をいただいて、じっくり考えてみたいと思います。

そうか、と石田は憮然として言った。椅子を引いて立ち上がった芹沢が、軽くお辞儀して出ていこうとすると、石田はそっぽを向いたまま、辞表を書いたら郵便で送ってく

れればいい、と言った。二、三日中には投函してくれ。そうでないと手続きが間に合わん。芹沢はそれには答えず、
そう言えば、先日押収された手紙や書類はいつ返していただけますか、と尋ねた。

それは退職が正式に決まってからの話だな。懲戒免職の場合は、証拠品として保管がかなり長引くかもしれん。没収になる可能性もある。

なるほど、わかりました。それと、執務室のわたしの抽斗《ひきだし》に幾つか私物が残っているので、今日ついでにそれを引き取っていきたいのですが。

私物と言っても、安物の万年筆、同僚から貰った旅行土産、夜店で買ったちょっとした工芸品など、大したものがあるわけではないが、ただ、その中に一つ、五歳かそこらの頃の芹沢が母と一緒に並んで立って写っている写真を木枠の額に入れたものがあった。横浜の家の狭い庭で、縁側とその脇のヤツデの茂みを背景に、誰かが(恐らく叔父だろう)撮ってくれたもので、何か晴れの日の外出を控えて二人でお洒落をしたのか、白っぽいスーツ姿に帽子を被った母に手を繋がれ、芹沢もまた半ズボンのうえによそ行きのチェックの上着を着込んでネクタイまで結び、頭にベレー帽をのせている。両人のどちらの顔にも、混じり気のない純粋そのものの幸福が輝いている。退屈な業務に飽きるとときどき抽斗から取り出してそれに見入るのが芹沢にとっては大きな慰藉となった。他のものは処分されてしまっても構わないが、あれだけはどうしても取っておきたい。今

日ぜひ持ち帰らせてもらおうと思ってやって来たのだった。しかし、今日はまずいな、というのが石田の素っ気ない返事だった。今、人手がないんだ。誰かを取りに行かせる余裕がない。

わたしが自分で行って取って来ますが……。

まさか、と石田は鼻先でせせら笑うように言った。もう、きみを公安課の執務室に立ち入らせるわけにはいかんよ。あの部屋にはきみの目に触れさせるわけにはいかないものばかり、溢れているからな。

芹沢の心を一挙に曇らせたのは、腹立たしさよりもむしろ痛切な悲哀だった。ここまで築き上げてきた人間関係、築き上げつつあった東京から上海に至る警察官の職歴――すべてがこんなふうに脆くも簡単に崩れ去ってしまうものなのか。そうだったか、と芹沢は改めて思い当たった。今日、玄関を入ってすぐのこの薄汚い小部屋での面談となったのも、建物のそれ以上奥へは芹沢を入らせまいという配慮からだったのだ。ひょっとしたら、この建物の内部へ足を踏み入れること自体、今日が最後の機会になるのかもしれない。押収品や抽斗の中身を返してもらえるとしても(そのうち制服制帽や身分証や警察手帳などは当然そのまま没収になるだろうが)、たぶん門のところで守衛から受け取るといったことにでもなるのではないのか。

芹沢はもう一度軽く頭を下げてドアの方に向かったが、その後ろ姿に追い撃ちをかけるように石田の、そうそう、そう言えば——という声が飛んできたので振り返った。きみは記録課の書庫から、借り出しの記帳もせずに資料を帯出したことが何度もあったそうだな。それも問題になっているぞ。

はあ、急いでおりまして、そういうことも一、二度あったかもしれません。しかし、返却はぜんぶきちんとしております。今後は気をつけますので。

今後、ねえ……と石田は、「今後」などというものがまだあるつもりでいるのかと仄めかしつつ嘲るように言った。もともと情報の取り扱いが疎漏で雑なんだよ、きみは、と石田はおっかぶせるように言った。今回のごたごたもそういうきみのだらしない性格に端を発しているんじゃないか。署に保管されている機密資料を無断で持ち出すような人物が、これまでこの建物の中をうろうろしていたわけだ。まったくもって、慄然とするような話だ……。

まだまだ続けて何か言いたそうにしている石田にくるりと背を向け、芹沢はドアを開けて部屋から出た。感情が表われて叩きつけたりしないように気をつけてドアを後ろ手に丁寧に閉め、そそくさと歩き出し、何人もの巡査とすれ違ったが目を合わせないように俯いたまま早足で歩きつづけ、署の玄関を抜けて外へ出る。

薄暗い小部屋に閉じ込められていた反動もあり、乾いた空気の中に明るい陽光の漲る冬の晴天の下に出ると、気持が少しは晴れ晴れとしてきた。それにしても、つまらぬことをぺらぺらと喋り立てるつくづく厭味なやつだ、と改めて思った。清濁併せ呑むといった器量を示したい一心で、磊落《らいらく》で寛大な好人物を気取っているが、実は神経が異様に細かく、それも細心というよりむしろ小心で、あらかじめ考えすぎるあまり現場では策が空転しがちな傾きがある。そして、思ったように事が運ばないとわかると、皮肉や当てこすりをねちねちと言いつのる。芹沢に抽斗の私物を持ち帰らせないのも、資料の無断帯出といった些細な規則違反をなじるのも、「恩情」を無視されたことの腹いせだろう。あれでは、どれほど望んでも結局大した出世はしまいな、と芹沢は考えた。ライヴアルの刑事課の大河原課長あたりにもたちまち追い越されてしまうのではないか。

特別副総監の人事に関する噂を芹沢が馮篤生《フォン・ドスアン》に伝えてしまったことが、めぐりめぐってどういう経緯で石田の耳に入ったのかはわからない。ただ、情報漏洩を遺憾とするということとは別に、その件に石田が特別に感情的になる理由があることを芹沢は知っていた。このポストには当初、石田の就任の方が本命視されていて、彼自身も結構その気になっていたらしい。内務省警保局の課長に油揚げをさらわれてしまったことがわかったときには、憤懣やるかたなかったろう。自分が就けなかった役職をめぐっておれが何か噂を流したという話を聞いたとき、きっとあの男は必要以上に頭に血を昇らせたのに違いない。

芹沢は警察署の門を抜けて街路へ出て、黄包車《ワンポーツウ》もタクシーも拾わず、自分のアパートをめざしてというわけでもなく、大股で行き当たりばったりに歩いていった。顔も軀も火照っていてしばらくの間は外気の寒さも気にならなかったが、頭が冷えてくるにつれて地面から這い上がってくる大陸の冷気に全身が細かく震えはじめていることにようやく気づき、脇に抱えこんでいた外套を着込んで襟を立てた。

少しはまともに働くようになってきた頭で、石田との面談を思い返してみた。焼却したはずの写真が流出してあいつの手に渡っていたことには虚を衝かれたが、それにしてもあいつはそれを恫喝の材料として実に効果的に使ってみせたものだ。話の組み立ても良く出来ていた。同性愛、情報漏洩に続けて李映早《リー・ヨンジョ》の正体と畳み掛け、きっと石田はそこまで来ればいかに何でも芹沢の抵抗はすべて叩き潰せるはずだと踏んでいたに違いない。李《リー》という男に裏があるというのは事実なのだろうが、その話自体はたぶん口実にすぎず、要点はもちろん芹沢の朝鮮人の血にあった。それを把握しているんだぞと伝えることが彼の本意で、芹沢の裏の顔が朝鮮人テロ組織の工作員で云々といったお伽噺までは——自分でも言っていたように——まさか本気でその可能性を信じているわけではあるまい。

おまえの秘匿している最大の秘密、つまりおまえが本物の日本人ではないという事実を、こっちはすでに摑んでいるんだぞと恫喝する。そこまでどれほど強情に頑張っていようと、この一撃でさすがの芹沢もぽっきり折れ、おとなしく辞表を書く気になるだろうと考えていたのだろう。止《とど》めを刺すように、いちばん最後にそれを持ち出してきたところを見ても、それが石田の魂胆だったことは明らかだ。饒舌に喋り立てた潜入工作員云々のお伽噺は、むしろ目晦《めくら》ましだった。芹沢の「出生の秘密」の方は、あたかもそのお伽噺のプロットのほんの小さな一構成要素にすぎないかのように、一瞬強く匂わせただけだったが、その程度で十分だ、それだけで芹沢一郎はきっと動転し、自分が拠って立っていた地面が不意に雪崩れ落ちてゆくように感じるだろう——そう思い込んでいたに違いない。

石田は、ここまで順風満帆の人生を歩んできて、末は国家という機械のいちばん枢要な部品になりおおせようとしている優等生官僚だ。選良意識に凝り固まったこういう男の眼には、「劣等民族」の血を引くことを隠して警察に勤めてきた男の抱える最大の弱点とは当然、その出自の真相以外にないと映っていたのだろう。出生の負い目。それは恥辱であり、劣等感の源泉であり、そこを衝かれると誇りも自信も生きる意欲も、要するに芹沢一郎が芹沢一郎として自己証明しながら生きてゆくために必要なすべてがたちまち一挙に、波に洗われる砂の城のように空しく瓦解し溶け去ってゆく、そんな決定的な一点であるはずだと、てんから信じ込んでいたのだろう。

ふん、お生憎さまだったな、と芹沢は思った。朝鮮人の血の問題を持ち出すや、その最後の一撃で芹沢がぺしゃりと潰れてしまうだろうと高を括っていたのに、むしろそれによって芹沢は態勢を立て直し、手の震えが収まり、声も平静に戻ったようですらあった。今日あの場で芹沢に辞表を書かせてしまうことに失敗して、石田はすっかり機嫌を損ね、そこでその腹いせに、資料の無断帯出などを持ち出してくどくどと厭味を言い出した。そういうことだろう。

それにしても、蕭炎彬《ショー・イーピン》に興味を持っていることを人に知られたくない一心で、彼に関する記事を集めたあのスクラップ帖を鞄にこっそり入れて家に持ち帰った、あの一件まで石田に伝わっていたことには、軽い衝撃を受けずにはいられなかった。上の空だったように見えた当直の巡査には、やはりちゃんとわかっていたのか。それとも、数日後にそっと元の場所に戻しておいたとき誰かに見られていたのか。

どんなささやかな規則違反もルーティンからの逸脱もことごとく感知され、上へ報告され、いつの間にか記録にとどめられてしまう。何とも嫌ったらしい職場ではないか、と芹沢は不意に吐き気を催すような思いに囚われた。硬直した形式主義、熾烈な出世争い、容疑者の酷薄な扱いなど、警察組織の精神風土のうちこれまでどうにも馴染めないと感じつづけてきた事柄は幾つもあったが、この職場それ自体への嫌悪をこれほど痛切に感じたのは、入庁して以来初めてのことだった。ここまで築き上げてきた人間関係や職歴がたとえ一挙に崩れ去ろうと、はたしてそれは、失うことがそんなに惜しいほどご大層な、貴重な代物なのか。大股に歩きつづけながら、芹沢は両の拳をぎゅっと握り締めた。

十三、四つ球

猫ともつかず、美雨《メイユ》ともアナトリーともつかず、角張った黒縁眼鏡を外してそのつるを口にくわえているさまは石田課長かもしれず、しかしそれをくわえてにんまりほくそ笑んでいるのはやはり白黒のぶち柄の猫で、背中を丸め両後足でミシンのペダルをきこきこ器用に踏みながら両前足の先を突き合わせ、その突き合わさった一点に大きな顔をひしと寄せて、手元を一心に凝視しつつ何かを熱心に縫っている。よくよく見てみれば、猫がちくちくと針を刺しているのは俯せに横たわった芹沢自身の背中の皮膚で、そこに幾筋も縦横に走ってまだじくじくと血の滲んでいる傷を一つ一つ、丸々と肥えたその母猫が丁寧に縫い合わせてくれているようだ。見ているのもおれ、縫われているのもおれとはどういうことだ、自分自身の背中をおれはいったいどこからどうやって見ているのだ、と不思議に思い、そのあたりで徐々に眠りの重い水の中を浮かび上がって、覚醒の浅瀬に乗り上げかけるのを感じた。

それにしても、母猫の行為は本当に彼の傷を癒やそうとしてのことなのか、むしろ、すでに甚だしい惨状の彼の背中をさらにいっそう手ひどく痛めつけようとしているのではないか。そんな想いをめぐらせはじめるや、またゆるりと眠りの水位が深まっていき、アナトリーのやつ、おれをこんなに無惨に傷つけやがって、という軽い憎しみが込み上げてくる。伸びほうだいで、暇潰しに先を噛んだりしているからぎざぎざに割れ、内側にはどす黒い汚れも溜まった、あいつの手指の爪……。あれであいつは遠慮会釈もなくおれの背を掻きむしった……。全裸に剝かれた芹沢は平たい台に俯せに磔《はりつけ》にされ、そんな自分の姿が恥ずかしくてならず、ミシン針が軀をちくちくと貫きつづけるのをじっと耐え、しかしその苦痛自体は案外甘く快く、ミシンがいつ何時止まってしまうのではないかという不安に苛まれ、もっと刺してくれ、もっと痛めつけてくれと叫びたいのに、どうしても声が出ない。

いつの間にか上唇と下唇もミシン針で縫い合わされ、鼻にも何かが詰まり、このままでは窒息する、死んでしまうと恐慌に駆られ、糸を引きちぎって口中に溢れ出す血の味を噛み締めつつ、深く息を吸い、さて大声で叫び立てようとするのに、相変わらず声が出ない。激しく喘いでいるうちに、ミシン針の下に置かれているのはいつしか嘉山の背中になっていて、やはりおまえだったな、そうに決まっている、わかっていたよ、ざまあ見ろ、と芹沢は無音の声で呟く。さあ、こいつの背中に描かれた血まみれの紋様を撮影しておかなくてはならないぞ。この傷痕の筋の絡み合いを記録にとどめ、証拠を残しておかなくては。誰の目にも見え、誰の手にも触れられる証拠、いちばん肝心なのはそれなのだから。なのに、ああ、おれはあの大事なライカをいったいどこに置き忘れてしまったのか。何枚も何枚も撮影し現像し大判の印画紙に焼き付け、ふん、こういうのもあるぞ、ああいうのもあるぞと馬鹿にしたように言いながら、トランプの札でも配るように、くるくる回転させつつ投げつけてやるのだ。そのうえで、卓のうえに散らばったその何十枚もの写真をもう一度取りまとめ、時系列に沿ってきちんと並べ直してみる。そうすればこの錯綜した紋様が、時間の経過とともにだんだんと変容し進化し姿を整え、暗号文をかたちづくっていったさまがはっきりとわかるはずだ。そして、ひとたびその暗号文を入手できさえすれば、後はそれをコードブックに照合して解読すればよい。だが、コードブックは、あの極秘資料はいったいどこにあるのだったか。

陸軍暗号書の写し……。それはたしか、おれにはもう立ち入りを禁止されている署の記録課の書庫に一部だけ保管されているのではなかったか。いや、そもそもおれはもう、警察署の建物自体に足を踏み入れられないのではなかったか。唐突に込み上げてきた悲しみで芹沢が茫然自失していると、ミシン台に俯せに横たわっている嘉山が頭を上げて不自然な恰好に顔をぐいと捩じ曲げ、芹沢の目を真っ直ぐに、挑戦的に見上げてくる。鼻の下に薄い髭をたくわえた口元には、嘲るようなにやにや笑いが浮かんでいて……。

と、そいつはもうすでに陸軍少佐の制服制帽に身を固め銃剣まで佩用し、すらりとした姿で立っていて、先ほど裸の背中をさらすふりをしてみせたのは単に芹沢をからかうためのひと芝居にすぎなかったことを見せつけてくる。パリの寄席小屋でこんなパントマイム芸を見たことがありましてね、まあ、ちょいと面白い体験ではありました、話の種になりました……。やつは滑らかに喋っている。わたしもあなたも大人同士ですからね、さあ、握手して気持良く別れようじゃありませんか……。

汗びっしょりになって目覚めた後も、芹沢はしばらく起き上がる気になれず、ベッドの中で軀を海老のように丸め、目を瞑ってじっとしていた。たぶんもう正午近くにもなっているのだろうが、このところ夜も昼も厚いカーテンをぴっちり閉め切ったままにしているので、外の光の具合はまったくわからない。時計を見て時刻を確かめる気にもなれない。朝方、窓の下の通りで人の往来がいっとき繁くなった気配が立ち昇って、それは薄ぼんやりしたまどろみの靄を貫いて何となく意識に届いてきた。通勤時刻を過ぎ、人や車の往来がだんだん間遠になってくるのもそれとなく感じ取っていたが、芹沢は何とか眠りの内部にとどまろうと粘りつづけた。目が覚めて現実に引き戻されるや否や重い疲労感がどっとのしかかってくることがわかっていたし、そもそも起き上がって床を離れたところで、どうせ何もすることがない。ただ、辞表を書くか書かないかという、どうしても答えの出ないあの不条理きわまる二者択一に頭を打ち付けて呻吟する時間が待っているだけだ。

石田課長の「恩情」を受け入れ、せいぜい雀の涙ほどの額でしかない退職金を有難く拝領し、おめおめと内地に帰ってゆくことの耐えがたい屈辱が一方にあり、懲戒免職という汚名を背負い、憤懣と怨恨を胸にくすぶらせながら後半生を過ごすという長引く苦痛が他方にある。どちらかと言えば、後者の方が多少ましではないかという気がするが、それを進んで選び取るという勇気を奮い起こせるかどうかは、また別の話だ。もちろん、それを選んだうえで、石田に仄めかした通り、不当解雇に対する不服を申し立てて一騒動起こすという途はある。弁護士を立てて民事訴訟を起こす……。

ただし、石田から投げつけられた幾つもの根も葉もない不当な「嫌疑」のうち、ただ一つ、特別副総監職就任の候補者名をめぐる噂を馮篤生《フォン・ドスアン》に流したという件だけは、おれは決して否定できない、と改めて考え、芹沢は唇を噛み締めた。おれがそれをしたという証拠などもちろん残っていない。そのはずだ。馮《フォン》が何を証言しようと、それを否認し、いやそんなことはしなかったと言い張りつづければそれまでのことだ。おれが嘘をついているとは誰も立証できまい。だが、おれはたしかにそれをした。他人に嘘をつくことはできるが、自分に嘘をつくことはできない。あれはたしかに失態だった。警察官にあるまじき振る舞いだった。とはいえはたしてそれは、懲戒免職の処分まで受けて償わなければならないほど重大な失態なのか。

それともやはり、おとなしく辞表を書くか。きみのためを思って言ってやっているんだぞ、という石田のお為ごかしの言いぐさを有難く受け入れ、ごもっともですとそれに従うのか。これを機会にもっときみに向いた新たな人生行路を選んでくれれば——などという恩着せがましい忠告を、常識的な賢智の言だと認めてしまうのか。そんな業腹な……というやり場のない憤懣がつのってくる一方で、いや実はそれこそまさしく常識というものなのかもしれない、賢智というものなのかもしれない、そう認めてしまえ、と囁きかけてくる声もまた、自分の心の中に聞こえないわけでもない。おれの人生はこれから先、まだまだ続く。思いがけない災難に巻き込まれてしまったのは事実だが、被害を最小限にとどめ、「これを機会に」新たな未来を切り開いていこうと、そう前向きに考えるなら、とりあえずその常識的な賢智とやらに従っておく。その後はまた、その後のことだ……。いや、とそこでまた芹沢は考え直す。おれには出来ない。そんなことはどうしても出来ない。

出口がない。石田課長との面談以来、鬱々として過ごしたここ一週間ほど、きれぎれにしか眠れず、しかも浅い眠りから覚めるたび、寝入る前よりさらにいっそう疲れているようで、心も軀もいっときも休まることがない。肩も背もがちがちにこわばり、ふしぶしが痛む。背中が傷だらけになっているなどというのはもちろん夢の中の妄念にすぎない。が、夢を見ている間はたしかに背中いちめんに切り傷が走っているようにずきずきと激しく疼き、その苦痛とアナトリーへの憎悪が溶け合って、何やら呆けたような恍惚へと誘われたものだ。現実のアナトリーは、たしかにだらしないところが多々あるにせよ、髪や服装は案外と身綺麗にしていて、両手の爪もいつもきちんと切り揃えている。痴戯の成り行きでちょっと引っ掻かれたこともないわけではなかったが、後々まで目立った痕が残るような傷を彼が芹沢の皮膚に負わせたことなどむろん一度もない。

しかし、やはりあいつだ、あいつが関わっていないはずはない、と寝返りをうって仰向けに軀を伸ばしながら芹沢はまたしても考えていた。夢に出てきたアナトリーの伸びほうだい、汚れほうだいの、穢《きたな》い凶暴な爪……。あれがあいつの本性だ。それは、ネガも含めて確実に焼却したはずのあの何枚もの写真を警察署の小部屋で石田から突きつけられて以来、芹沢がずっと頭の中を旋回させつづけている想念だった。

あれを焼却したのはいつだったか、はっきりした記憶はないが、蕭炎彬《ショー・イーピン》の公館へ行ったのが十月六日で、その後早々のことだったのは間違いない。印画紙だかネガだかが外部に流出したのは従って、とにかく十月六日以前ということになる。誰かが忍び込んで、暗室に使っている小部屋に置いてあるキャビネットの抽斗から、印画紙かネガか、あるいはその両方かを盗んでいった。そうとしか考えられない。盗んでいってそれきりか、あるいは複製を作ったうえでオリジナルの方はまたこっそりと返しにきたのか、そのあたりは実はよくわからない。分厚く嵩張った茶封筒の中身を石油缶にばさっと空けて焼却したとき、写真が一枚も欠けずにぜんぶ揃っているかどうか念を入れて確認することまではしなかったからだ。馮篤生《フォン・ドスアン》と二人で写っていたあの一枚をはじめ人形写真のうち何枚かが欠けていたとしても、それに気づかずに作業を終え、てっきりすべてを処分したと思いこんでしまったのかもしれない。

　だが、どうもそうではないような気がしてならない。盗っ人は、いったん持ち去ったうえで複製を作り、もう一度戻ってきて、オリジナルの方をこっそり抽斗に返しておいたのではないか。一連の出来事を通じて芹沢が嵌まり込んでしまったこの罠の仕掛けは、明らかに相当巧緻な作りになっていて、その手の込みようから類推すれば、罠を仕掛けた人物は、写真が盗まれたことに芹沢が早々と気づいてしまうという危険を軽減するべく、当然、細心の配慮を尽くしただろう。そもそも、石田が先週あの薄汚れた小部屋で芹沢に突きつけてきた写真は、去年の暮れの事情聴取の際に見せられた〈縫いもの《ソーイング・》をする猫たち《キャッツ》〉前の夜間の路上写真と同様、八インチ×十インチの六切判の印画紙に焼いたものだった。ところが、芹沢がこのアパートの暗室を使って自分で焼き付けを行なった印画紙は、それよりひと回り大きい十インチ×十二インチの四切判であり、ということはつまり、それがそのまま石田の手に渡ったのではないということだ。石田から見せられた六切判は、ネガからかポジからかは不明だが、ともかく芹沢のキャビネットから盗んだ写真を複製し、焼き付け直したものなのだ。

留守にするとき玄関ドアは必ず戸締まりするし、キャビネットの抽斗にも錠が付いている。つまり錠が二つある。盗んでいき、また戻しに来る、そのつど二つの錠の開けたり掛けたりを繰り返す、そんなことが出来るやつはいったい誰だと考えるとき、否応なしに、ある人物の顔と名前がただちに浮かび上がってくる。You see, Japanese, I'm so good at this!——ぼく、上手いんだよ、得意なんだよ、こういうことが、と勝ち誇ったように小さく叫ぶアナトリーの声が、そしてそう叫びながら錠破り《ピッキング》の道具をちゃらちゃらと音を立てて嬉しそうに振り回してみせた彼の動作が、記憶の底から甦ってくる。あれは九月の半ば頃だったか、このアパートに忍びこみベッドに寝転んでおれの帰宅を待っていたあの夜、まさにあの当夜、キャビネットから写真を何枚かちょろまかしてゆくことだってやつにはできた。おれが外に呼び出され、アパート脇の路上に停車したシヴォレーの中で嘉山と話し、戻ってきたときには、やつはもう姿を晦《くら》ませていたのだから。机のうえに散らばった剝き出しの音盤……。ベッドのうえの乱れたシーツ……。いや、それがあの晩である必要もない。あいつはおれの留守を見計らって、いつでもあんなふうに玄関ドアを開錠したり施錠したりしてこのアパートに自由に出入りすることができたのだから。玄関ドアが開けられるくらいなら、キャビネットの抽斗のちゃちな錠などひとたまりもあるまい。

自分で思いついてやったことではあるまい。誰かに言われて写真を持ち出し、それがどこをどう経巡ってか、最終的に石田の紙挟みの中に納まった……。しかし、その誰かというのはいったい誰なのだ。工部局警察が、たとえば石田課長自身が糸を引いて、アナトリーにそういうことをさせたとはとうてい考えられない。石田と大河原に呼び出されて事情聴取を受けたのは先月の、つまり昨年十二月の二十日だが、警察関係者の間でおれに対する「容疑」が浮上したのは、せいぜいその直前のことでしかないはずで、それ以前の段階で工部局警察が密かにおれの身辺を内偵していた、たとえばアナトリーを使っておれに探りを入れていたなどということはまずありえない。芹沢はそれについては確信があった。では、やはり嘉山だろうか。アナトリーが嘉山の手先だった……？そんなことがありうるのか、ありえたのか。

芹沢はベッドから身を起こし、これはやはり、アナトリー本人を捕まえて吐かせるほかない、と心を決めた。むろん嘉山ともいずれはきっちり話をつけなければならないが、やつはさしあたり海の彼方の内地にいる。まずは、アナトリーだ。辞表を書くか書かないかという単調な問いを果てしなく捏ねくり回しつづけるのには、もううんざりだった。そうこうしているうちにもうそろそろ、時間切れの刻限が近づいている。いや、ひょっとしたらそれはもう過ぎているのかもしれない。石田は二、三日中には辞表を投函しろと言い、以来、もう一週間が経ってしまった。石田が言った「二、三日中」は、恐らく恫喝を籠めて誇張した通告にすぎまいと高を括っていたのだが、あるいはそれは案外、実際にぎりぎりの、待ったなしの刻限だったのかもしれない。芹沢自身の結論を待たずもうすでに、自動的に、懲戒免職の手続きが始動しているのかもしれない。が、しかしまあ、その問題はとりあえず措くことにしよう。まずはともあれ、アナトリーの件をはっきりさせる。そうしないかぎり、この心の波立ちは収まらない。そう腹を括った。辞表問題からいっとき逃避するための口実に飛びついただけのような気もしなくはないが、ともかく当面の行動の指針が定まったことで、少し気分が上向いてきたのを芹沢は感じた。床に降り立って窓辺に寄り、久しぶりにカーテンを開けると、寒々とした曇り空が広がっている。

考えてみれば、そもそも馮《フォン》とおれとの「親しい交際」を印象づけたあの決定的な一枚——馮《フォン》の屋敷の庭でおれたち二人が並んで写っているあの写真を撮ったのも、他でもないアナトリーだったではないか。穿ちすぎではあろうがあえて勘繰れば、去年の八月にあいつがおれのライカを使ってあれを撮った、その行為自体、今現在おれが陥っているこの窮境に至る道筋の、始まりに近い地点に打たれた、密かな布石の一つだったのではないか。アナトリーは、おれと馮《フォン》とが「親しい交際」をしていることを証拠立てるようなものを何か調達してこいと、たとえば嘉山に命じられていた……。そしてあの午後、おれのライカを手に取るチャンスに恵まれ、おれと馮《フォン》が肩を並べて喋っている瞬間を捉えてシャッターを切った……。そういうことだったのではないか。今や疑心暗鬼の塊となって全身の神経をハリネズミのようにぴりぴりと逆立てている芹沢にしてみると、やや突飛な空想ともつかぬそんな疑念も、単に病的な妄想として一蹴してしまう気にはなれなかった。「親しさ」を証し立てるスナップショットを撮っておき、芹沢がフィルムを現像して焼き付けを行なった頃合いを見計らって、錠を破ってアパートに忍びこみ、その一枚と人形写真の何枚かを持ち去った……。ありうるな、大いにありうる。

いや待てよ、もしそうなら……もしそうならば、だ、と芹沢の考えはさらに一歩進んだ。おれとアナトリーの関係……。石田が醜関係と呼んだ、おれたちの肉の交わり……。あれだって、アナトリーがどういう魂胆でか、計算ずくで仕掛けてきて始まったことだと考えられないか。石田はアナトリーを男娼と呼んだが、その呼称があながち的外れでもないことは芹沢にもすでに薄々わかっていた。小狡く勘定高く立ち回ろうとする、性根の腐った小僧だということはもとより承知のうえだった。あいつがどこかで軀を売って金を稼いでいることだって十分ありうるという考えは、すでに何度も芹沢の頭をよぎっていた。そもそもあんな舌を巻くほど達者な性技をあいつに徹底的に仕込んだ男がいた、いや、複数いたに違いない。もしかしたらあいつを養子にした馮篤生《フォン・ドスアン》もその一人か……。まさか、と笑い飛ばそうとして芹沢はためらい……しかし、考えたくないこと、考える必要がないことには当面心を鎖しておこうと自分に言い聞かせ、その問題は脇に措いた。

いずれにせよアナトリーとおれとの間に生じたのは、愛だの恋だのといった言葉が紛れこみようのない関係だということはあまりに明らかで、そのこと自体には芹沢は、最初からほんのひとかけらの幻想も抱いていなかった。あいつは何らかの策謀を心に潜ませておれを籠絡しようとした——そうはっきり考えてみると、むしろ芹沢の心のどこかの部分がふと軽くなってくるようでさえある。

問題は、その策謀というのがいったいどういう策謀なのか、何を狙って、何を手に入れようとしておれに近づいてきたのかということだけだ。あれは十一月半ば頃だったか、偶然の成り行きから関係が生じ、いや今になってみればあれも本当に偶然だったのかどうか怪しいものだが、ともかく突然あいつとああいう仲になってしまい、以来、ときどきこのアパートに幾晩も泊まってゆくようになってからは、もうおれの生活は洗いざらいあいつの目にさらされてしまったと考えてよい。玄関ドアの合い鍵をつい渡してしまって以降、おれの持ち物の何を写真に撮ろうが、何を盗もうが、盗んで返しておこうが、あいつは好き勝手のしほうだいだったはずだ。石田から見せられた、アナトリーと連れ立って外出するところを捉えたあの三枚の写真……。あの盗み撮りだって、実はあいつ自身が共犯だったのではないか。表に出たら離れて歩けと何度も言い聞かせていたのに、そんな注意などどこ吹く風とばかり大胆に、芹沢の肩口に仔犬が甘えるように頭をぐりぐりすりつけてみたり、芹沢の尻の肉をぎゅっとつまんでみたりしていた——一見単に衝動的、発作的としか見えていなかったああいう挙動のいっさいは、あらかじめ打ち合わせをしていた撮影者にシャッターを押す好機を作ってやるための、計算された振る舞いだったのではないか。

いずれにせよ、計算の具体的な中身如何《いかん》をさて措くなら、やつの行動のすべてが計算ずく、打算ずくだったと仮定してみても、だからと言って芹沢の自尊心だの自己愛だのがことさら傷つくということはなかった。アナトリーが何らかの魂胆からおれを誑《たら》しこんだという考えに、おれは大した屈辱を感じない——そうした自分の反応自体が芹沢には少々意外だった。おれのあいつへの執着とは、せいぜいその程度の、底の知れたものだったのかと、いささか拍子抜けさえしないでもない。結局、おれの方だってあいつを利用していただけなのだ。アナトリーという人間自体に対しては、おれには間違いなく軽侮がある、いや恐らくは憎悪の思いさえある。あけすけに言ってしまえばおれはただ、真っ白な肌を輝かせたあいつの軀が欲しかっただけだ。そしてあいつの白い肉がおれにもたらす快楽はひょっとしたら、多分に性悪でいじましいあいつの心映えへの軽侮と憎悪によって、よりいっそう増幅され、そのおぞましい味わいがよりいっそう深められていたのかもしれない。自分が憎んでいるものを押しひしぐ……。自分が蔑んでいるものから押しひしがれる……。それは疎ましくあさましく、しかし吐き気がするほど甘美でやるせないことだった。そんな自分の心の動きに、おれは何やら軽い罪悪感のような感情を抱いていたのではないか。だからこそ、あいつの方だっておれを利用していただけだと思い做してみることで、その罪悪感が多少薄れ、何やら気が楽になった、くつろげるようになった——そういうことなのではないか。

ただしかし、それでも、だ……。あいつはおれを利用していただけだし、おれの方だってあいつとの痴戯の快楽だけが目的だった——そういう身も蓋もない結論を出してしまうとき、おれの心の中には、それで不意に楽になる部位がある一方、針に刺されたようにちくりと痛む部位だって、どうやらないでもない。アナトリーの愚かしさ……。小狡く立ち回って得をしようとするわりには、ぽかっと抜けているところがあり、打算も何も結局は空転し、つまるところは貧乏くじを引いてしまう。天真爛漫などとは間違っても言わないが、あまり頭の良くない仔犬が粗相をしていきなりぶたれ、しかしどうしてぶたれたか理解できず、惨めさ、情けなさに顔を歪めているような、そんなところがあいつにはある。あいつのそうした愚かしさが、おれにはやはり、どこか愛おしい。

要するに幼いのだ、まだまだ子どもなのだ、と芹沢は考えた。そんな子どもなのに、水際立って巧妙な性戯なんぞを仕込まれ、人と人との肉の、そして心の交わりに対してまんから高を括ってかかる、技倆ばかり達者な性の手練れに仕立て上げられてしまった。性の交わりとは、本当なら、個人の生に出来するもっとも豊かでもっとも貴重な出来事の一つのはずなのに。残酷と言えば残酷、哀れと言えば哀れな話ではある。

ともあれ、こんなふうにうじうじと引き籠もり、堂々巡りの推量やら忖度《そんたく》やらをめぐらせて無駄に時間を潰していても始まらない。あいつに会って疑問を直接ぶつけてみる。そうするほかはない。そう心に呟きながら芹沢は身支度を始めた。

その日芹沢は、暗くなるのを待って街に出た。この一週間というもの窓を開ければどこかから監視されているのではないかと怯え、外に出れば尾行がついているのではないかと疑い、心の休まる暇がなかったものだが、何だかもうそんなことはどうでもいいような気分になっていた。周囲を始終見回したり、いきなり背後を振り返ってみたりするのには、もう疲れた、飽きた。おれを監視しているやつがいるとしても、どうせこっちにわからないように監視しているのだろうから、気にするだけ無駄だ——そう開き直ってしまえばいい。というより、もはやそうするほかはない。芹沢は黄包車《ワンポーツウ》を拾い、後をて付けるなら付けろという気分で座席の背にゆったりと軀を預け、目を瞑った。おれの行き先が維爾蒙路《ヴィユモン》の馮篤生《フォン・ドスアン》の店だと知ったら、色めき立つ連中がいるかもしれないが、それならそれでいっこうに構わない。

むしろこういう状況下、どの面下《つらさ》げて馮《フォン》老人に会えるのか、そちらの方が芹沢には気が重かった。気ぶっせいの種は、長引いた無沙汰をどう言い訳したらいいものか、というだけにとどまらない。昨年暮れ以来の芹沢の身上調査は恐らく馮《フォン》にも及び、警察が馮《フォン》の身辺をうろうろし聞き込みをして回り、それればかりか直接馮《フォン》を呼び出して、真っ向からの事情聴取を行なっている可能性さえある。もしそんなことになっていたとしたら、かつての馮《フォン》が芹沢に対して抱いていた多少の好意など、とっくのとうに雲散霧消しているだろうし、悪くすれば芹沢にひどく腹を立てている可能性さえある。しかし、そんなあれやこれやを思いめぐらせ遠慮している余裕は、もはや芹沢にはなかった。ともかく馮《フォン》の店に押しかけて、そこにアナトリーがいるならよし、もしいなければ馮《フォン》に頼みこみ、土下座してでもアナトリーの居どころを、あるいは居そうな場所を教えてもらう。それだけのことだ。

ところが、そこまで覚悟を決めてやって来たのに、いざ馮《フォン》の店の前に立ってみると、扉はぴたりと鎖され、押しても引いてもびくともしないし、店内に明かりも点いていない。どんどんと叩いてみても何の応《いら》えもない。今日は月曜、まだ午後六時を回ったばかりで、いつもなら馮《フォン》は八時かそこらまで店を開けているはずだった。店の前にはごみや落ち葉が溜まって、見たところもう何週間も人の寄り付いた気配がなく、たまたま今日だけ臨時休業しているということでもないように見える。何の告知も挨拶も張り出されていないが、ひょっとして馮《フォン》はこの店をもう閉めてしまったのではないか。横の路地を入って窓から中を覗いてみようとしたが、その窓にも厚いカーテンがぴっちりと鎖されていて店内を窺うことができない。そもそも中は真っ暗闇で何一つ見分けられそうにない。

たぶん無駄だろうとは思いながらも、古董市場の露店の方は開いているかもしれない、「本店」の方は閉めてそっちでだけ商売をすることにしたのかもしれないという望みにすがって、芹沢はそこから歩いて十五分ほどの距離にある東台路古董市場まで行ってみた。仕事帰りに冷やかし半分でぶらぶらやってきて、ふと何か買う気になる客を狙っているので、この市場の店の大部分はこの時刻でもまだ裸電球を灯して商売している。だが、予想通り、市場の一郭にあった馮《フォン》の店はもはやなく、その場所は安物の陶磁器を売る店に変わっていた。床几《しょうぎ》に腰を下ろしている店番の中年男に、ここは前は時計屋だっただろうと訊いてみたが、さあと首をかしげるばかりで要領を得ない。臨時雇いの手伝いでしかなさそうだし、無駄だろうとは思いながらも一応、馮篤生《フォン・ドスアン》の名前を出してみたが、何の反応もない。白を切っているのではなく、どうやら本当にその名に聞き覚えがないらしい。

さて、どうする。フランス租界の馮《フォン》の家へ行ってみるか。もうあの家にはあんまり寄りつかないようにしてるんだ、爺いが鬱陶しいんだよ、何だかんだうるさいこと言うからさあ、などとアナトリーは愚痴をこぼしていたものだが、それを裏返せば、ときどきは帰っているということだろう。が、あの家にまで押しかけることに芹沢には抵抗があって、どうにも気乗りがしなかった。今この瞬間にもおれに尾行がついている可能性はあり、もしそうだとしたなら、おれはそいつを馮《フォン》の家まで連れていってしまうことになる。事ここに至ればもう今さら気にしても始まらないのかもしれないが、このうえさらに、おれが今まさに馮《フォン》の家の中へ招じ入れられようとしているところなどが撮影され、そんな写真が過剰な意味付けを施された証拠と化して残ってしまうといった事態は、何としても避けたい。それよりも、芹沢にはもう一つ、別の場所の心当たりがあった。

監視されていようが尾行されていようがどうでもいいと居直って、周囲を見回しもせずにこの東台路古董市場までやって来た芹沢は、ここでその無頓着を捨てた。もし監視の目が張りついているとしたならば、それを何としても振り切ってしまわなければならない。芹沢は古董市場のはずれから出発して、細い路地をジグザグに折れてゆく、建物の陰に入ってあたりを窺いながら時間を潰す、くるりと振り返って今来た道を早足に引き返す、等々、尾行を撒くための初歩の教程をひと通り復習し、そのうえでタクシーを拾い、外灘《バンド》方面へ走らせた。そしてその途中、ひと気のない界隈にさしかかったとき、気が変わったと運転手に言って急に降り、その界隈でまた行ったり来たりを繰り返し、同一の人物を二度、三度と目撃するといったことがないのを確かめた。ようやく得心が行き、かなりの距離を歩いて繁華街の南京路に出た。停留所で静安寺《ジンエンズー》行きの無軌道電車が来るのを待ち、それに乗って西へ向かう。もうすっかり夜のとばりが下りていたが、上海市の目抜き通りの一つである南京路は街灯やネオンサインで明るく輝いている。戦時の節電体制は、外灘《バンド》一帯をはじめ南京路、北京路などの主要道路ではすでに解除されていた。

芋を洗うように混雑した電車の中で吊り革に摑まった芹沢は、あまたの人、車、自転車、黄包車《ワンポーツウ》が押し合いへし合いしている南京路のごった返しの賑わいを車窓越しに眺めながら、この町はやはりなかなかしぶといな、どうやらまた息を吹き返してきたようじゃないかと考えた。それは近頃しきりに頭をよぎる思いの一つだった。去年の八月に事変が始まったとき大慌てで内地へ引き揚げていった日本人が、日本軍の優勢がはっきりした十一月頃から続々と戻ってきはじめていた。共同租界には手をつけないという日本政府の声明に最初は半信半疑で浮足立っていた欧米人も、どうやら信用していいようだととりあえず心を決めたらしく、また腰を据えて貿易やら株式やら金融やら、目先の仕事に一意専心するようになっている。市内の戦禍の痕跡は徐々に消え、電気や水の供給も今やかなり安定している。支那人難民の流入はとっくに収まり、いっとき公道に溢れていた行き倒れや乞食の姿もずいぶん減った。もちろん、この町の運命が今後どうなってゆくのかは誰にもわからない。一寸先は闇という不安はこの町に暮らす誰の心にもあり、しかしだからこそ今この瞬間を愉しまなければ、今この瞬間に稼いでおかなければという、前へ前へつんのめるような気分で富者は富者なりに、貧者は貧者なりに生き急いでいる。

競馬場の北側、南京路が静安寺路《バブリング・ウエル・ロード》に変わってすぐのあたりに、ホテルが何軒か立ち並んでいる一角がある。その中にはつい数年前に開業した、地上二十二階の豪奢な摩天楼として聳え立つ〈国際飯店《パーク・ホテル》〉のような超高級ホテルも含まれるが、富貴のにおいをぷんぷんさせたその一角を抜けて静安寺路《バブリング・ウェル・ロード》をさらに西へ進み、ユダヤ人墓地を過ぎたあたりまで来ると街の感じが急に侘しく貧乏臭くなる。そこに〈夏林匹克大飯店《オリンピック・ホテル》〉という安ホテルがあった。偉そうに「大飯店」などと名乗っているものの実態はただの四階建ての古びた旅館にすぎないが、その二階の一角に撞球場がある。

どういうきっかけか忘れたが、ある夕方、アナトリーと撞球の話になり、おれはそう下手じゃないんだぜ、と芹沢が言うと、じゃあ教えてくれよ、とアナトリーが言い出したことがあった。そこで、夕飯を屋台店へ食べに行った帰りがてら、多少馴染みのある近所の撞球場へアナトリーを連れて行くと、たまたまその日は臨時休業だった。すると、芹沢の制止を聞かず屋台でビールをコップ半分ほど飲んで頰を上気させたアナトリーが、燥いだ声で、じゃあ、ぼくが知っているところがあるからそこに行こう、と言い出した。こうしてアナトリーは芹沢をタクシーに乗せ、〈夏林匹克大飯店《オリンピック・ホテル》〉の撞球場に連れてきたのである。

玄関前にボーイが待機しているわけでもないうら寂れたホテルだった。くすんだ光を放つ安物のシャンデリアが下がっているのがかえってもの哀しい印象を与える狭いロビーを抜け、ところどころ擦り切れたカーペットを踏んで奥の階段まで行って、それを二階に昇ると、廊下の奥に、Olympic Billiards という下手糞な字が赤ペンキで書かれたガラス張りのスウィング・ドアがある。その隣にはぴったりと鎖された木製の扉があり、阿片煙管の小さな絵を添えた〈眠霞閣〉という看板がかかっており、中はひっそり静まりかえって物音一つ聞こえてこない。大して上等なブツは供さずあまり流行ってもいない、二流の煙館なのだろう。

〈オリンピック・ビリヤーズ〉のガラス戸を押して中に入ると、ポケット付きのプールテーブルが三台、ポケットのないキャロムテーブルが一台あるだけの小さな撞球場だった。幾つかの食卓とバーカウンターが配されたフロア部分がむしろ広く、茶館を兼ねているようで、そう言えば Olympic Billiards の傍らに小さく Bar/Café と書き添えてあったなと芹沢は思い出した。アナトリーと同じくらいの年頃の少年たちのたむろする遊び場と見えた。昼間は真面目に働いているとか普通に学校に通っているといった雰囲気をまったく漂わせていないところがひとことで言ってしまえば不良少年たちの溜まり場のようだった。見たところ白人もいればアジア人、アラブ人も混じっているらしいそれら少年たちの大半は、煙草を燻《くゆ》らせ、ビールを瓶の口からじかにらっぱ飲みしている。カウンターの脇にコイン投入式の自動蓄音機があるのが見えたが、音楽は掛かっていなかった。初めてそこに足を踏み入れた芹沢が意外に思ったのは、球の突きかたを教えてくれよ、ぼくはやったことがないからさ、などと言っていたアナトリーなのに、キューを持ってプレーしているその少年たちの誰彼から親しげな挨拶を投げかけられていることだった。もっともアナトリーの方は迷惑げな仏頂面を崩さず、白人少年の一人が、やあ、アナトリー、元気かい、と英語で言いながら馴れ馴れしく肩に手を回してきたときには、無言のまま顔を顰めてその手を振りほどいた。芹沢が不審そうに、

何だ、おまえ、ここの常連なのかよ、と言うと、

うん……。まあね、ときどきね……とアナトリーは曖昧に呟いて目を逸らす。

なのに、球撞きはやったことがないのか。

ああ、そうなんだ。さあ、やろう、ぼくに教えてくれよ。空いている台があるじゃないか。

一台きりのキャロムテーブルと、プールテーブルのうちの二台は少年たちに占領されているが、いちばん奥にあるプールテーブルだけはたしかに空いている。しかし、芹沢は首を振った。

おれはポケットは嫌いなんだ。四つ球しかやらないからな。キャロム台が空くまで待とう。

キャロム台って、ポケットがない台のこと？　だって、球を突いてポケットに落とす方が面白いだろ。

いやいや、ビリヤードの神髄はキャロム競技だ。ポケットなんかガキの遊びだ。穴にうまいこと入った、いや残念、入りそこねた――そんなことの何が面白い。四つ球ゲームの奥の深さを後でじっくり教えてやる。あいつらが終えるのを待とうじゃないか。なあ、どうだい、それまであっちで何か飲んで、時間を潰して――。そう芹沢が言いかけたとき、いきなりアナトリーの顔色が変わった。彼の視線が向けられている方角を目で辿ると、ホテルの廊下からこの撞球場に、ガラス戸を押して芹沢ほどの年輩の白人男の二人連れが入ってくるところだった。

あ……あいつら……とアナトリーが、内心の動揺のさまがはっきり窺われる小声で呟いた。

あいつら、誰だ？

うん、ちょっと……。ねえ、出よう。撞球は、今晩は止めにする、ごめんよ。そう早口に言うなりアナトリーが二人の男を迂回するようにしてそそくさと出口に向かうので、仕方なく芹沢も後を追った。しかし、一人は金髪を長く伸ばし、もう一人は黒髪を短く刈り込んでいる代わりに頬髯をたくわえ、ただしともに黒っぽいダブルのスーツを着込みネクタイまで締め、鋭い目つきをしているところは共通している、その二人のうちの黒髪の方がすぐにアナトリーに目を留めて、

おお、アナトリーじゃないか、アントン坊や！　久しぶりだなあ！　と、どこの国の

かとっさには判別のつかない訛りのある英語で叫び、同時に少年たちを掻き分けながらすばやく近寄ってきて、アナトリーの上腕を摑んだ。アナトリーはそれを邪慳に振り払い、後ろを振り向きもせずに足を速める。さも傷ついたぞといったふうな大袈裟な失望感を男は顔に浮かべ、しかし唇の端は嘲るような笑みで歪めながら、

何だ、冷たいじゃねえか、おれは悲しいぞ、とアナトリーの背中に向かって濁った怒声を投げた。おい、坊や、戻ってこい、今夜、付き合えよ。また面白いことをして遊ぼうぜ。

アナトリーはほとんど走るようにしてホテルの廊下に出ると、そのまま階段を駆け下り、ロビーを抜け玄関を抜けて路上に飛び出した。芹沢がようやく追いついてアナトリーの顔を見ると、すっかり血の気が失せ目には怯えの色が浮かんでいる。

どうしたんだ？　あいつら、誰だ、何なんだよ。

うん、ちょっとね……。前にちょっと、まずいことがあって……。あいつらがあそこにまだ出入りしているとは思わなかった。追っかけてきていないだろうな……。ねえ、早く帰ろうよ。球撞きなんかもうどうでもいいからさ……。

それきりアナトリーは、芹沢のアパートに帰り着くまでひとことも口を利かず、帰宅してからもすっかり消沈したように自分の殻に閉じ籠もってしまった。こういうときしつこく質問を重ねると、尋問は止めてくれ、やっぱりあんたはおまわりだなあ、などと

憎々しい口調でぴしゃりと撥ねつけられるので、芹沢も自然と口を噤まないわけにはいかない。

そういうことがあったのだ。以来、アナトリーは決して撞球の話題に触れようとしなくなり、あの二人連れの男たちについてもひとことも説明しようとしなかった。芹沢がアナトリーの私生活の隠された部分を垣間見たような気がしたのはその一度きりで、しかしその謎めいた体験は芹沢の記憶に深く刻まれて残った。

南京路を走る無軌道電車に乗って芹沢が向かったのは、その撞球場だった。アナトリーを捕まえられそうな場所として思いつくのはあそこしかない。ホテルのロビーを足早に抜けながらちらりと横目で見ると、フロント係は無表情にそっぽを向いていて芹沢のことなど気にも留めていない。二階まで階段を昇って撞球場の扉を押す。紫煙の立ち込めた〈オリンピック・ビリヤーズ〉は、相変わらず少年たちの溜まり場になっていたが、アナトリーと一緒に来たあの晩よりも閑散としていて、撞球台も二台しか塞がっていない。アナトリーの姿がないことを確認しながら芹沢は通路を抜け、真っ直ぐに奥のカウンターまで行って、いちばん端のスツールに腰を下ろした。蝶ネクタイを締めた支那人のバーテンダーにビールを注文する。コースターを滑らせそのうえにビールのグラスを置いたバーテンダーに、

アナトリーは、今夜は来ていないのかい、と支那語でさりげなく尋ねてみた。

アナトリーって……さあ、知りませんが、という返事もさりげなかったが、そう言いながらバーテンダーが芹沢の風体を値踏みするように走らせた一瞬の視線の動きに、芹沢は何か不自然なものを感じた。

ほら、ロシア人の若い子で、金髪で、ちょっと可愛い顔をした……。知ってるだろ? 我不大清爽《グオヴァダチンサン》(さあ、どうかな)……。わたしはお客の顔も名前もほとんど覚えない方なんで。そう言い棄ててバーテンダーはさっと立ち去ってしまった。

芹沢はビールをゆっくりと啜りながら室内を見回した。二つの撞球台にそれぞれ四、五人ずつ少年たちが固まって遊んでいるほかには、カウンターの、芹沢とは反対側の端のスツールに座っている、後頭部が禿げ上がっているがまだ初老と見える小柄な白人男がいるだけだ。男は芹沢と同じようにスツールをくるりと回してカウンターを背にし、グラスを手に、撞球台に群がる少年たちの方を眺めやっている。やがて男はバーテンダーを呼び、人差し指をくいくいと曲げて顔を寄せろという合図をすると、その耳元に、少年たちの方を指差しながら何かひそひそと囁いた。バーテンダーも囁き返し、何か相談のようなものが行なわれた気配があり、話がまとまったらしく、男が頷き、次いでバーテンダーも頷いた。

バーテンダーはカウンターの外に出てきて撞球台に近寄り、壁際の椅子に座ってプレーを見物していたアジア系の少年に話しかけた。半ズボン姿でも不思議ではないような、少年たちの中でもいちばん幼い感じの一人だった。少年はのろくさと立ち上がり、〈オリンピック・ビリヤーズ〉の入り口のところまで足を引きずるように歩いていってそこで立ち止まり、所在なげに片方の運動靴の爪先を床にこすりつけながら、浮かぬ顔でこちらの方にちらちらと視線を投げている。その一方、初老の白人男の方も、カウンターに戻ってきたバーテンダーに、飲み物代としては明らかに法外と見える何枚もの札を渡した後、やはり入り口へ向かい、そこで待っていた少年と合流した。俯いたままの少年の手をとって引き立てるようにしながら男がガラス戸を開け、二人はホテルの廊下の奥へ消えた。ははあ、そういうわけか、ここはそういう場所か、と芹沢は理解した。

芹沢はバーテンダーを呼び、ビールのお代わりを注文した。それを持ってきたバーテンダーに、

あのなあ、どうしてもアナトリーに会いたいんだよ、と言った。

だから、知りませんってば、アナトリーなんてのは。

そうかな、知ってるんじゃないかなあ。そう言いながら芹沢は日本の一円札の束をポケットから出してゆっくり三枚数え、運ばれてきたビールのグラスの脇にそれを置いた。一瞬間があり、バーテンダーがさらりと撫でた手の下でその三枚の紙幣が手品のように掻き消え、それから彼は身をかがめ顔を近づけてきて、

お客さん、そのアナトリーっていうのと、どういう知り合いで……？　と低い声で言

った。

友だちだよ。

友だち同士なら相手の居どころくらい、知ってるもんでしょうが、ふつう。

いや、ちょっと連絡が途絶えちゃってね。ここで待ってれば会えるんじゃないか、と……。

あの子はいろいろトラブルがあってねえ、とバーテンダーは溜め息混じりに、呟くように言った。こっちの本音を言えば、もうここへは足を向けてほしくないんですよ。瘟神《ウンズン》(疫病神)みたいなもんだ。厄介事の種を次から次へと持ち込むんでねえ……。

おれはあいつの友だちだ。ただの友だちで、何の厄介事とも関係がない。ただ、久しぶりに会ってちょっと話したいだけだよ。今夜は来るのか、あいつは。

バーテンダーはしばらくの間、芹沢の顔をじっと見つめた。こういう商売をしている男は、向かい合った相手の性の嗜好を嗅ぎつける特殊な嗅覚のようなものを備えているのかもしれない。さらに少しためらった後、

今夜は来ませんよ、たぶんね、ととうとう言った。今日は月曜か……。明後日、水曜なら来るかもしれない。

水曜の、何時頃?

わからないけど、まあ、夕方の五時、六時、そんなもんですかねえ。

芹沢は礼を言い、さらにもう一枚の一円札をカウンターに置き、ビールの代金だ、釣りは要らんと言い残して席を立った。

翌々日の夕方、午後五時を少し回った頃、芹沢はその同じスツールに腰かけていた。カウンターの中にいるのは前々日と同じバーテンダーだが、芹沢の顔を見ても表情一つ変えずに、ご注文はと尋ねてきた。

五時半になっても六時になっても、さらに六時半を過ぎてもアナトリーは現われなかった。カウンターの脇にOfficeと書かれたドアがある。ときどきその向こう側で電話が鳴り、誰かが受け答えしている声が洩れ聞こえ、それは長い会話になることもあり、短い罵声で終ることもあった。しかし、電話を切る音に続いて事務室からこの撞球場の支配人と見える恰幅の良い中年男が出てきて、少年たちの集団に近づいていき、何か指図をすると少年の一人がしぶしぶ腰を上げ、ガラス戸を押して廊下へ出てゆく――そんなことが二度ほどあった。馴染み客は出前でも取るように、電話で注文することができるというわけか、と芹沢は思った。このホテルの寝室が使われているだけではなく、もっと高級なよそのホテルへ呼び出されたりもしているのかもしれない。時間を潰すために仕方なくビールを三杯、四杯とお代わりしているうちに、徐々に酔いが回って時間の流れが遅く感じられはじめ、困惑したが、ぴんと神経の張り詰める日々が続いたここひと月ほど、こんな酩酊感を味わうことは絶えてなかったなと思い、たまにはいいだろうと自分に言い聞かせた。久しぶりにアナトリーの顔を見られるという期待で、少々浮き立った気分になっているのかもしれない。

七時半近くになって、ようやくアナトリーが現われた。ガラス戸の向こうに彼の顔が見えた瞬間、芹沢は弾かれたように席を立ち、少年たちを突き飛ばさんばかりの勢いで小走りに撞球場の入り口へと急いだ。背後からバーテンダーの叱声が飛んだような気がしたが（売り物と直接交渉されては店の取り分がなくなってしまうということだろう）、構ってはいられなかった。入ってこようとしているアナトリーをガラス戸の向こうに押し戻し、少年が目を丸くして何か抗議の言葉を呟いているのも構わず、上腕を摑んで階段の方へ引きずってゆく。

ヘイ、ジャパニーズ、あんた、何でまた、こんなところにいるんだ。

いいから、おい、こっちへ来い。ちょっと話があるんだ。

どうせ人目のある店内ではまともな話は出来ないと思い、場所に当たりはつけていた。アナトリーも下り階段の途中あたりから抵抗を止め、芹沢に引っ張られるがままに身を委ねている。

どこへ行くんだよ。放せよ、放してくれよ。わかったってば……。一緒に行くからさ。そんなに引っ張るなよ、痛いじゃないか……。

いったんホテルの玄関を出て横手に回り、建物の横腹に沿って延びている路地を少し行くと、ホテル客のための駐車場がある。ほとんど車は停まっておらず、何か所かぽつんぽつんと設置してある電灯が無人の空き地に寂しい光を投げかけている。その電灯の一つの前まで来たところで芹沢はようやく足を止めた。

ジャパニーズ、元気だったかい？　会いたかったよ……。アナトリーはしれっとした顔でそんなことを呟きながら芹沢の背に両手を回し、唇を近づけてこようとした。芹沢は顔をそむけ、伸びてくる手も振り払い、アナトリーの胸をどんと突いて距離を取ると、おれの質問に答えろ、正直に言うんだ、いいな、と冷たい声で言った。

そんな怖い声をだすなよ。あんた、何だか変だぜ。

そりゃあ、変にもなる。こんなふうにどつぼに嵌まってしまえばな。おまえ、知ってるんじゃないのか、おれが今、どういうことになっているのか。

アナトリーは目を逸らして顔を横に向けた。電灯の強い光がぎらりと落ちて彼の横顔がくっきりと浮かび上がっているが、反対側の横顔は闇の中に沈みこんでまったく見えず、何かその見えない方の顔の半分では芹沢をせせら笑っているような気がする。

知らないよ、何にも。ただ、あんたはもう京城に行っちまったのかと、ぼくは……。

何で、おれが朝鮮へ行くんだ。そんな話を誰から聞いた？

うーん……誰からだったかな……。ただ、そんな噂を、ちらっとね……。

意外な地名がアナトリーの口から出て驚いたが、言われてみればなるほど、ここ一週間来、どこにも出口がないという重苦しい閉塞感、窒息感に襲われるたびに、その京城の一語が、まさにそれこそ唯一脱出可能な出口であるかのように、まるで映画館の暗闇の中にそこだけ明るく輝いている「非常口」の表示そのものでもあるかのように、芹沢の意識のうちにちらちらと明滅することがあったのは事実だった。「あなたの父祖の地である京城」――いかつい顎をしたあの背の低い男はそう言ったのだった。京城へ行って、彼の地の抗日活動の制圧に挺身していただけまいか……。アイコク的の要務……。あなたほどの恰好の人材はいない……。

おれが、京城へ……と呟いて芹沢は絶句した。

京城へ……と鸚鵡《おうむ》返しのようにアナトリーも言い、しかしそれにすぐ続けて、芹沢を仰天させるような言葉を口走った。なあ、でもあんた、京城には絶対に行くんじゃないぞ、と言ったのだ。あいつらの甘い話には乗るなよ。もし朝鮮なんかに連れていかれたら、着いたとたんに、あんた、きっと消されるぞ。

むろん、退職していただかなくてはなりませんな、と「ある機関の者」と名乗るあの男は言ったのだった。そしてまさしくおれは今、退職しようとしている――依願退職か懲戒免職かはともかく、いずれにしても工部局警察を辞めなければならないことは確実らしい。ならば、そうなる直前に芹沢に差し出されたこの新たな働き口は、渡りに舟とも言うべきオファーだろう。だが、どんぴしゃりの絶好のタイミングで話が持ち込まれた、そのあまりにもぴったりしすぎた符合ぶりが、かえって胡散臭く思われてならない。京城という地名があたかも唯一の「出口」のように、「非常口」のように、救いの記号のように脳裡に明滅するたび、芹沢はいつも、この「アイコク的の要務」とやらは単におれを京城へ飛ばすための、というよりむしろ上海から排除しようとするための、謀略ではないか、罠ではないかという直感に立ち戻って、誘惑を打ち消してきた。あの最初の直感をやはり信じるべきだ、日本の特務機関のために働いている支那人などという、あんないかがわしい男の口車にうかうかと乗せられてはなるまいぞ、と自分に言い聞かせてきた。驚いたことに、今アナトリーはそれと同じことを言っている。しかし、消されるぞという言葉はあまりにも不穏で、意表を衝かれた芹沢は立ち竦んだ。

何でまた、そんなことを言う、と言いながら芹沢はアナトリーの肩口を摑んだが、しかしその手をそのまま彼の首筋まで滑らせ、少年の咽喉もとや耳たぶに愛撫の指を這わせてみたいという欲望が自分の中にちらりと動いたのに怯え、すぐに手を放した。アナトリーは横を向いたまま黙りこくっている。

じゃあ、その話は後回しにしよう。それより、まずおまえに訊きたいことがある。なあ、おまえ、おれの部屋からこっそり持ち出したものがあるだろう。

アナトリーはぶたれた仔犬のような目で芹沢の顔をちらりと見て、すぐにまた目を逸らした。

え、どうなんだ？　写真を盗んだ、そうなんじゃないのか。誰かに言われて、盗んで、複製を作って、またこっそり返しておいた。そうだろう、違うか？

知らないよ……とアナトリーはあやふやな小声で呟き、手を伸ばして芹沢の腰に触れてこようとする。芹沢はそれを振り払い、

知らないはずがあるか、と声を荒げた。いいか、盗みは赦してやってもいい。そういうことをしかねない、しょうもない小僧だってことは、最初から承知のうえだからな。ただ、誰に言われてやったのかだけは言え。写真を持ち出して、誰に渡した？

アナトリーは首を竦めていれば嵐をやり過ごせるとでもいうように背中を丸め、頭をかくりと下げた。芹沢はアナトリーの顎を左手でぎゅっと摑んで、くいとうえに引き上げ直し、彼の顔の全体が電灯の照明で隈なく照らし出されるような角度に固定した。そのうえで声を高めてもう一度、

誰に渡した？　と繰り返す。

痛い、痛いよ……。

じゃあ、素直に言え。誰に渡した？　そもそも、おれを誘惑したのも、そいつにそうしろと言われたのか？

え……。

あの晩、おれのアパートへ突然やって来て……覚えているよな？　覚えてないわけが

ない。ミスタンゲットの〈サ・セ・パリ〉……あの晩だ。窓を開けておいた台所に誘いこんで、おれにいきなり接吻した。その瞬間を、望遠レンズ付きのカメラで外から撮影させた。そうだろう？　そうするようにおまえに命じたのは、いったい誰だ？

知らないよ……。知らないよ……。

芹沢に顎を押さえつけられたアナトリーは今や真っ直ぐに芹沢の目を見つめ返すほかはない。そのアナトリーの目に浮かんでいる何かが、突然、芹沢を激昂させた。それが何だったのか、その場でも後になってからも芹沢にはよくわからなかった。たぶん、アナトリーの虹彩を支配している怯え、萎縮、逡巡の色の、その裏側からかすかにじわりと染み出した、どうせおまえには何もできまいと高を括り、やれるものならやってみろと挑みかかってくるような、不遜と傲岸の影だったのか。すっと息を吸った次の瞬間、考えるよりも先に手が出ていて、芹沢は固く握り締めた右の拳でアナトリーの左頰を強く殴った。ストロークの短い、乾いた、鋭い一撃。悲鳴を上げて頽《くずお》れそうになるアナトリーの襟元を摑んで引き上げ直し、その顔に顔をぐっと寄せ、

誰だ？　言え、と今度は低い声で繰り返す。そうしながらも、白い肌の奥からゆっくりと血の色が輝き出るようにして、殴られた箇所を中心に紅が深まり広がってゆくアナトリーの左頰の皮膚の、まばゆいばかりの美しさについ見とれてしまう。

目を瞑ったアナトリーは、喰いしばった歯の隙間からまず、単純な三音節の単語を吐

き出し、それにすぐ続いて、薄赤く染まった涎《よだれ》の泡の細かな粒々が唇の端から滲み出てきた。一瞬、芹沢はその言葉の意味がわからず、何だこいつ、いきなり何語を喋り出したのかと途惑った。驚くべき、途方もない、前代未聞のという意味のフランス語の形容詞……「inouï」……？　イヌイ、とアナトリーは言っているのだった。イヌイだよ、オフィサー・イヌイがそうしろと言ったんだ。ぼくはあいつが怖い、あいつには逆らえない……。逆らうと殺される……。

本書は二〇一七年三月、新潮社より刊行された。

名誉と恍惚（上）

2024年2月15日　第1刷発行

著　者　松浦寿輝《まつうらひさき》

発行者　坂本政謙

発行所　株式会社 岩波書店
〒101-8002 東京都千代田区一ツ橋 2-5-5
案内 03-5210-4000　営業部 03-5210-4111
https://www.iwanami.co.jp/

印刷・精興社　製本・中永製本

ISBN 978-4-00-602357-7　Printed in Japan

岩波現代文庫創刊二〇年に際して

二一世紀が始まってからすでに二〇年が経とうとしています。この間のグローバル化の急激な進行は世界のあり方を大きく変えました。世界規模で経済や情報の結びつきが強まるとともに、国境を越えた人の移動は日常の光景となり、今やどこに住んでいても、私たちの暮らしは世界中の様々な出来事と無関係ではいられません。しかし、グローバル化の中で否応なくもたらされる「他者」との出会いや交流は、新たな文化や価値観だけではなく、摩擦や衝突、そしてしばしば憎悪までをも生み出しています。グローバル化にともなう副作用は、その恩恵を遥かにこえていると言わざるを得ません。

今私たちに求められているのは、国内、国外にかかわらず、異なる歴史や経験、文化を持つ「他者」と向き合い、よりよい関係を結び直してゆくための想像力、構想力ではないでしょうか。

新世紀の到来を目前にした二〇〇〇年一月に創刊された岩波現代文庫は、この二〇年を通して、哲学や歴史、経済、自然科学から、小説やエッセイ、ルポルタージュにいたるまで幅広いジャンルの書目を刊行してきました。一〇〇〇点を超える書目には、人類が直面してきた様々な課題と、試行錯誤の営みが刻まれています。読書を通した過去の「他者」との出会いから得られる知識や経験は、私たちがよりよい社会を作り上げてゆくために大きな示唆を与えてくれるはずです。

一冊の本が世界を変える大きな力を持つことを信じ、岩波現代文庫はこれからもさらなるラインナップの充実をめざしてゆきます。

（二〇二〇年一月）

岩波現代文庫[文芸]

B328
冬の蕾
―ベアテ・シロタと女性の権利―
樹村みのり

無権利状態にあった日本の女性に、男女平等条項という「蕾」をもたらしたベアテ・シロタの生涯をたどる名作漫画を文庫化。〈解説〉田嶋陽子

B329
青い花
辺見庸

男はただ鉄路を歩く。マスクをつけた人びとが彷徨う世界で「青い花」の幻影を抱え……。災厄の夜に妖しく咲くディストピアの〝愛〟と〝美〟。現代の黙示録。〈解説〉小池昌代

B330
書聖王羲之
―その謎を解く―
魚住和晃

日中の文献を読み解くと同時に、書作品をつぶさに検証。歴史と書法の両面から、知られざる王羲之の実像を解き明かす。

B331
霧の犬
―a dog in the fog―
辺見庸

恐怖党の跋扈する異様な霧の世界を描く表題作ほか、殺人や戦争、歴史と記憶をめぐる終わりの感覚に満ちた中短編四作を収める。終末の風景、滅びの日々。〈解説〉沼野充義

B332
増補 オーウェルのマザー・グース
―歌の力、語りの力―
川端康雄

政治的な含意が強調されるオーウェルの作品群に、伝承童謡や伝統文化、ユーモアの要素を読み解く著者の代表作。関連エッセイ三本を追加した決定版論集。

2024. 2

B333
六代目圓生コレクション
寄席育ち
三遊亭圓生

圓生みずから、生い立ち、修業時代、芸談、噺家列伝などをつぶさに語る。綿密な考証も施され、資料としても貴重。〈解説〉延広真治

B334
六代目圓生コレクション
明治の寄席芸人
三遊亭圓生

圓朝、圓遊、圓喬など名人上手から、知られざる芸人まで。一六〇余名の芸と人物像を、六代目圓生がつぶさに語る。〈解説〉田中優子

B335
六代目圓生コレクション
寄席楽屋帳
三遊亭圓生

『寄席育ち』以後、昭和の名人として活躍した日々を語る。思い出の寄席歳時記や風物詩も収録。聞き手・山本進。〈解説〉京須偕充

B336
六代目圓生コレクション
寄席切絵図
三遊亭圓生

寄席が繁盛した時代の記憶を語り下ろす。各地の寄席それぞれの特徴、雰囲気、周辺の街並み、芸談などを綴る。全四巻。〈解説〉寺脇研

B337
コブのない駱駝
―きたやまおさむ「心」の軌跡―
きたやまおさむ

ミュージシャン、作詞家、精神科医として活躍してきた著者の自伝。波乱に満ちた人生を自ら分析し、生きるヒントを説く。鴻上尚史氏との対談を収録。

2024.2

岩波現代文庫［文芸］

B338-339
ハルコロ (1)(2)
石坂　啓漫画
本多勝一原作
萱野　茂監修

一人のアイヌ女性の生涯を軸に、日々の暮らしや祭り、誕生と死にまつわる文化など、アイヌの世界を生き生きと描く物語。〈解説〉本多勝一・萱野茂・中川裕

B340
ドストエフスキーとの旅 ―遍歴する魂の記録―
亀山郁夫

ドストエフスキーの「新訳」で名高い著者が、生涯にわたるドストエフスキーにまつわる体験を綴った自伝的エッセイ。〈解説〉野崎　歓

B341
彼らの犯罪
樹村みのり

凄惨な強姦殺人、カルトの洗脳、家庭内暴力と息子殺し……。事件が照射する人間と社会の深淵を描いた短編漫画集。〈解説〉鈴木朋絵

B342
私の日本語雑記
中井久夫

精神科医、エッセイスト、翻訳家でもある著者の、言葉をめぐる多彩な経験を綴ったエッセイ集。独特な知的刺激に満ちた日本語論。〈解説〉小池昌代

B343
ほんとうのリーダーのみつけかた　増補版
梨木香歩

誰かの大きな声に流されることなく、自分自身で考え抜くために。選挙不正を告発した少女をめぐるエッセイを増補。〈解説〉若松英輔

2024. 2

岩波現代文庫［文芸］

B344
狡智の文化史
―人はなぜ騙すのか―
山本幸司

嘘、偽り、詐欺、謀略……。「狡智」という厄介な知のあり方と人間の本性との関わりについて、古今東西の史書・文学・神話・民話などを素材に考える。

B345
和の思想
―日本人の創造力―
長谷川櫂

和とは、海を越えてもたらされる異なる文化を受容・選択し、この国にふさわしく作り替える創造的な力・運動体である。〈解説〉中村桂子

B346
アジアの孤児
呉濁流

植民統治下の台湾人が生きた矛盾と苦悩を克明に描き、戦後に日本語で発表された、台湾文学の古典的名作。〈解説〉山口守

B347
小説家の四季
1988―2002
佐藤正午

小説家は、日々の暮らしのなかに、なにを見つめているのだろう――。佐世保発の「ライフワーク的エッセイ」、第1期を収録！

B348
小説家の四季
2007―2015
佐藤正午

『アンダーリポート』『身の上話』『鳩の撃退法』、そして……。名作を生む日々の暮らしを軽妙洒脱に綴る「文芸的身辺雑記」、第2期を収録！

2024. 2

岩波現代文庫［文芸］

B349
増補 もうすぐやってくる尊皇攘夷思想のために
加藤典洋
幕末、戦前、そして現在。三度訪れるナショナリズムの起源としての尊皇攘夷思想に向き合うために。晩年の思索の増補決定版。〈解説〉野口良平

B350
大きな字で書くこと／僕の一〇〇〇と一つの夜
加藤典洋
批評家・加藤典洋が自らを回顧する連載を中心に、発病後も書き続けられた最後のことばたち。没後刊行された私家版の詩集と併録。〈解説〉荒川洋治

B351
母の発達・アケボノノ帯
笙野頼子
縮んで殺された母は五十音に分裂して再生した。母性神話の着ぐるみを脱いで喰らってウンコにした、一読必笑、最強のおかあさん小説が再来。幻の怪作「アケボノノ帯」併収。

B352
日没
桐野夏生
海崖に聳える〈作家収容所〉を舞台に極限の恐怖を描き、日本を震撼させた衝撃作。「その恐ろしさに、読むことを中断するのは絶対に不可能だ」(筒井康隆)。〈解説〉沼野充義

B353
新版 一陽来復
―中国古典に四季を味わう―
井波律子
巡りゆく季節を彩る花木や風物に、中国古典詩文の鮮やかな情景を重ねて、心伸びやかに生きようとする日常を綴った珠玉の随筆集。〈解説〉井波陵一

岩波現代文庫［文芸］

B354
未闘病記
―膠原病、「混合性結合組織病」の―
笙野頼子

芥川賞作家が十代から苦しんだ痛みと消耗は十万人に数人の難病だった。病と「同行二人」の半生を描く野間文芸賞受賞作の文庫化。講演録「膠原病を生き抜こう」を併せ収録。

B355
定本 批評メディア論
―戦前期日本の論壇と文壇―
大澤聡

論壇／文壇とは何か。批評はいかにして可能か。日本の言論インフラの基本構造を膨大な資料から解析した注目の書が、大幅な改稿により「定本」として再生する。

B356
さだの辞書
さだまさし

「目が点になる」の『広辞苑 第五版』収録をご縁に27の三題噺で語る。温かな人柄、ユーモアにセンスが溢れ、多芸多才の秘密も見える。〈解説〉春風亭一之輔

B357-358
名誉と恍惚（上・下）
松浦寿輝

戦時下の上海で陰謀に巻き込まれ、すべてを失った日本人警官の数奇な人生。その悲哀を描く著者渾身の一三〇〇枚。谷崎潤一郎賞、ドゥマゴ文学賞受賞作。〈解説〉沢木耕太郎

2024. 2